सफलता के साधन

ब्रायन ट्रेसी पेशेवर वक्ता, प्रशिक्षक, सेमिनार लीडर और परामर्शदाता हैं। वे सोलाना बीच, कैलिफ़ोर्निया में स्थित प्रशिक्षण और परामर्श कंपनी ब्रायन ट्रेसी इंटरनैशनल के चेयरमैन हैं।

वे पचास से ज़्यादा पुस्तकों के बेस्टसेलिंग लेखक हैं, जिनमें *ईट दैट फ़्रॉग!, गोल्स!, मैक्सिमम अचीवमेंट* और *एडवांस्ड सेलिंग स्ट्रेटजीज़, फ़ोकल पॉइंट* और *द 100 एब्सॉल्यूटली अनब्रेकेबल लॉज़ ऑफ़ बिजनेस सक्सेस* शामिल हैं। उन्होंने पाँच सौ से ज़्यादा ऑडियो-वीडियो शिक्षण प्रोग्राम लिखे और बनाए हैं, जो पूरे संसार में लोकप्रिय हैं।

ब्रायन अपनी पत्नी और चार संतानों के साथ सोलाना बीच, कैलिफ़ोर्निया, अमेरिका में रहते हैं।

सुरेन्द्रन जे. सक्सेस ज्ञान के संस्थापक और सी.ई.ओ. हैं। यह संस्था भारत में अंतरराष्ट्रीय सेमिनारों और कार्यशालाओं की सबसे बड़ी आयोजक है। सक्सेस ज्ञान के वक्ताओं में ब्रायन ट्रेसी, जॉन ग्रे, जैक कैनफ़ील्ड, ब्लेयर सिंगर, निक हलीक आदि शामिल हैं।

सुरेन्द्रन ने अपना एम.बी.ए. अंतरराष्ट्रीय व्यवसाय में किया। उनका सपना था कि सक्सेस ज्ञान के जरिये वे विश्व के सर्वश्रेष्ठ को भारत में लाएँ और भारत के सर्वश्रेष्ठ को विश्व तक पहुँचाएँ। वे अक्षर धान नामक शैक्षणिक ट्रस्ट के प्रबंधक भी हैं, जिसका उद्देश्य निर्धन बच्चों और विद्यार्थियों को शिक्षा प्रदान करना है।

वे अपनी पत्नी शाइनी चंद्रन के साथ चेन्नई, भारत में रहते हैं।

सफलता के साधन

12 तरीक़े जो आपको मनचाहे लक्ष्य तक ले जाएँगे

ब्रायन ट्रेसी

एवं

सुरेन्द्रन जे.

अनुवाद : डॉ. सुधीर दीक्षित

MANJUL

मंजुल पब्लिशिंग हाउस

MANJUL

मंजुल पब्लिशिंग हाउस

कॉरपोरेट एवं संपादकीय कार्यालय

द्वितीय तल, उषा प्रीत कॉम्प्लेक्स, 42 मालवीय नगर, भोपाल-462003

विक्रय एवं विपणन कार्यालय

7/32, अंसारी रोड, दरियागंज, नई दिल्ली-110002

वेबसाइट : www.manjulindia.com

वितरण केन्द्र

अहमदाबाद, बेंगलुरू, भोपाल, कोलकाता, चेन्नई,
हैदराबाद, मुम्बई, नई दिल्ली, पुणे

पैन मैक्मिलन (मैक्मिलन पब्लिशर्स लि. का प्रभाग) के प्रकाशन
पैन द्वारा मूल अंग्रेजी संस्करण
भारतीय उपमहाद्वीप में 2013 में प्रकाशित

ब्रायन ट्रेसी एवं सुरेन्द्रन जे. द्वारा लिखित मूल अंग्रेजी पुस्तक
सक्सेस रेसिपी का हिन्दी अनुवाद

यह हिन्दी संस्करण 2017 में पहली बार प्रकाशित

ISBN 978-81-8322-668-4

हिन्दी अनुवाद : डॉ. सुधीर दीक्षित

मुद्रण व जिल्दसाज़ी : थॉमसन प्रेस (इंडिया) लिमिटेड

मेरी पत्नी बारबरा को, जो मेरे जीवन की ज्योति हैं और मेरे अद्भुत बच्चों क्रिस्टीना, माइकल, डेविड और कैथरीन को समर्पित, जो सभी इस बात का जीता-जागता प्रमाण हैं कि जब पूरे जीवन प्रेम का अटूट प्रवाह मिलता है, तो बच्चे उच्च आत्म-गौरव और उच्च आत्मविश्वास वाले वयस्क बनते हैं।

—ब्रायन ट्रेसी

मेरे गुरुजी महावतार बाबाजी को उनके दिव्य आशीर्वाद के लिए, मेरी प्रेरणास्रोत मेरी माँ को, समर्थन के स्तंभ मेरे भाई प्रवीण को और मेरी प्रिय पत्नी शाइनी को उसके अटूट प्रेम व समर्थन के लिए समर्पित।

—सुरेन्द्रन जे.

अनुक्रम

भूमिका

मेरे जीवन का उद्देश्य 5 मार्च 2006 को मेरे सामने तब स्पष्ट हुआ, जब मुझे ब्रायन ट्रेसी के एक दिवसीय सेमिनार में हिस्सा लेने का मौक़ा मिला। इसमें बताए गए विचारों, रणनीतियों और तकनीकों ने मेरी ज़िंदगी का कायाकल्प कर दिया। मैं उत्साही पाठक बन गया, ऑडियो प्रोग्राम सुनने लगा और नियमित रूप से सेमिनारों में जाने लगा। मुझे यह महसूस हुआ कि सीखी हुई बातों पर मैंने जितना ज़्यादा अमल किया, मेरे संबंध उतने ही बेहतर होने लगे और मैं आर्थिक सफलता का उतना ही ज़्यादा स्वाद चखने लगा।

यह पुस्तक आपको व्यवहारिक, आज़माए हुए, सरल और आसानी से अमल करने लायक़ विचार, तकनीकें और रणनीतियाँ बताएगी, जिनकी मदद से आप पहले के मुक़ाबले कम समय में बहुत कुछ हासिल कर सकेंगे।

यह क़िताब उन महत्त्वाकांक्षी पुरुषों और महिलाओं के लिए लिखी गई है, जो कम से कम समय में ज़्यादा से ज़्यादा चीज़ें हासिल करने के बारे में गंभीर हैं। मुझे यक़ीन है कि हर इंसान में अपने जीवन में कुछ अद्‌भुत करने की योग्यता है। संभवतः हममें से हर व्यक्ति का सर्वोच्च लक्ष्य यही है कि हम संसार में किसी तरह का फ़र्क़ डालें। जब हमारे किसी काम से दूसरों का जीवन बेहतर बनता है या समृद्ध होता है, तभी हम सचमुच मानवीय और जीवंत महसूस करते हैं। शायद आपको जो सबसे अद्‌भुत अनुभव हो सकता है, वह यह अहसास है कि आप अपने ख़ुद के और अपने भविष्य के पूरे नियंत्रण में हैं। यह पुस्तक आपको दिखाएगी कि आप अपने हाथ अपने भविष्य के स्टियरिंग व्हील पर कैसे रखें, अपने जीवन के एक्सीलरेटर को कैसे दबाएँ और अपनी कल्पना से भी ज़्यादा तेज़ी से ज़्यादा आगे तक कैसे पहुँचें।

इन विचारों पर अमल करने के रोमांचक महीनों और वर्षों में आपकी सफलता की कामना के साथ।

सुरेन्द्रन जे.

प्रस्तावना

एक युवक ने एक दार्शनिक से कहा, "जीवन मुश्किल है।"

दार्शनिक ने विचारपूर्वक जवाब दिया, "किसकी तुलना में?"

जीवन बहुत अद्‌भुत और बेशक़ीमती है। हममें से ज़्यादातर लोगों के लिए आज जीवन में इतने ज़्यादा अवसर और संभावनाएँ भरी हुई हैं, जो पहले कभी मौजूद नहीं थीं। ज़िंदा रहने के लिए यह मानव इतिहास का सर्वश्रेष्ठ समय है और ऐसी उम्मीद की जा सकती है कि आगे आने वाले वर्ष ज़्यादा अच्छे और ज़्यादा उज्ज्वल होंगे।

बेंजमिन फ्रैंकलिन ने एक बार लिखा था, "क्या आप जीवन को महत्त्व देते हैं? तो फिर समय बर्बाद नहीं करें, क्योंकि यही वह कच्चा माल है जिससे जीवन बना है।"

समय और जीवन की सबसे बड़ी बर्बादी अनपेक्षित व्यवधानों, आपातकालीन स्थितियों, अचानक आने वाले आगंतुकों या फ़ोनों की पारंपरिक सूची नहीं है। जीवन की सबसे बड़ी बर्बादी तो तब होती है, जब लोग जीवन में लक्ष्यों, स्पष्ट अर्थ और उद्देश्य के बिना जीने की कोशिश करते हैं। पुरानी कहावत पूरी तरह से सच है, "योजना बनाने में असफलता का मतलब है असफलता की योजना बनाना।"

कई लोग अपनी ज़िंदगी उस कुत्ते की तरह जीते हैं, जो गर्मियों में मैदान में एक खरगोश का पीछा कर रहा है। जब कुत्ता उस खरगोश के पीछे भागता है, तो अचानक दूसरा खरगोश निकल आता है और उसे देखकर कुत्ता अपनी दिशा बदलकर दूसरे खरगोश का पीछा करने लगता है। जब कुत्ता दूसरे खरगोश को पकड़ने के बहुत क़रीब होता है, तभी एक तीसरा खरगोश निकल आता है और कुत्ता एक बार फिर दूसरी दिशा में चल देता है। शाम तक कुत्ता थक जाता है और एक भी खरगोश नहीं पकड़ पाता है।

यह बहुत सारे लोगों के जीवन और करियर की कहानी है। चूँकि लोग अपने लक्ष्यों और उद्देश्यों के बारे में स्पष्ट नहीं होते, इसलिए वे पहले एक नौकरी करते हैं और फिर दूसरी की तरफ़ चल देते हैं। वे एक निवेश अवसर के पीछे लपकते हैं और फिर कुछ समय बाद किसी दूसरे के पीछे लपकने लगते हैं। वे एक संबंध जोड़ते हैं और फिर जल्दी ही दूसरे संबंध जोड़ने के चक्कर में पड़ जाते हैं। आँकड़ों के अनुसार टी.वी. देखते वक़्त आम आदमी रिमोट कंट्रोल से एक घंटे में 100 बार चैनल बदलता है। इस कारण वह किसी भी कार्यक्रम की शुरुआत, मध्य और अंत तीनों एक साथ नहीं देख पाता है। अक्सर लोग अपनी ज़िंदगी भी ऐसे ही जीते हैं।

एकाग्र मस्तिष्क से स्पष्ट लक्ष्य की दिशा में ध्यान केंद्रित करने की आपकी योग्यता जीवन में किसी भी महत्त्वपूर्ण चीज़ को हासिल करने के लिए अनिवार्य है। आगे के पन्नों में हम आपको दिखाएँगे कि यह कैसे करना है। हम लक्ष्य तय करने और लक्ष्य हासिल करने का क़दम दर क़दम तंत्र समझाएँगे, जिसका इस्तेमाल करके आप अपनी ज़िंदगी में कोई भी मनचाही चीज़ हासिल कर सकते हैं और यह काम आपकी कल्पना से भी ज़्यादा तेज़ी से होगा।

लक्ष्य तय करने की प्रक्रिया में कोई असाधारण चीज़ होती है। जब आप अपने लक्ष्य काग़ज़ पर लिखते हैं, तो आप दरअसल अपने अवचेतन मन में उनकी प्रोग्रामिंग कर लेते हैं, जहाँ वे शक्ति ग्रहण करने लगते हैं। फिर आपका अवचेतन मन और आपका अतिचेतन मन इन लक्ष्यों पर दिन में 24 घंटे काम करने में जुट जाते हैं, चाहे आप जाग रहे हों या सो रहे हों।

जब आप स्पष्ट, लिखित लक्ष्यों से अपने मन की प्रोग्रामिंग कर लेते हैं, तो आप उन मानसिक शक्तियों को सक्रिय कर देते हैं, जिनका इस्तेमाल आम आदमी शायद ही कभी करता है। आप अपने जीवन में ऐसे लोगों और परिस्थितियों को आकर्षित करने लगते हैं, जो आपके लक्ष्यों को पूरा करने में सहायक होती हैं। आपके मन में ऐसे विचार आने लगते हैं, जो आपको अपने लक्ष्यों की दिशा में आगे बढ़ाते हैं।

आप उन चीज़ों के बारे में ज़्यादा चौकस और जागरूक हो जाते हैं, जिनसे आप ज़्यादा तेज़ी से अपने लक्ष्य हासिल कर सकते हैं। जब आप यह स्पष्ट कर लेते हैं कि आप क्या चाहते हैं, तो आपका बाहरी संसार किसी

दर्पण की तरह विचारों और छवियों के आपके आंतरिक संसार का प्रतिबिंब परिणामों के रूप में दिखाने लगता है।

जब आप सुनियोजित लक्ष्य निर्धारण के सिद्धांत लागू करने लगते हैं, तो आपको कोशिशों के अनुपात में बहुत ज़्यादा परिणाम मिलने लगते हैं। जहाँ पहले आपका प्रदर्शन औसत था, वहाँ आपको अब असाधारण परिणाम मिलते हैं। आप ज़्यादा सक्षम और सृजनात्मक बन जाते हैं। आप अपनी मानसिक शक्तियों का ताला खोल लेते हैं और सफलता के ऐसे स्तर हासिल करने लगते हैं, जिनसे आपके आस-पास के लोग चकित रह जाते हैं।

थॉमस कार्लायल ने एक बार लिखा था, "जिस इंसान के पास कोई लक्ष्य नहीं होता, वह सबसे समतल सड़क पर भी कोई प्रगति नहीं कर पाता है। दूसरी ओर, जिस इंसान के पास स्पष्ट लक्ष्य होता है, वह सबसे मुश्किल सड़क पर भी प्रगति कर लेगा।"

तेल उद्योग के अरबपति एच. एल. हंट ने अरकंसा में बटाईदार के बेटे के रूप में शुरुआत की थी और बाद में वे संसार के सबसे अमीर लोगों में से एक बने। एक बार किसी ने उनसे उनकी "सफलता के रहस्य" पूछे। उन्होंने कहा कि सफल होने के लिए इंसान को सिर्फ़ दो चीज़ों की ज़रूरत होती है। पहली, आपको सटीकता से यह तय कर लेना चाहिए कि आप क्या चाहते हैं। ज़्यादातर लोग ऐसा कभी नहीं करते हैं। दूसरे, आपको यह तय कर लेना चाहिए कि आप उस लक्ष्य को हासिल करने के लिए कौन सी क़ीमत चुकाएँगे और फिर उस क़ीमत को चुकाने में व्यस्त हो जाना चाहिए।

सफलता की क़ीमत की दो शर्तें होती हैं। पहली शर्त यह होती है कि इसे पहले चुकाना होता है। जीवन किसी रेस्तराँ जैसा नहीं है, जहाँ आप भोजन करने के बाद बिल चुकाते हों। यह तो एक कैफ़ेटेरिया की तरह है, जहाँ आपको खाना शुरू करने से पहले पूरी क़ीमत चुकानी होती है।

सफलता की क़ीमत की दूसरी शर्त यह है कि आपको सफलता का आनंद लेने से पहले उसकी पूरी क़ीमत चुकानी होती है। सफलता डिस्काउंट योजना पर नहीं मिलती है।

ज़िंदगी में किसी भी समय आप यह जान सकते हैं कि उस समय तक आपने सफलता की कितनी ज़्यादा क़ीमत चुकाई है। इसके लिए आपको

बस अपने चारों तरफ़ देखना है। आपकी वर्तमान जीवनशैली, आमदनी और सफलता का स्तर आपकी चुकाई हुई क़ीमत का प्रतिबिंब है। आपने ज़िंदगी में अब तक जो कुछ भी हासिल किया है, अगर आप उससे ख़ुश नहीं हैं, तो आप तुरंत काम में जुट जाएँ और उन पुरस्कारों व परिणामों के लिए क़ीमत चुकाने लगें, जिनका आनंद आप भविष्य में लेना चाहते हैं। कोई सीमाएँ नहीं हैं; सिर्फ़ वही सीमाएँ हैं, जो आपके विचारों की सीमाएँ होती हैं।

सटीकता से तय करें कि आप क्या चाहते हैं, इसे लिख लें, इसे हासिल करने की योजना बनाएँ और फिर हर दिन उस योजना पर काम करें।

सुबह उठने से लेकर रात को सोने तक आप ज़िंदगी में जो कुछ भी करते हैं, उसका लगभग 95 प्रतिशत आपकी आदतों से तय होता है। सफल इंसान वे हैं, जिन्होंने सफलता की आदतें डाल ली हैं। असफल इंसान वे हैं, जो अब तक सफलता की आदतें नहीं सीख पाए हैं। आप इस समय जो सबसे महत्त्वपूर्ण आदत डाल सकते हैं, वह है नियमित लक्ष्य तय करने की आदत। इससे आपके लिए महान जीवन का सृजन जितना सुनिश्चित होगा, उतना किसी दूसरी आदत या व्यवहार को सीखने से नहीं होगा।

ज़ाहिर है, सिर्फ़ लक्ष्य तय करना ही काफ़ी नहीं है। आपको लक्ष्य हासिल करने के लिए आवश्यक ख़ास योग्यताएँ भी सीखनी होंगी। समस्याओं और मुश्किलों के सामने आने पर भी आपको सकारात्मक और आशावादी बनना होगा। आपको अपनी ज़िंदगी और इसमें होने वाली हर चीज़ की पूरी ज़िम्मेदारी लेनी होगी।

आप जिसे हासिल करने में सक्षम हैं, वह हर चीज़ हासिल करने के लिए आपको अपनी विशेष योग्यताओं, शक्तियों और क़ाबिलियत को पहचानना होगा। इसके बाद अधिकतम सफलता के लिए आपको अपनी कंपनी और उद्योग में ख़ुद को सही जगह पर रखना होगा।

आपको दौलतमंद बनने के रहस्य सीखने होंगे, जिनमें सफल कारोबार शुरू करने और बनाने की रणनीतियाँ शामिल हैं, चाहे वह कारोबार आपका हो या किसी दूसरे का। आपको लोगों को प्रभावित करने और उन्हें राज़ी करने की ख़ास तकनीकें सीखनी चाहिए, जिनसे आप अपने प्रयासों को कई गुना बढ़ा सकते हैं और अपने आस-पास के संसार के मुख्य लोगों का समर्थन हासिल कर सकते हैं।

आपको यह सीखना चाहिए कि अपने ज्ञान और योग्यताओं को लगातार कैसे बढ़ाएँ, ताकि आप सर्वोच्च संभव स्तर पर प्रदर्शन कर सकें। अंत में, आपको साहस और लगन के गुणों को विकसित करना चाहिए, क्योंकि इनके बिना कोई सफलता संभव नहीं है। आपको अपने डरों और शंकाओं से उबरना भी सीखना चाहिए, क्योंकि यही ज़्यादातर लोगों को पीछे रोके रखती हैं। आपको अटल संकल्प के साथ अपनी हर चीज़ का समर्थन करना भी सीखना चाहिए।

आगे आने वाले पन्नों में आपको एक शक्तिशाली प्रक्रिया सिखाई जाएगी, जिससे आप किसी भी लक्ष्य को हासिल कर सकते हैं, जो आप जीवन में तय करेंगे। आप यह सीखेंगे कि अपनी आमदनी तेज़ी से कैसे बढ़ाई जाए और वित्तीय स्वतंत्रता कैसे हासिल की जाए। आप सीखेंगे कि अपने पारिवारिक जीवन को कैसे सुखी बनाया जाए और अपने स्वास्थ्य संबंधी लक्ष्य कैसे तय व हासिल किए जाएँ। आप सीखेंगे कि उपलब्धि और पुरस्कारों तक पहुँचने के लिए आप कई साल की कड़ी मेहनत से कैसे बच सकते हैं।

लक्ष्य तय करने और हासिल करने की योग्यता काफ़ी हद तक किसी पहिये की धुरी जैसी होती है। हर चीज़ इसी के इर्द-गिर्द घूमती है। एक बार जब आप यह योग्यता सीख लेते हैं, तो फिर आप ज़िंदगी भर इसका इस्तेमाल कर सकते हैं। आइए, हम शुरू करते हैं।

अध्याय 1

अपने सभी लक्ष्य निर्धारित और हासिल करें

लक्ष्य तय करने और उन्हें हासिल करने की योजनाएँ बनाने की आपकी योग्यता सफलता की "प्रधान योग्यता" है। इस योग्यता का विकास करने और इसे आजीवन आदत बनाने से आप जितनी ऊँची सफलता और उपलब्धियाँ पाएँगे, उतनी संभवतः किसी दूसरी योग्यता को सीखने से नहीं पा सकते।

किसी भी चीज़ की तरह आप लक्ष्य तय करने की प्रक्रिया के स्वामी तभी बनते हैं, जब आप इसे सीखते हैं और फिर इसका बार-बार इस्तेमाल करते हैं, जब तक कि यह साँस लेने और छोड़ने की तरह स्वचालित नहीं बन जाती। आपके व्यवहार का उद्देश्य यह होना चाहिए कि आप हमेशा लक्ष्य तय करते रहें। आप क्या चाहते हैं, इस बारे में इतने स्पष्ट और एकाग्र बनें कि आप हर दिन, हर पल वही काम करें, जो आपको अपने लक्ष्यों की ओर आगे बढ़ाए।

कुछ समय पहले सबसे सफल कुछ लोगों का विस्तृत साक्षात्कार लिया गया। इसका मक़सद यह पता लगाना था कि उनमें ऐसे कौन से ख़ास गुण थे, जिनकी बदौलत वे हमारे समाज के 99 प्रतिशत लोगों से ऊपर उठे। सामने आने वाला एक गुण था "बुद्धिमत्ता।" जब उन लोगों पर दबाव डाला गया कि वे बुद्धिमत्ता की परिभाषा बताएँ, तो ज़्यादातर का मत था कि बुद्धिमत्ता का मतलब आईक्यू या स्कूल के ग्रेड नहीं, बल्कि "काम करने का तरीक़ा" है।

शोध करने वाले इस नतीजे पर पहुँचे कि जो लोग सफल हुए थे, उन्होंने बुद्धिमत्तापूर्वक कार्य किया था। जो लोग असफल हुए थे, उन्होंने बुद्धिमत्ताहीन तरीक़े से कार्य किया था। कॉलेज के सबसे सफल विद्यार्थी, जिनके आईक्यू का स्तर ऊँचा था, बुद्धिमत्ताहीन व्यवहार में संलग्न नज़र आए। दूसरी तरफ़, सीमित शुरुआत और विपरीत परिस्थितियों में रहने वाले कुछ लोग बहुत बुद्धिमत्तापूर्ण व्यवहार करते देखे गए।

सवाल यह है, "बुद्धिमत्तापूर्ण व्यवहार की परिभाषा क्या है?"

जवाब आसान है। बुद्धिमत्तापूर्ण व्यवहार आपका हर वह कार्य है, जो आपको मनचाही चीज़ की दिशा में ले जाती है, जिसके संबंध में आपने निर्णय लिया है कि आप उसे चाहते हैं। बुद्धिमत्ताहीन या "मूर्खतापूर्ण" व्यवहार आपका हर वह कार्य है, जो आपको मनचाही चीज़ से दूर ले जाता है, जिसके संबंध में आपने निर्णय लिया है कि आप उसे चाहते हैं।

मिसाल के तौर पर, अगर आप उत्कृष्ट स्वास्थ्य और फ़िटनेस को अपना लक्ष्य बनाते हैं, तो इस लक्ष्य को हासिल करने के लिए आप जो भी करते हैं, वह हर चीज़ बुद्धिमत्तापूर्ण है। स्वास्थ्य या फ़िटनेस से दूर ले जाने वाला आपका किया हुआ या न किया हुआ हर काम आपकी ख़ुद की परिभाषा के अनुसार मूर्खतापूर्ण काम है।

यदि आपका लक्ष्य ऊँची आमदनी पाना और आर्थिक दृष्टि से आत्मनिर्भरता हासिल करना है, तो आपका हर वह काम बुद्धिमत्तापूर्ण है, जो आपका व्यक्तिगत मूल्य बढ़ाता है और वित्तीय भंडार को भरता है। जब भी आप कोई ऐसी चीज़ करते हैं, जो आपको वित्तीय आत्मनिर्भरता से दूर ले जाती है, या जब आप कोई ऐसी चीज़ करते हैं, जो आपको वित्तीय आत्मनिर्भरता की ओर नहीं ले जाती है, तो आप बुद्धिमत्ताहीन व्यवहार कर रहे हैं - यह आपकी ख़ुद की परिभाषा से तय होता है कि आप वाक़ई क्या चाहते हैं।

एक उल्लेखनीय खोज पर ग़ौर करें : आपकी बुद्धिमत्ता लगभग 25 आईक्यू पॉइंट तक लचीली होती है। इसका मतलब है कि आप अपने दिमाग़ का ज़्यादा अच्छा इस्तेमाल करके अपना आईक्यू बढ़ा सकते हैं। जिस तरह आप अपनी शारीरिक मांसपेशियों पर मेहनत करके शरीर को ज़्यादा शक्तिशाली बना सकते हैं, उसी तरह अपनी मानसिक मांसपेशियों पर मेहनत

करके आप ज़्यादा चतुर बन सकते हैं। जब आपके पास स्पष्ट, विशिष्ट लक्ष्य होंगे और आप उनकी दिशा में हर दिन काम करेंगे, तो आप पाएँगे कि आप हर चीज़ में ज़्यादा बुद्धिमत्तापूर्ण तरीक़े से काम कर रहे हैं।

शायद पिछले 100 वर्षों की एक बेहद महत्त्वपूर्ण खोज यह है कि आपके मस्तिष्क में एक स्वचालित, साइबरनेटिक, लक्ष्य-खोजी यंत्र होता है। इंसान इस धरती पर एकमात्र प्राणी है, जिसमें यह ख़ास क्षमता है। इसकी बदौलत आप ख़ुदबख़ुद उन लक्ष्यों को अपने आप हासिल कर लेते हैं, जो आप तय करते हैं, चाहे वे लक्ष्य कुछ भी हों।

यह "सफलता का यंत्र" रात-दिन काम करता है, चेतन रूप से भी और अचेतन रूप से भी। यह आपको लक्ष्य हासिल करने के लिए प्रेरित और प्रोत्साहित करता रहता है। यह बिजली के स्विच जैसा होता है। एक बार जब आप इसे चालू कर देते हैं, तो यह चालू बना रहता है, जब तक कि आप इसे बंद करने के लिए कुछ न करें। इस अध्याय में बाद में हम इसे ज़्यादा विस्तार से समझाएँगे।

ज़्यादातर लोगों के साथ एक बड़ी समस्या यह है कि उनके स्वचालित लक्ष्य-खोजी यंत्र का स्विच चालू ही नहीं होता। या फिर, यदि यह चालू होता है, तो सिर्फ़ सीमित महत्त्व और मूल्य वाले लक्ष्य हासिल करने के लिए ही चालू होता है। सुबह ऑफ़िस आने के बाद कुछ लोगों का बुनियादी लक्ष्य यह तय करना होता है कि वे लंच के समय क्या करेंगे। दोपहर को उनका बुनियादी लक्ष्य यह तय करना होता है कि वे शाम को टेलीविज़न पर क्या देखेंगे। वीकएंड पर उनका बुनियादी लक्ष्य यह होता है कि वे कैसे मौज-मस्ती करेंगे और समय गुज़ारेंगे। अख़बार उठाने पर उनका बुनियादी लक्ष्य पिछले 24 घंटों में देश में हुए हर मैच का स्कोर पढ़ना होता है। जब वे ख़रीदारी करने जाते हैं, तो उनका प्राथमिक लक्ष्य यह होता है कि वे अपने पर्स में रखे हर नोट को ख़र्च कर दें, और हर वह चीज़ भी, जो उन्हें उधार मिल सकती है। उनकी प्राथमिकता लक्ष्य हासिल करना नहीं है; वे तो बस तनावरहित रहना चाहते हैं।

यहाँ सफलता का एक बेहद महत्त्वपूर्ण सिद्धांत बताया जा रहा है : "हर चीज़ महत्त्वपूर्ण होती है!"

आप जो भी करते हैं, वह हर चीज़ या तो लक्ष्य की दिशा में बढ़ाती है या घटाती है। हर चीज़ या तो मदद करती है या फिर नुक़सान पहुँचाती है। हर कार्य या अकार्य आपको या तो अपने लक्ष्यों की ओर ले जाता है या फिर उनसे दूर ले जाता है। कोई चीज़ तटस्थ नहीं होती। हर चीज़ महत्त्वपूर्ण होती है।

आप संकल्पवान और निश्चित काम करके जीवन का खेल जीत सकते हैं। दूसरी तरफ़, आप खेल में शामिल न होने से जीवन के खेल में हार सकते हैं। अगर आपने अपनी सफलता के यंत्र को चालू ही नहीं किया है या तय लक्ष्य हासिल करने तक चालू नहीं रखा है, तो जीवन के खेल में आपकी हार तय है।

हर व्यक्ति के अवचेतन मन में एक "असफलता यंत्र" भी होता है। असफलता का यंत्र अक्सर तब नज़र आता है, जब लोग अपनी मनचाही चीज़ें पाने के लिए सबसे तेज़ और आसान तरीक़े की तलाश करते हैं। ज़्यादातर लोग न्यूनतम प्रतिरोध की दिशा में चलते हैं। उन्हें वह काम करना ज़्यादा पसंद होता है, जो अल्पकाल में मज़ेदार और आसान हो। उन्हें मेहनत भरे काम करना पसंद नहीं होते, जो लंबे समय में बेहतर परिणाम पाने के लिए ज़रूरी हैं।

हर सुबह उठने पर आपके सामने एक चुनौती होती है। क्या मज़ेदार और आसान काम करें? या फिर वह काम करें, जो मुश्किल लेकिन ज़रूरी है? क्या उठकर दिन के लिए ख़ुद को तैयार करें या फिर अख़बार पढ़ें और टेलीविज़न देखें?

आपके व्यवहार के महत्त्व और मूल्य का विश्लेषण करने का सबसे अच्छा तरीक़ा यह है कि इससे लंबे समय में कैसे परिणाम मिलेंगे। वह कार्य मूल्यवान और महत्त्वपूर्ण है, जिसके आपके जीवन में महत्त्वपूर्ण सकारात्मक परिणाम हो सकते हैं। दूसरी ओर, वह कार्य व्यवहार महत्त्वहीन और अप्रासंगिक है, जिसके कोई महत्त्वपूर्ण सकारात्मक परिणाम नहीं होते।

मिसाल के तौर पर, अगर आप कॉफ़ी पीते हैं, अख़बार पढ़ते हैं और टेलीविज़न देखते हैं, तो इन कामों का आपकी सेहत, ख़ुशी, समृद्धि पर या तो कोई असर नहीं होगा, या फिर सिर्फ़ नकारात्मक असर होगा। आप ये चीज़ें कई घंटों तक कर सकते हैं। भले ही आप मानव जाति के इतिहास

में सबसे कुशल अख़बार पाठक, टेलीविज़न दर्शक और कॉफ़ी पीने वाले बन जाएँ, लेकिन इसका आपके भविष्य पर शून्य प्रभाव पड़ेगा। इसलिए परिभाषा के अनुसार ये महत्त्वहीन, कम महत्त्व के काम हैं, क्योंकि इनके कोई सकारात्मक परिणाम नहीं होते हैं।

दूसरी ओर, हर सुबह उठकर आधा या एक घंटे पढ़ने, सप्ताह में तीन-चार दिन व्यायाम करने और समय के सबसे मूल्यवान उपयोग पर हमेशा ध्यान केंद्रित करने से आपको भविष्य में महत्त्वपूर्ण परिणाम मिल सकते हैं। इन कामों की आदत डालने से इस बात की लगभग गारंटी मिल जाती है कि आप ज़िंदगी में आम आदमी से बहुत ज़्यादा हासिल करेंगे। हर सुबह जब अलार्म घड़ी बजती है, तो आपके पास हर बार यह चुनने का मौक़ा होता है कि आप इन दो दिशाओं से किस दिशा में जाना चाहते हैं। हर चीज़ महत्त्वपूर्ण होती है।

एक गुण युगों-युगों से जीवन में सफलता या असफलता, प्रसन्नता या अप्रसन्नता, सम्मान या असम्मान का अति महत्त्वपूर्ण निर्धारक रहा है। यह है "आत्म-अनुशासन" का गुण। सबसे सफल और ख़ुश लोग हमेशा सबसे कम सफल और सबसे कम ख़ुश लोगों से हमेशा ज़्यादा अच्छी तरह अनुशासित रहे हैं।

अल्बर्ट हबर्ड ने लिखा था, "आत्म-अनुशासन ख़ुद से वह काम कराने की योग्यता है, जो आपको करना चाहिए, जब आपको उसे करना चाहिए, चाहे आप उसे पसंद करते हों या न करते हों।"

उस काम को करना आसान होता है, जिसे करने का मन हो, जो मज़ेदार, आसान या आरामदेह हो। लेकिन जब किसी कठोर और मुश्किल काम को करने की बात आती है, तो आपको न्यूनतम प्रतिरोध वाले मार्ग पर चलने की अपनी इच्छा से जूझना पड़ता है। इसी समय अनुशासन की ज़रूरत पड़ती है। अचरज की बात यह है कि आप ख़ुद को जितना ज़्यादा अनुशासित करते हैं, आप स्वयं को उतना ही ज़्यादा पसंद करते हैं और स्वयं का उतना ही ज़्यादा सम्मान करते हैं। आप ज़्यादा अच्छे और शक्तिशाली बन जाते हैं। आप जितने ज़्यादा अनुशासन का इस्तेमाल करते हैं, आप उतना ही ज़्यादा काम कर पाते हैं और उतना ही बेहतर महसूस करते हैं।

आत्म-अनुशासन सिर्फ़ व्यवहारिक नतीजों के संदर्भ में ही परिणाम नहीं देता है; यह सकारात्मक नज़रिये और आत्मसम्मान व आत्मगौरव के ऊँचे स्तरों के संदर्भ में भी परिणाम देता है।

आत्म-अनुशासन शायद जीवन के किसी दूसरे क्षेत्र में इतना महत्त्वपूर्ण नहीं होता, जितना लक्ष्य तय करने और हर दिन उनकी दिशा में काम करने में होता है।

कुछ वर्ष पहले न्यू यॉर्क में डॉ. करेन हॉर्नी ने एक अध्ययन किया। इसमें प्रतिभागियों को लक्ष्य तय करना सिखाया गया और आने वाले महीनों तथा वर्षों में उनको मिलने वाले परिणामों की निगरानी की गई। उन्हें बड़ी उल्लेखनीय बात पता चली! प्रतिभागियों ने अपने लिए जो लक्ष्य तय किए थे, उन्होंने उनमें से 95 प्रतिशत लक्ष्य हासिल कर लिए। इस बारे में सोचें! लक्ष्य तय करने वालों की सफलता की दर 95 प्रतिशत थी! यह बेहद आश्चर्यजनक बात है, हालाँकि यह उससे मेल खाती है, जो हम इस विषय के बारे में जानते हैं।

वे विज्ञान के सहारे जिस नतीजे पर पहुँचे, उसे हम सदियों से व्यवहारिक रूप से जानते हैं। हर मानवीय कार्य उद्देश्यपूर्ण होता है। इंसान स्वचालित रूप से और आसानी से लक्ष्य तय व हासिल करते हैं, बशर्ते वे लक्ष्य तय करें। एक बार जब आप पूरी तरह से स्पष्ट कर लेते हैं कि आप क्या चाहते हैं और फिर उस दिशा में बढ़ाने वाले कामों को ज़्यादा करने के लिए ख़ुद को अनुशासित करते हैं, तो आपकी सफलता की लगभग पूरी गारंटी है।

सवाल यह है : यदि लक्ष्य तय करना और लक्ष्य हासिल करना स्वचालित है और आपके तंत्र में ही बुना हुआ है, तो फिर इतने कम लोगों के पास लक्ष्य क्यों होते हैं? बहुत से अध्ययनों में बताया गया है कि सिर्फ़ 3 प्रतिशत वयस्कों के पास योजनाओं के साथ स्पष्ट, लिखित, विशिष्ट लक्ष्य होते हैं, जिन पर वे हर दिन काम कर सकें। करियर के अंत में लिखित लक्ष्य वाले ये 3 प्रतिशत लोग बाक़ी 97 प्रतिशत लोगों से ज़्यादा दौलतमंद बन जाते हैं।

लक्ष्य तय करने की सात कुंजियाँ हैं। ये सामान्य सिद्धांत लगभग हर लक्ष्य पर लागू होते हैं। जब आप किसी ऐसे व्यक्ति को देखें, जो अपने लक्ष्य

हासिल नहीं कर रहा है, तो यह समझ लें कि वह इन सात मुख्य क्षेत्रों में से किसी एक में कमज़ोर है।

पहली कुंजी यह है कि लक्ष्य स्पष्ट, विशिष्ट, विस्तृत और लिखित होने चाहिए। लक्ष्य अस्पष्ट या आम नहीं हो सकते, जैसे सुखी होना या ज़्यादा पैसे कमाना। लक्ष्य विशिष्ट, मूर्त, ठोस होने चाहिए। लक्ष्य का मतलब है कोई ऐसी चीज़, जिसका स्पष्ट चित्र आप अपने मन में देख सकें और उसकी कल्पना कर सकें।

लक्ष्य तय करने की दूसरी कुंजी यह है कि लक्ष्यों को नापने योग्य और वस्तुनिष्ठ होना चाहिए। वे ऐसे होने चाहिए कि कोई भी उनका विश्लेषण और मूल्यांकन कर सके। "बहुत सारे पैसे कमाना" लक्ष्य नहीं है। यह तो सिर्फ़ एक इच्छा या फ़ंतासी है, जो हर इंसान के मन में होती है। दूसरी ओर, विशिष्ट समयावधि में निश्चित धनराशि कमाना एक सच्चा लक्ष्य है।

तीसरी कुंजी यह है कि लक्ष्यों के साथ समयसीमा होनी चाहिए, यानी लक्ष्य में समयसारणी, डेडलाइन और उप-डेडलाइन का उल्लेख होना चाहिए। वास्तव में, कोई भी लक्ष्य हवाई नहीं होता है; सिर्फ़ डेडलाइन हवाई होती है। एक बार जब आप अपने लक्ष्य के लिए एक स्पष्ट समयावधि और डेडलाइन तय कर लें, तो फिर उस समय तक लक्ष्य हासिल करने की दिशा में काम करते हैं। यदि उस डेडलाइन तक लक्ष्य हासिल न हो पाए, तो दूसरी डेडलाइन तय कर लें, और ज़रूरत पड़ने पर तीसरी डेडलाइन तय कर लें। इसी तरह लक्ष्य की दिशा में तब तक काम करते रहें, जब तक कि आप अंततः कामयाब न हो जाएँ।

भारत में लाखों-करोड़ों लोग हर साल विमान यात्रा करते हैं। हज़ारों हवाई जहाज़ लाखों लोगों को बैठाकर हर दिन देश में उड़ान भरते हैं, लगभग हर शहर और कस्बे की ज़मीन को छूते हैं। उड्डयन अरबों डॉलर का उद्योग है, जो हम सभी को स्पर्श करता है।

उड्डयन उद्योग और हर यात्री की सफलता पूर्णतः सुनियोजित, कंप्यूटरीकृत, स्वचालित, राष्ट्रीय लक्ष्य निर्धारण का परिणाम है। जब भी आप कोई यात्रा करते हैं, तो आपके मन में एक ख़ास शहर या लक्ष्य होता है। आप सटीकता से निर्णय लेते हैं कि आप कब यात्रा करना चाहते हैं और इसमें कितना समय लगेगा। आप हवाई अड्डे तक की दूरी और सुरक्षा जाँच

आदि के लिए आवश्यक समय का अनुमान लगाते हैं। आप यह आकलन करते हैं कि अपने मनचाहे शहर तक उड़ान भरने में कितना समय लगेगा और फिर हवाई जहाज़ से उतरने के बाद अपनी मनचाही जगह तक पहुँचने में कितना समय लगेगा। आप अपनी यात्रा के हर हिस्से के लिए निश्चित समय सारणी बनाते हैं।

हर साल करोड़ों लोग यही करते हैं। वे अविश्वसनीय सटीकता और समयबद्धता के साथ अपनी वर्तमान जगह से अपनी मनचाही जगह तक सफलतापूर्वक यात्रा करते हैं। यह बड़े पैमाने का लक्ष्य-निर्धारण है। यही प्रक्रिया व्यक्तिगत स्तर पर आपके लिए भी काम करती है।

लक्ष्य-निर्धारण की चौथी कुंजी यह है कि आपके लक्ष्य चुनौतीपूर्ण होने चाहिए। उन्हें हासिल करने के लिए आपको थोड़ा अतिरिक्त प्रयास करना होता है। आपने अतीत में जो हासिल किया है, वे उससे आगे के होने चाहिए। आपके लक्ष्यों की सफलता की पचास फ़ीसदी संभावना होनी चाहिए। इससे लक्ष्य की दिशा में बढ़ने की प्रक्रिया थोड़ी तनावपूर्ण बन जाती है, परंतु यह आपको अतिरिक्त प्रयास करने के लिए विवश करती है, जिससे आपके कई सर्वश्रेष्ठ गुण निकलकर बाहर आ जाते हैं।

पाँचवीं कुंजी यह है कि आपके लक्ष्य आपके मूल्यों के सामंजस्य में होने चाहिए और एक-दूसरे के साथ भी सामंजस्य में होने चाहिए। आप परस्पर-विरोधी लक्ष्य नहीं रख सकते। मैं ऐसे लोगों से मिल चुका हूँ, जो कारोबार में सफल होना चाहते हैं, लेकिन साथ ही वे हर दोपहर को गोल्फ़ भी खेलना चाहते हैं। स्पष्ट रूप से, एक ही समय में इन दोनों लक्ष्यों को हासिल करना संभव नहीं है।

छठी कुंजी यह है कि आपके लक्ष्य संतुलित होने चाहिए - आपका करियर या कारोबार, आपका वित्तीय जीवन, आपका परिवार, आपका स्वास्थ्य, आपका आध्यात्मिक जीवन और आपकी सामुदायिक संलग्नता। जिस तरह सुचारू रूप से घूमने के लिए पहिये को संतुलित होना चाहिए, उसी तरह आपके जीवन में भी हर क्षेत्र के लक्ष्यों का संतुलन होना चाहिए, ताकि आप ख़ुश और संतुष्ट रह सकें।

सातवीं कुंजी यह है कि आपके पास अपने जीवन के लिए एक बड़ा निश्चित उद्देश्य होना चाहिए। आपके पास एक लक्ष्य होना चाहिए, जिसे पा

लेने से आपका जीवन इतना ज़्यादा बेहतर बन सकता है, जितना किसी दूसरे लक्ष्य से नहीं बन सकता।

आपका जीवन महान बनना तभी शुरू होता है, जब आप एक बड़े निश्चित उद्देश्य का निर्णय लेते हैं और फिर अपनी सारी ऊर्जाएँ उस एक लक्ष्य को पाने पर केंद्रित कर लेते हैं। आश्चर्य की बात यह है कि जब आप अपने बड़े लक्ष्य को हासिल करने की दिशा में बढ़ेंगे, तो कई छोटे-छोटे लक्ष्य अपने आप हासिल हो जाएँगे। लेकिन आपके पास अपने जीवन के लिए एक बड़ा, निश्चित उद्देश्य होना ही चाहिए।

लक्ष्य हासिल करने की सात कुंजियों के अलावा आपके पास लक्ष्य-निर्धारण व लक्ष्य-प्राप्ति की पद्धति भी होनी चाहिए, जिसे आप अपने जीवन के किसी भी लक्ष्य पर लागू कर सकें।

यहाँ बारह क़दमों की लक्ष्य निर्धारण प्रक्रिया बताई जा रही है, जो दस लाख से ज़्यादा लोगों को सिखाई जा चुकी है। यह किचन में कोई व्यंजन बनाने की विधि जैसी है। अपनी स्थिति और ख़ास आवश्यकताओं के मुताबिक़ आप इन तत्वों में परिवर्तन कर सकते हैं, ताकि आप अपने मनचाहे लक्ष्यों और जीवन का सृजन कर सकें। सफल और सुखी लोग हर समय इन सिद्धांतों का इस्तेमाल करते हैं, चाहे वे उनके बारे में जागरूक हों या न हों। जब भी आप किसी ऐसे व्यक्ति को देखें, जो कम हासिल कर रहा है, तो यह बात तय है कि इन तत्वों में से कोई एक तत्व कम है या नदारद है।

लक्ष्य निर्धारण में पहला क़दम है इच्छा; अपने ख़ास लक्ष्य को पाने की गहरी, धधकती हुई इच्छा। यह इच्छा ख़ुद के लिए होनी चाहिए यानी यह कोई ऐसी चीज़ होनी चाहिए, जो आप ख़ुद के लिए चाहते हों। आप किसी दूसरे के लिए लक्ष्य कभी नहीं चाह सकते, न ही आप कोई ऐसा लक्ष्य हासिल कर सकते हैं, जो कोई दूसरा आपके लिए चाहता हो।

आपको अंततः जो बड़ा प्रश्न पूछना चाहिए और जिसका जवाब देना चाहिए, वह यह है : मैं अपने जीवन में सचमुच क्या चाहता हूँ? आप दिल की गहराई में अपने लिए सचमुच क्या चाहते हैं? आप व्यक्तिगत रूप से क्या हासिल करके सबसे ज़्यादा रोमांचित या उत्साही होंगे? यदि आप पूरे संसार में केवल एक लक्ष्य हासिल कर सकें और आपको उस लक्ष्य को हासिल करने में सफलता की पूरी गारंटी दे दी जाए, तो वह एक लक्ष्य कौन सा

होगा? आपकी व्यक्तिगत इच्छा की तीक्ष्णता और गहराई से ही यह तय होगा कि आप अपने तय लक्ष्य को पाने के लिए कितनी ऊर्जा और संकल्प लगाते हैं। आप सचमुच क्या चाहते हैं और आप उसे कितनी शिद्दत से चाहते हैं?

लक्ष्य निर्धारण में दूसरा घटक या क़दम है विश्वास। आपको अपने दिल की गहराई में पूरा विश्वास होना चाहिए कि आप लक्ष्य के हक़दार हैं और उसे हासिल करने में सक्षम हैं। विश्वास वह उत्प्रेरक है, जो आपकी तमाम मानसिक और शारीरिक शक्तियों को सक्रिय कर देता है। आध्यात्मिक संदर्भ में विश्वास को आस्था कहा जाता है। हर क्षेत्र में ऊँची सफलता पाने वाले सभी लोग ज़बर्दस्त आस्था और विश्वास वाले स्त्री-पुरुष होते हैं। उन्होंने अपने लिए जो लक्ष्य तय किए हैं, उन्हें हासिल करने की अपनी क्षमता में उन्हें गहरा विश्वास होता है।

आश्चर्यजनक बात यह है कि जब आप ख़ुद के लिए एक स्पष्ट लक्ष्य तय कर लेते हैं, कोई ऐसी चीज़ जिसे आप सचमुच, सचमुच चाहते हों और आप हर दिन इसकी दिशा में काम करने लगते हैं, तो आपकी इच्छा प्रबल बनती जाती है और आपका विश्वास गहरा होता जाता है। आगे उठाए गए हर क़दम के साथ आपका यह विश्वास गहरा होता है कि आप यह कर सकते हैं। यही इस कथन का अर्थ है, "हज़ार मील लंबी यात्रा भी एक क़दम से शुरू होती है।"

सफल होने की आपकी चरम योग्यता में आपके विश्वास का स्तर आपके संकल्प और लगन का मुख्य निर्धारक है। इसलिए यह अनिवार्य है कि आप ऐसे लक्ष्य बनाएँ, जो विश्वास करने और हासिल करने योग्य हों, ख़ास तौर पर शुरुआत में।

उदाहरण के लिए, आप यह लक्ष्य तय नहीं कर सकते कि आप एक साल में ग़रीबी से वित्तीय आत्मनिर्भरता तक पहुँच जाएँगे। ऐसे लक्ष्य का नाकाम होना तय है, क्योंकि यह आपकी क्षमताओं से बहुत ज़्यादा परे है। आपको तो कोई ऐसा लक्ष्य तय करना चाहिए, जिस तक पहुँचा जा सके और फिर उसके बाद एक और लक्ष्य और फिर एक और लक्ष्य। एक समय में एक-एक छोटे लक्ष्य हासिल करने से आपका आत्मविश्वास बढ़ जाता है। आप गति में आ जाते हैं। अंततः आप उस बिंदु तक पहुँच जाते हैं, जहाँ आपको विश्वास हो जाता है कि ऐसा कोई लक्ष्य नहीं है, जिसे आप हासिल

न कर पाएँ, बशर्ते यह स्पष्ट हो और आप इस पर पर्याप्त लंबे समय तक कड़ी मेहनत करें। लेकिन लक्ष्य तय करने के मामले में आपको दौड़ने से पहले चलना होता है।

तीसरा क़दम यह है कि आप इसे लिख लें। जो लक्ष्य लिखा नहीं जाता है, वह लक्ष्य ही नहीं होता है। जो भी इंसान भारी सफलता पाता है, वह स्पष्ट, लिखित, विशिष्ट, विस्तृत लक्ष्यों व योजनाओं के अनुरूप काम करता है। वह इनकी नियमित समीक्षा करता है, कई बार तो हर दिन। इससे आपके अवचेतन मन में इन लक्ष्यों की गहरी प्रोग्रामिंग हो जाती है, जहाँ वे सजीव और शक्तिशाली बन जाते हैं।

लगातार ख़ुद से पूछते रहें, "मुझे इस लक्ष्य में सफलता मिल रही है, यह मैं किस तरह नापूँगा? मैं किन मानदंडों का इस्तेमाल करूँगा? मैं अपनी प्रगति मापने के लिए किन मानदंडों या स्कोरकार्ड का इस्तेमाल कर सकता हूँ?"

चौथा क़दम यह है कि अपने मुख्य लक्ष्य या लक्ष्यों को हासिल करने से पहले अपने शुरुआती बिंदु का विश्लेषण करें। आप इस वक़्त कहाँ हैं? यदि आप निश्चित दौलत हासिल करना चाहते हैं, तो एक व्यक्तिगत वित्तीय स्टेटमेंट बनाएँ और पता लगाएँ कि आज आपके पास कितनी दौलत है।

जब आप अपने शुरुआती बिंदु का विश्लेषण करके अपनी स्थिति का आकलन करते हैं, तो आप ईमानदार होने के लिए विवश होते हैं। इसकी बदौलत आप ऐसे लक्ष्य तय नहीं करते हैं, जो हासिल नहीं हो सकते और जिनमें आपकी हार तय है। इसकी बदौलत आप ऐसे लक्ष्य तय करते हैं, जो विश्वास करने और हासिल करने योग्य हों।

पाँचवाँ क़दम यह है कि आप यह निर्णय लें कि आप उस ख़ास लक्ष्य को क्यों पाना चाहते हैं? यह हमें एक बार फिर इच्छा के बिंदु पर ले आता है। किसी लक्ष्य को हासिल करने से आपको कौन-कौन से लाभ होंगे, उन सभी की सूची बना लें। कारण सफलता की भट्टी का ईंधन है।

यदि किसी लक्ष्य को हासिल करने के सिर्फ़ एक-दो कारण हैं, तो आपके पास बहुत कम प्रोत्साहन या प्रेरणा होगी। लेकिन यदि किसी ख़ास लक्ष्य को हासिल करने के लिए आपके पास चालीस-पचास कारण हैं, तो

आप सफल होने के लिए इतने ज़्यादा प्रेरित, प्रोत्साहित और संकल्पवान बन जाएँगे कि कोई भी वस्तु या व्यक्ति आपके सामने नहीं टिक पाएगा।

आप जितने ज़्यादा कारण सोचेंगे, आपकी इच्छा उतनी ही ज़्यादा प्रबल होगी और आपका विश्वास भी उतना ही गहरा होगा कि आप उस लक्ष्य तक पहुँच सकते हैं।

छठा क़दम यह है कि आप अपने लक्ष्य की डेडलाइन तय कर लें। डेडलाइन एक "आकलन" है कि आप अपना लक्ष्य कब तक हासिल कर लेंगे। यह किसी लक्ष्य पर निशाना साधने जैसा है। आप बीचोंबीच प्रहार कर सकते हैं या आप एक तरफ़ या दूसरी तरफ़ प्रहार कर सकते हैं। आप अपने आधे लक्ष्य शायद डेडलाइन से पहले ही हासिल कर लेंगे और बाक़ी आधे शायद डेडलाइन के बाद हासिल कर पाएँगे। लेकिन फिर भी आपके पास एक डेडलाइन होनी चाहिए, जिस तरह किसी विमान का एक निश्चित प्रस्थान समय होता है, चाहे वह आपके टिकट में दिए ख़ास समय पर चले या न चले।

यदि आपका लक्ष्य पर्याप्त बड़ा है, तो इसे छोटी-छोटी समय सीमाओं में तोड़ लें। इससे बहुत मदद मिल सकती है। जब आप अपने लक्ष्यों को दिनों और घंटों की मात्राओं व गतिविधियों में बाँट लेते हैं, तो आप यह देखकर चकित रह जाएँगे कि आप कितना ज़्यादा कर सकते हैं।

लक्ष्य तय करने की प्रक्रिया में सातवाँ क़दम यह तय करना है कि आपके और आपके लक्ष्य के बीच कौन सी बाधाएँ खड़ी हैं। आप अपने लक्ष्य पर अब तक क्यों नहीं पहुँचे हैं? आपको कौन रोक रहा है? किसने आपको पीछे रोक रखा है? आपके लक्ष्य को हासिल करने से जो चीज़ें आपको पीछे रोक रही हैं, उनमें सबसे बड़ी अकेली बाधा कौन सी है?

जो बाधाएँ और मुश्किलें आपको लक्ष्य हासिल करने से रोक रही हैं, आप उन पर 80/20 का नियम लागू कर सकते हैं। यह नियम बताता है कि अगर आप अपने लक्ष्य हासिल नहीं कर रहे हैं, तो ज़्यादातर मामलों में 80 प्रतिशत कारण आंतरिक होते हैं; वे आपके आस-पास के संसार में नहीं, बल्कि आपके भीतर होते हैं। सिर्फ़ 20 प्रतिशत बाधाएँ ही बाहरी होती हैं, यानी उनका संबंध आपकी स्थिति या दूसरे लोगों से होता है।

औसत और दोयम दर्जे के लोग जब प्रगति नहीं कर पाते हैं, तो वे अपनी असफलता का दोष हमेशा अपने आस-पास के लोगों और परिस्थितियों को देते हैं। लेकिन श्रेष्ठ लोग हमेशा अपने भीतर झाँकते हैं और पूछते हैं, "मेरे भीतर वह कौन सी चीज़ है, जो मुझे पीछे रोक रही है?"

आठवाँ क़दम यह है कि आप यह पता लगाएँ कि अपना लक्ष्य हासिल करने के लिए आपको किस ज्ञान, जानकारी और अतिरिक्त योग्यताओं की ज़रूरत पड़ेगी। याद रखें, सूचना युग में ज्ञान ही सफलता का कच्चा माल है। आपने पहले कभी जो हासिल नहीं किया, उसे हासिल करने के लिए आपको ऐसा कुछ करना होगा, जो आपने पहले कभी नहीं किया है। आपको ऐसा इंसान बनना होगा, जो आप पहले कभी नहीं रहे हैं। अपनी उपलब्धि के वर्तमान स्तर से परे जाने के लिए आपको वह ज्ञान और योग्यताएँ हासिल करनी होंगी, जो आपमें पहले कभी नहीं थीं।

हर नए लक्ष्य के साथ सीखने का उद्देश्य जुड़ा होना चाहिए। आपका लक्ष्य जो भी हो, आपको यह पता लगाना चाहिए कि इसे हासिल करने के लिए आपको क्या सीखना होगा और किस चीज़ में माहिर बनना होगा। खुद से पूछें, "वह एक योग्यता कौन सी है, जिसे अगर मैं विकसित कर लूँ और उत्कृष्ट अंदाज़ में करूँ, तो मुझे यह लक्ष्य हासिल करने में सबसे ज़्यादा मदद मिलेगी?" आपका जवाब जो भी हो, उसे लिख लें, एक योजना बनाएँ और फिर हर दिन उस योग्यता को निखारने की मेहनत करें, जब तक कि आप उसमें माहिर न हो जाएँ। सिर्फ़ इसी निर्णय से आपकी ज़िंदगी बदल सकती है।

नवाँ क़दम यह तय करना है कि लक्ष्य हासिल करने के लिए आपको किन लोगों के सहयोग और सहायता की ज़रूरत होगी। अपने परिवार, बॉस और सहकर्मियों से शुरुआत करें। अपने ग्राहकों, अपने सप्लायर्स और अपने बैंकर के बारे में सोचें। आपको किसकी मदद की ज़रूरत होगी और उनसे मदद लेने के लिए आपको क्या करना होगा? आप किसी तरह से उनकी मदद करके बदले में उनका सहयोग कैसे पा सकते हैं?

संबंध ही सब कुछ होते हैं। कोई भी महत्त्वपूर्ण चीज़ हासिल करने के लिए आपको बहुत से लोगों की मदद की ज़रूरत होगी। आप जितने ज़्यादा और बेहतर संबंध बनाते हैं, लक्ष्य उतनी ही तेज़ी से हासिल होंगे और

आपके जीवन का हर हिस्सा उतना ही बेहतर होगा। आपके कामकाजी और निजी जीवन के वे मुख्य लोग कौन हैं? वे कौन होंगे? उनकी सहायता और सहयोग हासिल करने के लिए आप क्या कर सकते हैं?

दसवाँ क़दम यह है कि आप अपने लक्ष्य को हासिल करने की एक योजना बना लें। योजना उन कामों की एक संगठित सूची होती है, जिन्हें आपको पूरा करना होगा, तभी आप अपनी वर्तमान जगह से अपनी मनचाही जगह तक पहुँच सकते हैं। यह काफ़ी हद तक उस योजना जैसी है, जो आप छुट्टियाँ मनाने या सैर पर जाते समय बनाते हैं। आप उन सारी चीज़ों की सूची बनाते हैं, जिन्हें आप अपने साथ ले जाएँगे और उन सभी कामों की, जो आपको जाने से पहले और आने के बाद करने होंगे।

लक्ष्य हासिल करने की प्रक्रिया में आप यह तय करते हैं कि आप सटीकता से क्या चाहते हैं और उसे लिख लेते हैं। आप अपने शुरुआती बिंदु का विश्लेषण करते हैं और लिखते हैं कि आप किन कारणों से उस लक्ष्य को हासिल करना चाहते हैं। आप एक समयसीमा और उप-समयसीमा तय करते हैं। आप सूची बनाते हैं कि आपको किन बाधाओं से उबरना होगा और किन समस्याओं को सुलझाना होगा। आप तय करते हैं कि अपना लक्ष्य हासिल करने के लिए आपको किन योग्यताओं, ज्ञान और मानव संसाधनों को सीखना या ग्रहण करना होगा। आप यह पता लगाते हैं कि आपको किन लोगों की मदद की ज़रूरत होगी और उनकी मदद व समर्थन हासिल करने के लिए आपको क्या करना होगा। फिर आप इन सभी बिंदुओं के आधार पर एक कार्ययोजना बना लेते हैं।

योजना समय, क्रम और महत्त्व के आधार पर व्यवस्थित गतिविधियों की सूची है। आपको सबसे पहले क्या करना है और दूसरे नंबर पर क्या करना है? ज़्यादा महत्त्वपूर्ण क्या है और कम महत्त्वपूर्ण क्या है? दूसरी चीज़ें की जा सकें, इसके पहले क्या करने की ज़रूरत है? वे गतिविधियाँ कौन सी हैं, जो लक्ष्य पाने के लिए किसी दूसरी चीज़ से ज़्यादा महत्त्वपूर्ण हैं?

लक्ष्य निर्धारण में ग्यारहवाँ क़दम यह है कि आप हर दिन अपने लक्ष्य का मानसिक चित्र इस तरह देखें, जैसे वह पहले ही हासिल हो चुका हो। अपने मन की आँख से अपना लक्ष्य स्पष्टता से देखें। कल्पना करें कि हासिल होने पर यह कैसा दिखेगा। वह भावना जगाएँ, जो लक्ष्य हासिल होने पर

आपके मन में होती। उस गर्व, संतुष्टि और ख़ुशी की कल्पना करें, जिसका अनुभव आप अपने मनचाहे लक्ष्यों के पूरा होने पर करते, अगर आप वैसे इंसान बन चुके होते, जैसे आप बनना चाहते थे।

दिन में कई बार इस मानसिक चित्रण को दोहराएँ और इसे भावना से सराबोर कर दें। जब भी आप मानसिक चित्र देखते हैं और इसे भावना से सराबोर करते हैं, तो हर बार आप अपने अवचेतन और अतिचेतन मन में अपने लक्ष्य की ज़्यादा गहरी प्रोग्रामिंग कर लेते हैं। अंततः आपका लक्ष्य एक प्रबल अचेतन शक्ति बन जाता है और आपको दिन-रात प्रोत्साहित व प्रेरित करता है।

अंत में, लक्ष्य निर्धारण का बारहवाँ क़दम हर काम के पीछे लगन और संकल्प का संबल देना है। पहले से संकल्प लें कि आप कभी, कभी हार नहीं मानेंगे। किसी भी बाधा या मुश्किल के आने से पहले ही यह निर्णय लें कि जब तक आप अपने लक्ष्य तक नहीं पहुँच जाते, तब तक आगे बढ़ते रहेंगे, चाहे कुछ भी हो जाए।

जब आप पहले से ठान लेते हैं कि आप कभी हार नहीं मानेंगे, तो इस मानसिक तैयारी से आपको इतनी ज़्यादा मदद मिलेगी, जितनी किसी दूसरी चीज़ से नहीं मिलेगी। लक्ष्य तक पहुँचने की राह में आपको कई झटके और निराशाएँ मिलना तय है। यह अपरिहार्य और अवश्यंभावी है, जिससे बचा नहीं जा सकता। यह हमेशा इसी तरह होता है। इसीलिए आपको पहले से ठान लेना चाहिए कि आपको कोई चीज़ नहीं रोक पाएगी। फिर जब अवश्यंभावी बाधाएँ और मुश्किलें सामने आएँगी, तो आप मनोवैज्ञानिक दृष्टि से उनसे मुक़ाबला करने को तैयार होंगे। आप अंदर से टूटने के बजाय उन पर टूट पड़ेंगे।

अंत में, हमने इस अध्याय में जिन चीज़ों पर बात की है, उन सभी को एक आसान प्रक्रिया में पिरोने वाला एक अभ्यास यहाँ दिया जा रहा है : कोरे काग़ज़ के ऊपर लिखें, "लक्ष्य।" आज की तारीख़ डालें। फिर कम से कम दस लक्ष्यों की सूची बनाएँ, जिन्हें आप अगले बारह महीनों में हासिल करना चाहते हैं। इन लक्ष्यों को वर्तमान काल में लिखें, जैसे एक वर्ष गुज़र चुका हो और आप लक्ष्य हासिल कर चुके हों। मिसाल के तौर पर, अगर आप अगले बारह महीनों में अमुक डॉलर कमाना चाहते हैं, तो आप

लिखेंगे, "मैं इस वर्ष इतने डॉलर कमाता हूँ।" अपने दस लक्ष्य लिखने के बाद अपनी सूची की समीक्षा और विश्लेषण करें। ख़ुद से यह सवाल पूछें, "इस सूची में वह एक लक्ष्य कौन सा है, जिसे हासिल करने का मेरे जीवन पर सबसे ज़्यादा सकारात्मक प्रभाव पड़ेगा?"

आप अपनी लक्ष्य-सूची का विश्लेषण करके उस सबसे महत्त्वपूर्ण लक्ष्य को चुनते हैं। यह लक्ष्य निकट भविष्य के लिए आपका मुख्य निश्चित उद्देश्य बन जाता है। यह लक्ष्य आपका प्राथमिक व्यवस्थापक सिद्धांत बन जाता है। यह वह लक्ष्य बन जाता है, जो ऊपर बताई गई बारह हिस्सों की लक्ष्य-निर्धारक प्रक्रिया से होकर गुज़रता है। इसे एक अलग काग़ज़ पर लिख लें और एक डेडलाइन या समयसीमा तय कर लें। अपनी शुरुआती स्थिति का विश्लेषण करें और उन कारणों की सूची बनाएँ कि आप वह लक्ष्य क्यों हासिल करना चाहते हैं। उन बाधाओं का पता लगाएँ, जो आपके और उस लक्ष्य के हासिल होने के बीच खड़ी हैं। पता लगाएँ कि लक्ष्य हासिल करने के लिए आपको किस ज्ञान और योग्यताओं की ज़रूरत पड़ेगी। पता लगाएँ कि आपको किन लोगों के सहयोग और सहायता की ज़रूरत पड़ेगी। लक्ष्य हासिल करने की एक योजना बना लें। फिर योजना पर काम करने में जुट जाएँ और हर दिन कुछ न कुछ करें, जो आपको अपने लक्ष्य की ओर ले जाता हो।

जब आप अपने जीवन में इन सिद्धांतों पर अमल करने लगते हैं, तो आप इतना ज़्यादा हासिल करने लगेंगे कि आपको ख़ुद को भी हैरानी होगी। आप ज़्यादा सकारात्मक, शक्तिशाली और प्रभावी इंसान बन जाएँगे। आपमें ज़्यादा आत्म-गौरव और आत्मविश्वास होगा। आप हर दिन, हर पल विजेता जैसा महसूस करेंगे। आप व्यक्तिगत नियंत्रण और दिशा का ज़बर्दस्त अहसास अनुभव करेंगे। आपमें ज़्यादा ऊर्जा और उत्साह होगा। फलस्वरूप आप चंद हफ़्तों या महीनों में इतना ज़्यादा हासिल कर लेंगे, जितना आम आदमी कई वर्षों में भी हासिल नहीं कर सकता।

जब आप अध्ययन और बारंबार अभ्यास करके आजीवन लक्ष्य-निर्धारक बन जाते हैं, तो आपके अवचेतन मन में "सफलता की प्रधान योग्यता" की प्रोग्रामिंग हो जाएगी। आप हमारे समाज के शीर्षस्थ तीन प्रतिशत उच्च सफल लोगों की श्रेणी में पहुँच जाएँगे। आपकी गिनती संसार के सबसे सुखी और सफल लोगों में होगी।

अध्याय 2

जीवन में अपना सच्चा लक्ष्य खोजें

अपनी जीवन यात्रा में आप कभी ख़ुद से जो सबसे महत्त्वपूर्ण प्रश्न पूछ सकते हैं, वे ये हैं : "मैं यहाँ क्यों आया हूँ?" "मैं जीवन में सचमुच, सचमुच क्या चाहता हूँ?" "मैं कहाँ जा रहा हूँ?" और "अगर मैं अपने सारे लक्ष्य हासिल कर लूँ, तो मेरी ज़िंदगी कैसी दिखेगी?"

80/20 का नियम कहता है कि आप जो 20 प्रतिशत काम करते हैं, वे आपके पूरे कामों के 80 प्रतिशत मूल्य का प्रतिनिधित्व करते हैं। इसके अलावा, आपके जीवन पर "20/80 का नियम" भी लागू होता है। यह नियम कहता है कि आपके लिए जो भी वाक़ई महत्त्वपूर्ण है, उसके बारे में सोचने और योजना बनाने में आप पहले जो 20 प्रतिशत समय लगाते हैं, वह अंततः मिलने वाले 80 प्रतिशत मूल्य और परिणामों को तय करता है।

सबसे सफल और सुखी लोग वही होते हैं, जो ज़्यादातर समय यह सोचने में लगाते हैं कि वे सचमुच कौन हैं और वे सचमुच क्या चाहते हैं। वे अपने सच्चे लक्ष्यों और इच्छाओं की रोशनी में लगातार अपनी प्रगति का आकलन और मूल्यांकन करते हैं। वे यह सुनिश्चित करते हैं कि सफलता की सीढ़ी पर चढ़ते समय यह सही इमारत से टिकी रहे।

इस अध्याय में आपको विचारों और प्रश्नों की एक शृंखला बताई जाएगी, जिसका इस्तेमाल करके आप जीवन में अपने सच्चे अर्थ और उद्देश्य का पता लगा सकते हैं। इन प्रश्नों पर पूरी तरह सोचने और इनका जवाब

देने की आपकी इच्छुकता व योग्यता का आपकी दीर्घकालीन ख़ुशी व सफलता पर जितना प्रभाव पड़ सकता है, उतना किसी दूसरी चीज़ से नहीं पड़ेगा।

व्यक्तिगत महानता का शुरुआती बिंदु यह अहसास है कि आप सचमुच असाधारण हैं! पूरी सृष्टि में हूबहू आप जैसा कोई इंसान पहले कभी नहीं रहा। आपमें ऐसी उल्लेखनीय योग्यताएँ, कुशलताएँ, रुझान, ज्ञान और विचार हैं, जो आपको संसार में अब तक आए लोगों से भिन्न और श्रेष्ठ बनाते हैं। इस समय भी आपके भीतर इतनी क्षमता है कि आप उससे ज़्यादा हासिल कर लें, जितना आपने आज तक हासिल किया है। आप "सफलता के जीव" के रूप में रचे और बनाए गए हैं। आपके अंदर उन चीज़ों को ज़्यादा करने की प्रेरणा भरी गई है, जिनसे आपको अपनी मनचाही सफलता और ख़ुशी मिल सकती है।

अफ़सोस की बात यह है कि ज़्यादातर लोग अपनी सच्ची क्षमताओं से कम पर काम करते हुए ज़िंदगी गुज़ार देते हैं और फिर "अपना संगीत अपने भीतर लिए हुए ही" मर जाते हैं। वे दबावों और घटनाओं पर, अभिभावकों और अधिकारियों पर, बिलों और ज़िम्मेदारियों पर प्रतिक्रिया करते रहते हैं, जब तक कि यह जीवनशैली स्वचालित और निर्विवाद नहीं बन जाती। वे कभी शांति से बैठकर सोचने का समय ही नहीं निकालते हैं कि वे दरअसल ख़ुद के लिए क्या चाहते हैं।

लीडर्स का एक गुण यह होता है कि वे "जानते हैं कि वे कौन हैं।" लीडर वे स्त्री-पुरुष हैं, जिन्होंने समय लगाकर यह पूरी तरह स्पष्ट कर लिया है कि वे किसके पक्ष में खड़े हैं और किसमें यक़ीन करते हैं। वे जानते हैं कि वे कहाँ जा रहे हैं और वे वहाँ कैसे पहुँचेंगे।

अच्छी ख़बर यह है कि लीडर पैदा नहीं होते हैं; लीडर तो बनते हैं। आप ऐसे विचार सोचकर लीडर बनते हैं, जो लीडर सोचते हैं। आप ऐसे काम करके लीडर बनते हैं, जो लीडर करते हैं। नेतृत्व का अर्थ पद नहीं है; यह तो कार्य है। नेतृत्व किसी कार्ड पर लिखा पदनाम या पदवी नहीं है। यह तो उन चीज़ों से तय होता है, जो आप हर दिन करते और कहते हैं। जब आप किसी लीडर की तरह सोचते, चलते, बात करते और काम करते हैं, तो आप लीडर बन जाते हैं। आप अपने जीवन और भविष्य की बागडोर अपने हाथों में थाम लेते हैं। आप अपनी तक़दीर के स्वामी और अपने भविष्य

के आर्किटेक्ट बन जाते हैं। आपको इस धरती पर इसलिए भेजा गया था, ताकि आप अपने जीवन में कुछ अद्‌भुत करें। आपका काम यह पता लगाना है कि वह अद्‌भुत चीज़ क्या है और फिर उसे बहुत अच्छी तरह से करने में अपने पूरे दिल को झोंकना है। आपके जीवन का सिर्फ़ एक उद्देश्य हो सकता है, जैसा मदर टेरेसा का था। या फिर आपके जीवन के कई, क्रमिक उद्देश्य हो सकते हैं, जब आप विकास करते हुए ज़्यादा अच्छे इंसान बनते हैं।

सबसे सफल पुरुषों और महिलाओं में एक गुण समान होता है : स्पष्टता। उन्हें बहुत स्पष्टता से पता होता है कि वे किसके पक्ष में खड़े हैं, किसमें विश्वास करते हैं और कहाँ जा रहे हैं। यह आपको भी स्पष्टता से पता होना चाहिए।

आपके "हृदय की इच्छा" क्या है? आपके हृदय की इच्छा की परिभाषा है वह एक ख़ास चीज़, जिसे करने के लिए आपको इस पृथ्वी पर भेजा गया था। यह ऐसी महत्त्वपूर्ण और अनूठी चीज़ है, जिसे उत्कृष्ट अंदाज़ में करने के लिए आप अनूठे रूप से उपयुक्त हैं। ज़िंदगी में आपका प्राथमिक लक्ष्य अपने हृदय की इच्छा खोजना होना चाहिए। सिर्फ़ तभी आप वाक़ई ख़ुश, सचमुच सफल और पूरी तरह संतुष्ट होंगे। आपके हृदय की इच्छा क्या है?

अपने हृदय की इच्छा खोजने का काम किसी महत्त्वपूर्ण खोज पर निकलने जैसा है, जैसे राउंड टेबल के योद्धा "होली ग्रेल" की खोज में लगे थे। आपका काम भी अपना "होली ग्रेल" खोजना है। इस सवाल का जवाब देकर शुरुआत करें : "आप किस महान चीज़ का सपना देखने की हिम्मत करेंगे, अगर आपको यह पता हो कि आप असफल नहीं हो सकते?"

ख़ुद को सपने देखने की अनुमति दें और बड़े सपने देखें। अभ्यास करने के लिहाज़ से पल भर के लिए यह कल्पना कर लें कि कहीं पर भी, कोई भी सीमाएँ नहीं हैं। कल्पना करें कि आप पूरे संसार में जो चाहे, वह बन सकते हैं, पा सकते हैं या कर सकते हैं।

कल्पना करें कि आपके पास वह सारा समय और पैसा है, जिसकी आपको कभी ज़रूरत होगी। कल्पना करें कि आपके पास वह सारी शिक्षा और अनुभव है, जिसकी ज़रूरत आपको किसी भी काम में सफल होने के लिए होगी। कल्पना करें कि आपके पास वे सारे मित्र और संपर्क सूत्र हैं, जिनसे आप किसी भी दरवाज़े को खुलवा सकते हैं या किसी को भी प्रभावित

कर सकते हैं। कल्पना करें कि आपके पास वे तमाम अवसर और संसाधन हैं, जिनसे आप किसी भी संभावना का लाभ ले सकते हैं। कल्पना करें कि आपने जिस लक्ष्य का सपना देखा है और जिसे तय किया है, उसे हासिल करने के लिए आपके पास हर मनचाही चीज़ है। बस यह कल्पना करें कि आपके पास कहीं पर भी, किसी तरह की कोई सीमा नहीं है।

आप जो बन सकते हैं, कर सकते हैं या पा सकते हैं, अगर इसकी कोई सीमा नहीं होती, तो आप अपने लिए कौन से लक्ष्य तय करते? यदि आपको अपनी चुनी हुई किसी भी चीज़ में ज़बर्दस्त सफलता की गारंटी दे दी जाती, चाहे वह बड़ी हो या छोटी, अल्पकालीन हो या दीर्घकालीन, तो आप ख़ुद के लिए कौन सा एक बड़ा लक्ष्य चुनते? इस प्रश्न का आपका जवाब आपको अपने सच्चे व्यक्तित्व और चरित्र के बारे में इतना कुछ बता देगा, जितना तमाम मनोवैज्ञानिक परीक्षण भी नहीं बता सकते।

ज़्यादातर लोगों के साथ समस्या यह है कि वे रोज़मर्रा के जीवन की सँकरी और बंधनकारी सोच के दलदल में धँसे रहते हैं। जब आम आदमी कभी-कभार सितारों की तरफ़ निगाह उठाता है और उसे अपने पसंदीदा काम की झलक दिखती है, तो उसके दिमाग़ में तुरंत ही तमाम कारण आ जाते हैं कि यह क्यों संभव नहीं है। हम अपनी झाँकी पर ख़ुद ही पानी फेर लेते हैं। अगर हमारे मित्रों या परिवार वालों के पास सपने या लक्ष्य हैं, तो हम अक्सर उनकी झाँकी पर भी पानी फेर देते हैं।

अपनी सोच को बंधनरहित करने के लिए नीचे दिए गए सवाल पूछें और उनका जवाब दें। इससे आपकी आँखें इतनी बड़ी संभावनाओं के प्रति खुल जाएँगी, जिनकी आपने पहले कभी कल्पना भी नहीं की थी।

पहला सवाल यह है : "यदि किसी प्रतिस्पर्धा में आप करमुक्त दस लाख डॉलर का इनाम जीत लेते हैं, तो आप अपने जीवन में क्या परिवर्तन करेंगे?"

कल्पना करें कि आपके पास एक फ़ोन आया है कि आपने दस लाख डॉलर का इनाम जीत लिया है। इस इनाम को हासिल करने के लिए आपको बस एक अनिवार्य प्रश्न का जवाब देना है। आपको सामने वाले को विस्तार से बताना होगा कि बैंक खाते में दस लाख डॉलर आने की वजह से आप अपने जीवन में कौन-कौन से परिवर्तन करेंगे। आपका जवाब क्या होगा?

यह एक मुक्तिदायक प्रश्न हो सकता है। यह आपको आज़ाद कर सकता है। लोग अपने सपनों का अनुसरण नहीं कर पाते हैं, इसका बुनियादी कारण यह है कि वे अपने बिलों द्वारा अटके हुए महसूस करते हैं और सीमाओं द्वारा पंगु महसूस करते हैं। लेकिन यदि आप पल भर के लिए यह कल्पना कर लेते हैं कि आपके पास दस लाख डॉलर हैं, तो आप यह कल्पना भी कर सकते हैं कि आप इस समय कोई भी चीज़ "चुनने के लिए स्वतंत्र" हैं, जो आप बनना, पाना या करना चाहते हैं।

जब हम यह सवाल पूछते हैं, तो ज़्यादातर लोग सबसे पहले यही सोचते हैं कि वे अपनी वर्तमान नौकरी तुरंत छोड़ देंगे और कोई दूसरा काम करेंगे। जो लोग कहते हैं कि वे अपनी वर्तमान नौकरी में ख़ुश हैं, वे भी अचानक बहुत सारा पैसा मिलने पर उसे छोड़ने की सोचने लगते हैं।

नियम यह है : अगर बहुत ज़्यादा पैसा मिलने पर आप अपनी वर्तमान नौकरी छोड़ देते हैं, तो इसका मतलब यह है कि वर्तमान नौकरी आपके लिए सही नौकरी नहीं है। आप शायद इस नौकरी में संयोग से आ गए हैं और आप इसे इस वक़्त इसलिए कर रहे हैं, क्योंकि आपको नौकरी और आमदनी की ज़रूरत है। जो लोग सही नौकरी में हैं, वे उसे कभी छोड़ने की बात सोचेंगे भी नहीं, भले ही उन्हें इनाम में बहुत सारा पैसा मिल जाए। वे बस अपनी नौकरी को ज़्यादा अलग और बेहतर तरीक़े से करने के बारे में सोचेंगे; शायद किसी अलग जगह या किसी अलग कंपनी में। लेकिन वे अपनी नौकरी नहीं छोड़ेंगे।

यदि आपके पास दस लाख डॉलर होते और आप अपनी नौकरी छोड़कर कोई दूसरा काम करने के बारे में सोचते, तो आप किसे चुनते? यदि आप किसी तरह का कोई काम करने का चुनाव करते, तो वह काम कौन सा होता?

पल भर के लिए यह भूल जाएँ कि किसी ख़ास क्षेत्र में आपके पास आवश्यक योग्यताएँ या अनुभव नहीं है। पल भर के लिए बस इतना सोचें कि अगर कोई सीमाएँ नहीं होतीं, तो आप क्या करना सबसे ज़्यादा पसंद करते।

आपको सबसे ज़्यादा भुगतान और ख़ुशी हमेशा तभी मिलती है, जब आप कोई ऐसी चीज़ करेंगे, जिसमें आपको सचमुच आनंद आता है। करियर में सफलता के फ़ॉर्मूले के तीन हिस्से हैं : आप क्या कर रहे हैं यह जानना,

आप जो कर रहे हैं उसमें विश्वास करना और आप जो कर रहे हैं, उससे प्रेम करना।

सचमुच सफल लोग अपने काम से प्रेम करते हैं। इस कारण वे अपने काम में अपना पूरा दिल झोंक देते हैं। वे अपने काम करने की जगह पर पहुँचने के लिए बेकरार रहते हैं और वहाँ से लौटने से नफ़रत करते हैं। उनके लिए काम और आनंद को अलग करने वाली कोई लकीर होती ही नहीं है। जब वे काम नहीं करते हैं, तब भी वे अपने काम के बारे में सोचते और बात करते रहते हैं, उसे ज़्यादा अलग व बेहतर करने के तरीक़े सोचते रहते हैं।

यदि अपनी वर्तमान नौकरी के बारे में आपकी यही भावनाएँ नहीं हैं, तो इसका मतलब यह है कि आपके लिए कोई दूसरी नौकरी ज़्यादा उपयुक्त है। यह पता लगाना आपकी ज़िम्मेदारी है कि वह कौन-सी है।

अपने हृदय की इच्छा और अपने सच्चे मिशन व जीवन के उद्देश्य का पता लगाने के लिए एक बहुत अच्छा अभ्यास यह है कि आप अपने भविष्य के लिए एक आदर्श स्वप्न देखें। "पाँच साल की फ़ंतासी" बुनें। ख़ुद को पाँच साल आगे ले जाएँ और कल्पना करें कि आपका जीवन हर मायने में आदर्श है। कल्पना करें कि पाँच साल की इस अवधि में आपके जीवन की हर समस्या सुलझ चुकी है और हर लक्ष्य हासिल हो चुका है। यदि आपका जीवन हर मायने में आदर्श होता, तो यह कैसा दिखता?

यदि आप जादू की छड़ी लहराकर अपने जीवन को आदर्श बना सकते, तो आप कौन सा काम करते? आपकी आमदनी कितनी होती? आप अपने पेशे या नौकरी में किस स्तर पर होते? आप किस तरह के लोगों के साथ काम कर रहे होते और उठ-बैठ रहे होते?

अपने निजी जीवन में भी जादू की छड़ी लहराएँ। यदि आपका जीवन हर मायने में आदर्श होता, तो आप क्या कर रहे होते और आप किसके साथ होते? आप अब क्या नहीं कर रहे होते? आप अब किन लोगों के साथ नहीं होते? आपकी जीवनशैली कैसी होती? आप अपने दिन, सप्ताह और महीने कैसे बिताते? आपका स्वास्थ्य कैसा होता? आप कितने फ़िट होते?

आप कौन-सी कार चला रहे होते? आप किस तरह के घर में रह रहे होते? आपके पास बैंक में कितना पैसा होता? आप अपनी छुट्टियाँ तथा फ़ुरसत का समय कैसे बिताते?

जब आप भविष्य में कल्पना करते हैं और अपने आदर्श जीवन के सपने देखते हैं, तो आप एक भावी स्वप्न का सृजन करने लगते हैं। अपने मनचाहे भविष्य की स्पष्ट तसवीर देखकर आप आकर्षण के नियम को सक्रिय कर देते हैं, जो फिर आपके जीवन में किसी चुंबक की तरह काम करता है। आप ऐसे लोगों, विचारों और संसाधनों को आकर्षित करने लगते हैं, जो आपके मानसिक चित्रों के सामंजस्य में होते हैं। आपका भावी स्वप्न आपको अपनी ओर खींचता है, जिस तरह आप इसे अपनी ओर खींचते हैं।

जब आप अपने आदर्श भविष्य के बारे में बिलकुल स्पष्ट बन जाते हैं, तो उस भविष्य को हासिल करने की संभावना बहुत ज़्यादा बढ़ जाती है। आपने अपने लिए जिस भविष्य की कल्पना की है, हूबहू वैसे ही भविष्य के सृजन में मदद करने वाली सभी तरह की चीज़ें होने लगती हैं।

हारवर्ड के विलियम जेम्स ने लिखा था, "मेरी पीढ़ी की महानतम खोज यह है कि आप अपने मस्तिष्क के अंदरूनी पहलुओं को बदलकर अपनी ज़िंदगी के बाहरी पहलुओं को बदल सकते हैं।"

रैफ़ वाल्डो इमर्सन ने लिखा था, "इंसान वही बन जाता है, जिसके बारे में वह दिन भर सोचता है।"

अर्ल नाइटिंगेल ने इसे इस तरह से कहा था, "सफलता का सबसे अजीब रहस्य यह है कि आप वही बन जाते हैं, जिसके बारे में आप ज़्यादातर समय सोचते हैं।"

विचार सृजनात्मक होता है। आप जो विचार ज़्यादातर समय सोचते हैं, उन्हीं से आप अपने जीवन और अपने भविष्य का सृजन करते हैं। आपके विचारों के पीछे जितनी ज़्यादा भावना होगी, आपके जीवन पर उनका उतना ही ज़्यादा प्रभाव पड़ेगा।

लक्ष्य-निर्धारण का सबसे आश्चर्यजनक पहलू यह है कि स्पष्ट, विशिष्ट लक्ष्य और रोमांचक भावी स्वप्न सकारात्मक भावनाओं को प्रेरित कर देते हैं। फिर आप वह करने के लिए प्रोत्साहित हो जाते हैं, जो आपको अपने लक्ष्य

हासिल करने के लिए करना है। वे आपको अपने भविष्य का सृजन करने में सक्षम बनाते हैं, ठीक वैसा ही जैसा आप चाहते हैं। आपके व्यक्तित्व के तीन हिस्से हैं, जो यह तय करते हैं कि आप किस तरह के व्यक्ति हैं और आप किस तरह के व्यक्ति बनते हैं। ये हैं आपका आत्म-आदर्श, आपकी आत्म-छवि और आपका आत्म-गौरव।

आपका आत्म-आदर्श उन सभी गुणों, मूल्यों, विशेषताओं और योग्यताओं का मिश्रण है, जिनकी आप ख़ुद में और दूसरों में सबसे ज़्यादा प्रशंसा करते हैं। यह मनचाहे व्यक्ति बनने और मनचाहा जीवन पाने का आपका स्वप्न है, अगर हर चीज़ हर मायने में आदर्श हो।

बेहद सफल लोगों के आत्म-आदर्श बहुत स्पष्ट होते हैं। वे अच्छी तरह जानते हैं कि वे किसके पक्ष में खड़े हैं और किसमें विश्वास करते हैं। उनके पैमाने और मापदंड स्पष्ट होते हैं, जिनकी कसौटी पर वे हर दिन अपने व्यवहार और हर काम को परखते हैं।

वे जानते हैं कि वे जीवन में क्या हासिल करना चाहते हैं और वे हर दिन अपने लक्ष्यों की दिशा में काम करते हैं। दूसरी ओर, असफल लोग अपने मूल्यों और आदर्शों के बारे में अस्पष्ट तथा दुविधापूर्ण होते हैं और कई मामलों में तो उन्हें बिलकुल भी पता नहीं होता कि वे किसमें विश्वास करते हैं और किसके पक्ष में खड़े हैं।

सर्वश्रेष्ठ लोगों के पास स्पष्ट, सकारात्मक मूल्य होते हैं, जिनसे समझौता करने या तोड़ने-मरोड़ने से वे इंकार कर देते हैं। औसत या दोयम लोगों के ढुलमुल मूल्य होते हैं, जिनसे वे सबसे छोटे प्रलोभन पर भी समझौता कर लेते हैं।

आपके मूल्य कौन से हैं? आप किसमें विश्वास करते हैं? आप किसके पक्ष में खड़े हैं? आप किसके पक्ष में खड़े नहीं होंगे? आपका व्यक्तित्व काफ़ी हद तक आपके मूल्यों की स्पष्टता और गहनता से तय होता है। आपके मूल्य ही आपकी प्रेरणा, आपके विश्वासों, आपके नज़रियों और आपकी भावनाओं को तय करते हैं। लोगों, राजनीति, धर्म और अपने आस-पास के लोगों में आपके सबसे अंदरूनी विश्वास ही यह तय करते हैं कि आप किस तरह के व्यक्ति हैं, आप किस तरह का काम करते हैं और आप किस तरह के लोगों से जुड़ते हैं।

यदि कोई शोध कंपनी आपके मित्रों और सहयोगियों की रायशुमारी करे और उनसे आपके बुनियादी मूल्य बताने को कहे, तो वे लोग आपके बारे में सबसे अच्छा क्या कहेंगे? आपके साथ उनके अनुभवों और आपके व्यवहार के अवलोकनों के आधार पर दूसरे लोग आपके बुनियादी मूल्यों और आदर्शों के बारे में क्या कहेंगे?

आप किसी व्यक्ति के सच्चे मूल्य और विश्वास कैसे मालूम कर सकते हैं? उसकी कही बातों के आधार पर? उसकी इच्छा के आधार पर? वह जो करने का इरादा रखता है, उस आधार पर? क्या लोगों के सच्चे मूल्य और विश्वास उसमें व्यक्त होते हैं, जो वे लिखते हैं या जिनका वादा वे चुनाव लड़ते समय करते हैं? नहीं, जवाब यह है कि आपके मूल्य हमेशा सिर्फ़ आपके कार्यों और व्यवहार में व्यक्त होते हैं। महत्त्वपूर्ण यह नहीं है कि आप क्या कहते हैं; महत्त्वपूर्ण तो वह है जो आप करते हैं। ख़ास तौर पर, जो आप दबाव में करते हैं।

स्टोइक दार्शनिक एपिक्टेटस ने लिखा है, "परिस्थितियाँ इंसान को नहीं बनाती हैं; वे तो सिर्फ़ उसे ख़ुद के सामने उजागर करती हैं।"

जब किसी इंसान पर दबाव डाला जाता है और एक या दूसरे मूल्य पर कार्य करने के लिए मजबूर किया जाता है, तो वह हमेशा उस वक़्त के अपने सबसे प्रमुख मूल्य (उस पल जो भी उसके लिए सबसे महत्त्वपूर्ण है) पर काम करेगा, चाहे वह कुछ भी कहता रहे।

यहाँ आपके मूल्यों और आदर्शों के बारे में एक ख़ास बात पर ग़ौर करें। उच्चतर क्रम के मूल्य हमेशा निम्न क्रम के मूल्यों से पहले आते हैं। हो सकता है कि आपके पास मूल्यों की पूरी शृंखला हो, जिन पर आप समय-समय पर काम करते हैं। लेकिन दबाव में होने पर आपके सच्चे मूल्य ही हमेशा यह तय करेंगे कि आप उस वक़्त क्या करते और कहते हैं।

आपके मूल्य क्या हैं, उन्हें लिख लें। तीन से पाँच मूल्यों की सूची बनाएँ, जिन्हें आप जीवन में सबसे महत्त्वपूर्ण मानते हैं। यह अभ्यास अपने जीवनसाथी या अपने स्टाफ़ के साथ भी करें।

जब भी आप कॉरपोरेशनों के लिए रणनीतिक नियोजन करते हैं, तो आप मूल्यों के अभ्यास से शुरुआत करते हैं और मूल्यों को स्पष्ट बनाने

की प्रक्रिया से गुज़रते हैं। फिर ये मूल्य रणनीतिक नियोजन की बुनियाद बन जाते हैं। हर योजना और निर्णय को मूल्यों की कसौटी पर परखा जाता है, ताकि यह सुनिश्चित हो सके कि वह योजना या निर्णय कंपनी के सच्चे विश्वासों के सामंजस्य में है।

एक बार जब आप अपने मूल्य लिख लें, तो प्राथमिकता के आधार पर उन्हें क्रम में जमा लें। कौन सा मूल्य सबसे पहले आता है? कौन सा दूसरे स्थान पर? कौन सा तीसरे स्थान पर? आदि-आदि।

न सिर्फ़ आपके मूल्य महत्त्वपूर्ण होते हैं, बल्कि मूल्यों का आपका क्रम भी महत्त्वपूर्ण होता है। यह क्रम यह तय करने में अत्यंत महत्त्वपूर्ण होता है कि आप किस प्रकार के व्यक्ति हैं।

एक उदाहरण देखें। कल्पना करें कि आपके पास दो लोग हैं, जिनमें से प्रत्येक के तीन शीर्ष मूल्य समान हैं। ये मूल्य हैं - परिवार, स्वास्थ्य और करियर। लेकिन उनके क्रम भिन्न हैं।

व्यक्ति ए कहता है, "महत्त्व के क्रम में मेरा परिवार पहले स्थान पर है। मेरा स्वास्थ्य दूसरे स्थान पर है और मेरा करियर तीसरे स्थान पर है।"

मूल्यों के इस क्रम का यह अर्थ है कि जब "कर्म के प्रति ख़ुद को समर्पित करने की बारी आती है," तो व्यक्ति ए अपने परिवार को अपने स्वास्थ्य के ऊपर चुनेगा और वह अपने परिवार तथा स्वास्थ्य को अपने करियर के ऊपर चुनेगा। जब आप अपने मूल्यों के बारे में स्पष्ट होते हैं, तो निर्णय लेना और काम करने के विकल्पों में चुनाव करना ज़्यादा आसान होता है।

व्यक्ति बी के पास भी यही तीन मूल्य हैं, बस उनका क्रम थोड़ा अलग है। व्यक्ति बी कहता है, "मेरे शीर्ष तीन मूल्य हैं - मेरा परिवार, मेरा स्वास्थ्य और मेरा करियर। लेकिन मेरा करियर पहले स्थान पर है, मेरा परिवार दूसरे स्थान पर है और मेरा स्वास्थ्य तीसरे स्थान पर है।"

इसका मतलब है कि जब चुनने या प्राथमिकताएँ तय करने के लिए मजबूर किया जाता है, तो व्यक्ति बी अपने करियर को अपने परिवार के ऊपर चुनेगा और अपने करियर व परिवार को अपने स्वास्थ्य के ऊपर चुनेगा।

अब यहाँ एक सवाल है। क्या ए व्यक्ति और बी व्यक्ति के बीच कोई फ़र्क़ होगा? क्या यह फ़र्क़ छोटा होगा या फिर बड़ा होगा? आप इन दो लोगों में से किससे मित्रता करना चाहेंगे, ए व्यक्ति से या बी व्यक्ति से? मैं सोचता हूँ कि जवाब स्पष्ट है। ए व्यक्ति का परिवार और स्वास्थ्य उसके करियर से पहले आता है, इसलिए वह बी व्यक्ति से बहुत भिन्न इंसान होता है, जो कहता है कि उसका करियर उसके परिवार और उसके स्वास्थ्य से पहले आता है।

हाल में "मूल्य सापेक्षता" के बारे में काफ़ी बातें हुई हैं। कई लोग कहते हैं कि दरअसल यह मायने नहीं रखता कि आपके मूल्य क्या हैं, क्योंकि सारे मूल्य चयन या राय का मामला होते हैं। वे कहते हैं कि यदि आप अखंडता और करुणा में विश्वास करते हैं, तो ये सिर्फ़ व्यक्तिगत प्राथमिकताएँ हैं। उनके अनुसार, यदि आप बेईमानी और दुकानों से सामान उठाने में विश्वास करते हैं, तो यह व्यक्तिगत वरीयता का मामला है। उनकी राय में मूल्य न तो अच्छे होते हैं, न ही बुरे होते हैं। वे तो बस सापेक्ष होते हैं।

हम जानते हैं कि यह सच नहीं है। मूल्य न तो तटस्थ होते हैं, न ही सापेक्ष होते हैं। मूल्य मानव जीवन और समाज के लिए बुनियादी होते हैं। आप एक आसान तरीक़े से यह जाँच कर सकते हैं कि आपके मूल्य और आपके मूल्यों का क्रम सही है या नहीं है। यह बस इस तरह है, "क्या अपने मूल्यों के अनुसार जीकर आप अपने जीवन की गुणवत्ता और ख़ुशी को बढ़ा सकते हैं?"

यदि आप सकारात्मक, ऊपर उठाने वाले मूल्यों के हिसाब से जीते हैं, तो आप ख़ुश, सम्मानित, सफल और संतुष्ट व्यक्ति बनेंगे। यदि आप ग़लत मूल्यों के हिसाब से जीते हैं, तो आप ज़्यादातर समय दुखी, असफल और कुंठित रहेंगे। अपने मूल्यों को तय करना और उनके महत्त्व का क्रम तय करना अपने आत्म-आदर्श को परिभाषित व स्पष्ट करने का अहम हिस्सा है।

आपके व्यक्तित्व का दूसरा हिस्सा वह है, जिसे आपकी आत्म-छवि कहा जाता है। यह वह तरीक़ा है, जिससे आप ख़ुद को देखते हैं और वर्तमान पल में अपने बारे में सोचते हैं। आपकी आत्म-छवि यानी अपने बारे में आपकी मानसिक तसवीर यह तय करती है कि आप बाहर किस तरह का व्यवहार और प्रदर्शन करते हैं। आत्म-छवि मनोविज्ञान बताता है कि आप

बाहर अपना प्रदर्शन बदल सकते हैं, अगर आप उस तसवीर को बदल लें जो आप ख़ुद को मन में करते देखते हैं। इसीलिए, बाहरी जीवन की बेहतरी मानसिक तसवीरों की बेहतरी से शुरू होती है।

आपके व्यक्तित्व का तीसरा हिस्सा है आत्म-गौरव का आपका स्तर। इसे इस तरह से परिभाषित किया जाता है, "आप ख़ुद को कितना ज़्यादा पसंद करते हैं?" आत्म-गौरव का आपका स्तर इस बात से तय होता है कि आप ख़ुद को कितना महत्त्व देते हैं, ख़ुद का कितना सम्मान करते हैं और ख़ुद को कितना मूल्यवान इंसान मानते हैं। यदि आपका आत्म-गौरव ऊँचा है, तो आप अपने लिए ज़्यादा बड़े लक्ष्य तय करेंगे और उन्हें हासिल करने में लंबे समय तक लगन से जुटे रहेंगे। आप ज़्यादा पसंद करने लायक़ होंगे, लोकप्रिय होंगे और आत्मविश्वास तथा व्यक्तिगत गर्व के ज़्यादा ऊँचे स्तर का आनंद लेंगे। आपका आत्म-गौरव जितना ऊँचा होगा, आप उतने ही ज़्यादा ख़ुश और स्वस्थ होंगे।

यहाँ एक रोचक खोज पर ग़ौर करें। आपका आत्म-गौरव, जिसे कई बार "अपने साथ आपकी प्रतिष्ठा कहा जाता है" यानी आप ख़ुद को कितना ज़्यादा पसंद करते हैं, यह काफ़ी हद तक इस बात से तय होता है कि आपकी आत्म-छवि आपके आत्म-आदर्श के कितने सामंजस्य में है। आपका वर्तमान प्रदर्शन आपके आदर्श प्रदर्शन के चित्र के कितने सामंजस्य में है।

मिसाल के तौर पर, आइए मान लेते हैं आपका आत्म-आदर्श यह है कि आप एक उत्कृष्ट इंसान हैं, जो बेहतरीन काम करता है और जिसे ऑफ़िस के लोग पसंद व सम्मानित करते हैं। जब भी आप कोई अच्छा काम करते हैं और आपको उन लोगों का अनुमोदन व प्रशंसा मिलती है, जिनका आप सम्मान करते हैं, तो आपका वर्तमान व्यवहार और आपका आदर्श व्यवहार सामंजस्य में हैं। जब भी यह होता है, आपका आत्म-गौरव ऊपर उठ जाता है। आप ख़ुद को उतना ही ज़्यादा पसंद करते हैं और अपना सम्मान करते हैं। आप अपने बारे में शानदार महसूस करते हैं। आप विजेता जैसा महसूस करते हैं।

यदि आपका आदर्श लक्ष्य सफल होना और अच्छा भुगतान पाना है, तो अच्छा काम करने और अच्छे पैसे कमाने पर आप अपने बारे में अच्छा महसूस करते हैं। जब भी आपको यह महसूस होता है कि आप स्वयं

द्वारा तय किसी लक्ष्य को पाने की दिशा में प्रगति कर रहे हैं, तो आप आत्म-गौरव, आत्म-सम्मान और व्यक्तिगत गर्व की भावनाओं को प्रेरित कर देते हैं। इसीलिए अर्ल नाइटिंगेल ने कहा था, "सफलता किसी सार्थक लक्ष्य या आदर्श की क्रमशः प्राप्ति है।" सकारात्मक व्यक्तित्व और संतुष्टिदायक जीवन की बुनियाद है वास्तविक आत्म-गौरव के उच्च स्तर पर आधारित प्रबल आत्म-अवधारणा।

आपके सर्वोच्च मूल्य और विश्वास जितने ज़्यादा स्पष्ट होते हैं तथा आप उन मूल्यों व विश्वासों के अनुरूप जितना जीते हैं, आप उतना ही बेहतर महसूस करेंगे और आप उतने ही शक्तिशाली व प्रभावी इंसान बन जाएँगे।

जब आप अपने मूल्य और आदर्श तय कर लें, तो फिर आपको यह निर्णय लेना होगा कि आपको यहाँ कौन सा अनूठा काम करने के लिए भेजा गया है। आपका पेशा, कर्म या ईश्वरीय आह्वान क्या होना चाहिए? अपने लक्ष्यों को हासिल करने और अपनी संभावनाओं को परिपूर्ण करने के लिए आपको किस तरह के काम के प्रति समर्पित होना चाहिए?

आप चार अलग-अलग प्रकार के काम करने का चुनाव कर सकते हैं। इन्हें इस आधार पर विभाजित किया जा सकता है कि काम करने में आसान है या मुश्किल है, या सीखने में आसान है या मुश्किल है। आप जिस काम के लिए सर्वाधिक उपयुक्त होते हैं, वह हमेशा सीखने और करने दोनों में आसान होगा। इन चार श्रेणियों पर एक के बाद एक नज़र डालते हैं।

पहले प्रकार का काम वह है, जिसे सीखना और करना दोनों ही किसी व्यक्ति के लिए मुश्किल होता है। यह अधिक व्यक्तित्व - या विचार - केंद्रित होता है। बुककीपिंग, अकाउंटिंग, कंप्यूटर प्रोग्रामिंग या इंजीनियरिंग इसी श्रेणी में आते हैं।

संख्याओं के साथ काम करना सीखना आपके लिए मुश्किल है, इसलिए इसे करना आपके लिए हमेशा मुश्किल होगा। इसे करने के बारे में आप कभी उत्साहित नहीं होंगे। भले ही आप इसे सामान्य अच्छी तरह कर लें, लेकिन आपको अपने काम में किसी भी तरह की ख़ुशी नहीं मिलेगी। आज कई लोग ख़ुद को इसी तरह की स्थिति में पाते हैं।

दूसरी तरह का काम वह काम होता है, जिसे सीखना तो मुश्किल हो सकता है, लेकिन सीखने के बाद उसे करना आसान होता है। मिसाल के तौर पर, टाइपिंग करना सीखना मुश्किल है, लेकिन इसके बाद इसे करना आसान है। बोलना और लिखना सीखना मुश्किल है, लेकिन जब आप इसमें माहिर हो जाते हैं, तो फिर इसे करना आसान होता है। रोज़मर्रा की ज़िंदगी में सफलता के लिए जिन बुनियादी योग्यताओं की आवश्यकता है, उनमें से कई इस श्रेणी में आती हैं, जिन्हें सीखना तो मुश्किल होता है, लेकिन बाद में करना आसान होता है। इस तरह का काम आपके लिए उपयुक्त नहीं होगा, क्योंकि जल्दी ही यह नीरस और चुनौतीरहित बन जाएगा।

तीसरे प्रकार के काम में वे काम आते हैं, जिन्हें सीखना तो आसान है, पर करना कठिन है। गड्ढे खोदना और लकड़ी काटना सीखने में आसान हैं, लेकिन करने में हमेशा कठिन हैं। वे कभी बहुत आसान नहीं होते। जो काम सीखने में आसान और करने में कठिन होता है, उसमें बहुत सीमित भविष्य होता है। दुर्भाग्य से, जिन लोगों को उचित शिक्षा नहीं मिलती है या जो लगातार अपनी योग्यताओं व ज्ञान का नवीनीकरण नहीं करते हैं, वे इन कामों में अटक सकते हैं, कई बार तो ज़िंदगी भर के लिए। यह एक सतत समस्या है और हमारे सूचना व ज्ञान आधारित समाज में काफ़ी संघर्ष का स्रोत भी है।

काम की चौथी और सबसे महत्त्वपूर्ण श्रेणी में वे काम शामिल हैं, जिन्हें सीखना और करना दोनों ही आसान हैं। वास्तव में, उन्हें सीखना आपके लिए इतना आसान है कि आप यही भूल जाते हैं कि आपने उन्हें सीखा ही कैसे। वे बस आपके लिए स्वाभाविक होते हैं।

इस श्रेणी के ही काम हैं, जहाँ आप उत्कृष्ट बन सकते हैं और अपने लिए आश्चर्यजनक जीवन का सृजन कर सकते हैं। आपके पास इन क्षेत्रों में नैसर्गिक दक्षता होती है। आपका काम लगभग प्रयासहीन होता है और आप सोचे बिना ही इसमें लगातार बेहतर, और बेहतर बनते जाते हैं। आपका भविष्य यहीं पर है।

आप यह कैसे तय कर सकते हैं कि किस प्रकार का काम आपके लिए आदर्श है। चार शब्द हैं, जो आपके आदर्श नौकरी या पेशे में होने चाहिए। वे हैं - रुचि, ध्यान, तल्लीनता और सम्मोहन।

आपकी सबसे ज़्यादा रुचि हमेशा उस तरह के काम में होगी, जो आपके लिए सबसे आदर्श है। आप उस विषय का स्वाभाविक रूप से आनंद लेंगे और आप उसके बारे में ज़्यादा सीखने के प्रति आकर्षित होंगे। आप उसके बारे में पढ़ना चाहेंगे, उसके बारे में सुनना चाहेंगे और उसके बारे में बात करना चाहेंगे। जिस तरह लोहे की कतरनें किसी चुंबक की तरफ़ आकर्षित होती हैं, उसी तरह आप उन नौकरियों की तरफ़ आकर्षित होंगे, जिन्हें करने के लिए आप आदर्श रूप से उपयुक्त हैं।

वास्तव में, आपके आदर्श पेशे का एक इम्तिहान पीछे पलटकर देखना और यह सोचना है कि सात से चौदह साल की उम्र के बीच आपको किन गतिविधियों में सबसे ज़्यादा आनंद आता था। आपको उस वक़्त जो गतिविधियाँ सबसे ज़्यादा आनंददायक लगती थीं, वे इस बात का संकेत हैं कि आपको वयस्क होने पर वही करना चाहिए। यदि आपको याद नहीं है कि कम उम्र में आप किस गतिविधि में सबसे ज़्यादा समय बिताते थे, तो अपने माता-पिता से पूछ लें। अपने बड़े भाई-बहनों से पूछें। अपने कुछ स्मृति चिह्न देखें और अपने बचपन की गतिविधियों पर नज़र डालें। अक्सर आपको ऐसे संकेत और सूचक मिल जाएँगे, जो सीधे आपके हृदय की इच्छा की ओर इशारा करेंगे।

दूसरा शब्द है, "ध्यान।" अख़बार पढ़ते समय या टेलीविज़न देखते समय आपके लिए आदर्श क्षेत्र आपके ध्यान को जकड़ लेगा। यह आसानी से और स्वाभाविक रूप से आपका ध्यान आकर्षित करेगा। कहीं पर जाते वक़्त आप दूसरों की जो बातें सुनेंगे, उनमें अपने आदर्श काम के बारे में बातचीत पर आपका ध्यान जाएगा। आप स्वाभाविक रूप से उन लोगों और संगठनों के प्रति आकर्षित होंगे, जो गतिविधि के उस क्षेत्र में संलग्न हैं।

तीसरा शब्द तल्लीनता एक अद्‌भुत शब्द है। यह बताता है कि आपके साथ क्या होता है, जब आप वह कर रहे हों, जिसे आपसे कराने का सचमुच इरादा था। समय आपके लिए स्थिर ठहर जाता है। कई बार आप खाना-पीना, आराम करना या छुट्टियाँ लेना भूल जाते हैं।

वैज्ञानिकों, शोधकर्ताओं, लेखकों, चित्रकारों और व्यवसायियों के कामकाजी जीवन के बारे में कई कहानियाँ हैं, जो हर दिन, हर सप्ताह, हर महीने पंद्रह-बीस घंटे काम करते हैं और उसमें पूरी तरह तल्लीन होते हैं।

चौथा शब्द "सम्मोहन" उन लोगों और काम के प्रति आपके नज़रिये का वर्णन करने का एक अद्भुत तरीक़ा है, जिनके लिए आप आदर्श रूप से उपयुक्त हैं। यह आपको सम्मोहित करता है। यह आपको जकड़ता है। यह आपको आकर्षित करता रहता है। आप अपने कार्यस्थल पर पहुँचने के लिए बेकरार रहते हैं और वहाँ से लौटने से नफ़रत करते हैं। आप ऊबे या भटके बिना उस काम के बारे में अंतहीन रूप से बात कर सकते हैं, उसे कर सकते हैं और उसके बारे में सीख सकते हैं। वह काम आपके लिए एक तरह का खेल होता है, जिसे करते समय आपको ख़ुशी और संतुष्टि का ज़बर्दस्त अहसास होता है।

आप अपने लिए सही क्षेत्र में हैं या नहीं, यह आपको हमेशा पता होता है, क्योंकि आपमें उसके बारे में ज़्यादा से ज़्यादा सीखने की अदम्य और अतृप्त इच्छा होती है। आप अपने आस-पास के संसार में जिन लोगों की सबसे ज़्यादा प्रशंसा करते हैं, वे अक्सर वही होते हैं, जो उस क्षेत्र के शिखर पर होते हैं, जिसके लिए आप सबसे आदर्श रूप से उपयुक्त हैं।

आपके नायक और नायिकाएँ कौन हैं? आप किसकी जीवन में सबसे ज़्यादा प्रशंसा करते हैं? जिन लोगों की आप सबसे ज़्यादा प्रशंसा करते हैं, सम्मान करते हैं और क़द्र करते हैं, उनमें ऐसे कौन से गुण या विशेषताएँ हैं, जिनका आप सबसे ज़्यादा अनुकरण करना चाहेंगे? आप अपने आत्म-आदर्श के इस हिस्से यानी आपके आदर्श क्षेत्र में अपने रोल मॉडल के बारे में जितने ज़्यादा स्पष्ट होते हैं, आप उतनी ही तेज़ी से वैसे इंसान बनने की दिशा में विकास करेंगे, जो बनना आप सबसे ज़्यादा पसंद करेंगे - एक ऐसा व्यक्ति जिसका दूसरे लोग सम्मान और प्रशंसा करें।

जीवन में अपने आदर्श मिशन और उद्देश्य को तय करने के लिए अपने जीवन को पलटकर देखें और अपनी पिछली सफलताओं व असफलताओं का मूल्यांकन करें। कौन से गुण, योग्यताएँ या विशेषताएँ जीवन में अब तक आपकी सफलताओं के लिए सबसे ज़्यादा ज़िम्मेदार रहे हैं। आपके शिखर अनुभव या सर्वोच्च्व उपलब्धि व गर्व के पल कौन से रहे हैं और इन पलों में क्या समानता है?

यदि आप उन सभी उपलब्धियों की सूची बनाते हैं, जिन पर आपको विशेष गर्व है, तो आम तौर पर उनमें आपको किसी तरह की समानता

मिलेगी। लगभग हर मामले में आप किसी ख़ास तरह के व्यक्ति के साथ थे और आप एक ख़ास तरह का काम कर रहे थे। आप किसी ख़ास तरह के व्यक्ति से ख़ास तरह की मान्यता भी पा रहे थे।

मिसाल के तौर पर, आपको यह पता चल सकता है कि आपकी संतुष्टि के सबसे महान स्रोत अल्पकालीन और दीर्घकालीन लक्ष्य तय व हासिल करना रहे हैं। यह किसी ख़ास काम को पूरा करने या प्रतिस्पर्धा जीतने में दूसरों के साथ मिलकर काम करना भी हो सकता है। आपके शिखर अनुभव किसी प्रोजेक्ट को पूरा करने में दूसरों के व्यवस्थापन और प्रबंधन में भी हो सकते हैं। आपकी ख़ुशी का सबसे महान स्रोत व्यक्तिगत उपलब्धि भी हो सकती है - किसी चीज़ को ख़ुद पूरा करना।

आपने जीवन में ऐसी कौन से काम किए हैं, जिनसे आपको आत्म-गौरव और निजी गर्व की महानतम भावनाएँ मिली हैं? यदि आप भविष्य में अपने जीवन में कोई चीज़ हासिल कर सकें, तो कौन से एक लक्ष्य से आपको व्यक्तिगत गर्व और संतुष्टि की सबसे बड़ी मात्रा मिलेगी? आप अपने जीवन को किस तरह व्यवस्थित कर सकते हैं, ताकि आप वे चीज़ें ज़्यादा से ज़्यादा कर सकें, जो आपको ज़्यादा से ज़्यादा सच्ची संतुष्टि देती हैं?

आप दूसरों में किन गुणों की सबसे ज़्यादा क़द्र करते हैं? ये हमेशा वही गुण होंगे, जिन्हें आप ख़ुद में सबसे ज़्यादा चाहते हैं। इनमें से प्रत्येक गुण में ख़ुद को 1 से 10 के पैमाने पर अंक दें और फिर हर क्षेत्र में बेहतर बनने की योजना बनाएँ।

आप दूसरे लोगों में किन योग्यताओं की सबसे ज़्यादा प्रशंसा करते हैं? वे जो भी हों, शायद यही वे योग्यताएँ हैं, जिन्हें आप ख़ुद में ज़्यादा ऊँचे स्तर पर विकसित करना सबसे ज़्यादा पसंद करेंगे। इन योग्यताओं में से प्रत्येक में ख़ुद को 1 से 10 के पैमाने पर अंक दें और फिर सीखकर व अभ्यास करके इन योग्यताओं को निखारने की मेहनत शुरू कर दें।

वह कौन सी एक योग्यता है, जिसे यदि आप विकसित कर लेते हैं और उसे उत्कृष्ट अंदाज़ में करते हैं, तो उसका आपके जीवन और आपके करियर पर सबसे ज़्यादा सकारात्मक प्रभाव पड़ेगा? यदि आप किसी एक क्षेत्र में बेहद असाधारण बन सकें, तो वह कौन सा एक क्षेत्र है, जो आपकी सबसे ज़्यादा मदद करेगा? यदि आप योग्यता के इस एक क्षेत्र के बारे में पूरी

तरह स्पष्ट बन सकें, तो फिर आप इसे लक्ष्य के रूप में तय कर सकते हैं, योजना बना सकते हैं और इस योग्यता में "उत्कृष्टता" के स्तर तक पहुँचने के लिए काम शुरू कर सकते हैं। कई बार एक अकेली योग्यता का विकास या बेहतरी ही आपके पूरे जीवन व करियर को बदल सकती है।

यहाँ एक अच्छा सवाल दिया जा रहा है, जो जीवन में आपके सच्चे मूल्यों और विश्वासों को स्पष्ट करने में आपकी मदद कर सकता है। कल्पना करें कि आप अपने स्वास्थ्य की पूरी जाँच के लिए किसी डॉक्टर के पास जाते हैं और वह आपको परिणाम बता रहा है।

वह कहता है कि अच्छी ख़बर यह है कि अगले छह महीनों तक आपका पूरा शारीरिक स्वास्थ्य बेहतरीन रहेगा और आप इसका आनंद लेंगे। बुरी ख़बर यह है कि छह महीने बाद आप एक असाध्य रोग से मर जाएँगे।

अगर आज आपको पता चले कि आपके पास ज़िंदा रहने के लिए सिर्फ़ छह महीने ही बचे हैं, तो आप क्या करेंगे, आप अपना समय कैसे बिताएँगे? आप किसके साथ समय बिताएँगे? आप कहाँ जाएँगे? आप क्या करेंगे? आप अपने दिन कैसे बिताएँगे?

इन प्रश्नों के जवाब आपको बता देंगे कि आप सचमुच किसे महत्त्व देते हैं और आपके लिए सचमुच महत्त्वपूर्ण क्या है। अगर आपके पास जीने के लिए सिर्फ़ छह महीने ही बचे हैं, तो कई चीज़ें अप्रासंगिक बन जाती हैं, जिन्हें आप महत्त्वपूर्ण मानते थे और जिन कई चीज़ों को आप नज़रअंदाज़ कर रहे थे, वे बाक़ी चीज़ों से ज़्यादा महत्त्वपूर्ण बन जाती हैं। अगर आपके पास ज़िंदा रहने के लिए सिर्फ़ छह महीने ही बचे हों, तो आप अपना समय कैसे बिताएँगे?

यदि आप अपनी सभी संभावनाओं को पूरा करना चाहते हैं और जीवन में अपने सच्चे मिशन व उद्देश्य को खोजना चाहते हैं, तो आपको दो अतिरिक्त क्षेत्रों में खोजबीन करनी होगी। पहले का संबंध आपकी "उत्कृष्टता के क्षेत्र" से है और दूसरे का संबंध आपकी "हीरों की खान" से है।

कारोबारी शब्दावली में, जो भी कंपनी प्रतिस्पर्धी बाज़ार में क़ायम रहना और तरक्की करना चाहती है, उस हर कंपनी के पास उत्कृष्टता का एक क्षेत्र या प्रतिस्पर्धी लाभ होना चाहिए। उत्कृष्टता का क्षेत्र वह होता है, जिसमें कोई

कंपनी उत्कृष्ट अंदाज़ में काम करती है और सभी या ज़्यादातर प्रतिस्पर्धियों से ज़्यादा अच्छी तरह करती है। उत्कृष्टता के क्षेत्र को कई बार "बुनियादी सक्षमता" भी कहा जाता है।

कई बार इसे "भिन्नता का लाभ" कहा जाता है। नाम चाहे जो भी दिया जाए, उत्कृष्टता का क्षेत्र वह होता है, जो एक कंपनी को दूसरी कंपनी से, एक प्रॉडक्ट या सेवा को दूसरे प्रॉडक्ट या सेवा से अलग करता है।

व्यक्ति के रूप में आप अपने ख़ुद के आर्थिक जीवन के लिए पूरी तरह से ज़िम्मेदार हैं, इसलिए आपको भी ख़ुद को कंपनी के रूप में देखना चाहिए। आपकी उत्कृष्टता का क्षेत्र क्या है? आपका प्रतिस्पर्धी लाभ क्या है? आपका अनूठा बिक्री प्रस्ताव क्या है - वह ख़ास गुण या योग्यता, जो आपमें है, लेकिन किसी दूसरे में नहीं है?

जीवन में कम उपलब्धि का एक बुनियादी कारण किसी विशेष सक्षमता या योग्यता का विकास करने की असफलता है, जो एक व्यक्ति को दूसरों से अलग हटकर खड़े होने में सक्षम बनाती है। बहुत सारे लोग औसत या शायद उससे थोड़ा सा ऊपर रहने में ही संतुष्ट हो जाते हैं। आपको इस नज़रिये को छोड़ देना चाहिए और इस प्रवृत्ति से जूझना चाहिए। इसके बजाय आपको उन एक-दो योग्यताओं का पता लगाना चाहिए, जो आपके काम में सफल होने के लिए सबसे महत्त्वपूर्ण हैं और फिर उन मुख्य क्षेत्रों में उत्कृष्ट बनने के लिए पूरी तरह से समर्पित हो जाना चाहिए। उत्कृष्टता के प्रति यह समर्पण हमेशा सफलता के ऊँचे मार्ग पर पहुँचाता है और ऊँची उपलब्धि की सबसे बड़ी गारंटी होता है।

एक बार जब आप उत्कृष्टता का अपना क्षेत्र तय कर लें, तो ख़ुद से पूछें, "मेरे क्षेत्र की प्रवृत्तियों के आधार पर कल या अगले वर्ष मेरी उत्कृष्टता का क्षेत्र कौन सा होगा?"

क्या आपके पास एक विशिष्ट व्यक्तिगत और पेशेवर विकास योजना है, जिस पर आप हर दिन काम कर रहे हैं? अगर नहीं है, तो यही समय है कि आप यह योजना बना लें और उन योग्यताओं का विकास करने लगें, जिनकी ज़रूरत आपको आने वाले वर्षों में अपने क्षेत्र में लीडर बनने के लिए होगी।

अगर आप अपने क्षेत्र में शिखर पर पहुँचना चाहते हैं, तो आपकी उत्कृष्टता का क्षेत्र क्या होना चाहिए? अगर आप बड़े सपने देखें और अपने लिए असाधारण रूप से ऊँचे मानदंड तय करें, तो यह क्या हो सकता है?

आप जानते हैं कि बाज़ार सिर्फ़ उत्कृष्ट प्रदर्शन के लिए ही उत्कृष्ट पुरस्कार देता है। यह औसत प्रदर्शन के लिए औसत परिणाम देता है और औसत से कमतर प्रदर्शन के लिए औसत से कम पुरस्कार या बेरोज़गारी देता है। आपका लक्ष्य यह होना चाहिए कि आप अपने क्षेत्र में शीर्ष 10 प्रतिशत पैसे कमाने वालों के समूह में शामिल हो जाएँ और फिर अपने बाक़ी करियर में वहीं बने रहने के लिए हर आवश्यक चीज़ करें।

आप जो करते हैं, उसमें अव्वल होने की छवि बनाने से आप दूसरों की निगाह में जितनी जल्दी आएँगे या आपको जितनी तेज़ी से तरक्की मिलेगी, उतनी किसी दूसरी चीज़ से नहीं मिल सकती।

आज हम मेरिटोक्रेसी या बुद्धिशालियों के युग में जीते हैं। मेरिटोक्रेसी एक ऐसा समाज है, जहाँ आपको दूसरों के प्रति अपने योगदान के मूल्य के अनुपात में पुरस्कार मिलता है। हम ऐसी सेवा अर्थव्यवस्था में रहते हैं, जहाँ हममें से प्रत्येक किसी न किसी तरह दूसरे लोगों की सेवा करके अपनी आजीविका कमाता है। आप प्रभावी ढंग से और कार्यकुशलता से लोगों की सेवा में जितने बेहतर बनते हैं, आप अपने करियर में उतने ही ज़्यादा सुखी और सुरक्षित रहेंगे।

जीवन में अर्थ और उद्देश्य का सबसे गहरा अहसास आपको तब मिलता है, जब आप दूसरों के जीवन में बदलाव पैदा करते हैं। आपकी मानसिक और भावनात्मक संरचना ही ऐसी है कि आप सिर्फ़ तभी ख़ुश रह सकते हैं, जब आप यह जानते हों कि आप ऐसा कुछ कर रहे हैं, जो दूसरे लोगों के जीवन या काम को किसी तरह से समृद्ध कर रहा है या बढ़ा रहा है।

जीवन में सच्चा मिशन और उद्देश्य खोजने का दूसरा हिस्सा "हीरों की खान" नीति में बताया गया है। यह दर्शन रसेल कॉनवेल नामक पादरी के व्याख्यान पर आधारित है, जिसमें एक सफल किसान की कहानी बताई गई है, जो अपना खेत बेच देता है और हीरों की खान की तलाश में अफ़्रीकी महाद्वीप की ओर चल देता है। कुछ साल बाद नए मालिक को पता चलता

है कि उसने जो खेत ख़रीदा था, वहाँ हीरों की खान थी। बूढ़ा किसान अपने आस-पास देखे बिना ही दौलत की तलाश में दूर चला गया था। समस्या यह होती है कि कच्चे हीरे हीरों जैसे नहीं दिखते हैं। वे पत्थर के टुकड़ों जैसे दिखते हैं, जिन्हें तराशना होता है, आकार देना और चमकाना होता है, तभी उनकी सुंदरता और मूल्य बाहर निकलता है।

इसी तरह, आपके हीरे, आपकी सबसे बड़ी संभावनाएँ भी शायद आपके आस-पास ही मौजूद हैं। समस्या यह है कि वे कड़ी मेहनत के वेष में छिपकर सामने आती हैं। हीरे अनगढ़ रूप में कभी हीरों जैसे नहीं दिखते हैं। अवसर हमेशा कठोर, बहुत कठोर मेहनत की लंबी प्रक्रिया की तरह नज़र आते हैं। लेकिन वे वहाँ हमेशा मौजूद होते हैं।

हो सकता है कि आपके हीरों की खान आपकी वर्तमान कंपनी या उद्योग के भीतर ही हो। शायद आपकी हीरों की खान आपकी रुचियों और योग्यताओं के भीतर हो। शायद यह आपकी शिक्षा और अनुभव के भीतर हो। शायद यह आपके मित्रों, सहयोगियों और संपर्कों के भीतर हो। हम बस यह एक चीज़ जानते हैं, जब आप अपने जीवन में कहीं भी ज़्यादा हासिल करने का निर्णय लेते हैं, तो आप सभी तरह के अवसरों, लोगों और विचारों को अपने जीवन में आकर्षित करने लगेंगे, जो आपके सपनों को साकार करने में मदद करेंगे। हो सकता है कि वे आपके बहुत क़रीब हों।

कई बार लोग मुझसे पूछते हैं कि क्या उन्हें डिग्री लेने के लिए कई साल तक दोबारा कॉलेज जाना चाहिए या किसी दूसरे शहर में जाकर रहना चाहिए या नौकरी बदलकर किसी दूसरे उद्योग में जाना चाहिए। मैं उनसे हमेशा कहता हूँ कि सफलता की कुंजी यह है कि आप सबसे पहले यह तय करें कि आपको किस चीज़ को करने से सचमुच प्रेम है और फिर उसे अपने सबसे अच्छे तरीक़े से करने में अपना पूरा दिल झोंक दें। अगर आप इन दो बातों को मिला देते हैं, तो आपके आस-पास अवसर के द्वार खुल जाएँगे।

बेहद सफल लोगों में एक गुण समान होता है : वे कर्म केंद्रित होते हैं। वे सोचने और योजना बनाने में समय लगाते हैं और फिर वे कर्म कर देते हैं। वे कुछ करते हैं। वे लगातार आगे बढ़ते हैं। वे एक चीज़ को आज़माते हैं और फिर दूसरी को, और फिर तीसरी को और फिर चौथी को। वे कभी नहीं रुकते हैं। वे लगातार गतिमान रहते हैं। चूँकि आप जितनी ज़्यादा चीज़ें

आज़माते हैं, आपके जीतने की संभावना उतनी ही बढ़ जाती है, इसलिए जब आप निरंतर आगे बढ़ते हैं, तो आप यह देखकर हैरान हो जाते हैं कि आप कितना ज़्यादा काम कर लेते हैं और आपके लिए कितने सारे अवसरों व संभावनाओं के द्वार खुल जाते हैं।

जीवन में अपना सच्चा मिशन और उद्देश्य खोजना हर उस चीज़ की बुनियाद है, जो आप करते और बनते हैं। जीवन की सबसे बड़ी बरबादी यह है कि आप अपने साल ग़लत नौकरी में, ग़लत उद्योग में, ग़लत लोगों के साथ काम करने में गुज़ार दें। लीडर वे लोग होते हैं, जो अकेले में बैठकर यह सोचने का समय निकालते हैं कि वे सचमुच कौन हैं और सचमुच क्या चाहते हैं। वे ख़ुद को सतत "इसे-ख़ुद-करो" प्रोजेक्ट के रूप में देखते हैं। वे ख़ुद को "कार्य प्रगति में" के रूप में देखते हैं, लगातार विकास करते और बेहतर बनते हैं, ताकि वे बेहतर इंसान बनने की दिशा में बढ़ते रहें।

आप असाधारण हैं। मानव जाति के पूरे इतिहास में आप जैसा कोई व्यक्ति कभी नहीं हुआ और दोबारा कभी कोई होगा भी नहीं। आपको इस पृथ्वी पर इसलिए भेजा गया था, ताकि आप अपने जीवन में कुछ अद्‌भुत करें। इस समय भी आपके भीतर इतनी ज़बर्दस्त क्षमताएँ और योग्यताएँ हैं, जिनकी आप कल्पना भी नहीं कर सकते। अगर आप पूरी ज़िंदगी भी काम करें, तब भी आप उस संभावना के बहुत छोटे से हिस्से का ही उपयोग कर पाएँगे, जिसकी प्रोग्रामिंग आपमें की गई थी।

आपका सबसे प्रमुख लक्ष्य है अपने "हृदय की इच्छा" को खोजना। आपका काम पूरी तरह सोचकर यह निर्णय लेना है कि आप किसमें विश्वास करते हैं और किसके पक्ष में खड़े हैं और फिर प्रयास या गतिविधि का एक ऐसा क्षेत्र चुनना है, जो आपके भीतर के सर्वश्रेष्ठ के पूरी तरह सामंजस्य में हो। जीवन में आपका लक्ष्य एक मिशन और उद्देश्य तय करना है, जो आपको वह बना दे जो आप बनने में सक्षम हैं, जो आपको अपनी पूरी क्षमता का पूरा दोहन करने दे और अपने आस-पास के संसार में अद्‌भुत योगदान देने का अवसर दे।

अध्याय 3

विजेता की तरह सोचें

एक सेमिनार में एक युवा महिला से पूछा गया, "अगर आपको यह पता हो कि आप असफल नहीं हो सकतीं, तो वह कौन सी एक बड़ी चीज़ है, जिसका सपना देखने की आप हिम्मत करेंगी?" उसने लिखा कि तब तक इस सवाल पर विचार करने की उसने कभी हिम्मत नहीं की थी, लेकिन अब यह हालत है कि वह किसी दूसरी चीज़ के बारे में नहीं सोचती है। स्पष्टता की भारी कौंध के साथ उसे अहसास हुआ कि उसे उसकी आशाओं और सपनों से दूर रखने वाली मुख्य बाधा यही थी कि उसे उन्हें हासिल करने की अपनी योग्यता पर शक था।

हममें से कई लोग अपना अधिकांश जीवन इसी तरह गुज़ार देते हैं। हम कई चीज़ें बनना और करना चाहते हैं, लेकिन हम ख़ुद को पीछे रोके रखते हैं। हम इसलिए झिझकते हैं, क्योंकि हममें अपने सपनों की दिशा में आगे क़दम बढ़ाने का आत्मविश्वास नहीं होता है।

अब्राहम मास्लो ने कहा था कि मानव जाति की कहानी उन स्त्री-पुरुषों की कहानी है, जो "ख़ुद को सस्ते में बेच रहे हैं।" मनोचिकित्सक अल्फ्रेड एडलर ने कहा था कि ज़्यादातर लोगों में हीन भावना और अक्षमता की भावनाएँ आम होती हैं। चूँकि हमें ख़ुद पर भरोसा नहीं होता, इसलिए हम इस नतीजे पर पहुँचते हैं कि हममें उन लक्ष्यों को हासिल करने की योग्यता नहीं है, जो दूसरे हासिल कर चुके हैं। फलस्वरूप हम कोशिश भी नहीं करते हैं।

पल भर के लिए कल्पना करें! आप अपने जीवन को किस तरह बदलेंगे, अगर आपको पूरा विश्वास हो कि आप कोई भी चीज़ हासिल कर सकते हैं, जिसे आप सचमुच चाहते हों? आप अपने लिए कौन से लक्ष्य तय करेंगे? अगर आपको ख़ुद पर इतना गहरा विश्वास हो कि किसी तरह की असफलता का डर न रह जाए, तो आप किस चीज़ का सपना देखने की हिम्मत करेंगे?

आत्मविश्वास के बारे में अद्भुत बात यह है कि आप अपने आत्मविश्वास को इस सीमा तक विकसित कर सकते हैं कि आपके मन से हर डर निकल जाता है। आपको कोई बाधा नहीं रोक सकती, चाहे कुछ भी हो जाए। यह कैसे किया जाता है, इसे सीखा जा सकता है।

ज़्यादातर लोग जीवन में शून्य या बहुत कम आत्मविश्वास के साथ शुरुआत करते हैं। बाद में अपनी ख़ुद की कोशिशों के फलस्वरूप वे बहादुर और आत्मविश्वासी बन जाते हैं। अगर आप वही चीज़ें करते हैं, जो दूसरे आत्मविश्वासी स्त्री-पुरुष करते हैं, तो आप भी उन्हीं भावनाओं का अनुभव करेंगे और आपको भी वही परिणाम मिलेंगे।

आत्मविश्वास की बुनियाद यह है कि आप ख़ुद को पसंद करें और बिना किसी शर्त के मूल्यवान व सार्थक इंसान मानें। इससे ज़्यादा महत्त्वपूर्ण कुछ भी नहीं है। आप ख़ुद को जितना ज़्यादा पसंद करते हैं, अपना जितना ज़्यादा सम्मान करते हैं और ख़ुद को जितना अच्छा इंसान समझते हैं, आपको ख़ुद पर उतना ही ज़्यादा भरोसा होगा। आपका आत्म-गौरव जितना ज़्यादा ऊँचा होता है, आपको सही समय पर सही चीज़ें कहने और करने की अपनी योग्यता पर उतना ही ज़्यादा विश्वास होगा।

डॉ. नैथेनियल ब्रान्डन ने आत्म-गौरव को "आपके मन में आपकी प्रतिष्ठा" कहा था। आपके मन में आपकी प्रतिष्ठा जितनी बेहतर होती है, आप ख़ुद को उतना ही ज़्यादा पसंद करेंगे। अपने जीवनमूल्यों के सामंजस्य में जीवन जीकर आप अपने मन में अपनी बेहतरीन प्रतिष्ठा बनाते हैं। आपके मूल्य जितने ज़्यादा स्पष्ट होते हैं, आप इस बारे में जितने ज़्यादा स्पष्ट होते हैं कि आप किसमें विश्वास करते हैं और किसके पक्ष में खड़े हैं, इस बात की उतनी ही ज़्यादा संभावना है कि आप उनका अभ्यास करेंगे। ऐसा करने पर आप ख़ुद को ज़्यादा पसंद करेंगे और ख़ुद का ज़्यादा सम्मान

करेंगे। आप ख़ुद को जितना ज़्यादा पसंद करते हैं और अपना जितना ज़्यादा सम्मान करते हैं, आपको शांति और आत्मविश्वास का उतना ही ज़्यादा गहरा अहसास होगा।

आपका आत्म-गौरव आपकी भावनाओं को तय करता है। आप किसी भी क्षेत्र में अपने बारे में कैसा महसूस करते हैं, यह आपके हर काम से पहले आता है और हर चीज़ में आपके प्रदर्शन की भविष्यवाणी करता है। आपका आत्म-गौरव आपके व्यक्तित्व का ऊर्जा स्रोत या परमाणु भट्ठी है। आत्म-गौरव आपकी स्फूर्ति, उत्साह और व्यक्तिगत चुंबकीयता के स्तरों को तय करता है। उच्च आत्म-गौरव वाले लोग अपने हर काम में ज़्यादा सकारात्मक, ज़्यादा पसंद करने योग्य और ज़्यादा प्रभावी होते हैं।

आप जो भी करते हैं, लगभग हर चीज़ या तो अपने आत्म-गौरव को हासिल करने या बढ़ाने के लिए करते हैं, या फिर अपने आत्म-गौरव को नुक़सान से बचाने के लिए करते हैं। आप जो भी करते या कहते या सोचते हैं, उसका आपके आत्म-गौरव पर असर होता है, या तो सकारात्मक या फिर नकारात्मक। आप जो सबसे सहायक चीज़ कर सकते हैं, वह है अपने काम और व्यक्तिगत जीवन में उच्च आत्म-गौरव को क़ायम रखना।

अध्याय दो में आत्म-गौरव की सर्वश्रेष्ठ परिभाषा बताई गई है, "आप ख़ुद को कितना ज़्यादा पसंद करते हैं।" इसका मतलब है कि आप एक महत्त्वपूर्ण और सार्थक इंसान के रूप में अपना कितना सम्मान करते हैं और ख़ुद को कितना मूल्यवान समझते हैं। उच्च आत्म-गौरव वाले लोग ख़ुद के बारे में और अपने जीवन के बारे में ख़ुश व आत्मविश्वासी महसूस करते हैं। जब आप अपने बारे में अच्छा महसूस करते हैं, तो आपमें वह सर्वश्रेष्ठ इंसान बनने की प्रवृत्ति होगी, जो आप संभवतः बन सकते हैं।

आत्म-गौरव का आपका स्तर दरअसल आपकी "मानसिक फ़िटनेस" का पैमाना है। यह इस बात को तय करता है कि रोज़मर्रा की ज़िंदगी के अवश्यंभावी उतार-चढ़ावों से निबटने में आप कितने स्वस्थ और लचीले हैं। आपका आत्म-गौरव तय करता है कि आप अपने और अपनी गतिविधियों के बारे में कितना अच्छा महसूस करते हैं। यह आपकी मानसिक शांति और आंतरिक संतुष्टि के स्तर को नियंत्रित करता है।

आपका आत्म-गौरव आपके स्वास्थ्य और ऊर्जा के स्तरों से क़रीबी रूप से जुड़ा हुआ है। उच्च आत्म-गौरव वाले लोग शायद ही कभी बीमार होते हैं और उनमें ऊर्जा व उत्साह का एक अथाह प्रवाह नज़र आता है, जो उन्हें उनके लक्ष्यों की ओर आगे धकेलता है।

आप ख़ुद को कितना ज़्यादा पसंद करते हैं और ख़ुद का कितना ज़्यादा सम्मान करते हैं, इसी से दूसरों के साथ आपके संबंधों की गुणवत्ता तय होती है। आप ख़ुद को जितना ज़्यादा पसंद करते हैं, आप दूसरे लोगों को उतना ही ज़्यादा पसंद करेंगे और वे भी आपको उतना ही ज़्यादा पसंद करेंगे। वास्तव में, जब आपका आत्म-गौरव किसी तरह से कम हो जाता है, तो दूसरे लोगों के साथ आपका तालमेल सबसे पहले प्रभावित होता है।

अपने सर्वश्रेष्ठ स्तर पर प्रदर्शन करने और अपने बारे में ज़बर्दस्त महसूस करने के लिए आपको आत्म-गौरव बनाना और क़ायम रखना होता है। जिस तरह आप खान-पान और व्यायाम पर ध्यान देकर अपनी शारीरिक फ़िटनेस की ज़िम्मेदारी लेते हैं, उसी तरह आपको अपने विचारों व भावनाओं पर ध्यान देकर अपनी मानसिक फ़िटनेस की भी पूरी ज़िम्मेदारी लेने की ज़रूरत है।

आत्म-गौरव बढ़ाने में लोगों की मदद करने के लिए असंख्य पुस्तकें और लेख लिखे गए हैं। बहरहाल, एक आसान फ़ॉर्मूला है, जिसे आप सीख सकते हैं और जिसका आप अभ्यास कर सकते हैं, जो आत्म-गौरव बढ़ाने के सभी महत्त्वपूर्ण तत्वों को शामिल करता है। शिखर मानसिक प्रदर्शन सुनिश्चित करने के लिए आप इन रणनीतियों का दैनिक इस्तेमाल कर सकते हैं।

आत्म-गौरव बढ़ाने के लिए छह तत्वों की ज़रूरत होती है। ये छह तत्व हैं : लक्ष्य, मानदंड, सफलता के अनुभव, दूसरों से तुलना, मान्यता और पुरस्कार। आइए, हम इन पर एक-एक करके नज़र डालते हैं।

आप ख़ुद को कितना ज़्यादा पसंद करते हैं और अपना कितना सम्मान करते हैं, इस बात पर आपके लक्ष्यों का सीधा प्रभाव पड़ता है। अपने लिए बड़े, चुनौतीपूर्ण लक्ष्य तय करने और उन्हें हासिल करने की लिखित कार्ययोजना बनाने भर से ही दरअसल आपका आत्म-गौरव बढ़ जाता है

और बेहतर हो जाता है। लक्ष्य ही आपको आपके बारे में बेहतर महसूस कराने लगते हैं।

आत्म-गौरव या ख़ुशी की परिभाषा है – "किसी सार्थक आदर्श या लक्ष्य की क्रमशः प्राप्ति।" आत्म-गौरव की अवस्था का आनंद आप तब लेते हैं, जब आप क़दम-दर-क़दम किसी ऐसी चीज़ की तरफ़ बढ़ते हैं, जो आपके लिए महत्त्वपूर्ण है। इस वजह से यह महत्त्वपूर्ण है कि आपके पास जीवन के हर पहलू में स्पष्ट लक्ष्य हों और आप उन्हें हासिल करने की दिशा में लगातार काम करें। हर बढ़ते क़दम से आपका आत्म-गौरव बढ़ता है और आप ज़्यादा सकारात्मक व शक्तिशाली महसूस करते हैं।

आत्म-गौरव बढ़ाने का दूसरा हिस्सा यह है कि आप उन स्पष्ट मानदंडों और मूल्यों को तय करें, जिनके प्रति आप समर्पित हैं। उच्च आत्म-गौरव वाले स्त्री-पुरुष इस बारे में बहुत स्पष्ट होते हैं कि वे किसमें विश्वास करते हैं। आत्मविश्वास और आत्म-गौरव की बुनियाद यह स्पष्ट विचार है कि आप किसके पक्ष में खड़े होंगे और किसके पक्ष में खड़े नहीं होंगे।

स्थायी आत्म-गौरव तभी संभव है, जब आपके लक्ष्य और आपके मूल्य सामंजस्य में हों, आदर्श रूप से एक ही दिशा में हों और उनमें कोई विरोधाभास न हो। लोगों को तनाव ज़्यादातर मामलों में तब होता है, जब वे विश्वास तो एक चीज़ में करते है, लेकिन वे दूसरी चीज़ करने की कोशिश करते हैं, जो उस विश्वास के विपरीत होती है। जब आप अपने लक्ष्यों और मूल्यों को एक दूसरे के सामंजस्य में ले आते हैं, तो आप अपने बारे में अद्भुत महसूस करते हैं। आपको ऊर्जा और स्वास्थ्य का सैलाब महसूस होता है। तभी आप सच्ची प्रगति करना शुरू करते हैं।

कई लोग अपनी नौकरियों में नाख़ुश रहते हैं, क्योंकि उनकी लाख कोशिशों के बावजूद वे सफल नहीं हो रहे हैं। कई मामलों में लोगों को इस बात का अहसास हो जाता है कि वे अपनी नौकरी में इसलिए ख़ुश नहीं हैं, क्योंकि वह काम उनके लिए सही नहीं है। एक बार जब वे अपनी नौकरी बदल लेते हैं और कोई ऐसी चीज़ करने लगते हैं, जिसमें उन्हें सचमुच मज़ा आता है और जो उनके बुनियादी मूल्यों के सामंजस्य में होती है, तो वे सच्ची प्रगति करने लगते हैं और उन्हें अपने काम में ज़बर्दस्त संतुष्टि मिलती है।

आत्म-गौरव बढ़ाने वाला तीसरा तत्व है सफलता के अनुभव। अपने लक्ष्यों को मापने योग्य बनाएँ। आपको राह में मिलने वाली छोटी-बड़ी सफलताओं का हिसाब रखना चाहिए। लक्ष्य तय करने, उसे छोटे-छोटे हिस्सों में तोड़ने और फिर उन हिस्सों में से एक या अधिक को पूरा करने के काम से ही आप विजेता जैसा महसूस करने लगते हैं। सफलता की वजह से आपका आत्म-गौरव बढ़ जाता है।

लेकिन याद रखें, आप उस लक्ष्य पर निशाना नहीं मार सकते, जिसे आप देख ही न सकते हों। आप विजेता जैसा महसूस नहीं कर सकते, जब तक कि आप स्पष्टता से वे मानदंड तय न कर लें, जिनके आधार पर आप अपनी सफलता को आँकने वाले हैं और अपने लक्ष्य हासिल करने वाले हैं।

आइए, मान लेते हैं कि आप एक साल में अपने प्रॉडक्ट की निश्चित संख्या बेचना चाहते हैं या निश्चित आमदनी कमाना चाहते हैं। आप इस संख्या को मासिक और साप्ताहिक लक्ष्यों में, हर दिन या घंटे के लक्ष्यों में भी तोड़ सकते हैं। जब आप इनमें से पहले मील के पत्थर पर पहुँचते हैं, तो आप अपने बारे में बेहतरीन महसूस करते हैं। आप विजेता जैसा महसूस करते हैं। जब आप दूसरे मील के पत्थर तक पहुंचते हैं, तो आपका आत्मविश्वास और आत्म-गौरव बढ़ जाता है। प्रदर्शन करने की आपकी योग्यता बेहतर हो जाती है। आप अगली चुनौती के बारे में रोमांचित और उत्साही महसूस करने लगते हैं।

जिन लोगों के पास लक्ष्य नहीं होते, उनका आत्म-गौरव कम होता है। इसका कारण यह है कि वे प्रबल व्यक्तित्व बनाने वाली इस शक्ति का इस्तेमाल नहीं कर रहे हैं। उनके पास स्पष्ट लक्ष्य ही नहीं होते हैं, जिन पर वे निशाना साध सकें। इसके अलावा उनके पास उस अंतिम लक्ष्य की ओर ले जाने वाले अंतरिम लक्ष्य या पैमाने नहीं होते हैं। पैमानों और आकलन के मानदंड वाले लक्ष्य तय करने और योजनाएँ बनाने का काम ही आत्म-गौरव को बढ़ा देता है और आत्मविश्वास तथा ऊर्जा में वृद्धि करता है।

आत्म-गौरव का चौथा घटक है दूसरों से तुलना। हारवर्ड के लियॉन फ़ेस्टिंगर ने "सामाजिक तुलना" का सिद्धांत दिया है। उनका निष्कर्ष था कि जब हम यह तय करना चाहते हैं कि हम कितना अच्छा कर रहे हैं, तो हम अपनी उपलब्धियों और ख़ुद की तुलना समाज से नहीं, बल्कि अपनी

जान-पहचान के दूसरे लोगों से करते हैं। विजेता जैसा महसूस करने के लिए हमें पक्का पता होना चाहिए कि हम अपने ही जैसी स्थिति वाले किसी परिचित जितना अच्छा या उससे बेहतर कर रहे हैं, जिसके साथ हम तादात्म्य स्थापित कर सकें। जब आप अपने क्षेत्र या सामाजिक दायरे के दूसरे लोगों से अपनी सकारात्मक तुलना कर सकते हैं, तो आप ख़ुद को ज़्यादा पसंद करते हैं और प्रतिस्पर्धा के अपने क्षेत्र में विजेता जैसा महसूस करते हैं।

सफल लोग वे होते हैं, जो अपनी तुलना दूसरे सफल लोगों से करते हैं और पहले से बेहतर प्रदर्शन करने की लगातार कोशिश करते रहते हैं। वे उनके बारे में पढ़ते हैं, उनके प्रदर्शन का अध्ययन करते हैं और फिर एक-एक क़दम करके उनसे आगे निकलने के लिए काम करते हैं। अंततः सफल लोग उस बिंदु पर पहुँच जाते हैं, जहाँ उनकी प्रतिस्पर्धा में कोई दूसरा नहीं रह जाता है। तब वे ख़ुद के साथ प्रतिस्पर्धा करने लगते हैं और अपनी पुरानी उपलब्धियों से अपने वर्तमान प्रदर्शन की तुलना करते हैं। यह तब होता है, जब वे शिखर पर पहुँच जाते हैं और अपने कमज़ोर प्रतिस्पर्धियों को पीछे छोड़ चुके होते हैं।

आत्म-गौरव बढ़ाने की पाँचवीं आवश्यकता यह है कि आप जिन लोगों का सम्मान करते हैं, वे आपकी उपलब्धियों को मान्यता दें। अपने बारे में सचमुच अच्छा महसूस करने के लिए आपको उन लोगों की प्रशंसा और मान्यता की ज़रूरत होती है, जिनका आप सम्मान और प्रशंसा करते हैं, जैसे : आपका बॉस, आपके सहकर्मी, आपका जीवनसाथी और आपके सामाजिक दायरे के लोग।

वास्तव में, आत्म-गौरव की एक बहुत अच्छी परिभाषा है, "आप ख़ुद को कितना प्रशंसनीय मानते हैं" या "प्रशंसा करने योग्य।" जब भी किसी उपलब्धि के लिए आपको किसी महत्त्वपूर्ण व्यक्ति की मान्यता और प्रशंसा मिलती है, तो आपका आत्म-गौरव बढ़ जाता है। आपको गर्व और ख़ुशी महसूस होती है। आप और ज़्यादा तथा बेहतर करने के लिए प्रेरित व प्रोत्साहित हो जाते हैं।

आत्म-गौरव बढ़ाने की छठी आवश्यकता यह है कि आपको अपनी उपलब्धियों के लिए पुरस्कार दिया जाए। आप किसी ऐसे क्षेत्र में काम कर सकते हैं, जहाँ श्रेष्ठ उपलब्धि के लिए आपको वित्तीय बोनस, पुरस्कार,

ओहदे के प्रतीक, ज़्यादा बड़े ऑफ़िस, ज़्यादा बड़ी कार या प्लाक व ट्रॉफ़ियाँ दी जाती हों। इनमें से किसी भी पुरस्कार का आपके आत्म-गौरव और आपके आगामी प्रदर्शन पर शक्तिशाली असर हो सकता है।

बहरहाल, अगर आपके क्षेत्र में कोई भी मूर्त या अमूर्त पुरस्कार न दिए जाते हों, जो आपके आत्म-गौरव को बढ़ाने और क़ायम रखने के लिए अनिवार्य हैं, तो आप ख़ुद को पुरस्कार देने का तरीक़ा खोज सकते हैं। एक बहुत सहायक चीज़ यह है कि आप अपना ख़ुद का पुरस्कार तंत्र बनाएँ, जिसमें आप छोटी और बड़ी दोनों तरह की उपलब्धियों के लिए ख़ुद को पुरस्कार दें। अपने लक्ष्यों की ओर प्रगति करते वक़्त यह आपको सकारात्मक और ऊर्जावान रख सकता है।

जो लोग टेलीफ़ोन प्रॉस्पेक्टिंग करते हैं, वे अक्सर ख़ुद को हर दस कॉल के बाद एक कप कॉफ़ी का इनाम देते हैं। पच्चीस कॉलों के बाद वे ख़ुद को इमारत या ब्लॉक के चारों ओर एक चक्कर लगाने की अनुमति देते हैं। पचास कॉल के बाद वे बाहर लंच करने का इनाम देते हैं। निश्चित संख्या में अपॉइंटमेंट या बिक्री हासिल करने के बाद वे ख़ुद को किसी ऐसी चीज़ का पुरस्कार देंगे, जो उन्होंने पहले से तय की है, जैसे लंच के लिए बाहर जाना। इनमें से हर पुरस्कार प्रोत्साहन और व्यक्तिगत मान्यता का काम करता है, जिससे व्यक्ति को उस प्रदर्शन को दोहराने का प्रोत्साहन मिलता है। फलस्वरूप उत्साह और आत्म-गौरव बढ़ जाता है।

यदि आपका वर्तमान परिवेश आपको आत्म-गौरव बढ़ाने के छह घटक प्रदान नहीं करता है (लक्ष्य, मानदंड, सफलता के अनुभव, दूसरों से तुलना, मान्यता और पुरस्कार), तो आपको अपना ख़ुद का प्रोत्साहन तंत्र बनाना चाहिए। आपको अपने आत्म-गौरव तथा व्यक्तिगत महत्त्व की भावनाओं को बढ़ाने और क़ायम रखने की पूरी ज़िम्मेदारी लेनी चाहिए। इस बात का इंतज़ार न करें कि कोई दूसरा आकर आपके लिए यह काम कर देगा।

आत्म-गौरव बढ़ाने का एक दूसरा हिस्सा है, जो इस अध्याय में अब तक बताई हर चीज़ से सरोकार रखता है। यह है "प्रदर्शन-आधारित आत्म-गौरव।" सच्चाई यह है कि आप ख़ुद को सचमुच पसंद तभी करते हैं और अपना सच्चा सम्मान तभी करते हैं, जब आप अपने दिल की गहराई में जानते हैं कि आप किसी महत्त्वपूर्ण चीज़ को करने में सचमुच अच्छे हैं।

मनोवैज्ञानिक इसे "आत्म-क्षमता का अहसास" कहते हैं। विन्स लॉम्बार्डी ने कहा था, "आपका चुना हुआ क्षेत्र कोई भी हो, आपके जीवन की गुणवत्ता उत्कृष्टता के प्रति आपके समर्पण के स्तर से तय होगी।"

ज़ाहिर है, अमूर्त रूप से ख़ुद को पसंद करना या ख़ुद को मूल्यवान व सार्थक इंसान मानना संभव है, लेकिन यह आत्म-गौरव का खोखला रूप है, जो एक नकारात्मक अनुभव या अस्थायी निराशा से आसानी से ढह जाता है। उत्कृष्ट प्रदर्शन से विभक्त आत्म-गौरव लंबे समय तक क़ायम नहीं रहता है।

आप एक मूल्यवान और सार्थक इंसान हैं, इस बात का विश्वास आप तभी कर सकते हैं, जब आप जानते हों कि आप अपने काम में बहुत अच्छे हैं। इसीलिए यह महत्त्वपूर्ण है कि आप अपने काम में उत्कृष्ट बनने के लिए प्रयास करें, बाधाओं से उबरें और क़ीमत चुकाएँ। जब आप वाक़ई जानते हैं कि आप अपने काम में अच्छे हैं, तो आप अपने बारे में ज़बर्दस्त महसूस करेंगे। आप उच्च आत्म-गौरव और एक प्रकार के आशावाद का आनंद लेंगे, जिससे आप उस तरह के इंसान बन जाएँगे, जिसके आस-पास हर व्यक्ति रहना चाहेगा।

आपका आत्म-गौरव आपके व्यक्तित्व का सबसे अहम हिस्सा है। आप इस पर सुनियोजित रूप से, हर दिन, हर घंटे काम करके अपने आत्म-गौरव को बढ़ा सकते हैं। आप वे चीज़ें करके इसे बढ़ा सकते हैं, जिनसे आप अपने बारे में अद्भुत महसूस करते हैं और जिनमें आप अपने सर्वश्रेष्ठ स्तर पर प्रदर्शन करते हैं।

आत्म-गौरव और आत्म-मूल्य की कुंजी यह है कि आप अपने प्रति सच्चे रहें, अपने भीतर के सर्वश्रेष्ठ के प्रति सच्चे रहें और जीवन को अपने सर्वोच्च मूल्यों व आकांक्षाओं के सामंजस्य में जिएँ।

इस बारे में सोचने का समय निकालें कि आप कौन हैं और किसमें विश्वास करते हैं। इस बारे में सोचें कि आपके लिए सचमुच महत्त्वपूर्ण क्या है। यह निर्णय लें कि आपके लिए जो सच्ची चीज़ नहीं है, वह बनकर या कहकर या महसूस करके आप अपनी अखंडता से कभी समझौता नहीं करेंगे।

आप सचमुच जैसे हैं, उसी रूप में ख़ुद को स्वीकार करने का साहस रखें, वैसे नहीं जैसा आप चाहते हैं कि आप हों या जैसा कोई दूसरा सोचता

है कि आपको होना चाहिए और यह भी सोचें कि हर चीज़ पर विचार करते हुए आप काफ़ी अच्छे इंसान हैं।

देखिए, आप जैसे इंसान के कभी होने की संभावना पचास अरब में एक की है। आप पूरे इतिहास में अनूठे हैं। आपमें योग्यताओं, गुणों और क़ाबिलियत का एक विशेष मिश्रण है, जो आपको असाधारण बनाता है। किसी को भी, जिसमें आप भी शामिल हैं, आपकी सच्ची क्षमताओं का कोई अंदाज़ा नहीं है या यह पता नहीं है कि आप क्या कर सकते हैं या क्या बन सकते हैं।

जीवन की सबसे मुश्किल चुनौतियों में से यह स्वीकार करना है कि आप सचमुच कितने असाधारण हैं और फिर इस जागरूकता को अपने नज़रिये तथा व्यक्तित्व में समाहित करना है। ख़ुद को पसंद करना और ख़ुद पर भरोसा करना स्वस्थ आत्मविश्वास की बुनियाद है। यह भारी ख़ुशी और सफलता का शुरुआती बिंदु है।

आत्मविश्वास के अटल स्तर को विकसित करने में आपका आत्म-गौरव और स्व-सम्मान महत्त्वपूर्ण शुरुआती बिंदु हैं, लेकिन वे काफ़ी नहीं हैं। लोगों ने बरसों तक सकारात्मक सोच को आज़माया है और बरसों तक उम्मीदों पर जिए हैं, लेकिन उन्हें मिश्रित परिणाम मिले हैं। आत्मविश्वास की जो गहरी भावना विजय की ओर ले जाती है, उसे विकसित करने के लिए आपको सकारात्मक सोच के बजाय सकारात्मक जानकारी की ज़रूरत होती है। आपको यह जानने की ज़रूरत होती है कि आप एक अच्छे और मूल्यवान इंसान हैं तथा आपका आत्मविश्वास वास्तविक है, जो सच्ची योग्यता पर आधारित है।

स्थायी आत्मविश्वास दरअसल नियंत्रण के अहसास से आता है। जब आप अपने ख़ुद के और अपने जीवन के काफ़ी नियंत्रण में महसूस करते हैं, तब आप इतने आत्मविश्वासी महसूस करते हैं कि आप वे चीज़ें करें और कहें, जो आपके सर्वोच्च मूल्यों के सामंजस्य में हैं।

मनोवैज्ञानिक आज सहमत हैं कि "नियंत्रण के बाहर" रहने की भावना ही तनाव और नकारात्मकता का बुनियादी कारण है। यह हीनता और कम आत्मविश्वास की भावनाओं का मुख्य कारण भी है। अपने जीवन के हर हिस्से पर नियंत्रण का ठोस अहसास पाने का सबसे अच्छा तरीक़ा यह है

कि आप स्पष्ट लक्ष्य और उद्देश्य तय करें। फिर तय लक्ष्य के हिसाब से उद्देश्यपूर्ण व्यवहार पर आधारित दिशा का अहसास बना लें।

अपने प्रति सच्चे होने का अर्थ सटीकता से यह जानना है कि आप क्या चाहते हैं। इसका अर्थ अपनी मनचाही चीज़ को हासिल करने की योजना बनाना है। स्थायी आत्मविश्वास तब उत्पन्न होता है, जब आप पूरी तरह जानते हैं कि आपके पास अपनी वर्तमान जगह से अपनी मनचाही जगह तक पहुँचने की क्षमता है। आप अपने जीवन के स्टियरिंग व्हील के पीछे बैठे हैं। आप अपनी तक़दीर के आर्किटेक्ट हैं और अपने भाग्य के स्वामी हैं।

हमने ख़ुशी को किसी सार्थक आदर्श की क्रमिक प्राप्ति के रूप में परिभाषित किया था। यही आत्मविश्वास के बारे में सच है। जब आप एक लक्ष्य तय करते हैं और उसे हासिल करने की योजना बनाते हैं और फिर अपने लक्ष्य को साकार करने के लिए क़दम-दर-क़दम काम करते हैं, तो आप शक्तिशाली, सक्षम और अपने जीवन के नियंत्रण में महसूस करते हैं। आप विजेता जैसा महसूस करते हैं। आपका आत्मविश्वास ऊपर उठ जाता है और ज़्यादा बड़ी चुनौतियों तथा अवसरों का सामना करने की आपकी इच्छा भी बढ़ जाती है। आप जितना ज़्यादा हासिल करते हैं, आप महसूस करते हैं कि आप उतना ही ज़्यादा हासिल करने में सक्षम हैं।

ज़्यादातर लोग असफलता और नुक़सान के डर से घबराते हैं। लेकिन इसके बजाय आप अवसर और उपलब्धि के संभावित लाभों पर ध्यान केंद्रित करते हैं। आपके पास स्पष्ट रूप से तय लक्ष्य होते हैं। आपके पास दौड़ने के लिए एक निश्चित मार्ग होता है। इनके साथ आप सफलता-केंद्रित बन जाते हैं और आप धीरे-धीरे अपना आत्मविश्वास बढ़ाते जाते हैं, जब तक कि वह स्थिति नहीं आ जाती, जहाँ आप किसी भी चीज़ का सामना करने को तैयार होते हैं।

आप अपने आत्मविश्वास को तुरंत बढ़ा सकते हैं। इसका आसान तरीक़ा यह है कि आप अपने चुने हुए क्षेत्र में उत्कृष्ट बनने के लिए समर्पित हो जाएँ। जब आप अपने मानसिक पुल जला देते हैं और संकल्प लेते हैं कि अपने काम में सर्वश्रेष्ठ बनने के लिए आप कोई भी क़ीमत चुकाने को तैयार हैं, कोई भी त्याग करने को तैयार हैं, कितने ही समय या धन का निवेश करने को तैयार हैं, तो आप एक अलग इंसान बन जाते हैं। आप

तुरंत आम आदमी से भिन्न हो जाते हैं, जो एक नौकरी से दूसरी नौकरी की तरफ़ हिचकोले खाता है और दोयमता को स्वीकृत पैमाना मानता है।

कुछ साल पहले टिम नामक एक युवक हमारे एक सेमिनार में आया। वह संकोची और अंतर्मुखी था। उसके हाथ मिलाने का अंदाज़ कमज़ोर था और उसे नज़रें मिलाकर बात करने में काफ़ी मुश्किल आती थी। वह सेमिनार कक्ष में पीछे बैठा रहता था और सिर झुकाकर नोट्स लेता रहता था। उसने बहुत कम मित्र बनाए थे और वह ख़ाली समय में भी लोगों से ज़्यादा मेलजोल नहीं करता था। सेमिनार के अंत में उसने कहा कि वह बिक्री के क्षेत्र में है और उस वक़्त उसका प्रदर्शन अच्छा नहीं है। लेकिन उसने बदलने का संकल्प लिया। उसने ठान लिया कि वह ख़ुद पर काम करने में जुटेगा, अपने संकोच से उबरेगा और अपनी कंपनी का माल बेचने में माहिर हो जाएगा। फिर उसने विदा ली और हर व्यक्ति ने उसे जाते समय शुभकामनाएँ दीं।

एक साल बाद वह उसी सेमिनार में दोबारा लौटा। लेकिन इस बार वह बदल चुका था। वह ज़्यादा शांत और आत्मविश्वासी बन गया था। अब भी वह थोड़ा संकोची तो था, लेकिन हाथ मिलाते वक़्त उसकी पकड़ ज़्यादा सख़्त थी और उसकी आँखों का संपर्क बेहतर था। वह सेमिनार कक्ष के बीच में बैठा और उसने अपने आस-पास के लोगों से संयत व्यवहार किया। एक बार फिर, सेमिनार के अंत में उसने बताया कि वह अपनी बिक्री टीम में ऊपर उठने लगा था और पिछला साल उसके जीवन का सबसे अच्छा साल रहा था। उसने संकल्प लिया था कि आने वाले साल में वह अपने प्रदर्शन को और भी बेहतर बनाएगा।

लगभग चौदह महीने बाद टिम सेमिनार में एक बार फिर आया। इस बार वह अपनी कंपनी के पाँच और लोगों को लेकर आया था। दरअसल, उसी ने इन लोगों को इस सेमिनार में आने के लिए राज़ी किया था। उसने कहा था कि अगर वे लोग संतुष्ट नहीं हुए, तो उनकी फ़ीस वह ख़ुद चुकाएगा। उसने दृढ़ता से हाथ मिलाया और शक्तिशाली, आत्मविश्वासी मुस्कान के साथ सबसे नज़रें मिलाईं।

उसने कहा कि वह कुछ दिखाना चाहता है। उसने अपनी जेब से एक बहुत बड़े राष्ट्रीय कॉरपोरेशन के अध्यक्ष का पत्र निकाला, जिन्होंने व्यक्तिगत

रूप से उसे पत्र लिखा था और पिछले साल उसके इलाक़े में असाधारण बिक्री के लिए उसे बधाई दी थी। यह पता चला कि टीम में कुल 42 सेल्सपीपुल थे। पहले टिम तैंतीसवें स्थान पर था, लेकिन अब वह पहले स्थान पर पहुँच गया था। उसकी आमदनी पहले 26,000 डॉलर थी, जो इन तीन वर्षों में बढ़कर 98,000 डॉलर हो गई थी। उसकी बिक्री देश में किसी भी अन्य सेल्सपर्सन से ज़्यादा तेज़ गति से बढ़ी थी।

वह अब भी शांत रहता था, लेकिन उसमें शक्ति और उद्देश्यपूर्णता का अद्भुत नज़रिया आ चुका था। उसने क़दम उठाए थे और ख़ुद को एक शानदार युवक बनाने की क़ीमत चुकाई थी। उसने अपने संकोच से उबरने के लिए हर ज़रूरी चीज़ करने का निर्णय लिया था। उसने अपने भीतर ऐसा व्यक्तित्व बनाने का निर्णय लिया था, जिसकी वह दूसरों में प्रशंसा करता था। वह हर मायने में स्व-निर्मित इंसान था और है।

शायद आत्मविश्वास के ऊँचे स्तर विकसित करने का सबसे अद्भुत परिणाम वह प्रभाव होता है, जो आपके व्यक्तित्व का आपके संबंधों पर पड़ेगा। आपके आत्मविश्वास का स्तर आपकी सबसे आकर्षक और मोहक विशेषताओं में से एक बन सकता है।

दो मानसिक नियम हैं, जो हमेशा काम करते हैं। यही उसका ज़्यादातर हिस्सा तय करते हैं कि दूसरों के साथ मेलजोल में आपके साथ क्या होता है। पहला है आकर्षण का नियम, जो कहता है कि आप अपने जीवन में हमेशा उन्हीं लोगों को आकर्षित करेंगे, जो काफ़ी हद तक आप जैसे होते हैं। दूसरा नियम है सामंजस्य का नियम, जो कहता है कि संबंधों का आपका बाहरी संसार काफ़ी हद तक किसी दर्पण की तरह व्यक्तित्व और स्वभाव के आपके अंदरूनी संसार से मेल खाएगा।

ये नियम मिलकर कहते हैं कि जब आप अपने अंदर एक सकारात्मक अंदाज़ में बदलते हैं, तो आप जल्द ही ऐसे लोगों से घिर जाएँगे, जो काफ़ी हद तक उस नए इंसान जैसे हैं, जैसे आप बन रहे हैं। जब आप इंसान के रूप में बेहतर बनते हैं, तो आपके संबंधों की गुणवत्ता और संख्या भी उसी अनुपात में बेहतर बनती है। आप ज़्यादा अच्छे, ज़्यादा आत्मविश्वासी, ज़्यादा रोचक और आनंददायक लोगों से मिलेंगे। आप अपने जीवनसाथी या विपरीत लिंग के सदस्यों से ज़्यादा अच्छी तरह मिल-जुलकर काम करेंगे।

आप अपने काम या नई नौकरी में भी ज़्यादा अच्छा प्रदर्शन करेंगे और अपने बॉस तथा सहकर्मियों से ज़्यादा अच्छी तरह मिल-जुलकर काम करेंगे। आपके आत्मविश्वास और शांत विश्वास के नज़रिये की बदौलत आप दूसरे लोगों को ज़्यादा आकर्षक लगेंगे। वे आपके आस-पास रहना चाहेंगे, आपके लिए दरवाज़ा खोलना चाहेंगे और ऐसे अवसर उपलब्ध कराना चाहेंगे, जो उस स्थिति में नहीं होता, अगर आप अपने बारे में उतना ज़बर्दस्त महसूस नहीं करते, जितना कि इस वक़्त करते हैं।

प्रायः दूसरों के साथ अपने संबंधों में लोगों में आत्मविश्वास की कमी होती है, क्योंकि वे दूसरों की तुलना में अपना कम आकलन करते हैं। कई बार आप अपने कामों और बातों के बारे में संकोची हो जाते हैं, और कई बार आपको डर होता है कि लोग आपको पसंद नहीं करेंगे या उस तरह स्वीकार नहीं करेंगे, जिस तरह आप चाहते हैं। आप कुछ महत्त्वपूर्ण चीज़ें कर सकते हैं, जिनसे दूसरों के साथ आरामदेह और आत्मविश्वासी अंदाज़ में अच्छी तरह मिल-जुलकर काम करने की आपकी योग्यता बेहतर हो जाएगी।

शुरुआत में जब आप अपने लक्ष्यों और मूल्यों को स्पष्ट कर लेते हैं, ख़ुद पर मेहनत करते हैं और अपने चुने हुए क्षेत्र में अच्छा काम करते हैं, तो आपमें स्वाभाविक रूप से आत्म-गौरव और आत्मविश्वास के ज़्यादा ऊँचे स्तर होंगे। आप ख़ुद को ज़्यादा पसंद करेंगे और आप दूसरे लोगों को पसंद व स्वीकार करेंगे। आप इस बारे में कम संवेदनशील होंगे कि वे क्या सोच रहे होंगे या नहीं सोच रहे होंगे। आप उनके साथ अपनी बातचीत में ज़्यादा सकारात्मक और ध्यानपूर्ण होंगे। जो लोग ख़ुद को सचमुच पसंद करते हैं, वे दूसरों के साथ संबंधों में बहुत आत्मविश्वासी होते हैं। हालाँकि वे दूसरों के नज़रियों और रायों पर ध्यान देते हैं, लेकिन वे उनसे ज़्यादा प्रभावित नहीं होते हैं।

दूसरों के साथ बातचीत में याद रखें कि लोग ज़्यादातर समय ख़ुद के बारे में ही सोचते हैं। आप सामने वाले व्यक्ति पर ध्यान केंद्रित करके, सच्चे सवाल पूछकर और जवाबों को ग़ौर से सुनकर संकोच की अपनी भावनाओं से छुटकारा पा सकते हैं।

लोगों को प्रभावित करने की कोशिश के बजाय उनसे प्रभावित होने के कारण खोजें। आपमें लोग रुचि लें, यह कोशिश न करें। इसके बजाय उनमें

सच्ची रुचि दिखाएँ। सक्रिय और संलग्न श्रोता बनें। आप सामने वाले व्यक्ति पर जितना ज़्यादा ध्यान केंद्रित करते हैं, आप उतने ही ज़्यादा आरामदेह और आत्मविश्वासी महसूस करेंगे। आपका संकोच काफूर हो जाएगा और आप तनावरहित व ख़ुश महसूस करेंगे।

याद रखें कि कोई आपके विचारों या भावनाओं को तब तक प्रभावित नहीं कर सकता, जब तक कि कोई ऐसी चीज़ न हो जो आप उनसे चाहते हैं या कोई ऐसी चीज़ न हो, जो आप चाहते हैं कि वे न करें। जैसे ही आप निर्लिप्तता का भाव ले आते हैं और अपने मन में निर्णय लेते हैं कि आप सामने वाले से कुछ नहीं चाहते हैं या किसी चीज़ की अपेक्षा नहीं रखते हैं, तो आप पाएँगे कि आपके आत्मविश्वास को विचलित करने की उनकी योग्यता काफ़ी कम हो जाती है। वही लोग मानवीय संबंधों में सबसे सफल होते हैं, जो दूसरों से शांत, स्वस्थ निर्लिप्तता का अभ्यास करते हैं। हालाँकि वे बातचीत में दोस्ताना और संलग्न होते हैं, लेकिन वे दूसरों के व्यवहार को यह तय करने की अनुमति नहीं देते हैं कि वे अपने बारे में कैसा सोचते हैं और महसूस करते हैं।

आत्मविश्वास के ऊँचे स्तर को विकसित करने और क़ायम रखने के ज़बर्दस्त लाभ होते हैं। असली सवाल यह है, "ऐसा क्यों है कि ज़्यादातर लोगों में ऐसा आत्मविश्वास नहीं है, जो उन्हें ख़ुश, स्वस्थ, समृद्ध जीवन जीने में सक्षम बनाए?"

दो बुनियादी कारण हैं। मानव प्रसन्नता के महान शत्रु हमेशा वही रहे हैं : डर और शंका एक साथ यात्रा करते हैं और हर मोड़ पर मानव प्रसन्नता के साथ हस्तक्षेप करते हैं। बाक़ी किसी भी चीज़ से बढ़कर हमारे डर और शंकाएँ हमारे आत्म-गौरव और आत्मविश्वास को कमज़ोर कर देती हैं। इन्हीं की वजह से हम अपनी संभावनाओं तथा ख़ुद के बारे में नकारात्मक संदर्भ में सोचते हैं। जैसा मास्लो ने कहा था, हम ख़ुद को "सस्ते में बेचने" लगते हैं और वे तमाम कारण गिनाने लगते हैं कि कोई चीज़ हमारे लिए संभव क्यों नहीं हो सकती।

हम मुश्किलों को बढ़ा-चढ़ाकर देखते हैं और अवसरों को न्यूनतम कर लेते हैं। हम संभव नुक़सानों से चिंतित हो जाते हैं, जो हमें हो सकते हैं। हम उन आलोचनाओं के बारे में तनावग्रस्त हो जाते हैं, जो हमें झेलनी

पड़ सकती हैं। इस वजह से हम साहस के साथ काम नहीं कर पाते हैं। इसके बजाय हमारे डर और शंकाएँ हमें पंगु बना देती हैं, हमारे आत्म-गौरव को कम कर देती हैं और उनकी वजह से हम नकारात्मक संदर्भ में सोचने और बात करने लगते हैं। यह शायद ज़्यादातर इंसानों के बारे में सही है। ज़्यादातर लोग अपने डरों से इतने चिंतित होते हैं कि उनके पास किसी दूसरी चीज़ के लिए समय ही नहीं होता। यह उनकी बातचीत में प्रकट हो जाता है और उनके कामों या बातचीत के ज़्यादातर हिस्सों में इसी की झलक होती है।

शंका, डर और चिंता का एकमात्र सच्चा तोड़ कर्म है। यह उन सभी नकारात्मक भावों का इलाज है, जो हमारे आत्मविश्वास को ध्वस्त करते हैं। आपका चेतन मन एक समय में केवल एक ही विचार रख सकता है, चाहे वह सकारात्मक हो या नकारात्मक। जब आप ऐसे सुनियोजित, उद्देश्यपूर्ण कर्म में संलग्न होते हैं, जो आपके मूल्यों के सामंजस्य में होता है, आपके लक्ष्यों की दिशा में होता है, और आप अपनी योग्यताओं का अधिकतम इस्तेमाल करते हैं, तो आपके डर और शंकाएँ ग़ायब हो जाती हैं। आप अपने बारे में ज़्यादा सकारात्मक और आत्मविश्वासी महसूस किए बिना नहीं रह सकते।

आपके आत्मविश्वास और आत्म-गौरव को चेतन रूप से और जान-बूझकर बढ़ाना आपके लिए जितना महत्त्वपूर्ण है, उससे ज़्यादा महत्त्वपूर्ण संभवतः कुछ भी नहीं है। आत्मविश्वास के ज़्यादा ऊँचे स्तर आपके सामने असीमित संभावनाओं का संसार खोल देंगे। आप जिस प्रकार के आत्मविश्वासी व्यक्ति बनना चाहते हैं, उस तरह चलकर, बात करके, सोचकर और काम करके आप अपने आत्मविश्वास को बढ़ा सकते हैं।

इस तरह काम करें, मानो असफल होना असंभव हो। इस तरह काम करें, मानो आपमें आत्मविश्वास का अटल स्तर पहले से ही है। लगातार ख़ुद से पूछते रहें, "अगर मुझे पता हो कि मैं असफल नहीं हो सकता, तो वह कौन सी एक बड़ी चीज़ है, जिसका सपने देखने की मैं हिम्मत करूँगा?" आपका जवाब जो भी हो, अगर आप उसके सपने देख सकते हैं और अगर आपमें इसे हासिल करने का आत्मविश्वास है, तो आपको वह चीज़ मिल सकती है।

अध्याय 4

अपने जीवन की बागडोर थामें

क्या आप कभी यह सोचने के लिए रुके हैं कि आप जो भी हैं या जो भी कभी होंगे, उसका दारोमदार पूरी तरह से आप पर है? ज़रा कल्पना करें! आप जहाँ हैं और जो हैं, वह आप स्वयं की वजह से हैं। आपके जीवन में जो भी चीज़ मौजूद है, वह आपकी, आपके व्यवहार, आपके शब्दों और आपके कामों की वजह से मौजूद है। आपके पास चयन की स्वतंत्रता है और चूँकि आपने ख़ुद ने अपने जीवन की परिस्थितियों का चयन किया है, इसलिए आप ही अपनी सफलता और असफलता, अपनी ख़ुशी और दुख, अपने वर्तमान और भविष्य के लिए पूरी तरह से ज़िम्मेदार हैं।

यह विचार पैराशूट लगाकर कूदने जैसा है। यह एक साथ डरावना और उल्लासपूर्ण है। यह उन सबसे बड़ी और महत्त्वपूर्ण अवधारणाओं में से एक है, जो आपके या किसी दूसरे के साथ होंगी। व्यक्तिगत ज़िम्मेदारी को स्वीकार करना ही वह काम है, जो वयस्क को बच्चे से, लीडर को अनुयायी से, विजेता को पराजित से अलग करता है। यह परिपक्वता की दिशा में एक लंबी छलाँग है।

ज़िम्मेदारी पूरी तरह अविभाज्य, पूरी तरह कार्यशील इंसान की निशानी है। ज़िम्मेदारी सफलता, उपलब्धि, प्रेरणा, ख़ुशी और आत्म-वास्तविकीकरण के साथ-साथ चलती है। आप अपनी ज़िंदगी में जिस भी चीज़ को सचमुच चाहते हों, यह उसे पाने की न्यूनतम आवश्यकता है।

आप अपने लिए पूरी तरह से ज़िम्मेदार हैं, यह स्वीकार करने के बाद अपने जीवन का पूरा नियंत्रण आपके पास आ जाता है। कोई भी बचाने नहीं

आएगा, यह अहसास शिखर प्रदर्शन की शुरुआत है। जब आप यह ऐलान कर देते हैं, "अगर इसे करना है, तो यह मुझ पर है!" तो फिर बहुत कम है, जो आप नहीं कर सकते या नहीं पा सकते।

ज़िम्मेदारी को स्वीकार करना लक्ष्य तय करने से भी पहले आता है और हर व्यक्ति जानता है कि लक्ष्य तय करना सफलता का एक मुख्य कारण है। इसका कारण यह है कि जब तक आप परिणामों की ज़िम्मेदारी स्वीकार नहीं करते हैं, तब तक आप गंभीरता से लक्ष्य तय नहीं करेंगे, उन्हें पाने की योजनाएँ नहीं बनाएँगे और उनके प्रति दृढ़ता से समर्पित नहीं होंगे। जब तक कोई व्यक्ति यह स्वीकार नहीं करता है कि वह ख़ुद पूरी तरह ज़िम्मेदार है, तब तक अचेतन रूप से उसने बाहर निकलने का एक रास्ता छोड़ रखा है। पूरी तरह से ज़िम्मेदारी स्वीकार न करना एक मानसिक पलायन मार्ग बनाने जैसा है, जो किसी व्यक्ति को सफलता या असफलता के लिए जवाबदेह बनने से बचने का रास्ता देता है।

ज़िम्मेदारी स्वीकार करने का विपरीत यह है कि आप अपने जीवन की परिस्थितियों के लिए बहाने बनाएँ और दूसरे लोगों या परिस्थितियों को दोष दें। चूँकि आप जो भी करते हैं, लगभग हर चीज़ आदत का मामला होती है, इसलिए अगर कोई इंसान बहाने बनाने की आदत डाल लेता है, तो उसकी ज़िम्मेदारी से कतराने की आदत भी पड़ जाएगी। अगर वह अपने लिए कोई लक्ष्य या उद्देश्य तय करता है, तो वह तुरंत एक बहाना भी सोचकर रख लेता है, ताकि अगर लक्ष्य तक पहुँचना ज़्यादा मुश्किल हो या इसमें ज़्यादा आत्म-अनुशासन और लगन की ज़रूरत हो, तो वह उस बहाने को बना सके। जैसे ही परिस्थितियाँ गड़बड़ाने लगती हैं, ग़ैर-ज़िम्मेदार व्यक्ति अपने बहाने को बाहर निकालता है और ख़ुद को बचा लेता है।

अगर कोई बहाना नहीं बन सकता हो, तो ग़ैर-ज़िम्मेदार व्यक्ति अपने जीवन की परिस्थितियों के लिए दूसरे लोगों या घटनाओं को दोष देने लगता है।

सच्चाई यह है कि आपके माता-पिता आपको संसार में लाने के लिए ज़िम्मेदार हैं। जब आप शिशु होते हैं, तो वे आपके लिए पूरी तरह से ज़िम्मेदार हैं। लेकिन जैसे-जैसे आप बड़े होते हैं और चयन की अपनी स्वतंत्रता का दायरा फैलाते हैं, उनकी ज़िम्मेदारी क्रमशः कम होती जाती है।

18 साल की उम्र तक आपको पूरी तरह परिपक्व हो जाना चाहिए। इस समय तक आपको अपने निर्णय ख़ुद लेने में सक्षम हो जाना चाहिए और उन निर्णयों के परिणामों को स्वीकार करने के लिए भी।

आपके माता-पिता ने आपके अठारह साल के होने तक चाहे जो किया हो या न किया हो, उसके बाद बागडोर आपके हाथ में है। अपने जीवन के स्टियरिंग व्हील के पीछे अब आप ख़ुद हैं। आप ड्राइवर की सीट पर बैठे हैं। उस बिंदु के आगे आप हर उस चीज़ के लिए पूरी तरह ज़िम्मेदार हैं, जो आपके साथ होती है या नहीं होती है। यह थोड़ा कठोर लग सकता है। कई लोग तुरंत तमाम तरह की अप्रिय स्थितियों के बारे में सोचने लगेंगे, जिनके लिए दूसरों को दोष दिया जा सकता है या जिनके लिए किसी को दोष नहीं दिया जा सकता। लेकिन हम इतनी आसानी से इससे बच नहीं सकते।

मानव जीवन के बुनियादी नियम को अरस्तू ने ईसा मसीह से भी 350 साल पहले बताया था। इसे कार्य-कारण का नियम कहा जाता है। हम इसे कारण और परिणाम का नियम कहते हैं। यह बताता है कि हर चीज़ किसी कारण से होती है या नहीं होती है। आपके जीवन में हर परिणाम के पीछे एक कारण होता है। इसका मतलब है कि अगर आप कोई ख़ास परिणाम चाहते हैं, तो आपको बस इसके कारणों का पता लगाना है और उनकी नक़ल करने पर आपको भी वही परिणाम मिलेगा।

नियम यह है : दूसरे सफल लोग जो करते हैं, अगर आप भी वही करते हैं, तो कोई चीज़ आपको अंततः वही परिणाम पाने से नहीं रोक सकती। लेकिन दूसरे सफल लोग जो करते हैं, अगर आप वह नहीं करते हैं, तो कोई चीज़ आपकी मदद नहीं कर सकती।

मिसाल के तौर पर, हर व्यक्ति स्वस्थ रहना चाहता है। मान लें, आप शारीरिक स्वास्थ्य और ऊर्जा के ऊँचे स्तर का लक्ष्य तय करते हैं। यह वह परिणाम है, जो आप चाहते हैं। अब आपको बस कारणों का पता लगाना है और उनकी नक़ल करके आप अपने लक्ष्य पर पहुँच सकते हैं। आप पता लगा सकते हैं कि दूसरे स्वस्थ और ऊर्जावान लोग आहार, व्यायाम और विश्राम के संदर्भ में क्या करते हैं और वही काम करके आप भी वही परिणाम पा सकते हैं। यह कोई चमत्कार नहीं है। यह तो बस एक नियम है।

अप्रसन्नता भी एक परिणाम है। इसका कारण बहुत से लोग और परिस्थितियाँ हो सकती हैं। बहरहाल, अगर आप ख़ुश होना चाहते हैं, तो आपको सबसे पहले तो यह पता लगाना होगा कि आप सबसे ज़्यादा ख़ुश किस चीज़ से होते हैं। अपने जीवन के सबसे अच्छे समय के बारे में सोचें और यह भी कि उस वक़्त आप क्या कर रहे थे, कहाँ कर रहे थे और किन लोगों के साथ कर रहे थे। फिर अपनी आदर्श जीवनशैली का पूरे विस्तार से वर्णन लिखें, मानो आपकी स्थिति हर मायने में आदर्श हो। अब आपने अपना मनचाहा परिणाम परिभाषित कर लिया है।

इसके बाद अपने वर्तमान जीवन को देखें और ख़ुद से पूछें, "मेरे जीवन की वे सारी चीज़ें कौन सी हैं, जो मुझे ख़ुश रखने वाली जीवनशैली के तालमेल में नहीं हैं?" दूसरे शब्दों में, उन परिणामों के कारणों पर ग़ौर करें, जिन्हें आप पसंद नहीं करते हैं। फिर एक-एक करके उन कारणों को दोहराने या हटाने का निर्णय लें, जब तक कि आपका जीवन वैसा न हो जाए, जैसा आप चाहते हैं।

आपके विचार बहुत शक्तिशाली होते हैं। वे आपके रक्तचाप, नाड़ी और साँस को ऊपर-नीचे कर सकते हैं। वे आपके पाचन और नींद को प्रभावित कर सकते हैं। अगर आपके विचार पर्याप्त शक्तिशाली हैं, तो वे आपको बीमार या स्वस्थ बना सकते हैं। आपके विचारों में यह प्रवृत्ति होती है कि वे आपके मन में छवियों को प्रेरित कर देते हैं और आपके शरीर में उन छवियों के अनुरूप भावनाएँ जगा देते हैं। यदि आप सुखद व स्वस्थ विचार सोचते या पढ़ते हैं, तो आपकी मानसिक छवियाँ सुखद व स्वस्थ होंगी और आप सुखद, स्वस्थ भावनाएँ महसूस करेंगे। जैसा दीपक चोपड़ा ने अपनी पुस्तक *मैजिकल माइंड, मैजिकल बॉडी* में बताया है, आपके मस्तिष्क का हर हिस्सा आपके शरीर के हर हिस्से से जुड़ा हुआ है। संदेशों और आवेगों का एक जटिल जाल है, जो हर उस चीज़ को प्रभावित करता है, जो आप सोचते और महसूस करते हैं।

सूफ़ी दार्शनिक इनायत ख़ान बताते हैं कि आप जो शब्द बोलते हैं और जिस लहज़े में बोलते हैं, इसके चयन का आपके भावी व्यक्तित्व पर बहुत ज़्यादा असर होता है और इसका दूसरों के साथ आपके संबंधों पर भी बहुत ज़्यादा असर होता है।

इसीलिए स्वयं की ज़िम्मेदारी का एक अत्यंत महत्त्वपूर्ण हिस्सा उसके लिए ज़िम्मेदार बनना है जो आप कहते हैं और जिस अंदाज़ में कहते हैं। शुरुआत में आप चाहे जैसा महसूस करते हों, अगर आप सावधानी से अपने शब्दों को नियंत्रित करते हैं और अपने विचारों तथा भावनाओं के इज़हार की शैली को भी नियंत्रित करते हैं, तो इस अनुशासन से आप अपने विचारों को नियंत्रित और निर्देशित कर सकते हैं। भले ही आप नाराज़, विचलित या चिढ़े हुए हों, लेकिन धीरे-धीरे, जान-बूझकर और धैर्य से बोलकर आप अपने मन और भावनाओं पर दृढ़ नियंत्रण कर लेते हैं तथा ख़ुद को दोबारा ड्राइवर की सीट पर पहुँचा देते हैं।

आप अपने जीवन के प्रभारी हैं। चाहे आप अपने अधिकार का इस्तेमाल करते हों या न करते हों, आप आज जहाँ हैं और जो हैं, अपने ही कारण हैं। सिर्फ़ आप ही अपने विचार सोच सकते हैं और आपके विचार ही आपकी कही और की हुई हर चीज़ को नियंत्रित करते हैं, इसलिए आप ही ज़िम्मेदार हैं। सिर्फ़ आप ही यह निर्णय ले सकते हैं कि आप क्या पढ़ते और सुनते हैं, किसके साथ उठते-बैठते हैं और बातचीत में क्या कहते हैं। इसलिए आप अपने विचारों और कार्यों के सभी परिणामों के लिए ज़िम्मेदार हैं।

शायद स्व-ज़िम्मेदारी के पूरे विषय का सबसे महत्त्वपूर्ण हिस्सा आपकी ख़ुशी और आपकी मानसिक शांति के बारे में है। ज़िम्मेदारी लेने और ख़ुशी के बीच सीधा संबंध होता है। इसी तरह ज़िम्मेदारी को अस्वीकार करने और अप्रसन्नता के बीच भी सीधा संबंध होता है। वे साथ-साथ चलते हैं।

ख़ुशी की कुंजी अपने जीवन की परिस्थितियों पर नियंत्रण का अहसास पाना है। आप ख़ुद को जितने ज़्यादा नियंत्रण में महसूस करते हैं, आप उतने ही ज़्यादा ख़ुश होते हैं। जो स्त्री-पुरुष अपने संगठन में शिखर तक पहुँचे हैं, उनमें नीचे के लोगों की तुलना में कम तनाव होता है और वे कहीं ज़्यादा ख़ुश रहते हैं। ऐसा इसलिए है, क्योंकि वे अपनी तक़दीर पर कहीं ज़्यादा नियंत्रण महसूस करते हैं। वे निर्णय ले सकते हैं और काम कर सकते हैं। बागडोर उन्हीं के हाथ में होती है।

आप अपनी कंपनी में जितनी ज़्यादा ज़िम्मेदारी स्वीकार करते हैं, आप उतनी ही ज़्यादा शक्ति, सत्ता और सम्मान हासिल करते हैं। जब आप परिणामों के लिए ज़्यादा ज़िम्मेदारी माँगते और लेते हैं, तो आपको ज़्यादा

वेतन मिलेगा और ज़्यादा तेज़ी से तरक्की मिलेगी। आप एक बहुत चतुराई भरा काम यह कर सकते हैं कि अपने बॉस की सबसे महत्त्वपूर्ण चिंताओं की ज़िम्मेदारी ले लें। जिन क्षेत्रों को आपका बॉस सबसे महत्त्वपूर्ण मानता है, उन क्षेत्रों में परिणाम पाने के लिए आप जितनी ज़्यादा ज़िम्मेदारी लेते हैं, आप अपने संगठन में उतने ही ज़्यादा मूल्यवान और अनिवार्य बन जाएँगे।

जो लोग ज़्यादा पैसा और सम्मान चाहते हैं, वे अक्सर सोचते हैं कि वे इसे चालाकी से या राजनीति खेलकर पा सकते हैं। सच तो यह है कि पैसा और सत्ता आपके पास स्वाभाविक रूप से आएगी, जब आप "मैदान में पहुँचते हैं" और अपने संगठन में परिणामों की ज़िम्मेदारी लेते हैं। किसी कंपनी में सबसे सम्मानित लोग वही होते हैं, जिन्होंने समय पर सबसे महत्त्वपूर्ण काम करने की योग्यता प्रदर्शित की है।

आप कितनी ज़िम्मेदारी स्वीकार करते हैं और अपने पास कितना नियंत्रण महसूस करते हैं, उनके बीच सीधा संबंध है। आप जितनी ज़्यादा ज़िम्मेदारी लेते हैं, आप उतने ही ज़्यादा नियंत्रण में महसूस करते हैं। आप कितनी ज़िम्मेदारी स्वीकार करते हैं और अपने पास कितनी स्वतंत्रता महसूस करते हैं, इनके बीच भी सीधा संबंध है। आप जितनी ज़्यादा ज़िम्मेदारी लेते हैं, आप निर्णय लेने और अपनी मनचाही चीज़ें करने के लिए उतने ही ज़्यादा स्वतंत्र होते हैं, ख़ास तौर पर अपने मन में। अंत में, आप अपने पास कितनी स्वतंत्रता महसूस करते हैं और आप कितने ख़ुश रहते हैं, इनके बीच भी सीधा संबंध होता है।

जब आप इस सबको एक साथ रखते हैं, तो आप देखते हैं कि ज़िम्मेदारी, नियंत्रण, स्वतंत्रता और ख़ुशी के बीच एक आपसी संबंध होता है। सबसे ख़ुश लोग वही होते हैं, जो ज़िम्मेदारी स्वीकार करते हैं, जो अपने जीवन के नियंत्रण में महसूस करते हैं और जिनमें व्यक्तिगत स्वतंत्रता का ज़बर्दस्त अहसास होता है। वे अपने बारे में शानदार महसूस करते हैं। यह अपने जीवन के हर हिस्से की पूरी ज़िम्मेदारी लेने का स्वाभाविक परिणाम है।

पैमाने के दूसरे छोर पर ग़ैर-ज़िम्मेदारी है या जीवन और काम की ज़िम्मेदारी स्वीकार करने की असफलता है। हर व्यक्ति बीच में कहीं पर है, जो हर शब्द और निर्णय के साथ या तो स्व-ज़िम्मेदारी के ज़्यादा ऊँचे स्तर की ओर ऊपर उठ रहा है या फिर ग़ैर-ज़िम्मेदारी की तरफ़ नीचे फिसल

रहा है। वास्तव में, पागलपन की एक परिभाषा पूरी ग़ैर-ज़िम्मेदारी के बिंदु तक पहुँचना है, जहाँ रोगी को मज़बूत बंधन में रखने और एक गद्दीदार मानसिक रोगी कक्ष की ज़रूरत होती है। मनोविश्लेषक टॉमस सास ने एक बार लिखा था, "पागलपन जैसी कोई चीज़ नहीं होती है; बस ग़ैर-ज़िम्मेदारी की अलग-अलग मात्रा होती है।"

ग़ैर-ज़िम्मेदार व्यक्ति क्रोध, शत्रुता, डर, द्वेष, ईर्ष्या, शंका और हर प्रकार के नकारात्मक भाव के अधीन होता है। यहाँ इस क्षेत्र की सबसे महत्त्वपूर्ण खोज बताई जा रही है। किसी भी तरह के नकारात्मक भाव दूसरों को दोष देने की प्रवृत्ति से प्रेरित होते हैं और इसी वजह से क़ायम रहते हैं। हमारे 99 प्रतिशत नकारात्मक भाव सिर्फ़ इसलिए मौजूद होते हैं, क्योंकि हम उनके उत्पन्न होने के लिए किसी व्यक्ति या किसी वस्तु को दोष देते रहते हैं। जिस पल हम दोष देना छोड़ देते हैं, हमारी नकारात्मक भावनाएँ भी ख़त्म हो जाती हैं।

दोष देने का इलाज क्या है? बहुत ही सरल है। चूँकि आपका मस्तिष्क एक समय में केवल एक ही विचार रख सकता है, या तो सकारात्मक या नकारात्मक, इसलिए दोष देने की प्रवृत्ति से उबरने के लिए बहुत दृढ़ता से कहें, "मैं ज़िम्मेदार हूँ!" आप ज़िम्मेदारी स्वीकार करते समय क्रोधित नहीं रह सकते। आप ज़िम्मेदारी स्वीकार करते समय दुखी या परेशान नहीं रह सकते। ज़िम्मेदारी स्वीकार करने पर नकारात्मक भावनाएँ तटस्थ हो जाती हैं और अप्रसन्नता की ओर जाने वाली प्रवृत्तियों में शॉर्ट-सर्किट हो जाता है।

जब आप किसी स्थिति के लिए ज़िम्मेदारी स्वीकार कर लेते हैं, तो फिर आप उसके बारे में क्रोधित या परेशान नहीं रह सकते। ज़िम्मेदारी स्वीकार करने से आपका मन शांत हो जाता है और आपका तर्क स्पष्ट हो जाता है। इससे आपकी भावनाएँ शांत हो जाती हैं और आप ज़्यादा सकारात्मक व सृजनात्मक तरीक़े से सोचने में सक्षम बनते हैं। ज़िम्मेदारी स्वीकार करने पर आपको ज्ञान की झलक मिलती है कि स्थिति को सुलझाने के लिए आपको क्या करना चाहिए।

यहाँ एक अभ्यास दिया जा रहा है : अपने जीवन की वर्तमान सबसे बड़ी समस्या या चिंता को लें और इसके संदर्भ में कहें, "मैं ज़िम्मेदार हूँ!" फिर स्थिति का अवलोकन करके पता लगाएँ कि आपने इसे लाने में किस

प्रकार मदद की थी। भले ही आप काफ़ी हद तक निर्दोष हों, लेकिन फिर भी ज़िम्मेदारी स्वीकार करने के तरीक़ों की तलाश करें। यह अभ्यास किसी दूसरे के साथ ज़ोर से बोलकर करें। आपको जैसा महसूस होगा और जितनी तेज़ी से महसूस होगा, उससे आप चकित रह जाएँगे।

यहाँ एक और अभ्यास है : सबसे आम कामकाजी, पारिवारिक और आर्थिक समस्याओं व मुश्किलों पर नज़र डालें, जो जीवन में लोगों के पास होती हैं। इनमें से प्रत्येक पर ज़िम्मेदारी स्वीकार करने का यह आसान इलाज आज़माएँ और देखें कि क्या होता है।

लोगों को दूसरे लोगों, अपने क़रीबी निजी संबंधों, अपने जीवनसाथी, अपने बच्चों, अपने मित्रों, अपने सहकर्मियों और अपने अधिकारियों के साथ समस्याएँ होती हैं। किसी ने एक बार कहा था कि जीवन की हमारी लगभग सारी समस्याएँ थोक में आती हैं। वे दबे पाँव आती हैं और फिर हावी हो जाती हैं। अपने जीवन के लोगों को देखें, जिनकी वजह से आपको तनाव या चिंता होती है और ख़ुद से पूछें, "ज़िम्मेदार कौन है?" क्या वे आपके जीवन में आने के लिए ज़िम्मेदार हैं या फिर आप उन्हें अपने जीवन में लाने के लिए ज़िम्मेदार हैं?

आकर्षण के नियम के अनुसार आप एक जीवित चुंबक हैं। आप हमेशा उन लोगों को अपने जीवन में आकर्षित करते हैं, जो आपके प्रबल विचारों और भावनाओं के सामंजस्य में होते हैं। आपके जीवन में हर व्यक्ति इसलिए है, क्योंकि आप जिस प्रकार के व्यक्ति हैं, उसी से वे आपके प्रति आकर्षित हुए हैं। आप जो विचार रखते हैं और जिन भावनाओं को महसूस करते हैं, उनकी वजह से ही आपने उन्हें अपनी ओर आकर्षित किया है। यदि आप अपने जीवन में मौजूद लोगों के साथ ख़ुश नहीं हैं, तो आप ही ज़िम्मेदार हैं। यह आप ही हैं, जो उन्हें आकर्षित कर रहे हैं और यह आप ही हैं, जो उन्हें अपने जीवन में लाए हैं।

सामंजस्य का नियम कहता है कि बाहर आपके साथ जो भी चीज़ हो रही है, वह आपके अंदर होने वाली किसी चीज़ के कारण हो रही है। इसलिए आपको सबसे पहले अपने अंदर झाँककर देखना चाहिए। ऐसा करने पर आप वे चीज़ें देखने लगते हैं, जो आप पहले नहीं देख पाए थे, क्योंकि तब आप दूसरों को दोष देने और बहाने बनाने में व्यस्त थे। तब आपको

यह दिख जाता है कि आपके साथ जो चीज़ें हो रही हैं, उनके लिए आप काफ़ी हद तक ज़िम्मेदार हैं।

यदि आप किसी बुरे संबंध में हैं, तो आपको वहाँ कौन ले गया? चूँकि हम बंदूक की नोक पर किसी के साथ संबंध नहीं जोड़ते हैं, इसलिए यह काफ़ी हद तक आपकी स्वतंत्र इच्छा और स्वतंत्र चयन का मामला था और है। जैसा हेनरी फ़ोर्ड द्वितीय ने कहा था, "कभी शिकायत न करें, कभी स्पष्ट न करें।" यदि आप स्थिति से ख़ुश नहीं हैं, तो उसके बारे में कुछ करें। अगर आप उसके बारे में कुछ नहीं करना चाहते, तो शिकायत नहीं करें।

एक कारीगर की कहानी है, जो दोपहर को लंच की छुट्टी में अपना लंच बॉक्स खोलता है और उसे अंदर केवल एक सैंडविच मिलता है। वह बहुत विचलित हो जाता है और अपने आस-पास के हर व्यक्ति से ज़ोर-ज़ोर से शिकायत करता है कि उसे सैंडविच कितनी नापसंद है। अगले दिन फिर यही होता है। एक बार फिर वह चिल्लाता है और शिकायत करता है कि वह लंच में सैंडविच से कितनी नफ़रत करता है। तीसरे दिन यही घटना एक बार फिर होती है। इस समय तक उसके साथी कर्मचारी उसके चिल्ला-चिल्ला कर शिकायत करने से उकता जाते हैं। उनमें से एक झुककर उससे कहता है, "अगर तुम्हें सैंडविच से इतनी ज़्यादा नफ़रत है, तो फिर तुम पत्नी से लंच में कुछ और रखने को क्यों नहीं कहते?"

कारीगर उस व्यक्ति की ओर मुड़कर कहता है, "ओह, मेरी शादी नहीं हुई है। मैं अपना लंच ख़ुद बनाता हूँ!"

हममें से कई उस कारीगर जैसी ही स्थिति में हैं। हम उन स्थितियों के बारे में लगातार शिकायत करते हैं, जिन्हें हमने ख़ुद ही बनाया है। क्या यह आपके बारे में सच है? ईमानदारी से अपने संबंधों की जाँच करें। ज़रा सोचें कि आप अपने जीवन के किस हिस्से में अपने "सैंडविच" ख़ुद बना रहे हैं?

क्या आप अपनी नौकरी में ख़ुश हैं? क्या आप उस धनराशि से ख़ुश हैं, जो आप कमा रहे हैं? क्या आप अपनी ज़िम्मेदारी के स्तर से ख़ुश हैं? क्या आपको वह काम पसंद है, जो आप पूरे दिन कर रहे हैं? यदि आप नहीं हैं, तो आपको स्वीकार करना चाहिए कि आप अपनी नौकरी और अपने करियर के लिए पूरी तरह ज़िम्मेदार हैं। क्यों? क्योंकि आपने इसे स्वतंत्र होकर ख़ुद चुना था। आप ही ने नौकरी स्वीकार की थी, आप ही ने

ज़िम्मेदारियाँ ली थीं और आप ही ने वेतन को स्वीकार किया था। यदि आप किसी कारण इनमें से किसी चीज़ से ख़ुश नहीं हैं, तो कुछ अलग करना भी आप पर ही निर्भर करता है।

आज आप ठीक उतना ही कमा रहे हैं, जितना आपका मूल्य है; न एक पैसा कम, न एक पैसा ज़्यादा। जीवन में हम बिलकुल वही पाते हैं, जिसके हम हक़दार हैं। आपको जितनी राशि मिल रही है, अगर आप उससे संतुष्ट नहीं हैं, तो अपने आस-पास के दूसरे लोगों को देखें, जो उस तरह का काम कर रहे हैं, जो आप करना चाहते हैं और उस तरह का पैसा कमा रहे हैं, जो आप कमाना चाहते हैं। पता लगाएँ कि वे आपसे अलग क्या कर रहे हैं? जो परिणाम उन्हें मिल रहे हैं, उनके कारण क्या हैं? एक बार जब आप जान जाते हैं कि वे कारण क्या हैं, तो अपनी स्थिति के लिए पूरी ज़िम्मेदारी स्वीकार करें, कुछ नए लक्ष्य बनाएँ, कुछ नई योजनाएँ बनाएँ और व्यस्त हो जाएँ। अपने अद्भुत मस्तिष्क और योग्यताओं का इस्तेमाल करें, उनके पीछे इच्छाशक्ति और आत्म-अनुशासन लगाएँ तथा वे परिवर्तन करें, जिनकी ज़रूरत आपको उस जीवन का आनंद लेने के लिए है, जिसका आनंद आप लेना चाहते हैं।

जीवन का महान लक्ष्य चरित्र का विकास है। चरित्र आत्म-गौरव, आत्म-अनुशासन, संतुष्टि में विलंब करने की योग्यता और अपने जीवन तथा इसकी हर चीज़ के लिए पूरी ज़िम्मेदारी लेने से बनता है। आप अपने बारे में जितना ज़्यादा कहते हैं, "मैं ज़िम्मेदार हूँ," आप उतने ही ज़्यादा शक्तिशाली, बेहतर और अच्छे इंसान बनते हैं। इसके साथ ही आपके जीवन का हर हिस्सा भी बेहतर बनता जाता है।

आप अपने व्यक्तिगत सेवा कॉरपोरेशन के अध्यक्ष हैं। आप अपने जीवन के चीफ़ एक्ज़ीक्यूटिव ऑफ़िसर हैं। आप अपने जीवन के इस व्यवसाय के लिए पूरी तरह ज़िम्मेदार हैं और हर उस चीज़ के लिए भी, जो इसके या आपके साथ होती है।

आप उत्पादन, वितरण, मार्केटिंग, गुणवत्ता नियंत्रण, वित्त और प्रशिक्षण व विकास के प्रभारी हैं। आप ही हैं, जो अपना वेतन तय करते हैं। आप जो भी हैं या कभी होंगे, वह हर चीज़ आप पर पूरी तरह निर्भर करती है। लंबे समय में अपने वेतन का चेक आप ख़ुद लिखते हैं और अपना वेतन

ख़ुद तय करते हैं। आप जो पैसे कमा रहे हैं, यदि आप उससे ख़ुश नहीं हैं, तो आप अपने सबसे नज़दीकी आईने के सामने जाकर अपने बॉस से सौदेबाज़ी कर सकते हैं।

हम जहाँ भी हैं और जो भी हैं, इसलिए हैं, क्योंकि हमने वहीं और वही बनने का निर्णय लिया है। यदि हम अपने जीवन के किसी हिस्से से ख़ुश नहीं हैं, तो यह हम पर है कि हम बेहतर स्थिति लाने के लिए आवश्यक परिवर्तन करें, चाहे वे जो भी हों।

चूँकि आप अपने व्यक्तिगत सेवा कॉरपोरेशन के अध्यक्ष हैं, इसलिए आज के संसार में व्यवसाय को प्रभावित करने वाली हर चीज़ आपके व्यक्तिगत व्यवसाय को भी प्रभावित करती है। अब आपके पास अलग हटकर खड़े होने और अर्थव्यवस्था की अवस्था या परिवर्तन की दर को कोसने की विलासिता नहीं है। अब आप यह नहीं सोच सकते कि इससे कुछ लोग प्रभावित होंगे, लेकिन आप नहीं होंगे। आप अध्यक्ष हैं।

आधुनिक व्यवसाय का हर नवाचार, हर खोज और पैरेडाइम परिवर्तन आप पर भी उतना ही लागू होता है, जितना कि अरबों डॉलर के किसी कॉरपोरेशन पर। हर प्रबंधन और व्यावसायिक विचारक द्वारा बताई जा रही हर जानकारी किसी न किसी तरह आपसे संबंधित है।

आगे आने वाले वर्षों में जो स्त्री-पुरुष बचेंगे और फलेंगे-फूलेंगे, वे लगातार ऐसे विचारों की तलाश कर रहे हैं, जिनका इस्तेमाल करके वे हर दिन अपने काम में ज़्यादा तेज़, ज़्यादा लचीले और ज़्यादा प्रभावी बन जाएँ।

ऊँची सफलता हासिल करने वाले सभी लोगों की तरह ही आपका लक्ष्य भी मार्केट लीडर बनना है। वास्तव में, अगर आप अपने क्षेत्र में सर्वश्रेष्ठ बनने के प्रति समर्पित नहीं हैं, तो आप अचेतन रूप से औसत जीवन को स्वीकार कर रहे हैं। अगर आप बेहतर नहीं बन रहे हैं, तो आप शायद बदतर बन रहे हैं। अगर आप अपने क्षेत्र के शीर्ष 10 प्रतिशत लोगों में से एक बनने के प्रति समर्पित नहीं हैं, तो आप अंततः काफ़ी नीचे पहुँच जाएँगे।

पिछले कुछ वर्षों की एक बहुत महत्त्वपूर्ण खोज यह है कि केंद्रीय मूल्यों को परिभाषित करना सफल व्यक्तियों और कॉरपोरेशनों के लिए बेहद महत्त्वपूर्ण क़दम है। जिन कंपनियों के मूल्य स्पष्ट और लिखित होते हैं और

जिनके मिशन स्टेटमेंट इन्हीं मूल्यों के आधार पर बनते हैं, वे उन कंपनियों से लगातार ज़्यादा लाभकारी होती हैं, जो ऐसा नहीं करती हैं। इसी तरह, जिन व्यक्तियों के पास स्पष्ट केंद्रीय मूल्य और व्यक्तिगत मिशन स्टेटमेंट होते हैं, वे बाक़ी लोगों से कहीं ज़्यादा प्रभावी और सफल होते हैं।

आप अपने जीवन की गुणवत्ता को बहुत बेहतर बना सकते हैं, यदि आप पूरी तरह विचार करें कि आपके मूल्य क्या हैं या क्या होने चाहिए और फिर उन मूल्यों के आधार पर लगातार जीने के लिए ख़ुद को समर्पित कर देते हैं, चाहे बाहरी परिस्थितियाँ कैसी भी हों।

एक बार जब आप तय कर लेते हैं कि आपके व्यक्तिगत मूल्य क्या हैं, तो आप अपने जीवन को उनके इर्द-गिर्द व्यवस्थित करने की दिशा में काम कर सकते हैं। मूल्य आपको निर्णय लेने की बुनियाद प्रदान करते हैं। जब भी आपको विकल्पों के बीच चुनाव करना होता है, तो आप इस आधार पर विकल्पों का मूल्यांकन कर सकते हैं कि आप सबसे ज़्यादा मूल्यवान किसे मानते हैं।

आपके केंद्रीय मूल्य क्या हैं? आप किसमें विश्वास करते हैं? आप किसके पक्ष में खड़े हैं? आप किसके पक्ष में खड़े नहीं होंगे?

यहाँ आपके लिए एक अभ्यास है : कल्पना करें कि एक बाज़ार शोध कंपनी आपके समुदाय में आकर आप पर एक अध्ययन करने वाली है। शोधकर्ता आपके सभी परिचितों - आपके परिवार वालों, मित्रों, ग्राहकों, सहकर्मियों और अधिकारियों - से पूछने वाले हैं कि वे आपके बारे में अपनी राय दें। फिर शोधकर्ता उनसे यह पूछने वाले हैं कि आप किस तरह के व्यक्ति हैं। वे यह पूछने वाले हैं कि आपके पास किस तरह के मूल्य हैं और व्यक्ति के रूप में आप किसके पक्ष में खड़े हुए हैं। आपके शब्दों और कार्यों के आधार पर वे आपके दर्शन और विश्वासों के बारे में पूछने वाले हैं। वे आपका पूरा जीवन चरित्र तैयार करने वाले हैं, जिसे वे राष्ट्रीय टेलीविज़न पर प्रसारित करने वाले हैं।

इस काल्पनिक दृश्य में इन प्रश्नों पर विचार करें : आपके आस-पास के लोग शोधकर्ताओं से क्या कहेंगे? वे आपका कैसा वर्णन करेंगे? आपके व्यक्तिगत बाज़ार में आपको किस तरह का गुणवत्ता मूल्यांकन मिलेगा? सबसे

महत्त्वपूर्ण बात, आप क्या चाहते हैं कि वे भविष्य में आपके बारे में किस तरह बात करें?

सफल कंपनियाँ लगभग हमेशा इन सवालों के जवाब सोचने का समय निकालती हैं। द हारवर्ड बिज़नेस स्कूल के डॉ. थियोडोर लेविट कहते हैं कि किसी कंपनी की प्रतिष्ठा बाज़ार में इसकी सबसे मूल्यवान संपत्ति होती है। समय के साथ इसके उत्पाद, प्रक्रियाएँ और कर्मचारी बदल सकते हैं, लेकिन इसकी प्रतिष्ठा दशकों तक क़ायम रहती है।

यही आपके साथ भी है। अपने बाज़ार में आपकी किस तरह की प्रतिष्ठा है? आप भविष्य में किस तरह की प्रतिष्ठा बनाना चाहेंगे?

एक बार जब आप अपने केंद्रीय मूल्य तय कर लें, तो उनके आधार पर एक मिशन स्टेटमेंट तैयार करें। मिशन स्टेटमेंट भविष्य काल का वर्णन होता है कि तीन से पाँच साल में आप आदर्श रूप से किस तरह के व्यक्ति या कॉरपोरेशन बनना चाहेंगे।

फिर ये केंद्रीय मूल्य और इनसे प्रवाहित होने वाला मिशन स्टेटमेंट आपके हर काम के कार्यकारी सिद्धांत बन जाते हैं। आप उनके अनुरूप जीने के लिए ख़ुद को समर्पित कर देते हैं।

जब आपके मूल्य और मिशन स्टेटमेंट स्पष्ट हो जाते हैं, तो आप आधुनिक प्रबंधन के सात आर में संलग्न होकर मार्केट लीडर बनने की दिशा में आगे बढ़ सकते हैं। ये सात आर हैं : रिइंजीनियरिंग, रिस्ट्रक्चरिंग, रिऑर्गैनाइज़िंग, रिइनवेन्टिंग, रिइवैल्युएटिंग, रिथिंकिंग और रिफ़ोकसिंग।

अपने व्यक्तिगत सेवा कॉरपोरेशन की रिइंजीनियरिंग का मतलब यह है कि आप पीछे खड़े होकर अपने काम की पूरी प्रक्रिया देखते हैं। आप अपनी की हुई पहली चीज़ से लेकर उस अंतिम परिणाम तक ग़ौर करते हैं, जो आप अपनी कंपनी या अपने ग्राहक के लिए हासिल करते हैं। आप इस प्रक्रिया का विश्लेषण करते हैं और क़दम घटाकर, गतिविधियों को इकट्ठा करके, काम के हिस्सों की आउटसोर्सिंग करके और प्रक्रिया को पूरी तरह बदलकर भी इसे सुचारू बनाने के उपायों की तलाश करते हैं, ताकि आप कम समय और कम संसाधनों में वैसे ही या बेहतर परिणाम पा सकें। रिइंजीनियरिंग एक सतत प्रक्रिया है, जिसमें आपको ज़िंदगी भर लगे रहना चाहिए।

रिस्ट्रक्चरिंग में आप अपने उन विशिष्ट कामों को पहचानते हैं, जो आपके ग्राहकों के लिए सबसे ज़्यादा मूल्यवान हैं। आप अपना ज़्यादा से ज़्यादा समय और योग्यता उन चंद चीज़ों पर केंद्रित करते हैं, जो हर शामिल व्यक्ति के लिए सबसे लाभकारी होती हैं।

रिऑर्गेनाइज़िंग में आप लोगों व संसाधनों को लगातार अदलते-बदलते हैं, ताकि आप ज़्यादा कार्यकुशलता से और ज़्यादा प्रभावी ढंग से काम करें। आप अपने समय और धन के निवेश की तुलना में अपने परिणाम बढ़ाने के तरीक़ों की लगातार तलाश करते हैं।

रिइनवेन्टिंग में आप अपने काम से पीछे हटकर खड़े हो जाते हैं और कल्पना करते हैं कि आप यह सब दोबारा शुरू कर रहे हैं। पल भर के लिए कल्पना करें कि आप सड़क या देश के पार जा रहे हैं और अपने करियर या व्यवसाय को दोबारा शुरू कर रहे हैं। आप क्या अलग करेंगे? तीन से पाँच साल बाद आप अपने व्यवसाय को कहाँ देखना चाहते हैं? अपने मनचाहे भविष्य का निर्माण करने हेतु आपको अपने व्यवसाय को रिइनवेन्ट करने के लिए कौन से परिवर्तन करने होंगे?

ख़ुद को और अपने व्यवसाय को रिइवैल्युएट करना पीछे हटकर बाज़ार के संदर्भ में अपनी ओर देखने की प्रक्रिया है। जब भी आप अपने लक्ष्य हासिल करने में तनाव, कुंठा या लगातार अवरोधों का अनुभव करें, तो अपनी स्थिति के पुनर्आकलन करने का समय लें और यह सुनिश्चित करें कि आप सही मार्ग पर चल रहे हैं।

व्यवसाय का बुनियादी नियम यह है कि यदि आप कोई प्रतिस्पर्धी लाभ विकसित नहीं कर सकते, तो प्रतिस्पर्धा नहीं करें। हो सकता है कि आपकी समस्याएँ इस वजह से उत्पन्न हो रही हों, क्योंकि आप किसी अत्यंत महत्त्वपूर्ण क्षेत्र में ख़ास अच्छे नहीं हैं। हो सकता है कि उस क्षेत्र में उत्कृष्ट बनने की आपमें कोई सच्ची इच्छा भी न हो। कई बार, इस तरह की स्थिति में सबसे अच्छा यही रहता है कि आप अपना प्रॉडक्ट, अपनी सेवा, अपना बाज़ार या अपना वांछित प्रतिस्पर्धी लाभ बदल लें, ताकि यह आपकी योग्यताओं, गुणों व इच्छाओं के ज़्यादा सामंजस्य में आ जाए।

रिथिंकिंग में आप नियमित रूप से इस बारे में सोचने का समय निकालते हैं कि आप कौन हैं और कहाँ जा रहे हैं। चूँकि आपके आस-पास

की हर चीज़ बहुत तेज़ी से बदल रही है, इसलिए आज आपके पास इतने सारे विकल्प मौजूद हैं, जितने पहले कभी मौजूद नहीं थे। चूँकि यह बहुत संभव है कि कुछ वर्षों में आप कोई पूरी तरह अलग चीज़ करेंगे, इसलिए आप आज यह सोचना शुरू कर सकते हैं कि आप भविष्य में कहाँ रहना चाहते हैं। आप अपने पूरे करियर को दोबारा सोच सकते हैं और इसकी दोबारा योजना बना सकते हैं।

यह करने के सबसे अच्छे तरीक़ों में से एक यह पता लगाना है कि किस काम में आपको सबसे ज़्यादा आनंद आता है। इसके बाद आपको यह पता लगाना कि उस काम को ज़्यादा करके आप कोई नौकरी कैसे पा सकते हैं या बना सकते हैं।

अंतिम आर का मतलब है रिफ़ोकसिंग। यह सचमुच भविष्य की कुंजी है। यह अपनी सारी ऊर्जा उन चंद कामों को करने पर एकाग्र मानसिकता से केंद्रित करने की आपकी योग्यता है, जो आपके कामकाज और आपके व्यक्तिगत जीवन में सारा फ़र्क़ डालते हैं।

लोग अपनी संभावना को पूरा नहीं कर पाते हैं, इसका बुनियादी कारण यह है कि वे उन कामों में बहुत ज़्यादा समय लगाते हैं, जिनसे उनके जीवन में बहुत कम योगदान मिलता है। वे ऐसे काम करने में ज़्यादा से ज़्यादा समय लगा देते हैं, जिनका कम से कम महत्त्व या मूल्य होता है। दूसरी ओर, बेहद सफल लोग बहुत से काम हाथ में नहीं लेते हैं। वे सिर्फ़ चंद काम करते हैं, लेकिन उन्हें बेहद अच्छी तरह करते हैं। यह जीवन के हर क्षेत्र में भारी सफलता और उपलब्धि का रहस्य है।

सात आर आपको मार्केट लीडर बनने और परिवर्तन की शक्तियों की बागडोर थामने में सक्षम बनाते हैं। इनका लाभ यह है कि उनकी सहायता से आप अपने वर्तमान और भविष्य पर दोबारा नियंत्रण हासिल कर लेते हैं। नियंत्रण के अहसास के साथ ही व्यक्तिगत शक्ति और ज़्यादा आत्मविश्वास की भावना आती है। जब आपका जीवन और आपका भविष्य परिवर्तन के अनिश्चित थपेड़ों के बजाय आप ख़ुद तय करते हैं, तो आप ज़्यादा ख़ुश, ज़्यादा स्वस्थ और अपने हर काम के बारे में ज़्यादा सकारात्मक महसूस करते हैं।

आप अपने व्यक्तिगत सेवा कॉरपोरेशन के अध्यक्ष हैं। आप अपने जीवन के प्रभारी हैं। आप ज़िम्मेदार हैं। जब आप अपने आस-पास के प्रगतिशील संसार में ख़ुद को एक सक्रिय प्रतिभागी के रूप में देखना शुरू करते हैं, तो आप अपनी तक़दीर की बागडोर अपने हाथों में थाम लेते हैं। आप अपने भविष्य के आर्किटेक्ट ख़ुद बन जाते हैं और अपने जीवन की बुनियादी सृजनात्मक शक्ति भी बन जाते हैं।

अध्याय 5

अपनी शक्तियों को सामने लाएँ

क्या आप कभी इस बात पर हैरान हुए हैं कि कई लोग अपने चुने हुए क्षेत्र में दूसरों की तुलना में बेहतर होते हैं और ज़्यादा पैसा कमाते हैं? आपने 80/20 नियम के बारे में सुना है, जो बताता है कि 80 प्रतिशत बिक्री 20 प्रतिशत सेल्सपीपुल करते हैं। इसका मतलब है कि 20 प्रतिशत सेल्सपीपुल 80 प्रतिशत कमीशन भी कमाते हैं। हर उद्योग में 20 प्रतिशत लोग 80 प्रतिशत संपत्ति के मालिक बनते हैं। चूँकि हर व्यक्ति काफ़ी हद तक एक जैसी स्थिति से शुरुआत करता है, इसलिए ऐसा क्यों है कि कुछ लोग बहुसंख्यक लोगों से इतने ज़्यादा आगे निकलने में कामयाब हो जाते हैं?

बरसों के अध्ययन और अनुभव के बाद यह पाया गया है कि सफल लोग अपनी शक्तियों से लाभ लेते हैं। वे या तो पहले से मौजूद शक्तियों को तराशते हैं या फिर वे उन शक्तियों को पहचानते और विकसित करते हैं, जिनकी ज़रूरत उन्हें आगे बढ़ने के लिए है। फिर वे अपनी सारी ऊर्जा एक-दो मुख्य क्षेत्रों में बेहतर बनने पर केंद्रित कर लेते हैं। वे सामान्य प्रदर्शन करने वालों के समूह से बाहर निकलते हैं और असाधारण प्रदर्शन करने वालों के समूह में पहुँच जाते हैं। जल्द ही उन्हें जो मूर्त-अमूर्त पुरस्कार मिलते हैं, वे उनकी उपलब्धियों के प्रतिबिंब होते हैं।

बेंजामिन फ़्रैंकलिन ने एक बार लिखा था, “अपना समय बर्बाद न करें, क्योंकि यही वह कच्चा माल है जिससे ज़िंदगी बनी है।” किसी भी चीज़ के बदले में आपको जो मूल्य मिलता है, उसे इस बात से तय किया जा सकता है कि उसे हासिल करने में आपने अपना कितना समय या कितना जीवन

ख़र्च किया। जो लक्ष्य आपके लिए महत्त्वपूर्ण हैं, उन्हें हासिल करने में आप अपना कितना इस्तेमाल करते हैं, इसकी मात्रा पर विचार करना एक अत्यंत महत्त्वपूर्ण घटक है, जो आपको शुरू करने से पहले ही कर लेना चाहिए। अपनी अंदरूनी शक्तियों को खोजकर और उन्हें उत्कर्ष तक विकसित करके और उनका दोहन करके ही आप अपने हर काम में सर्वाधिक संतुष्टि व आनंद हासिल कर सकते हैं।

सफलता वह काम करने से मिलती है, जिसे करने के लिए आप आदर्श रूप से उपयुक्त हैं। सफलता उस काम को बहुत अच्छी तरह और ज़्यादा से ज़्यादा करने से मिलती है। यह स्वास्थ्य, ख़ुशी, समृद्धि और पूर्ण आत्म-संतुष्टि की कुंजी भी है।

श्रेष्ठ स्त्री-पुरुषों का एक गुण यह है कि वे बेहद आत्मनिर्भर होते हैं। वे ख़ुद की और अपने साथ होने वाली हर चीज़ की पूरी ज़िम्मेदारी स्वीकार करते हैं। वे यह मानते हैं कि वे ही अपनी सफलताओं के स्रोत हैं। वे यह भी मानते हैं कि वे ही अपनी समस्याओं और मुश्किलों के मुख्य कारण तथा इलाज हैं। ऊँची सफलता पाने वाले लोग कहते हैं, "यदि इसे करना है, तो यह मुझ पर है।"

जब चीज़ें उतनी तेज़ी से नहीं होती हैं, जितनी तेज़ी से वे चाहते हैं, तो वे ख़ुद से पूछते हैं, "मेरे भीतर यह क्या है, जिसकी वजह से यह समस्या उत्पन्न हो रही है?" वे बहाने नहीं बनाते हैं या दूसरे लोगों को दोष नहीं देते हैं। इसके बजाय वे बाधाओं से उबरने और प्रगति करने के तरीक़ों की तलाश करते हैं।

पूरी तरह ज़िम्मेदार लोग ख़ुद को स्व-रोज़गार वाला मानते हैं। वे ख़ुद को अपने व्यक्तिगत सेवा कॉरपोरेशन का अध्यक्ष मानते हैं। उन्हें यह अहसास हो जाता है कि उनके वेतन के चेक पर चाहे कोई भी दस्तख़त करे, दरअसल वे ख़ुद के लिए काम कर रहे हैं। चूँकि उनमें स्व-रोज़गार का यह नज़रिया होता है, इसलिए वे ख़ुद के और अपने काम के प्रति एक रणनीतिक रवैया रखते हैं। श्रेष्ठ लोग अपने कार्यस्थल में व्यक्ति के रूप में ख़ुद को उसी तरह से देखते हैं, जिस तरह से सफल कंपनियाँ ख़ुद को कॉरपोरेशन के रूप में देखती हैं।

किसी कॉरपोरेशन या कारोबारी संस्था के लिए रणनीतिक नियोजन में एक अनिवार्य अवधारणा है, जिसे "रिटर्न ऑन इक्विटी" कहा जाता है। सारे कारोबारी नियोजन का लक्ष्य कारोबार के संसाधनों को इस प्रकार व्यवस्थित व दोबारा व्यवस्थित करना होता है, जिससे कारोबार के मालिकों का वित्तीय लाभ बढ़े। इसका मतलब है इनपुट की मात्रा की तुलना में आउटपुट की मात्रा को बढ़ाना। इसका मतलब है ज़्यादा ऊँचे मुनाफ़े और लाभ के क्षेत्रों पर ध्यान केंद्रित करना और कम मुनाफ़े व लाभ के क्षेत्रों में कम संसाधन लगाना। जो कंपनियाँ तेज़ी से बदलते परिवेश में इस काम को प्रभावी ढंग से करती हैं, वही क़ायम रहती और समृद्ध होती हैं। जो कंपनियाँ इस प्रकार का रणनीतिक विश्लेषण नहीं करती हैं, वे पीछे रह जाती हैं और अक्सर ग़ायब हो जाती हैं।

आप व्यक्ति के रूप में जो हासिल करने में सक्षम हैं, उस हर चीज़ को हासिल करने के लिए आपको अपने जीवन व कामकाज के संदर्भ में कुशल रणनीतिक योजनाकार बनना चाहिए। लेकिन बस रिटर्न ऑन इक्विटी को बढ़ाने के बजाय आपका उद्देश्य रिटर्न ऑन एनर्जी बढ़ाना हो जाता है।

जिस तरह किसी कंपनी के पास वित्तीय पूँजी होती है, उसी तरह आपके पास मानवीय पूँजी होती है। आपके पास शारीरिक पूँजी, भावनात्मक पूँजी और बौद्धिक पूँजी होती है। इन तीनों में बौद्धिक पूँजी सबसे मूल्यवान होती है। आज हम सूचना युग में रहते हैं। हम पसीना बहाकर आजीविका नहीं कमाते हैं, बल्कि अपने कामकाज में दिमाग़ लगाकर परिणाम हासिल करने की अपनी योग्यता व सोच की गुणवत्ता से कमाते हैं।

ज़्यादातर लोग जब शुरुआत करते हैं, तो उनके पास काम करने की योग्यता के सिवा ज़्यादा कुछ नहीं होता। 80 प्रतिशत से ज़्यादा करोड़पतियों ने शून्य से शुरुआत की थी। ज़्यादातर लोग अपने युवा वयस्क वर्षों के दौरान कई बार दिवालिया हुए हैं या उसके आस-पास पहुँचे हैं। लेकिन अंततः आगे वही लोग निकलते हैं, जो एक निश्चित तरीक़े से निश्चित चीज़ें करते हैं, जो आम आदमी से अलग होती हैं।

सफल लोग चेतन रूप से या अचेतन रूप से जो शायद सबसे महत्त्वपूर्ण चीज़ करते हैं, वह है ख़ुद को रणनीतिक दृष्टि से देखना। वे लगातार सोचते रहते हैं कि वे बाज़ार में अपनी योग्यताओं का बेहतर उपयोग

करके अपनी शक्तियों व योग्यताओं का सबसे अच्छा लाभ कैसे ले सकते हैं, जिससे अपने और परिवार के लिए उनका मुनाफ़ा बढ़े।

सेमिनार में आए एक युवक ने बताया कि वह एक बड़ी प्लंबिंग कॉन्ट्रैक्टिंग फ़र्म में प्लंबर का काम कर रहा था। उसे अच्छा वेतन मिलता था, लेकिन उसे उन सेल्सपीपुल से बहुत ईर्ष्या होती थी, जो ज़्यादा पैसे कमाते थे, ज़्यादा अच्छी कारों में घूमते थे, ज़्यादा अच्छे कपड़े पहनते थे और बेहतर जीवनशैली का आनंद लेते थे। उसने अपना सारा प्रशिक्षण पूरा कर लिया था और उसके पास कारीगर का प्रमाणपत्र था। उसका वेतन उसके क्षेत्र के लिहाज़ से शिखर पर था। ज़्यादा पैसे कमाने का एक ही उपाय था कि वह ज़्यादा घंटे काम करे। बहरहाल, उसे अहसास हुआ कि यह सही जवाब नहीं है। इसके बजाय वह बिक्री के क्षेत्र में जाना चाहता था, ताकि उसकी आमदनी बढ़ जाए और घंटे के हिसाब से तय न हो।

उसे सलाह दी गई कि अगर वह बिक्री के क्षेत्र में जाना चाहता है, तो उसे यह सीखना होगा कि बेचा कैसे जाता है। फिर उसे हर संभव कोशिश करनी होगी कि उसका प्रबंधन उसे प्लंबिंग सेवाएँ बेचने का अवसर दे। उसका भविष्य उस पर निर्भर करता था, लेकिन पहले उसे यह सीखना था कि पेशेवर रूप से बेचने के नए और ज़्यादा ऊँचे भुगतान वाले काम को कैसे करना है।

सिर्फ़ एक साल बाद वह एक और सेमिनार में आया और उसने अपनी कहानी बताई। उसने लौटकर अपने बॉस को बताया था कि वह बिक्री के क्षेत्र में जाना चाहता है। उसके बॉस ने उसे हताश करते हुए कहा था कि प्लंबरों में उस कठोर, अंतर्वैयक्तिक काम के लिए बहुत कम कौशल होता है, जो एक जटिल सेवा को बेचने के लिए ज़रूरी होता है। इस पर उस प्लंबर ने बॉस से पूछा कि उसे उनके सामने यह साबित करने के लिए क्या करना होगा कि वह अच्छी तरह बेच सकता है?

लंबी कहानी को संक्षेप में बताते हुए, उन्होंने उस प्लंबर की यह सीखने में मदद की कि उनकी सेवाएँ कैसे बेची जा सकती हैं। उसने अपने ख़ुद के समय में मैन्युअल पढ़े और अतिरिक्त पाठ्यक्रम किए। उसने पुस्तकें ख़रीदीं, ऑडियो प्रोग्राम सुने और वह अपनी कंपनी के सेल्सपीपुल के साथ समय बिताने लगा।

अब एक साल गुज़र चुका है। वह पाँच महीनों से पूर्णकालिक सेल्समैन है। वह प्लंबर के रूप में जितना कमाता था, आज उससे दोगुने से भी ज़्यादा कमा रहा है। लेकिन सबसे बड़ी बात, वह ख़ुद के और अपने काम के बारे में पहले से कहीं ज़्यादा ख़ुश और ज़्यादा उत्साही है। उसे बेचने के क्षेत्र से प्रेम है और वह मानता है कि अपना करियर बदलने का उसका निर्णय वह सर्वश्रेष्ठ निर्णय था, जो उसने कभी लिया।

यह उन असंख्य कहानियों में से एक है, जो बरसों में बार-बार दोहराई जाती हैं। हर मामले में इंसान ने अपने जीवन की गुणवत्ता को बेहतर करने के लिए अपनी शक्तियों को खोजा और विकसित किया। आप भी ऐसा ही कर सकते हैं। वास्तव में, यह आपकी की हुई सबसे महत्त्वपूर्ण चीज़ों में से एक हो सकती है।

कमाने की योग्यता आपकी सबसे मूल्यवान वित्तीय संपत्ति है। पैसा कमाने या परिणाम पाने की आपकी योग्यता के लिए ही कोई आपको अच्छे पैसे देगा। यदि इसे बाज़ार में उचित रूप से लागू किया जाए, तो यह एक तरह का हैंडपंप बन जाती है। अपनी कमाने की योग्यता पर सही तरह से, सही जगह पर काम करके आप इस हैंडपंप से जीवन से हर साल लाखों डॉलर निकाल सकते हैं। आपका समूचा ज्ञान, शिक्षा, अनुभव और योग्यताएँ आज आपकी कमाने की योग्यता में योगदान देती है।

आपकी कमाने की योग्यता किसी खेत जैसी होती है। अगर आप इसकी उत्कृष्ट परवाह नहीं करते हैं, तो यह नष्ट हो जाती है। अगर आप इसे पोषण नहीं देते हैं, इसकी जुताई नहीं करते हैं, इसकी सिंचाई नहीं करते हैं और नियमित रूप से खाद नहीं डालते हैं, तो यह आपकी मनचाही फ़सल उत्पन्न करने की योग्यता बहुत जल्दी ही खो देगा। सफल स्त्री-पुरुष वे हैं, जो अपनी "कमाने की योग्यता" के महत्त्व और मूल्य के बारे में बेहद जागरूक हैं। वे इसे कभी नज़रअंदाज़ नहीं करते हैं। वे इसे बेहतर बनाने के लिए हर दिन काम करते हैं और बाज़ार की माँगों के अनुरूप रखते हैं।

जीवन की एक भारी ज़िम्मेदारी बेचने योग्य किसी महत्त्वपूर्ण योग्यता को पहचानना, विकसित करना और क़ायम रखना है। आपको कोई ऐसी चीज़ करने में बहुत अच्छा बनना चाहिए, जिसकी बाज़ार में भारी माँग हो।

अपनी शक्तियों का पता लगाने के लिए आपको अपने भीतर गहराई में देखना होगा। आपको अपनी सारी संभावनाओं की छानबीन करने के लिए तैयार रहना होगा। फिर आपको अपनी व्यक्तिगत दिशा और उन लक्ष्यों के बारे में निर्णय लेना होगा, जिन्हें आप हासिल करना चाहते हैं। आप व्यक्तिगत रणनीतिक नियोजन के अभ्यास में संलग्न होकर अपनी सच्ची शक्तियों को पहचानना शुरू करते हैं। यह तब शुरू होता है, जब आप स्पष्टता से अच्छी तरह सोचते हैं कि आप किसमें विश्वास करते हैं और आप किसके पक्ष में खड़े हैं।

व्यक्तिगत पड़ताल के इस पहले हिस्से को "मूल्य-स्पष्टीकरण" कहा जाता है। आप ख़ुद से पूछते हैं, "मैं किन मूल्यों और सद्गुणों को सबसे ज़्यादा पसंद करता हूँ तथा अपने जीवन में उनका अभ्यास करना चाहता हूँ?"

यदि आप कामकाज के क्षेत्र में अपनी शक्तियों को खोजना चाहते हैं, तो अपने व्यक्तिगत मूल्यों को इस तरह परिभाषित करें, जैसे वे आजीविका कमाने में लागू होते हैं। जिन मूल्यों को कंपनियाँ अपनाती हैं, अपने कामकाजी जीवन को उन्हीं के इर्द-गिर्द व्यवस्थित करें। मिसाल के तौर पर, कंपनियाँ और व्यक्ति दोनों ही अक्सर ऐसे मूल्य चुनेंगे, जैसे : ईमानदारी, गुणवत्ता, दूसरों के प्रति सम्मान, सेवा, मुनाफ़ा, नवाचार, उद्यमिता, बाज़ार का नेतृत्व आदि।

जनरल इलेक्ट्रिक ने अपना एक मूल्य यह तय किया कि यह अपने हर प्रॉडक्ट में गुणवत्ता व बाज़ार हिस्सेदारी की दृष्टि से पहले या दूसरे स्थान पर रहेगी। यदि यह पहला या दूसरा स्थान हासिल नहीं कर सकती, तो यह या तो विकास करने की हरसंभव कोशिश करेगी या फिर उस बाज़ार को पूरी तरह से छोड़ देगी।

आप अपने कामकाज के संदर्भ में अपनी स्थिति को परिभाषित करने के लिए इन्हीं या ऐसे ही मूल्यों का इस्तेमाल कर सकते हैं। आप अपने कामकाजी जीवन की योजना गुणवत्ता, उत्कृष्टता, सेवा, मुनाफ़े और नवाचार के मूल्यों के इर्द-गिर्द बना सकते हैं। दर्जनों मूल्य हैं, जिनमें से आप चुन सकते हैं, लेकिन आप जिन मूल्यों को चुनते हैं और आपके चयन का क्रम जो रहता है, उसी से कामकाज के प्रति आपकी नीति तय होगी।

अगला क़दम यह है कि आप अपना व्यक्तिगत मिशन स्टेटमेंट बना लें। यह वैसे व्यक्ति का स्पष्ट, लिखित वर्णन है, जैसे आप अपने कामकाजी जीवन में बनना चाहते हैं। आप क्या चाहते हैं कि दूसरे लोग आपके बारे में किस तरह सोचें और आपका वर्णन किस तरह करें। यह व्यक्तिगत मिशन स्टेटमेंट विशिष्ट वित्तीय, व्यावसायिक या बिक्री लक्ष्य तय करने से भी ज़्यादा महत्त्वपूर्ण है।

जब आप यह लक्ष्य तय कर लें कि आप कितना कमाना चाहते हैं, तो आपको एक मिशन स्टेटमेंट बनाना चाहिए, जिसमें लिखा हो कि उस धनराशि को कमाने के लिए आप कैसे व्यक्ति बनने का इरादा रखते हैं।

मिसाल के तौर पर, आप कह सकते हैं, "मैं एक असाधारण सेल्सपर्सन हूँ। मैं सुव्यवस्थित, मेहनती, पूरी तरह तैयार, सकारात्मक, उत्साही और किसी दूसरे से ज़्यादा अच्छी तरह अपने ग्राहकों की सेवा करने पर गहराई से एकाग्र हूँ।"

अगर यह आपका मिशन स्टेटमेंट है, तो अब आपके पास उन व्यवस्थापक सिद्धांतों की शृंखला है, जिनका इस्तेमाल आप अपने करियर के चुनावों, अपनी व्यक्तिगत और पेशेवर विकास गतिविधियों और हर दिन की कामकाजी समयसारणी में मार्गदर्शन के लिए कर सकते हैं। यह मिशन स्टेटमेंट यह भी बताता है कि आप उन लोगों के साथ अपने व्यवहार में कैसे व्यक्ति बनने वाले हैं, जिनकी संतुष्टि आपके करियर की सफलता तय करेगी। स्पष्ट मिशन स्टेटमेंट उन क्षेत्रों को भी स्पष्ट करता है, जहाँ आप अपने लक्ष्य हासिल करने के लिए बेहतर बनने व विकास करने का इरादा रखते हैं।

आपका लक्ष्य अपनी शक्तियों को पहचानना है, ताकि आप ख़ुद को ऐसी जगह पर रख सकें, जिससे ऊर्जा पर आपका व्यक्तिगत मुनाफ़ा बढ़ जाए। इसे हासिल करने की एक बहुत अच्छी मानसिक तकनीक यह है कि आप ख़ुद को "संसाधनों के समूह" की तरह देखें, जिसका इस्तेमाल बहुत सारे उद्देश्यों को हासिल करने के लिए बहुत सारे तरीक़ों से किया जा सकता है।

संसाधनों के समूह के रूप में आपके पास समय और ऊर्जा की मात्रा सीमित होती है; इसलिए आपको अपने समय और ऊर्जा का उपयोग सर्वोच्च प्राथमिकता के आधार पर और सबसे अच्छी तरह करना चाहिए। पीछे खड़े

होकर कल्पना करें कि आप ख़ुद को किसी दूसरे व्यक्ति की निगाहों से तटस्थता से देख रहे हैं और यह सोच रहे हैं कि सर्वश्रेष्ठ परिणाम हासिल करने के लिए आप ख़ुद का कैसे इस्तेमाल कर सकते हैं। ख़ुद को अपने नियोक्ता या बॉस की तरह देखें। अपने परिणामों को अधिकतम करने के लिए आप ख़ुद को कैसे "काम सौंप" सकते हैं?

एक व्यक्ति साल भर में हर सप्ताह औसतन तीन बिक्रियाँ कर रहा था और साल भर में 45,000 डॉलर कमा रहा था। अपनी शक्तियों और गतिविधियों का विश्लेषण करने के बाद उसने तय किया कि वह प्रॉस्पेक्टिंग, क्वालिफ़ाइंग और क्लोज़िंग के तीन क्षेत्रों में बेहतर बन सकता है। उसका अनुमान था कि इन क्षेत्रों में बेहतर बनने के बाद वह अपनी साप्ताहिक औसत बिक्री को तीन से बढ़ाकर चार कर सकता है, जो उसने चंद महीनों में कर लिया।

उत्पादकता बढ़ने के फलस्वरूप उसकी आमदनी तेज़ी से बढ़ी। वह एक साल में 45,000 के बजाय 60,000 डॉलर कमाने लगा। इन तीन क्षेत्रों में ज़्यादा शक्तिशाली बनकर वह हर सप्ताह एक बिक्री ज़्यादा करने लगा। इससे उसकी आमदनी लगभग तुरंत ही एक तिहाई बढ़ गई। इससे भी ज़्यादा महत्त्वपूर्ण यह था कि उसे अहसास हुआ कि एक तिहाई ज़्यादा प्रभावी बनकर वह अपने कामकाजी वर्षों की उत्पादकता को एक तिहाई बढ़ा रहा है, यानी वह ख़ुद को ऐसी स्थिति में ला रहा है कि 40 साल के कामकाज में वह जितना कमाता, अब वह उतना ही 30 साल के कामकाज में कमा सकता है।

दरअसल, वह समान वित्तीय परिणाम हासिल करने के लिए अपने 10 साल की कड़ी मेहनत बचा रहा था और इसके लिए वह सिर्फ़ उन मुख्य परिणाम क्षेत्रों में थोड़ा बेहतर बन रहा था, जहाँ यह सबसे महत्त्वपूर्ण था। आप भी इसी तरह के परिणाम हासिल कर सकते हैं। शर्त बस इतनी है कि आप आजीविका कमाने में अपनी गतिविधियों पर रणनीतिक सिद्धांतों को लागू कर दें।

एक बार जब आप अपने मूल्यों को परिभाषित कर लें और अपने मिशन स्टेटमेंट को लिख लें, तो इसके बाद वाले क़दम को "स्थितिगत विश्लेषण" कहा जाता है। कई बार इसे "प्रदर्शन ऑडिट" कहा जाता है। यह ख़ुद का पूरी तरह से विश्लेषण करने की प्रक्रिया है। यह विशिष्ट लक्ष्य

तय करने और निश्चित गतिविधियों की योजना बनाने से पहले की जाती है। आप कुछ मुख्य प्रश्न पूछकर अपना प्रदर्शन ऑडिट शुरू करते हैं।

इनमें से एक प्रश्न यह होना चाहिए, "मेरी वे योग्यताएँ कौन सी हैं, जिन्हें बेचा जा सकता है?" इस बारे में सोचें। आप ऐसा क्या कर सकते हैं, जिसके लिए कोई दूसरा आपको पैसे देने को तैयार हो? आप कौन सी चीज़ ख़ास अच्छी तरह करते हैं? आप दूसरों से बेहतर क्या कर सकते हैं? अतीत में आपने कौन सी चीज़ ख़ास अच्छी तरह की है?

वेतन वह धनराशि है, जो निश्चित मात्रा व गुणवत्ता के श्रम या परिणाम को ख़रीदने के लिए चुकाई जाती है। आप अपने ज्ञान और योग्यताओं को लागू करके जो परिणाम पाने में सक्षम होते हैं, काफ़ी हद तक उन्हीं से जीवन में आपके पुरस्कार तय होते हैं। यदि आप अपने पुरस्कारों की गुणवत्ता और मात्रा को बढ़ाना चाहते हैं, तो आपको ज़्यादा व बेहतर परिणाम हासिल करने की अपनी योग्यता को बढ़ाना होगा।

अर्ल नाइटिंगेल ने एक बार कहा था कि आपकी आमदनी तीन चीज़ों से तय होगी : (1) आप कौन सा काम करते हैं, (2) आप उस काम को कितनी अच्छी तरह करते हैं, और (3) आपका विकल्प खोजना कितना मुश्किल है।

श्रम बाज़ार में माँग और पूर्ति का नियम चलता है, जिसका आप हिस्सा हैं। नियोक्ता या ग्राहक हमेशा सबसे कम दाम में सबसे ज़्यादा चाहते हैं। कोई भी जान-बूझकर किसी ऐसी चीज़ के लिए ज़्यादा भुगतान नहीं करता है, जो उसे कम में मिल सकती है। इसका मतलब है कि ज़्यादातर मामलों में आपको हमेशा न्यूनतम भुगतान दिया जाएगा, जो आपको किसी दूसरे संगठन में जाने से रोकने के लिए आवश्यक है।

अब्राहम लिंकन ने कहा था कि किसी व्यक्ति के पास जो एकमात्र सुरक्षा हो सकती है, वह है किसी काम को असाधारण अच्छी तरह से करने की योग्यता।

आपकी आमदनी की ऊँचाई काफ़ी हद तक इस बात से तय होगी कि आप अपने काम को कितनी अच्छी तरह करते हैं और आपका विकल्प खोजना कितना मुश्किल है। जिन क्षेत्रों में कर्मचारियों को आसानी से हटाकर

दूसरे को रखा जा सकता है, वहाँ कर्मचारियों को रोके रखने के लिए आवश्यक न्यूनतम राशि दी जाती है। आपका एक लक्ष्य यह होना चाहिए कि अपने चुने हुए क्षेत्र में इतने अच्छे बन जाएँ, ताकि आपको हटाकर किसी दूसरे को रखने की लागत बहुत ज़्यादा हो। यही इस बात को सुनिश्चित करने का एकमात्र तरीक़ा है कि आपको हमेशा अच्छा भुगतान मिलेगा। आपको अपना काम उत्कृष्ट अंदाज़ में करना चाहिए, ताकि कोई उतने पैसों में उस तरह के परिणाम नहीं पा सके, जो आपको मिलते हैं।

आप अपने व्यक्तिगत सेवा कॉरपोरेशन के अध्यक्ष हैं। आप पूरी तरह से उत्पादन, गुणवत्ता नियंत्रण, प्रशिक्षण और विकास, मार्केटिंग, वित्तीय और विज्ञापन के प्रभारी हैं। आप अपने जीवन की बुनियादी सृजनात्मक शक्ति हैं।

आप रोज़गार में हैं और किसी दूसरे के आदेशों के अधीन हैं, इस तरह निष्क्रिय अंदाज़ में सोचना आपकी दीर्घकालीन सफलता के लिए घातक हो सकता है। दूसरी ओर, ख़ुद को स्व-रोज़गार वाला मानने से आप ख़ुद को ज़िम्मेदार मानने के लिए विवश होते हैं। आप यह स्वीकार करते हैं कि आपके साथ जो कुछ भी होता है, हर चीज़ आप ही की वजह से होती है। आप ड्राइवर की सीट पर बैठे हैं। अपने जीवन के स्टियरिंग व्हील के पीछे आप ख़ुद बैठे हैं।

यह निर्णय लेना आप पर है कि अपने गुणों और योग्यताओं का इस्तेमाल इस तरह कैसे करें, जिससे आपको अपने समय व ऊर्जा पर सबसे ज़्यादा रिटर्न ऑन इनवेस्टमेंट मिले। यह काम आपके लिए कोई दूसरा नहीं करेगा। आप बॉस हैं। दूसरे आपकी मदद कर सकते हैं, मार्गदर्शन दे सकते हैं, निर्देशित कर सकते हैं, रास्ता दिखा सकते हैं, सही दिशा में संकेत कर सकते हैं और आपको अवसर भी दे सकते हैं, लेकिन अंतिम विश्लेषण में आपके सिवा कोई भी वे अत्यंत महत्त्वपूर्ण निर्णय नहीं ले सकता, जो आपके भविष्य और आपकी तक़दीर को तय करेंगे।

आपको नियमित रूप से ख़ुद से कुछ सवाल पूछने चाहिए : आपको क्या करने में सबसे ज़्यादा आनंद आता है? आप अपनी आदर्श नौकरी का वर्णन किस तरह करेंगे? अगर आप कहीं भी, कुछ भी करते हुए, कोई भी नौकरी पा सकें, तो वह कौन सी होगी? आप क्या करना चाहेंगे? अगर आप लॉटरी में दस लाख डॉलर जीत जाएँ और आपको अनंत काल तक के लिए

किसी नौकरी को चुनना हो, तो आप अपने समय के साथ व्यक्तिगत रूप से क्या करने का चुनाव करेंगे?

अपनी शक्तियों का ख़ुलासा करने के लिए ख़ुद से पूछें, "मेरे अनूठे गुण और योग्यताएँ क्या हैं?" आप अतीत में किसमें अच्छे रहे हैं? आप कौन सी चीज़ें आसानी से करते हैं, जो दूसरों को मुश्किल नज़र आती हैं? आपको काम के किन क्षेत्रों में सर्वश्रेष्ठ परिणाम मिलते हैं? आपको किस तरह के काम में सबसे ज़्यादा ख़ुशी मिलती है? इन प्रश्नों के जवाब यह संकेत दे देते हैं कि आप अपनी निवेश की हुई ऊर्जा पर अपने लाभ को बढ़ाने के लिए ख़ुद को सही जगह पर कैसे रख सकते हैं।

आपके पास आनुवांशिक तंत्र, शिक्षा, अनुभवों, पृष्ठभूमि और रुचियों के फलस्वरूप गुणों व योग्यताओं का एक अनूठा, दुर्लभ तालमेल हैं। आपके पास किसी चीज़ में बेहद अच्छा होने की जन्मजात योग्यता है। यह पता लगाना आपकी ज़िम्मेदारी है कि वह कौन सी चीज़ है। फिर बिना किसी शर्त या रुकावट के उसमें अपना पूरा दिल झोंकने के लिए भी आप ही ज़िम्मेदार हैं। जब आप यह तय करते हैं कि आप किस चीज़ को करने में सचमुच आनंदित होते हैं, और फिर पूरे दिल से इसके प्रति समर्पित होते हैं, तभी आप सचमुच ख़ुश और संतुष्ट महसूस करेंगे।

अपनी वर्तमान नौकरी और योग्यताओं पर नज़र डालें व ख़ुद से पूछें, "मैं तीन से पाँच साल में कहाँ पर रहना चाहता हूँ?" आप किस तरह का काम करना चाहेंगे? आप किस तरह के लोगों के साथ काम करना चाहेंगे? आप ज़िम्मेदारी का कौन सा स्तर चाहते हैं? आप कितना पैसा कमाना चाहेंगे? आप देश के किस हिस्से में रहना चाहेंगे?

अपनी कल्पना को कुछ समय के लिए खुलकर विचरण करने दें। कल्पना करें कि आप जो भी, जहाँ भी कर या बन सकते हैं, उसकी कोई सीमा नहीं है। कल्पना करें कि आपके सामने सभी विकल्प खुले हुए हैं।

आज ही अपने जीवन और कामकाज पर सामान्य दृष्टि डालकर ख़ुद से पूछें, "मैं किस तरह के लोगों की सबसे ज़्यादा प्रशंसा करता हूँ और उनके जैसा बनना चाहता हूँ?" आप किसे जानते हैं, जो वैसा काम कर रहा है, जो आप करना चाहते हैं और वैसा जीवन जी रहा है, जैसा आप जीना चाहते हैं? वैसा बनने के लिए आपको अपने जीवन में कौन से परिवर्तन करने होंगे?

याद रखें, किसी ने आज तक जो भी किया है, उसे कोई दूसरा भी कर सकता है। सारी कारोबारी योग्यताएँ और ज़्यादातर दूसरी योग्यताएँ सीखी जा सकती हैं। आप हूबहू कभी किसी दूसरे व्यक्ति जैसे नहीं बन सकते, लेकिन आपको इसकी ज़रूरत भी नहीं है। आप दूसरे लोगों की सफलता और उपलब्धि का इस्तेमाल मिसाल और दिशानिर्देशों के रूप में कर सकते हैं, जिससे आपको यह निर्णय लेने में मदद मिलती है कि आप अपनी ख़ास यात्रा के अंत में कहाँ पहुँचना चाहते हैं।

हैरॉल्ड जेनीन आई.टी.टी. के पूर्व सी.ई.ओ. और अमेरिकी इतिहास के सबसे सफल व्यावसायिक एक्ज़ीक्यूटिव्ज़ में से एक थे। वे हमेशा कहते थे, "लक्ष्य से शुरू करो और पीछे की तरफ़ काम करो।" यह निर्णय लें कि आप भविष्य में किसी समय कहाँ पहुँचना चाहते हैं और फिर वर्तमान दिन तक पीछे की योजना बनाकर तय करें कि वहाँ पहुँचने के लिए आपको क्या करना होगा।

अपनी शक्तियों और कमज़ोरियों का सच्चा आकलन करें, संभावित अवसर के क्षेत्रों का आकलन करें ओर उन कमियों का भी आकलन करें, जो आपको रोक सकती हैं। तब आप भविष्य की ओर देखने के लिए आदर्श स्थिति में होंगे, तब आप यह निर्णय लेने की आदर्श स्थिति में होंगे कि आप क्या पाना चाहते हैं और इसे हासिल करने के लिए आपको क्या करना होगा।

अपनी शक्तियों का पूरा उपयोग करने के लिए आपको किस अतिरिक्त ज्ञान की आवश्यकता होगी? आपको क्या सीखने की ज़रूरत होगी? आपको कौन सी पुस्तकें पढ़नी होंगी? आपको कौन से ऑडियो प्रोग्राम सुनने होंगे? आपको कौन से कोर्स करने होंगे?

कई लोग 40-50 साल की उम्र के बाद दोबारा कॉलेज में पढ़ने जाते हैं और किसी बिलकुल नए पेशे या करियर के लिए प्रशिक्षण लेते हैं। फिर वे 10-20 साल तक अपने नए क्षेत्र में अभ्यास करते हैं। विशेषज्ञों के अनुसार वर्तमान परिदृश्य में आम आदमी दो साल या अधिक तक चलने वाली 14 अलग-अलग पूर्णकालिक नौकरियाँ करेगा और उसके पाँच अलग-अलग करियर होंगे।

80 प्रतिशत से अधिक विश्वविद्यालयीन विद्यार्थी स्नातक होने के दो साल के भीतर अपने अध्ययन के क्षेत्र से बिलकुल अलग क्षेत्रों में काम करेंगे।

आप आज जहाँ हैं, वह सिर्फ़ भविष्य की भूमिका है। आपकी अंतिम मंज़िल और राह की मंज़िलों का निर्णय लेने की कुंजी यह है कि आप अपने भीतर गहराई तक देखकर यह तय करें कि आप कौन हैं और किसमें अच्छे हैं। आपकी अनूठी शक्तियाँ और योग्यताएँ क्या हैं और आप अपने मनचाहे जीवन को बनाने में उनका अधिकतम दोहन कैसे कर सकते हैं?

आप जहाँ हैं और आप जहाँ सचमुच पहुँचना चाहते हैं, उसके बीच कौन सी बाधाएँ खड़ी हैं? कौन सी चीज़ आपको अपने सर्वश्रेष्ठ स्तर पर प्रदर्शन करने से रोक रही है? कौन सी चीज़ आदर्श नौकरी पाने या जीवन को आदर्श बनाने में बाधक है? आप आज जहाँ हैं, वहाँ से अपनी मनचाही जगह तक पहुँचने के लिए आपको आज से क्या करना चाहिए? इन प्रश्नों को पूछना और इनका जवाब देना श्रेष्ठ व्यक्ति की निशानी है, जो कुछ वर्षों में ही इतना ज़्यादा हासिल कर लेगा, जितना आम आदमी अपनी पूरी ज़िंदगी में हासिल नहीं कर सकता।

व्यक्तिगत रणनीतिक नियोजन में आपका लक्ष्य हमेशा यह होना चाहिए कि आप बाज़ार के चुने हुए विशेष क्षेत्र में नेतृत्व हासिल कर लें। कारोबार में नेतृत्व का अर्थ है कंपनी की उत्कृष्टता का क्षेत्र तय करने की योग्यता। व्यक्तिगत नेतृत्व का भी यही अर्थ है। यह अपनी उत्कृष्टता के व्यक्तिगत क्षेत्र को चुनने की आपकी योग्यता और दायित्व है। व्यक्तिगत नेतृत्व में असाधारण परिणाम हासिल करने के लिए समर्पण की ज़रूरत होती है। आप किन क्षेत्रों में काम करने जा रहे हैं, ताकि आपको ऐसे परिणाम मिलें, जो आम आदमी हासिल करने की उम्मीद नहीं कर सकता?

आपकी शक्तियों का खुलासा करने और परिभाषित करने की पूरी प्रक्रिया का एक ही लक्ष्य है कि आप "सर्वश्रेष्ठ" बनने का निर्णय लें। ऐसा कौन सा काम है, जिसे आप और सिर्फ़ आप ही कर सकते हैं, जिसे अगर अच्छी तरह किया जाए, तो उससे आप पर और आपके जीवन पर असाधारण फ़र्क़ पड़ेगा? ऐसा कौन सा काम है, जिसे आप इस समय कर सकते हैं या जिसे आप भविष्य में करना सीख सकते हैं, जिसकी उपलब्धि से आपके लगाए समय और जीवन की मात्रा में सबसे ज़्यादा लाभ हो सकता है?

किसी कंपनी के लिए रणनीतिक नियोजन का उद्देश्य रिटर्न ऑन इक्विटी को बढ़ाना है; आपके लिए यह रिटर्न ऑन एनर्जी को बढ़ाना है।

अब सबसे अहम सवाल यह है, "आप ख़ुद की और अपने व्यक्तिगत सेवा कॉरपोरेशन की मार्केटिंग कैसे करें, ताकि आपको अपने काम से सर्वोच्च मुनाफ़ा हो?"

अपनी सफल मार्केटिंग की चार कुंजियाँ हैं। ये हैं : विशेषज्ञता, भिन्नता, विभाजन और एकाग्रता।

विशेषज्ञता के लिए यह आवश्यक होता है कि आप एक ख़ास क्षेत्र में, अपने ग्राहकों और कंपनी के लिए एक ख़ास परिणाम पाने पर ध्यान केंद्रित करें। इसका मतलब है कि आप बाक़ी सब चीज़ों को हटाकर एक या दो चीज़ें तय करते हैं, जिन्हें आप करने वाले हैं। यह विशेषज्ञता कोई ऐसी चीज़ हो सकती है जिसे आप करते हैं या यह कोई प्रॉडक्ट या सेवा हो सकती है जिसे आप बेचते हैं। यह एक ख़ास प्रकार का ग्राहक या बाज़ार का हिस्सा हो सकता है, जिसकी सेवा करने का आप चुनाव करते हैं।

चारों ओर संभावनाओं की तलाश करने पर वह कौन सा एक क्षेत्र होगा, जिसमें आप विशेषज्ञता हासिल करें? वे ग्राहक, प्रॉडक्ट्स, सेवाएँ, व्यवसाय, आवश्यकताएँ, उद्योग और अवसर कौन से हैं, जिनका विचार आपके मन में आता है? वर्तमान में सर्वोच्च भुगतान पाने वाले लोग वे हैं, जो सामान्यज्ञाता या सभी तरफ़ हाथ-पैर मारने के बजाय किसी ख़ास क्षेत्र में विशेषज्ञ होते हैं। वे बाज़ार के किसी ख़ास क्षेत्र में वर्चस्व जमाकर मशहूर और सम्मानित बनते हैं। आपके लिए बाज़ार का वह ख़ास क्षेत्र कौन सा है? यह क्या होना चाहिए? यह क्या हो सकता है?

कैसे, कहाँ, कब और क्यों आप प्रयास के किसी ख़ास क्षेत्र में विशेषज्ञता हासिल करने जा रहे हैं, यह निर्णय शायद आपके करियर का सबसे महत्त्वपूर्ण निर्णय है। रणनीतिक योजनाकार माइकल कामी ने एक बार कहा था, "जो लोग भविष्य के बारे में नहीं सोचते हैं, उनका भविष्य नहीं हो सकता।"

कई लोग अपनी नौकरियाँ गँवा देते हैं और लंबे समय तक बेरोज़गार रहते हैं। ऐसा अक्सर इसलिए होता है, क्योंकि उन्होंने जीवन की सड़क पर पर्याप्त दूर तक नहीं देखा था और ख़ुद को पर्याप्त अच्छी तरह तैयार नहीं किया था, इसलिए जब उनकी वर्तमान नौकरी ख़त्म हुई, तो उन्होंने ख़ुद को अचानक किसी एकाकी सड़क पर बिना ईंधन के पाया और नियमित व

अच्छे वेतन वाली नौकरी पाने के लिए उन्हें लंबी दूर तक पैदल चलना पड़ा। अपने साथ ऐसा न होने दें।

अपनी विशेषज्ञता का क्षेत्र तय करने के लिए शून्य-आधारित विचार की तकनीक का इस्तेमाल करें। पल भर के लिए अपनी वर्तमान नौकरी और गतिविधियों को एक तरफ़ रख दें और गहराई से अवलोकन करने का समय निकालें। हर दृष्टिकोण से अपना विश्लेषण करें। अपने से ऊपर उठें और गतिविधियों व उपलब्धियों के अपने पूरे जीवन पर नज़र डालकर यह तय करें कि आपकी विशेषज्ञता का क्षेत्र क्या हो सकता है या क्या होना चाहिए। फिर ख़ुद से पूछें, “अगर मैं आज यह नौकरी नहीं कर रहा होता, तो इसके बारे में अपने वर्तमान ज्ञान के आधार पर क्या मैं इसमें आज दोबारा जाता, अगर मुझे यह दोबारा करना होता?”

यह पूछते समय ख़ुद के साथ पूरी तरह ईमानदार रहें, “अपने वर्तमान ज्ञान के आधार पर क्या मैं इसमें आज दोबारा जाता?” इस प्रश्न को विशेषज्ञता के अपने वर्तमान क्षेत्र पर लागू करें। यह प्रश्न अपने काम के हर हिस्से के बारे में पूछें। इस संभावना पर विचार करने के लिए तैयार रहें कि आप ग़लत क्षेत्र में हैं या ग़लत कंपनी के लिए काम कर रहे हैं या ग़लत नौकरी कर रहे हैं।

यह भी हो सकता है कि आप इस पल अपने लिए बिलकुल सही काम कर रहे हों। हो सकता है कि आप पहले से ही अपनी सारी शक्तियों का दोहन कर रहे हों। हो सकता है कि आपका वर्तमान काम आपकी पसंद और नापसंद, आपके स्वभाव तथा आपके व्यक्तित्व के लिहाज़ से आदर्श रूप से उपयुक्त हो। बहरहाल, अपने प्रति यह आपका दायित्व है कि आप लगातार अपनी दृष्टि का दायरा बढ़ाएँ और भविष्य में झाँककर देखें कि आप आने वाले महीनों और वर्षों में कहाँ होना चाहते हैं। भविष्य की भविष्यवाणी करने का सर्वश्रेष्ठ तरीक़ा ख़ुद इसका निर्माण करना है।

अपनी मार्केटिंग करने की दूसरी कुंजी है भिन्नता। इसके लिए ज़रूरी है कि आप किसी तरह अपने प्रतिस्पर्धियों से अलग और बेहतर बनें। अनूठेपन के आपके क्षेत्र क्या हैं? भीड़ से अलग दिखने के लिए आप क्या कर सकते हैं? आप ख़ुद को ऐसे कैसे तैयार कर सकते हैं, ताकि आप अपरिहार्य बन जाएँ और किसी दूसरे के लिए आपकी जगह लेना असंभव हो जाए?

याद रखें, शिखर पर कभी भीड़ नहीं होती। जो लोग अपने क्षेत्रों में बहुत अच्छे होते हैं, उनकी माँग हमेशा रहती है। वे शायद ही कभी बेरोज़गार होते हैं। उन्हें हमेशा सबसे ज़्यादा भुगतान मिलता है और सबसे तेज़ी से प्रमोशन मिलता है। आपका मुख्य लक्ष्य अपने काम में बेहद उत्कृष्ट बनना है और बेहतर बनते रहना है।

कारोबार और कामकाज के संसार में परिणाम ही सब कुछ हैं। परिणाम ही वह एकमात्र पैमाना है, जो मायने रखता है। सारे कारोबारी परिणाम वित्तीय संदर्भ में परिभाषित किए जा सकते हैं। आप बिक्री, आमदनी और मुनाफ़े पर जितना ज़्यादा सकारात्मक प्रभाव डालते हैं, आप उतने ही ज़्यादा मूल्यवान बनते हैं। ख़ुद को बाक़ी सबसे अलग करने का सबसे अच्छा तरीक़ा यह है कि आप अपने ज्ञान और योग्यताओं को इस बिंदु तक बढ़ा लें, जहाँ आप परिणाम पाने में किसी दूसरे से बेहतर बन जाएँ।

आपमें ऐसे विशेष गुण और योग्यताएँ हैं, जो आपको अब तक हुए किसी दूसरे इंसान से अलग और अनूठा बनाती हैं। आपके जैसे किसी दूसरे इंसान के होने की संभावना 50 अरब में एक से भी ज़्यादा है।

शिक्षा, अनुभव, ज्ञान, समस्याओं, सफलताओं, मुश्किलों, चुनौतियों और जीवन व लोगों को देखने व प्रतिक्रिया करने के आपके अनूठे तरीक़े का उल्लेखनीय व असाधारण मिश्रण सचमुच आपको पूरे संसार में असाधारण बना देता है।

आपके भीतर इतनी क्षमताएँ भरी पड़ी हैं, जिन्हें विकसित करने पर आप ज़िंदगी में अपनी हर मनचाही चीज़ हासिल कर सकते हैं। जैसा डेनिस वेटली कहते हैं, “अगर आप 100 जीवन भी जिएँ, तब भी आप अपनी पूरी संभावना का इस्तेमाल नहीं कर सकते।”

भले ही आप 100 साल और जिएँ, तब भी आप अपनी जन्मजात क्षमता के एक छोटे से हिस्से से ज़्यादा का इस्तेमाल नहीं कर सकते। आपको ख़ुद का और अपने जीवन का विश्लेषण करके यह निर्णय लेना चाहिए कि आप अपने किन गुणों का दोहन करने वाले हैं और उन्हें उनके अधिकतम स्तर तक विकसित करने वाले हैं। लीडर्स का एक गुण यह होता है कि वे इस बारे में लगातार सोचते हैं कि उनकी अंदरूनी योग्यताओं और उनकी बाहरी परिस्थितियों को देखते हुए वे ख़ुद को सबसे अच्छी जगह कैसे रख

सकते हैं, ताकि उन्हें सर्वश्रेष्ठ परिणाम मिल जाएँ। आपको भी इसी तरह से सोचना चाहिए।

आपकी व्यक्तिगत "उत्कृष्टता का क्षेत्र" क्या है? आप इस वक़्त किस चीज़ में ख़ास अच्छे हैं? अगर चीज़ें उसी तरह चलती रहें जिस तरह वे हैं, तो आपके भविष्य में यानी तीन से पाँच साल के भीतर किसमें अच्छा बनने की संभावना है? क्या आपका सर्वोच्च गुण बेचने योग्य है, जिसकी माँग बढ़ रही है? या फिर आपका क्षेत्र इस तरह से बदल रहा है कि इसकी बराबरी पर रहने लिए आपको भी बदलना होगा? अगर आप अपने ज़्यादा गुणों और योग्यताओं का विकास करें, तो भविष्य में आपकी उत्कृष्टता का क्षेत्र क्या हो सकता है? अगर आप अपने क्षेत्र के शिखर पर पहुँचना चाहते हैं, उत्कृष्ट आजीविका कमाना चाहते हैं और अपने वित्तीय भविष्य की बागडोर अपने हाथों में थामना चाहते हैं, तो आपकी उत्कृष्टता का क्षेत्र क्या होना चाहिए?

जब आप विशेषज्ञता का क्षेत्र चुनने के लिए अपने वर्तमान और अतीत के अनुभव पर नज़र डालते हैं, तो आप ख़ुद से यह बेहद महत्त्वपूर्ण सवाल पूछ सकते हैं, "आज तक के जीवन में कौन सी गतिविधियाँ मेरी सफलता के लिए सबसे ज़्यादा ज़िम्मेदार रही हैं?"

आप जहाँ थे, वहाँ से अपनी वर्तमान स्थिति तक आप कैसे आए? आपने ऐसे कौन से गुण और योग्यताएँ जीवन में विकसित कर ली हैं, जो आपके लिए आसान नज़र आती हैं? वे कौन सी चीज़ें हैं, जो आप अच्छी तरह कर लेते हैं, लेकिन जिनमें ज़्यादातर लोगों को मुश्किल आती है? वे कौन से काम और गतिविधियाँ हैं, जिन्हें करने में आपको सबसे ज़्यादा मज़ा आता है? वे कौन सी चीज़ें हैं, जिनके लिए आप अंदर से सबसे ज़्यादा प्रेरित होते हैं? वे कौन सी चीज़ें हैं, जिन्हें करते समय आपको सबसे ज़्यादा ख़ुशी मिलती है?

अपनी शक्तियों का लाभ उठाने का एक मुख्य हिस्सा अपने ख़ास काम या गतिविधि में आपकी रुचि, रोमांच और उत्साह का स्तर है। आप जिस क्षेत्र में सचमुच आनंद लेते हैं, उसमें आप हमेशा सर्वश्रेष्ठ होंगे और सबसे ज़्यादा पैसा कमाएँगे। यह हमेशा ऐसे क्षेत्र में होगा, जिसके बारे में सोचना, बात करना, पढ़ना और सीखना आप पसंद करते हैं।

सफल लोग अपने काम से प्रेम करते हैं। वे हर दिन काम पर जाने के लिए उतावले होते हैं। काम करने से उन्हें ख़ुशी मिलती है और वे जितने ज़्यादा ख़ुश होते हैं, वे अपना काम उतना ही बेहतर करते हैं। समय उनके लिए ठहर जाता है और उन्हें समय का होश ही नहीं रहता। उनका काम कहाँ शुरू होता है और कहाँ ख़त्म होता है, इसके बीच कोई लकीर नहीं होती। यह उनके जीवन का हिस्सा होता है।

विशेषज्ञता और भिन्नता के बाद ख़ुद की मार्केटिंग करने की तीसरी कुंजी विभाजन है। इसके लिए यह आवश्यक है कि आप अपने बाज़ार के खंड कर लें, यानी आप अपने पास मौजूद चीज़ के सबसे अच्छे ग्राहकों को पहचानें। इसमें आप अधिकतम परिणाम पाने के लिए सबसे अच्छी जगह तय करते हैं।

यह सच्चाई आपके लिए हमेशा एक बड़ी चुनौती होगी कि आप बहुत सारी अलग-अलग चीज़ें कर सकते हैं। आप बहुत सारी नौकरियों में काम कर सकते हैं। आपके सामने लाभ उठाने के असीमित अवसर होते हैं। और आप जितने बेहतर बनते हैं, उतने ही ज़्यादा दरवाज़े आपके लिए खुल जाएँगे। आपको ज़िंदगी भर चुनाव करना होगा। आपको विभाजन करना होगा।

व्यावसायिक मार्केटिंग में हम अपने सारे प्रयास "उच्च संभावना" वाले प्रॉस्पेक्ट्स या संभावित ग्राहकों पर केंद्रित करते हैं। ये हमारी विशेषज्ञता के क्षेत्र में वे संभावित ग्राहक हैं, जो हमारे प्रतिस्पर्धी लाभ, हमारी उत्कृष्टता के क्षेत्र के सबसे ज़्यादा प्रशंसक हैं। ये वे लोग हैं, जो सबसे जल्दी ख़रीदते हैं और उनके लिए गुणवत्ता भाव के छोटे-मोटे फ़र्क़ से ज़्यादा महत्त्वपूर्ण होती है।

अपनी मार्केटिंग करने में आपका मुख्य लक्ष्य एक ऐसी नौकरी या करियर खोजना है, जहाँ आपके ख़ास गुणों और अनूठी योग्यताओं को बहुत महत्त्व दिया जाता हो तथा अच्छा भुगतान मिलता हो। आपका लक्ष्य कोई ऐसी जगह खोजना है, जहाँ आप उस काम को करके सबसे ज़्यादा कमा सकें, जिसे आप उत्कृष्ट अंदाज़ में करते हैं। यह आपका चुना हुआ बाज़ार खंड बन जाता है।

करियर बदलने वाले सेमिनारों में हम लोगों को प्रोत्साहित करते हैं कि वे जिन कंपनियों में काम करना चाहते हैं, उसके मुख्य लोगों से बातचीत करके जानकारी इकट्ठी करें। इस तरह से वे जानकारी एकत्रित करते हैं, जिसके आधार पर वे यह तय कर सकते हैं कि कोई ख़ास कंपनी या उद्योग उनके लिए सही है या नहीं।

जब आप अपनी शक्तियों का सही आकलन कर लें, तो इसके बाद आप अपने संसार में चारों तरफ़ देख सकते हैं और ख़ुद से पूछ सकते हैं कि आपकी शक्तियों की सबसे ज़्यादा क़द्र कहाँ होगी और सबसे ज़्यादा भुगतान कहाँ मिलेगा। संसाधनों के समूह के रूप में सबसे ऊँचे लाभ के लिए आपको अपना निवेश कहाँ करना चाहिए?

कई लोग कंपनी के दर्शन और इसकी भावी संभावना की वजह से किसी ख़ास कंपनी में काम करना चाहते हैं। एरिस्टोटल ओनासिस ने तेज़ी से सफल होने के महत्त्वाकांक्षी युवाओं को सलाह देते हुए कहा था कि वे जिस कंपनी में काम करना चाहते हैं, उसमें कोई भी नौकरी करने लगें और फिर काम करते हुए ऊपर की ओर तरक्की करें।

एटी ऐंड टी के भूतपूर्व अध्यक्ष ने कॉलेज से निकलने के बाद ज़मीन के नीचे टेलीफ़ोन के तार बिछाकर शुरुआत की थी। हैवलेट-पैकर्ड की पूर्व सी.ई.ओ. कार्ली फ़ियोरिना ने बिक्री में शुरुआत की थी और ऊपर का रास्ता तय किया था। ज़ेरॉक्स के अध्यक्ष गेल मल्केही ने भी बिक्री के क्षेत्र में ही शुरुआत की थी और वे अंततः बहुत ऊँची तनख़्वाह पर अध्यक्ष बने। अमेरिका की एक बहुत बड़ी एयरलाइन के अध्यक्ष ने जब कंपनी में अपना करियर शुरू किया, तो उन्होंने पहलेपहल नाइट शिफ़्ट में विमान के टॉयलेट साफ़ किए थे। अंततः तरक्की करते-करते वे बीस लाख डॉलर सालाना की नौकरी में पहुँच गए।

कई बेहद सफल स्त्री-पुरुष जिन कंपनियों को सचमुच पसंद करते थे, उन्होंने उनके निचले पदक्रम से शुरुआत की थी। फिर उन्होंने अपने काम को बेहद अच्छी तरह करने पर ध्यान केंद्रित किया और तरक्की करते गए।

व्यक्तिगत मार्केटिंग का चौथा सिद्धांत है : एकाग्रता। लंबे समय तक एकाग्रता क़ायम रखना सारी महान सफलता के पहले आता है। आप सबसे पहले अपने ख़ास गुणों और शक्तियों वाले क्षेत्र में विशेषज्ञता हासिल करने

का निर्णय लेते हैं। फिर आप अपने चुने हुए क्षेत्र में उत्कृष्ट बनने के लिए ख़ुद को अलग करते हैं। आप क्षेत्र को सँकरा करते हैं और चुनते हैं कि आप कहाँ काम करना चाहते हैं और आप क्या करना चाहते हैं। अब आपकी सफलता की कुंजी यह है कि आप अपनी नौकरी में अपना पूरा दिल झोंक दें, ताकि आप पूरे रास्ते तरक्की करते हुए शिखर तक पहुँच सकें।

बाज़ार केवल असाधारण प्रदर्शन के लिए ही असाधारण पुरस्कार देता है। आपने अब तक जो भी किया है, उससे आपने अपने चुने हुए क्षेत्र में असाधारण बनने की बुनियाद रख दी है। जब आप उत्कृष्ट काम करने पर पूरी एकाग्रता क़ायम रखते हैं और अपने से अपेक्षित सबसे महत्त्वपूर्ण परिणाम पाने में बहुत अच्छे बन जाते हैं, तो आप अपने क्षेत्र के शीर्ष समूहों में तेज़ी से ऊपर उठने लगते हैं।

याद रखें, आपको इस पृथ्वी पर गुणों और योग्यताओं के बहुत ख़ास मिश्रण के साथ भेजा गया है, जिसकी वजह से आप अब तक हुए हर इंसान से अलग हैं। आप आज जो भी कर रहे हों, यह उसके क़रीब भी नहीं है, जो आप सचमुच कर सकते हैं। आपके लिए लंबे, सुखद और समृद्ध जीवन की कुंजी यह है कि आप अपनी शक्तियों और कमज़ोरियों का नियमित आकलन करें, उन क्षेत्रों में बहुत अच्छे बन जाएँ, जहाँ आपको सबसे ज़्यादा आनंद आता है और फिर अपने काम में अपना पूरा दिल झोंक दें। जब आप यह करते हैं, तो आपका भविष्य असीमित बन जाता है।

सफलता के क्षेत्र में शायद सबसे रोमांचक खोज यह अहसास है कि आप जो चाहते हैं, वह बनने, पाने और करने के लिए जिस भी चीज़ की ज़रूरत है, वह हर चीज़ आपके भीतर है। आपके पास भारी गुण, योग्यताएँ और क़ाबिलियत हैं, जो निखारे जाने का इंतज़ार कर रही हैं, जिस तरह ज़मीन के नीचे पड़ा तेल का भंडार सतह तक लाए जाने का इंतज़ार कर रहा है। आप अपनी भूमि पर कुआँ खोदने के लिए जिस उपकरण का इस्तेमाल करते हैं, वह अपनी ख़ुद की शक्तियों का दोहन करने का निर्णय है। अपनी क्षमता को मुक्त करने की कुंजी यह है कि आप अपने भीतर झाँकें और तय करें कि आप किस चीज़ को करने के लिए आदर्श रूप से उपयुक्त हैं। फिर उसे उत्कृष्ट अंदाज़ में करने में अपना पूरा दिल झोंक दें। जब आप ऐसा करते हैं, तो आपके लिए हर चीज़ संभव हो जाती है।

अध्याय 6

सफलता के लिए ख़ुद को सही स्थिति में लाएँ

क्रांति के दौर में आपका स्वागत है। ज़्यादातर मानवीय इतिहास में हम विकास के आदी रहे हैं। हम क्रमशः परिवर्तन व प्रगति के युगों में रहते आए हैं, जब घटनाएँ सीधी लकीर में आगे बढ़ी हैं। कई बार परिवर्तन की प्रक्रिया ज़्यादा तेज़ थी, कई बार धीमी थी, लेकिन यह हमेशा प्रगतिशील नज़र आती थी और एक पायदान से दूसरे पायदान पर चढ़ती थी, जिससे आपको योजना बनाने, भविष्यवाणी करने और बदलने का अवसर मिल जाता था।

आज परिवर्तन की गति न सिर्फ़ पहले से ज़्यादा तेज़ है, बल्कि यह अनिरंतरशील है, यानी यह बीच-बीच में टूटती रहती है। यह बहुत से असंबद्ध क्षेत्रों में हो रही है और हममें से प्रत्येक को अनपेक्षित तरीक़ों से प्रभावित कर रही है। सूचना प्रौद्योगिकियों में परिवर्तन हो रहे हैं, जो चिकित्सा के परिवर्तनों से अलग हैं, जो हमारे जीवन काल और जीवनशैलियों को प्रभावित करते हैं। यातायात में होने वाले परिवर्तन शिक्षा के क्षेत्र में होने वाले परिवर्तनों से अलग हो रहे हैं, जबकि राजनीति के परिवर्तन वैश्विक प्रतिस्पर्धा के परिवर्तनों से अलग हो रहे हैं।

पारिवारिक संरचना और संबंधों में होने वाले परिवर्तन देश के अलग-अलग हिस्सों में नए व्यवसायों व उद्योगों के उत्थान और पतन से अलग हो रहे हैं। तीव्र, अनिरंतरशील परिवर्तन की यह दर बढ़ती जा रही है।

फलस्वरूप हममें से ज़्यादातर उससे कष्ट उठा रहे हैं, जिसे एल्विन टॉफ़्लर ने "भविष्य का सदमा" कहा था।

आप इन परिवर्तनों की विशालता के बारे में बहुत ज़्यादा नहीं कर सकते, लेकिन एक चीज़ ज़रूर कर सकते हैं। यह है अपने बारे में गंभीरता से सोचना और अपनी सुरक्षा व स्थायित्व की बुनियादी ज़रूरतों का इंतज़ाम करना। यह नौकरी की सुरक्षा और वित्तीय सुरक्षा के क्षेत्रों में जितना महत्त्वपूर्ण है, उतना किसी दूसरे क्षेत्र में नहीं है। आपको अच्छी आजीविका कमाने और अपने लिए आगे आने वाले महीनों व वर्षों का इंतज़ाम रखने की अपनी योग्यता पर विशेष ध्यान देना चाहिए। आपको अपनी आमदनी कमाने की योग्यता के बारे में सोचना चाहिए : आप आज आजीविका कैसे कमा रहे हैं और आप कल आजीविका कैसे कमा सकते हैं।

भले ही भविष्य लगातार ज़्यादा अनिश्चित होता जा रहा है, जिसकी भविष्यवाणी नहीं की जा सकती, लेकिन आपको आने वाले कल के लिए ख़ुद को सही स्थिति में लाना चाहिए। आपको न सिर्फ़ लगातार और गंभीरता से अपने वर्तमान काम और अपनी कमाने की योग्यता के बारे में सोचना चाहिए, बल्कि उस काम के बारे में भी सोचना चाहिए, जो आप एक, तीन और पाँच साल बाद कर रहे होंगे। चाहे जो हो, आपको वित्तीय सुरक्षा हासिल करने के लिए लक्ष्य व योजनाएँ तैयार करनी चाहिए।

लॉर्ड मैनर्ड कीन्स ने एक बार कहा था कि आपको भविष्य के बारे में काफ़ी सोचना चाहिए, क्योंकि वहीं आप अपना बाक़ी का जीवन बिताने वाले हैं। लोग एक भारी ग़लती करते हैं, जिसके बहुत बुरे दीर्घकालीन परिणाम होते हैं। वह ग़लती यह है कि वे सिर्फ़ वर्तमान के बारे में ही सोचते हैं और इस बात पर बहुत कम विचार करते हैं कि आने वाले महीनों और वर्षों में क्या हो सकता है।

आपकी भावी ख़ुशी, सुरक्षा, आनंद, संतुष्टि और व्यक्तिगत संतोष के संदर्भ में भविष्य के बारे में सोचने का कोई दूसरा क्षेत्र इतना महत्त्वपूर्ण नहीं है, जितना यह कि आप मध्यम और दीर्घकालीन भविष्य में आजीविका कैसे कमाएँगे।

अमेरिकी कॉरपोरेशन हर साल लाखों लोगों की छँटनी करते हैं। फ़ॉरचून 100 में आने वाली एक बड़ी, मशहूर कंपनी ने एक लाख से ज़्यादा

पेशेवर कर्मचारियों की छँटनी कर दी। ये घंटे के हिसाब से काम करने वाले कर्मचारी नहीं थे। ये तो वे स्त्री-पुरुष थे, जिन्हें अमेरिका के सर्वश्रेष्ठ विश्वविद्यालयों से चुना गया था। रोज़गार में आने के लिए उन्होंने 4 में से 3.9 के न्यूनतम ग्रेड पॉइंट हासिल किए थे। फिर उन्हें दो से पाँच साल का प्रशिक्षण दिया गया था, जिसके बाद ही वे अपने वर्तमान पद पर आए थे। छँटनी के वक़्त उनके पास औसतन ग्यारह साल का अनुभव था, जिसमें शिक्षा और प्रशिक्षण की अवधि को शामिल नहीं किया गया है। इसके बावजूद एक ही कंपनी ने इन बेहद बुद्धिमान, बेहद योग्य और अनुभवी एक लाख से ज़्यादा लोगों को नौकरी से निकाल दिया।

ये स्त्री-पुरुष घर लौटकर फ़ोन का इंतज़ार नहीं कर रहे थे कि उन्हें नौकरी पर दोबारा बुलाया जाएगा। उनकी नौकरियाँ हमेशा के लिए चली गई थीं। शिक्षा और अनुभव के माध्यम से उन्होंने जो कुछ सीखा था, वह काफ़ी हद तक बासी हो गया था। कार्यस्थल में इसका बहुत कम महत्त्व रह गया था या बिलकुल भी नहीं रह गया था। उनमें से ज़्यादातर को अलग नौकरियों और अलग उद्योगों में दोबारा शुरुआत करनी पड़ी। नौकरी से हटाने की यह प्रवृत्ति आने वाले वर्षों में गति पकड़ेगी।

जब हमारे दादा-नाना ने काम शुरू किया था, तो यह बहुत आम था कि वे बुनियादी शिक्षा हासिल करने के बाद किसी कंपनी में काम करने लगें और उसी कंपनी में जीवन भर काम करते रहें। जब हमारे माता-पिता की नौकरी की बारी आई, तो आम तौर पर उन्होंने अपने जीवन में तीन-चार बार नौकरियाँ बदलीं, हालाँकि यह मुश्किल और अशांतिकारक था।

1960 और 1970 के दशक में बेबी बूम पीढ़ी के सदस्य नौकरी के संसार में आए और इस क्षेत्र में उथलपुथल व परिवर्तन के एक नए संसार में दाख़िल हुए। वे बड़ी कंपनियों और आजीवन रोज़गार की तलाश में थे, लेकिन अपने कामकाजी जीवन में उन्हें अमूमन छह बार नौकरियाँ बदलनी पड़ीं और 30-40 साल की उम्र में नया करियर शुरू करने की नौबत भी आई।

आज राष्ट्रीय और वैश्विक अर्थव्यवस्था में उथलपुथल व परिवर्तन बढ़ चुके हैं। नौकरी शुरू करने वाला व्यक्ति 21 से 65 साल की उम्र के बीच पाँच पूर्णकालिक करियरों की उम्मीद कर सकता है। वह दो साल या इससे

ज़्यादा समय की पूर्णकालिक 14 नौकरियों की उम्मीद कर सकता है। *फ़ॉरचून* पत्रिका के अनुसार अमेरिका के 40 प्रतिशत कर्मचारी "अस्थायी" कर्मचारी हैं। इसका अर्थ है कि वे किसी कंपनी के लिए कभी स्थायी रूप से काम नहीं करेंगे। कंपनियों की ज़रूरत के हिसाब से वे इस कंपनी से उस कंपनी तक, इस नौकरी से उस नौकरी तक भटकते रहेंगे, उन्हें पूर्णकालिक कर्मचारियों से कम भुगतान मिलेगा और अगर उन्हें स्वास्थ्य सुविधा व पेंशन योजना के संदर्भ में लाभ मिले भी, तो बहुत कम मिलेंगे।

आज 40 प्रतिशत कर्मचारी एक साल से कम समय से अपनी वर्तमान नौकरियों में हैं। हम "चार आर" के दौर से गुज़र रहे हैं, जो हमारे कामकाजी जीवन में जारी रहेंगे। ये चार आर हैं : रिस्ट्रक्चरिंग, रिऑर्गैनाइज़ेशन, रिइंजीनियरिंग और रिइनवेन्टिंग। भविष्य की अर्थव्यवस्था में बचे रहने और समृद्ध होने के लिए आपको इन शब्दों को याद करना होगा और उनके अर्थ को पूरी तरह से समझकर काम करना होगा।

ये चारों शब्द परिवर्तन और प्रतिस्पर्धा पर प्रतिक्रियाएँ हैं। रिस्ट्रक्चरिंग का अर्थ है कारोबार के संसाधनों को दोबारा आवंटित करना, ताकि उन उत्पादों व सेवाओं के उत्पादन पर ज़्यादा समय तथा ध्यान ख़र्च किया जाए, जिन्हें ग्राहक सबसे ज़्यादा मूल्यवान मानते हैं और बाक़ी हर क्षेत्र में कटौती की जाए।

रिऑर्गैनाइज़ेशन का अर्थ है पूरे कारोबार को उलट-पलट करना, ताकि ज्ञान, प्रौद्योगिकी और प्रतिस्पर्धा में परिवर्तनों के साथ सामंजस्य हो सके, जो कारोबार के कई कामों को अनावश्यक या बासी कर देते हैं।

रिइंजीनियरिंग का अर्थ है हर काम और हर कार्य-क़दम का विश्लेषण करने की प्रक्रिया, ताकि अनावश्यक गतिविधियों को हटाया जाए और पूरी प्रक्रिया को ज़्यादा सुचारू व कार्यकुशल बनाया जाए।

कॉरपोरेशन में रिइनवेन्ट करने का मतलब यह कल्पना करने का साहस है कि कंपनी जलकर खाक हो चुकी है और मुखिया कंपनी को दोबारा शुरू करने जा रहे हैं। वे कौन से काम ज़्यादा करेंगे और कौन से काम कम करेंगे? वे किस क्षेत्र में अंदर जाएँगे और किस क्षेत्र से बाहर निकलेंगे? क्या वे अपने वर्तमान व्यवसाय को जारी रखेंगे या वे बिलकुल नए व्यवसाय शुरू करेंगे?

एक कहानी है कि ओल और स्वेन एक पुराने मालवाहक जहाज़ में बैठकर उत्तर अटलांटिक पार करके अमेरिका जा रहे थे। जहाज़ एक बड़े तूफ़ान में फँस जाता है और टूटने लगता है। ओल दौड़कर स्वेन के पास जाता है और कहता है, "जहाज़ टूट रहा है! यह डूबने वाला है!" स्वेन कहता है, "हम क्यों परवाह करें, यह हमारा जहाज़ नहीं है!"

कई लोग इसी तरह के होते हैं। जब वे अर्थव्यवस्था की उथलपुथल के बारे में पढ़ते या सुनते हैं, तो वे यह सोचने की ग़लती कर देते हैं कि इसका उनसे कोई लेना-देना नहीं है। वे दरअसल कहते हैं, "हम क्यों परवाह करें? यह हमारी समस्या नहीं है।" लेकिन सच्चाई यह है कि हम सभी उसी आर्थिक जहाज़ पर बैठे हैं और जो भी चीज़ जहाज़ के लिए ख़तरा बन सकती है, वह किसी तरह से हमें भी प्रभावित कर सकती है। हम सभी इसमें एक साथ हैं।

इसका अर्थ है कि आपको भी अपने काम और गतिविधियों को रिस्ट्रक्चर या पुनर्गठित करना चाहिए, ताकि आप कंपनी और ग्राहकों के लिए ज़्यादा मूल्यवान योगदान दें। आपको ख़ुद को रिऑर्गैनाइज़ यानी पुनः व्यवस्थित करना चाहिए, ताकि आप ज़्यादा कार्यकुशलता और प्रभावी ढंग से समय व ध्यान के अपने सीमित संसाधनों का आवंटन करें। आपको हर दिन अपने काम की रिइंजीनियरिंग यानी पुनः संयोजन करना चाहिए, ताकि आप काम की ज़्यादा ऊँची गुणवत्ता और मात्रा देने की गति बढ़ा लें। अंत में, आपको भविष्य के लिए ख़ुद को रिइनवेन्ट या पुनर्अन्वेषण करने की सतत प्रक्रिया में रहना चाहिए।

शतरंज के खिलाड़ी की तरह आपको दूर तक सोचना चाहिए। आपको क्षितिज की ओर देखना चाहिए और सोचना चाहिए कि आगामी वर्षों में अपनी आमदनी की योग्यता बनाए रखने और बढ़ाने के लिए आपको कैसा बनना चाहिए।

कल्पना करें कि आपकी नौकरी आज से पाँच साल बाद कैसी दिखेगी। चूँकि आपके क्षेत्र में ज्ञान संभवतः हर पाँच साल में दोगुना हो रहा है, इसका मतलब है कि आपका 20 प्रतिशत ज्ञान और योग्यता हर साल बासी हो रही है। पाँच साल बाद आप एक बिलकुल नई नौकरी कर रहे होंगे, जिसमें बिलकुल नई योग्यताओं और दक्षताओं की ज़रूरत होगी।

खुद से पूछें, "मेरे ज्ञान, योग्यताओं और काम के कौन से हिस्से बासी हो रहे हैं? मैं आज ऐसा क्या कर रहा हूँ, जो मैं एक या दो साल पहले नहीं कर रहा था?" आज से एक साल, दो साल, तीन साल, चार साल और पाँच साल बाद आपके किन कामों को करने की संभावना है? आपको किस ज्ञान और योग्यताओं की ज़रूरत होगी और आप उन्हें कैसे हासिल करेंगे? अपने आर्थिक और वित्तीय भविष्य के लिए आपकी क्या योजना है?

अपनी भावी नौकरी या नौकरियों की योजना बनाने के लिए अक्सर आपको काम के बारे में सोचने के तरीक़े में एक बड़ा परिवर्तन करना पड़ता है। मानव इतिहास के ज़्यादातर हिस्से में 95 प्रतिशत या इससे ज़्यादा लोगों की आजीविका ज़मीन या खेती-किसानी के सहारे चलती रही है, जिसने शहरों में रहने वाले चंद लोगों को सहारा दिया है। 1776 में जब भाप के इंजन का आविष्कार हुआ, तो इसके बाद खेती-किसानी में कम वेतन वाले और अनुत्पादक काम करने वाले लोग शहर आ गए। यहाँ आकर वे उद्योगों में नौकरियाँ करने लगे, जहाँ वे उत्पादन करके कहीं ज़्यादा कमाई कर सकते थे और फलस्वरूप ज़्यादा ऊँची जीवनशैली का आनंद ले सकते थे। द्वितीय विश्व युद्ध ख़त्म होने के बाद हम सेवा युग में दाख़िल हो गए, जहाँ सेवाओं को पहुँचाने वाले लोग उत्पादक कारख़ानों में काम करने वाले लोगों से ज़्यादा हो गए। 1960 के दशक में हम सूचना युग में पहुँच गए, जहाँ सेवाओं या उत्पादन के क्षेत्र में जितने लोग काम कर रहे थे, उससे ज़्यादा लोग सूचना की प्रोसेसिंग व उसे पहुँचाने के व्यवसायों में काम कर रहे थे।

इन सभी परिवर्तनों के फलस्वरूप अब हम ज्ञान युग में पहुँच चुके हैं। आज उत्पादन का मुख्य घटक ज्ञान और उस ज्ञान का इस्तेमाल करके दूसरे लोगों के लिए परिणाम हासिल करने की योग्यता है। आज आपकी कमाने की योग्यता काफ़ी हद तक आपके ज्ञान और योग्यता पर निर्भर है। यह उस ज्ञान व योग्यता को इस तरह मिश्रित करने की क्षमता पर निर्भर है कि आप ग्राहक के पैसों के बदले मूल्यवान योगदान दें।

तीन का नियम कहता है कि अगर आप वेतन में एक डॉलर कमाना चाहते हैं, तो इसके लिए आपको तीन डॉलर का योगदान देना होगा। जब कंपनी किसी व्यक्ति को रोज़गार देती है, तो इसमें उसे वेतन जितने ही बाक़ी ख़र्च पड़ते हैं, क्योंकि उसे ऑफ़िस की जगह, लाभों, निगरानी और फ़र्नीचर,

स्थिर वस्तुओं व अन्य संसाधनों में निवेश करना पड़ता है। किसी कर्मचारी को नियुक्त करने के लिए कंपनी को कर्मचारी को दिए जाने वाले वेतन पर मुनाफ़ा भी कमाना होता है। इसलिए कर्मचारी को रोज़गार में बने रहने के लिए अपनी आमदनी से ज़्यादा राशि का योगदान देना होता है। इसे दूसरी तरह कहें, तो आपकी कमाने की योग्यता आपको मिलने वाली राशि से ज़्यादा होनी चाहिए, वरना आपको किसी दूसरी नौकरी की तलाश करनी होगी।

अख़बारों में ऐसे स्त्री-पुरुषों की कहानियाँ भरी रहती हैं, जिन्हें ऊँचे वेतन वाली नौकरियों से हटा दिया गया था और इसके बाद उन्हें मजबूरन बहुत कम वेतन वाली नौकरियाँ करनी पड़ी। ये तो सिर्फ़ इस बात के उदाहरण हैं कि वहाँ किसी व्यक्ति को उसके कमाने की योग्यता से ज़्यादा भुगतान दिया जा रहा था, इसलिए अब उन्हें एक ऐसी नौकरी खोजनी पड़ी, जो उनके वर्तमान योगदान के मूल्य के ज़्यादा सामंजस्य में हो। उनके वेतन में हुई यह कमी मनमानी, व्यक्तिपरक या व्यक्तिगत नहीं है। यह तो बस जीवन की सच्चाई है। हमारी अर्थव्यवस्था इसी तरह काम करती है। लोगों को सटीकता से हमेशा उतना ही भुगतान दिया जाता है, जितने के वे अपनी कमाने की योग्यता के आधार पर योग्य हैं, न कम न ज़्यादा।

भविष्य के लिए ख़ुद को सही स्थिति में लाने के संदर्भ में यहाँ एक बहुत महत्त्वपूर्ण नियम बताया जा रहा है : "भविष्य सक्षम लोगों का है।" भविष्य उन स्त्री-पुरुषों का है, जो अपने काम में बहुत अच्छे हैं। पैट राइली ने अपनी पुस्तक *द विनर विदिन* में लिखा था, "...जब भी आप बेहतर बनने की कोशिश छोड़ देते हैं, आपका बदतर बनना तय हो जाता है।" इसे दूसरी तरह से कहें, तो उत्कृष्ट प्रदर्शन के प्रति समर्पण से कम कोई भी चीज़ औसत बनने की अचेतन स्वीकृति है। अपने उद्योग में प्रतिस्पर्धा से ऊपर उठने के लिए आपको उत्कृष्ट होने की ज़रूरत है। आज आपको अपनी नौकरी क़ायम रखने के लिए ही उत्कृष्ट होना पड़ता है।

बाज़ार बड़ा ही कठोर सुपरवाइज़र है। आज उत्कृष्टता, गुणवत्ता और मूल्य किसी प्रॉडक्ट या सेवा और किसी व्यक्ति के काम के बेहद अनिवार्य तत्व हैं। आपकी कमाने की योग्यता काफ़ी हद तक उस उत्कृष्टता, गुणवत्ता और मूल्य की अनुभूति से तय होती है, जो दूसरों के मन में आपके और आपके काम के बारे में होती है। बाज़ार उत्कृष्ट पुरस्कार सिर्फ़ उत्कृष्ट

प्रदर्शन के लिए ही देता है। यह औसत प्रदर्शन के लिए औसत पुरस्कार देता है। यह औसत से कमतर प्रदर्शन के लिए औसत से कमतर पुरस्कार या बेरोज़गारी देता है।

तमाम हड़तालें, विरोध, रैलियाँ और प्रदर्शन इस सच्चाई को नहीं बदल सकते कि आज ग्राहक सबसे कम पैसों में सबसे ज़्यादा तथा सर्वश्रेष्ठ चाहते हैं और सर्वश्रेष्ठ शर्तों पर चाहते हैं। जो व्यक्ति और कंपनियाँ प्रतिस्पर्धी दाम पर बहुत उत्कृष्ट प्रॉडक्ट तथा सेवाएँ प्रदान करती हैं, सिर्फ़ वही बच पाएँगी। यह किसी ख़ास कंपनी या व्यक्ति पर लागू नहीं होता है। हमारी अर्थव्यवस्था ही इसी तरह काम करती है।

कई लोग दूसरों जितने सक्षम या योग्य नज़र नहीं आते हैं, लेकिन इसके बावजूद उन्हें ज़्यादा तेज़ी से तरक्की मिलती है और अपने करियर में ज़्यादा वेतन मिलता है। यह उचित नहीं दिखता है। कुछ लोग आगे क्यों निकल जाते हैं, जबकि उनसे ज़्यादा कड़ी मेहनत करने वाले दूसरे लोगों को तरक्की और अतिरिक्त पुरस्कारों के लिए दरकिनार कर दिया जाता है?

तथ्य यह है कि भारी सफलता बनने के लिए सिर्फ़ यही महत्त्वपूर्ण नहीं है कि आप अपने काम में अच्छे हों, बल्कि यह भी महत्त्वपूर्ण है कि अपने काम में दूसरे लोग आपको अच्छा मानें। इंसान अनुभूति वाले प्राणी हैं। वे कैसे सोचते और काम करते हैं, यह इस बात से तय नहीं होता कि उन्हें क्या दिखता है। यह तो इस बात से तय होता है कि उनकी अनुभूति के हिसाब से उन्हें क्या दिखता है।

यदि तरक्की के समय आपके सहकर्मी को आपसे ज़्यादा क़ाबिल समझा जाता है, चाहे उसके अनुभूत कारण जो भी हों, तो यह बहुत संभव और काफ़ी आम है कि आपके सहकर्मी को ज़्यादा ज़िम्मेदारियाँ और ज़्यादा ऊँचा वेतन मिलेगा, हालाँकि आपको लगता है कि मौक़ा दिए जाने पर आप उससे ज़्यादा अच्छा काम कर सकते हैं।

सौभाग्य से कई चीज़ें हैं, जो आप अपने को नज़रों में चढ़ाने और करियर में तरक्की की गति को बढ़ाने के लिए कर सकते हैं।

नज़रों में ज़्यादा चढ़ाने का शुरुआती बिंदु है सक्षमता। यह तय करें कि आपकी नौकरी के कौन से हिस्से आपके अधिकारी और आपकी कंपनी

के लिए सबसे महत्त्वपूर्ण हैं। इसके बाद उन क्षेत्रों में बहुत अच्छे बनने का निर्णय लें। पढ़ें, शोध करें, अध्ययन करें, अतिरिक्त कोर्स करें, ऑडियो प्रोग्राम सुनें और दूसरों की सलाह लें। आपके भविष्य की कुंजी यह है कि आप जो करते हैं, दूसरे उसमें आपको बहुत सक्षम समझें और अनुभूत करें।

केवल यही अनुभूति ही आपको ज़्यादा लोगों की निगाहों में ले आएगी, आपकी कल्पना से भी ज़्यादा तेज़ी से। उत्कृष्ट प्रदर्शन की अनुभूति ज़्यादा बड़ी ज़िम्मेदारियों, ज़्यादा ऊँचे वेतन, बेहतर पद और ज़्यादा अवसर के द्वार खोल देगी। आप जो करते हैं, उसमें अच्छा बनना आपकी रणनीति की बुनियाद होनी चाहिए, तभी आप ज़्यादा निगाह में आएँगे और अपने करियर में ज़्यादा तरक्की करेंगे।

हर जगह नियोक्ता कर्मकेंद्रित स्त्री-पुरुषों की तलाश कर रहे हैं। उन्हें ऐसे लोगों की तलाश है, जो कूद पड़ें और काम को जल्दी से जल्दी अच्छी तरह पूरा कर दें। जब आप सक्षमता और गति की प्रतिष्ठा बना लेते हैं, तो आप बहुत जल्दी ही अपने कामकाजी परिवेश में सभी मुख्य लोगों की निगाह में आ जाएँगे। आप अपने करियर में तीव्र मार्ग पर पहुँच जाएँगे।

आप जो करते हैं, उसमें उत्कृष्ट प्रदर्शन अनिवार्य है, लेकिन यह पर्याप्त नहीं है। दूसरी चीज़ें भी उस अनुभूति में योगदान देती हैं, जो दूसरे लोगों की आपके बारे में होती है। इन तत्वों में से एक बहुत महत्त्वपूर्ण तत्व है सिर से पैर तक की आपकी सकल छवि।

हाल ही में कर्मचारी एक्ज़ीक्यूटिव्ज़ का सर्वे किया गया, जिसका निष्कर्ष यह था कि उम्मीदवार से पहली मुलाक़ात के पहले 30 सेकंड में ही उसे नियुक्त करने या न करने का निर्णय ले लिया जाता है। कुछ शोध बताते हैं कि किसी उम्मीदवार को स्वीकार या अस्वीकार करने का निर्णय दरअसल पहले चार सेकंड में ही ले लिया जाता है। कई बहुत सक्षम स्त्री-पुरुष नियुक्ति या तरक्की पाने से सिर्फ़ इसलिए वंचित रह जाते हैं, क्योंकि वे उस भूमिका के लिए उपयुक्त नहीं दिखते हैं।

लंबे बालों और ढीले कपड़ों वाले एक युवक ने एक सेमिनार में पूछा कि दूसरे लोग उसके बाहरी हुलिये पर इतना ज़्यादा ध्यान क्यों देते हैं। उसने ज़ोर दिया कि लोगों को उसका मूल्यांकन उसके चरित्र और उसकी योग्यता के आधार पर हो, न कि इस आधार पर कि वह ऊपर से कैसा दिखता है।

उसे यह समझाया गया कि उसकी कही बात मानव स्वभाव के विरुद्ध है। सच तो यह है कि हममें से हर व्यक्ति दूसरों का मूल्यांकन इस आधार पर करता है कि वे बाहर से कैसे दिखते हैं। जिस तरह वह दूसरों के हुलिये से उनका मूल्यांकन करता है, उसी तरह वे भी उसका मूल्यांकन करने की स्वतंत्रता ले लेते हैं।

लेकिन छवि और हुलिये के बारे में एक और मुद्दा है। आपके जीवन के कई क्षेत्र हैं, जिनके ऊपर आपका कोई नियंत्रण नहीं है और जिनका आप चुनाव नहीं कर सकते। लेकिन आपकी बाहरी पोशाक और हुलिया जैसे तत्व पूरी तरह से व्यक्तिगत पसंद या चयन का मामला है। लोग जान-बूझकर अपने कपड़ों, अपने अलंकरण और अपने पूरे हुलिये का चयन करते हैं, ताकि वे संसार के सामने यह कथन रखें कि वे दरअसल किस तरह के व्यक्ति हैं। आप जिस तरह बाहर दिखते हैं, वह इस बात का संकेत है कि आप अंदर कैसे दिखते हैं। अगर आपकी आत्म-छवि सकारात्मक और पेशेवर है, तो आप अपने बाहरी हुलिये को भी ऐसा ही बनाने की मेहनत करेंगे।

आपको वैसी पोशाक पहननी चाहिए, जैसी आपकी कंपनी के वरिष्ठ लोग पहनते हैं। अपनी नौकरी या पद से दो स्तर ऊपर की पोशाक पहनें। चूँकि लोग काफ़ी हद तक आपका मूल्यांकन आपके बाहर से दिखने के आधार पर करते हैं, इसलिए अगर पूरी तरह से पेशेवर और बाहर से अच्छे दिखते हैं, तो लोगों की अनुभूति सकारात्मक और समर्थनकारी होगी, जो आपके करियर में आपकी मदद कर सकती है। वे आपके लिए ऐसे तरीक़ों से द्वार खोल देंगे, जिनकी आप इस वक़्त कल्पना भी नहीं कर सकते।

अपनी दर्शनीयता बढ़ाने और लोगों की नज़रों में आने का एक और बेहतरीन तरीक़ा यह है कि आप अपने कारोबार या क्षेत्र से जुड़े एक-दो पेशेवर संगठनों से जुड़ जाएँ। ऐसे संगठनों में शामिल हों, जिनके सदस्यों से आप परिचय करना चाहते हों और जो आपके करियर में आपसे आगे हों।

संगठन से जुड़ने से पहले आपको बैठकों में जाकर सावधानीपूर्वक यह आकलन करना चाहिए कि वह पेशेवर जुड़ाव आपके लिए मूल्यवान होगा भी या नहीं। फिर जब आपको यक़ीन हो जाए कि इस संगठन के मुख्य लोगों से परिचय होने पर आपका करियर आगे बढ़ सकता है, तो सदस्यता ले लें।

जब आप सदस्य बन जाएँ, तो उस संगठन में सक्रिय हो जाएँ। ज़्यादातर लोग जब किसी क्लब या संगठन की सदस्यता लेते हैं, तो वे नियमित बैठकों में हिस्सा लेने से ज़्यादा कुछ नहीं करते हैं। उन्हें लगता है कि वे इतने ज़्यादा व्यस्त हैं कि वे स्वैच्छिक संगठन के कामों में सक्रियता नहीं दिखा सकते। लेकिन आप ऐसा नहीं करते हैं। आपका लक्ष्य एक मुख्य समिति को चुनना है और उस समिति में सेवा करने की स्वैच्छिक पहल करना है। पता लगाएँ कि उस संगठन की गतिविधियों में कौन सी समिति सबसे प्रभावशाली दिखती है; फिर उसे चुन लें। अपने समय, बुद्धि और ऊर्जा लगाने की स्वैच्छिक पहल करें और व्यस्त हो जाएँ।

हर मीटिंग में हिस्सा लें। सावधानी से नोट्स लें। कामों की पहल करें। उन्हें समय पर और उत्कृष्ट अंदाज़ में पूरा करें। आपके पास संगठन की हर गतिविधि में ग़ैर-जोखिम भरे परिवेश में अपने पेशे के दूसरे मुख्य लोगों के सामने अपना हुनर दिखाने का मौक़ा होता है। आप उन्हें यह दिखा देते हैं कि आप क्या कर सकते हैं और आप सचमुच किस तरह के इंसान हैं। आप सबसे प्रभावी अंदाज़ में मूल्यवान संपर्कों की शृंखला बढ़ाते हैं। इन समितियों में जिन लोगों से आपका परिचय होता है, वे अंततः आपके काम और आपके करियर में बेहद सहायक बन सकते हैं।

आप अपनी दर्शनीयता बढ़ाने और लोगों की निगाह में आने के लिए कई और चीज़ें भी कर सकते हैं, जो ज़्यादातर लोगों को नहीं सूझती हैं। मिसाल के तौर पर, 105 चीफ़ एक्ज़ीक्यूटिव अफ़सरों के हालिया अध्ययन में यह निष्कर्ष दिया गया था कि दो गुण किसी व्यक्ति को उसके करियर में तेज़ मार्ग पर पहुँचा सकते हैं। पहला गुण है प्राथमिकता तय करने की योग्यता यानी दिन के अनंत कामों के बीच महत्त्वपूर्ण को ग़ैर-महत्त्वपूर्ण से अलग करने की योग्यता। दूसरा गुण है तात्कालिकता का अहसास यानी तेज़ी से काम करने की क़ाबिलियत।

कई मैनेजर भी इस अध्ययन की सच्चाई की पुष्टि करते हैं। वे ऐसे कर्मचारी को असाधारण मूल्यवान मानते हैं, जो प्राथमिकताएँ तय कर सकता है और काम को जल्दी से पूरा कर सकता है। काम पूरा करने में गति और विश्वसनीयता किसी कर्मचारी में बहुत ही मूल्यवान गुण है। अगर आपका बॉस आपको कोई काम थमाकर निश्चिंत हो सकता है, तो आप ख़ुद तेज़

मार्ग पर पहुँच जाएँगे। इसके बाद आपको प्रमोशन और वेतनवृद्धि मिलना लगभग तय है।

ज़्यादा दर्शनीय बनने और दूसरों की नज़रों में चढ़ने का एक और तरीक़ा यह है कि आप सकारात्मक मानसिक नज़रिया विकसित करें। लोग जिन्हें पसंद करते हैं, उन्हीं के आस-पास रहना चाहते हैं और उन्हीं को तरक्की देना चाहते हैं। ख़ुशमिजाज़ी और आशावाद का निरंतर, लगनशील नज़रिया सबका ध्यान खींच लेता है। जब आप लोगों के प्रति दोस्ताना नज़रिया रखने की कोशिश करते हैं, तो वे आपके लिए प्रगति के द्वार खोलने की असाधारण कोशिश करेंगे।

आप अपने कामकाज से जुड़ी योग्यताओं का लगातार नवीनीकरण करके भी अपनी दर्शनीयता बढ़ा सकते हैं और महत्त्वपूर्ण लोगों की नज़रों में आ सकते हैं। बस, यह सुनिश्चित करें कि यह बात आपके वरिष्ठ अधिकारियों को मालूम पड़ जाए।

अतिरिक्त कोर्स खोजें, जिनकी मदद से आप अपने काम में बेहतर बन सकते हैं और अपने बॉस से इन पर चर्चा करें। उनसे पूछें कि अगर आप उत्तीर्ण हो जाते हैं, तो क्या वे कोर्स की फ़ीस भरेंगे। हालाँकि यह भी स्पष्ट कर दें कि अगर कंपनी फ़ीस न भी दे, तब भी आप वह कोर्स करने वाले हैं।

अपने बॉस से पूछें कि आपको कौन सी पुस्तकें और ऑडियो प्रोग्राम पढ़ने या सुनने चाहिए। वे जिस भी पुस्तक या ऑडियो की सलाह दें, तुरंत उसे पढ़ें या सुनें। फिर बॉस को इस बारे में फ़ीडबैक दें और आगे सलाह माँगें। आप यह देखकर रह जाएँगे कि यह रणनीति कितनी जल्दी आपको उस व्यक्ति की नज़रों में चढ़ा देती है, जो आपके करियर की हर अवस्था में आपकी मदद कर सकता है।

बॉस उन कर्मचारियों से बहुत प्रभावित होते हैं, जो अपनी कंपनी में अपना मूल्य बढ़ाने के लिए ज़्यादा सीखने की लगातार कोशिश करते हैं। अपने ज्ञान और योग्यताओं का नवीनीकरण करने से आपके करियर की प्रगति की दर बहुत तेज़ी से बढ़ सकती है।

संभवतः कामकाजी संसार में आपको 85 प्रतिशत सफलता अपने व्यक्तित्व और दूसरों के साथ प्रभावी संप्रेषण की योग्यता से मिलती है।

यह इस बात से तय होती है कि लोग आपको कितना ज़्यादा पसंद करते हैं और आपका कितना ज़्यादा सम्मान करते हैं। आप उनका आत्म-गौरव बढ़ाने के तरीक़ों की लगातार तलाश करके अपने बारे में उनकी अनुभूति काफ़ी सुधार सकते हैं।

जैसा केन ब्लैंचर्ड अपनी पुस्तक *द वन मिनट मैनेजर* में कहते हैं, "लोगों को कोई चीज़ सही करते पकड़ें।" थोड़ी सी सच्ची प्रशंसा और क़द्र नियमित रूप से करते रहें। इससे लोग आपको पसंद करेंगे और आपकी मदद करना चाहेंगे। वे कभी-कभार आपके काम की ग़लतियों को भी नज़रअंदाज़ कर देंगे। प्रायः नकारात्मक व्यक्ति वाले इंसान के बजाय ख़ुशमिज़ाज व्यक्ति को उसके काम में बेहतर माना जाता है।

जब आप अपने वरिष्ठ अधिकारियों के साथ हों, तो सम्मान, ध्यान और रुचि से सुनने की आदत डालें। आप सामने वाले की बात जितनी ज़्यादा ईमानदारी और ग़ौर से सुनते हैं, वह आपको उतना ही ज़्यादा पसंद करेगा, आप पर विश्वास करेगा और आपको अतिरिक्त सहायता व ज़िम्मेदारियाँ भी देगा।

सभी लीडर उत्कृष्ट श्रोता होते हैं। यह प्रभाव की मुख्य कुंजी है। अगर आप लोगों को अपनी तरफ़ करना चाहते हैं, तो रुचिकर प्रश्न पूछें और जवाब को ग़ौर से सुनें।

अब हम इस अध्याय के मुख्य विचारों को संक्षेप में बताते हैं। यहाँ आपकी दर्शनीयता को बढ़ाने की पाँच कुंजियाँ बताई जा रही हैं, ताकि आप अपने करियर में ज़्यादा सफल हो सकें और ज़्यादा तेज़ी से तरक्की कर सकें :

> सबसे पहले तो उन महत्त्वपूर्ण कामों में उत्कृष्ट बनें, जिन्हें करने के लिए आपको नौकरी दी गई है। अपने चुने हुए पेशे में उत्कृष्टता ज़्यादा वेतन पाने और ज़्यादा तेज़ी से तरक्की पाने की पहली सीढ़ी है।
>
> दूसरे, भूमिका के अनुरूप दिखें, काम करें और पोशाक पहनें। शैलियों, रंगों और कपड़ों के बारे में जानकार बनें। वैसी

पोशाक पहनें, जैसी आपकी कंपनी के वरिष्ठ लोग पहनते हैं। कभी किसी चीज़ को नज़रअंदाज़ न करें। याद रखें, छवि के क्षेत्र में "लापरवाही पतन का कारण बन सकती है।"

तीसरे, कंपनी के भीतर और बाहर संपर्क बनाएँ। आदान-प्रदान के नियम का इस्तेमाल करें, जो सबसे शक्तिशाली नियमों में से एक है। हमेशा दूसरों की मदद करने के लिए अपने समय और प्रयास का निवेश करने की ताक में रहें, ताकि भविष्य में किसी समय दूसरे आपकी मदद करने के लिए अपना समय लगाने और प्रयास करने के इच्छुक रहें।

किसी भी समुदाय में सबसे सफल स्त्री-पुरुष वे होते हैं, जो सबसे ज़्यादा सफल लोगों को जानते हैं और जिन्हें सबसे ज़्यादा सफल लोग जानते हैं। अपने पेशेवर संगठन या क्लब से शुरुआत करें। किसी स्थानीय परोपकारी संस्था में शामिल हों, जिसकी आप परवाह करते हों और जिसका संचालक मंडल भी प्रतिष्ठित हो।

चौथे, अपनी योग्यताओं के नवीनीकरण के लिए अतिरिक्त कोर्स ज़रूर करें और यह सुनिश्चित करें कि यह बात हर व्यक्ति को पता चल जाए। अपने बॉस से पुस्तक और ऑडियो प्रोग्राम के बारे में सलाह लें, फिर उस सलाह पर अमल करते हुए उसे पढ़ें-सुनें और अपनी टिप्पणियों के साथ अपने बॉस से आगे सलाह माँगें।

जब आपका बॉस महसूस करता है कि आप सीखने और विकास करने के लिए उत्सुक हैं, तो अक्सर वह आपका मार्गदर्शक बन जाएगा और सफलता की सीढ़ी पर ज़्यादा तेज़ी से चढ़ने में आपकी मदद करेगा। मार्गदर्शन की यह प्रक्रिया कई सफल एक्ज़ीक्यूटिव्ज़ के करियर में बहुत मददगार रही है।

पाँचवें, सकारात्मक, ख़ुशमिज़ाज और मददगार बनें। इस तरह के व्यक्ति बनें, जिसे दूसरे लोग तरक्की करते देखना चाहें। दूसरे लोगों के साथ मित्रता व दयालुता से पेश आएँ और अपने सहकर्मियों से हमेशा अच्छे शब्द बोलें।

अंतिम विश्लेषण में, उत्कृष्ट इंसान बनने के लिए समय निकालने से आपको लोगों की नज़रों में आने, अपने जीवन की गुणवत्ता बढ़ाने और प्रमोशन की संभावनाएँ बेहतर करने में इतनी मदद मिलेगी, जितनी किसी दूसरी चीज़ से नहीं मिल सकती। आप यह काम कर सकते हैं, बशर्ते आप सचमुच करना चाहते हों।

अध्याय 7

आर्थिक दृष्टि से स्वतंत्र बनें

वित्तीय रूप से स्वतंत्र बनना जीवन में आपका एक बड़ा लक्ष्य है। आपको इतना स्वतंत्र बन जाना चाहिए कि आपको पैसे के बारे में दोबारा कभी चिंता न करनी पड़े। सौभाग्य से आज हम एक ऐसे युग में रह रहे हैं, जो समूचे मानव इतिहास का महानतम युग है। व्यक्तिगत हों या वित्तीय, आपके पास जितने ज़्यादा लक्ष्यों तक पहुँचने के अवसर आज मौजूद हैं, उतने कभी मौजूद नहीं रहे। एक लाख से ज़्यादा अलग-अलग नौकरी की श्रेणियाँ या अवसर के क्षेत्र हैं। सूचना, प्रौद्योगिकी और प्रतिस्पर्धा में होने वाले विस्फोट के चलते आप सफल बनने के लिए जो चीज़ें कर सकते हैं, उनकी संख्या हर साल बढ़ती जा रही है।

आज हमारे समाज को चलाने वाला मुख्य घटक लगभग हर व्यवसाय और उद्योग में परिवर्तन की गति है। हमारी अर्थव्यवस्था में होने वाला हर परिवर्तन सृजनात्मक अल्पसंख्यकों को इतनी तेज़ गति से आगे बढ़ने के नए अवसर और संभावनाएँ देता है, जितना पहले कभी संभव नहीं था।

लैटिन कहावत "कार्पे दिएम!" याद रखें। इसका मतलब है, "जी भरके जियो!" आपको यही करना चाहिए। आपको "जी भरके जीना" चाहिए! आपको दोनों हाथ कोहनियों तक लाकर कूद पड़ना चाहिए और अपने आस-पास के हर अवसर व संभावना का लाभ लेकर वह अद्‌भुत जीवन बना लेना चाहिए, जो आपके लिए आज संभव है।

अपने करियर की शुरुआत में या अपने करियर के दौरान किसी भी वक़्त आप जो सबसे महत्त्वपूर्ण चीज़ करते हैं, वह यह पता लगाना है कि

आपके चुनिंदा क्षेत्र में सबसे सफल लोग क्या कर रहे हैं। आपको वही चीज़ें बार-बार करना है, ताकि आपको भी वही परिणाम मिलें। आपकी सफलता चमत्कार नहीं होगी। यह संयोग भी नहीं होगी। इसकी उतनी ही सटीक भविष्यवाणी की जा सकती है, जितना कि सूरज का पूर्व दिशा में उदित होना और पश्चिम दिशा में अस्त होना।

हम सभी के पास एक आम लक्ष्य यह होता है कि हम बहुत सारे पैसे कमाना चाहते हैं। आप अपने चारों ओर एक वित्तीय किला बनाना चाहते हैं, जिसके भीतर आप सुरक्षित रहें। आप ऊँची आमदनी कमाना चाहते हैं, क़र्ज़ से बाहर निकलना चाहते हैं, बैंक में पैसे रखना चाहते हैं और आप ख़र्च की चिंता किए बग़ैर अपनी इच्छा को संतुष्ट करना चाहते हैं। एकमात्र प्रश्न यह है, "आप यह काम कैसे कर सकते हैं?"

अच्छी ख़बर यह है कि आज जितने लोग वित्तीय स्वतंत्रता हासिल कर रहे हैं, उतने लोगों ने पहले कभी नहीं की और वह भी इतनी तेज़ गति से। इस वक़्त लगभग 50 लाख करोड़पति हैं, जिनमें से ज़्यादातर स्व-निर्मित हैं। कहीं न कहीं, किसी न किसी तरह, कोई न कोई हर साढ़े चार मिनट में नया स्व-निर्मित करोड़पति बन रहा है। स्व-निर्मित करोड़पति न बनने वाले कई लोग लाखों डॉलर की नेट वर्थ हासिल कर रहे हैं।

ज़्यादातर करोड़पतियों ने जब शुरुआत की थी, तो उनके पास कोई पैसा नहीं था। हर व्यक्ति ग़रीबी में शुरुआत करता है। वास्तव में, बहुत ज़्यादा पैसे से शुरुआत करना सफलता और ख़ुशी के लिए जितना घातक हो सकता है, उतना बहुत कम पैसों या शून्य से शुरुआत करना नहीं हो सकता।

हेनरी फ़ोर्ड ने एक बार कहा था, "आप कहते हैं कि मैंने लगभग शून्य से शुरुआत की थी, लेकिन यह सही नहीं है। हम सभी वहीं से शुरुआत करते हैं, जो हमारे पास होता है।"

आप और मैं वहीं से शुरुआत करते हैं, जो हमारे पास होता है। हम असीमित अवसरों और संभावनाओं के साथ जीना शुरू करते हैं, जो सभी दिशाओं में फैली हुई हैं। बस इतना याद रखें, अवसर मेहनत की पोशाक में आते हैं। वे कड़ी मेहनत के वेश में आते हैं। कोई भी आपको यूँ ही कुछ नहीं दे देता है। आपको सटीकता से निर्णय लेना होता है कि आप क्या चाहते हैं, इसे लिखना होता है, और फिर बाहर जाकर इसे ख़ुद हासिल

करना होता है। अच्छी ख़बर यह है कि अगर आप ऐसा करने का निर्णय ले लेते हैं, तो कोई चीज़ आपको नहीं रोक सकती।

आप यह कैसे समझ सकते हैं कि किसी व्यक्ति के लक्ष्य क्या हैं? इसका तरीक़ा आसान है। बस, यह देखें कि वे क्या करते हैं। आप हमेशा वही चीज़ें करते हैं, जो आपकी सबसे अंदरूनी इच्छाओं और विश्वासों के सामंजस्य में होती हैं। आप क्या कहते हैं या क्या चाहते हैं या क्या इरादा रखते हैं, यह मायने नहीं रखता है। मायने तो यह रखता है कि आप हर दिन, हर घंटे क्या करते हैं, क्योंकि इसी से आपको और संसार को यह पता चलता है कि आप सचमुच क्या चाहते हैं।

वित्तीय स्वतंत्रता हासिल करना आपका एक गहरा और मनचाहा लक्ष्य होना चाहिए। आपको इस लक्ष्य को अपने लक्ष्यों की सूची में ऊपर रखना चाहिए। आपको हर दिन इसके बारे में सोचना चाहिए और हर दिन इस पर काम करना चाहिए, जब तक कि आप इसे हासिल न कर लें। यदि आप वित्तीय स्वतंत्रता को शीर्ष प्राथमिकता नहीं बनाते हैं, तो आप इसे कभी हासिल नहीं कर पाएँगे। आपका अंत ज़्यादातर लोगों जैसा होगा, जो सामाजिक सुरक्षा पर निर्भर रहते हैं या जिन्हें 65 की उम्र के बाद भी काम करने की ज़रूरत होती है, क्योंकि उन्होंने पर्याप्त पैसा नहीं बचाया है।

लगभग 70 फ़ीसदी वयस्कों के पास कोई ऐसी आमदनी नहीं होती है, जिसे वे अपने विवेक के अनुसार ख़र्च कर सकें। इसका मतलब है कि हर वेतन वाले दिन वे जितना कमाते हैं, वह 100 फ़ीसदी ख़र्च कर देते हैं और उनके पास कुछ भी नहीं बच पाता है। उनकी हालत इससे और भी बदतर होती है, क्योंकि क्रेडिट कार्ड क़र्ज़ की वजह से उनका ख़र्च आमदनी से ज़्यादा होता है। आम आदमी अपनी आमदनी का लगभग 110 प्रतिशत ख़र्च करता जाता है, जब तक कि ताश के पत्तों का यह महल ढह नहीं जाता। कुछ समय पहले 14 लाख अमेरिकियों ने ख़ुद को दिवालिया घोषित करके अपना क़र्ज़ मिटाया था और अपने वित्तीय जीवन को 10 साल के लिए बर्बाद किया था। इसका मूल कारण यह था कि उन्होंने क्रेडिट कार्ड पर बहुत सारी ख़रीदारी कर ली थी।

आपका शुरुआती लक्ष्य वित्तीय दृष्टि से स्वतंत्र होना है। आपका लक्ष्य यह है कि आप अपने सारे क़र्ज़ उतार दें और इतना पैसा इकट्ठा कर लें

कि आपको पैसे के बारे में दोबारा कभी चिंता न करनी पड़े। इस अध्याय में आपको कुछ ऐसे विचार मिलेंगे, जिनका आप इस्तेमाल कर सकते हैं और जिनका इस्तेमाल करके सबसे सफल स्त्री-पुरुषों ने वित्तीय स्वतंत्रता हासिल की है।

आज जो लोग वित्तीय दृष्टि से स्वतंत्र हैं, उनमें से 90 प्रतिशत लोगों ने कम पैसों, शून्य या गहरे क़र्ज़ में शुरुआत की थी। लेकिन उन्होंने अपनी कामकाजी आदतें बदलीं, ख़र्च की आदतें बदलीं, बचत की आदतें बदलीं और आगे जाकर वे अपने समुदाय के सबसे सफल लोग बने। अगर वे यह कर सकते हैं, तो आप भी कर सकते हैं।

बचत, बीमा और निवेश वित्तीय नियोजन की तिपाई के तीन पाये हैं। बुनियादी नियम यह है कि आपको दो से छह महीने के ख़र्च की राशि बेहद प्रवाही रूप में अलग रखना चाहिए, ताकि ज़रूरत पड़ने पर इसे तुरंत निकाला जा सके। आपको नुक़सान, दुर्घटना, देनदारी, जीवन की क्षति और स्वास्थ्य समस्याओं के ख़िलाफ़ सावधानी से बीमा कराने की ज़रूरत है। जिन लोगों के पास पर्याप्त बीमा नहीं है, वे अपने भविष्य के साथ ख़तरनाक जुआ खेल रहे हैं।

जब आप बचत और बीमे से ख़ुद को सुरक्षित कर लें, तो आपको निवेश करना चाहिए। एक ही जगह पर सारे पैसे का निवेश करने के बजाय आपको अपना निवेश शेयरों, बॉण्ड, ज़मीन-जायदाद और आदर्श रूप से अपने ख़ुद के व्यवसाय में उचित रूप से बाँटना चाहिए। बचत, बीमा और निवेश - इन तीनों की कुंजी यह है कि आप पर कोई क़र्ज़ न हो और यदि हो, तो आप जल्द से जल्द क़र्ज़ से बाहर निकल जाएँ।

वित्तीय सफलता का एक आसान फ़ॉर्मूला है। यह हमेशा वही रहा है। युग बदलते रहे हैं, लेकिन यह फ़ॉर्मूला कभी नहीं बदला। यह फ़ॉर्मूला इस तरह है : "आप जितना कमाते हैं, उससे कम ख़र्च करें और बाक़ी पैसे को बचा लें या उसका निवेश करें।" अगर आप अपनी आमदनी से कम में जीने की आदत डाल सकें और बचे हुए पैसे को सावधानी से सुरक्षित रख सकें, तो आपका वित्तीय भविष्य काफ़ी हद तक सुरक्षित हो जाता है। बहरहाल, यह आसान नहीं है।

पार्किन्सन का नियम कहता है, "ख़र्च हमेशा आमदनी की बराबरी पर आने के लिए बढ़ जाते हैं।"

इसका अर्थ है कि आप चाहे जितना कमाते हों, अगर आप सावधान और अनुशासित नहीं हैं, तो आप अंततः उस पूरी राशि को और संभवतः उससे थोड़ा ज़्यादा ख़र्च कर लेंगे। भले ही आपकी आमदनी दुगुनी या तिगुनी हो गई हो, जो शायद आपकी पहली नौकरी के वेतन से सचमुच हो गई होगी, लेकिन इससे कोई मदद नहीं मिलेगी। यदि आप हर समय इस पर ध्यान नहीं देंगे, तो नए ख़र्च सामने आ जाएँगे और आपके कमाए हर पैसे को निगल लेंगे। यही नहीं, वे उधार मिल सकने वाले पैसों को भी निगल लेंगे।

वित्तीय दृष्टि से स्वतंत्र बनने के लिए आपको अपनी आमदनी से कम पर जीना शुरू करना चाहिए। कई लोग कहते हैं कि वे ऐसा नहीं कर सकते, क्योंकि वे गहरे क़र्ज़ में हैं और इससे कम में वे ज़िंदा ही नहीं रह सकते। देखिए, आपकी सफलता की एक बहुत महत्त्वपूर्ण गारंटी है, "दीर्घकालीन दृष्टिकोण।" दीर्घकालीन दृष्टिकोण रखें। ख़ुद के और अपने वित्तीय भविष्य के प्रति दीर्घकालीन नज़रिया विकसित करें। इस संदर्भ में सोचें कि आप पाँच या दस साल में वित्तीय दृष्टि से कहाँ पहुँचना चाहते हैं। यह दीर्घकालीन दृष्टिकोण आपके निर्णयों को बेहतर बनाएगा और ख़र्च की वर्तमान आदतों को भी बेहतर बनाएगा।

जॉर्ज क्लासन की पुस्तक *द रिचेस्ट मैन इन बैबिलॉन* में वित्तीय स्वतंत्रता के शुरुआती बिंदु का वर्णन इस नियम के रूप में किया गया है : "ख़ुद को सबसे पहले भुगतान दें।"

क्लासन कहते हैं, "आप जो कमाते हैं, उसका एक हिस्सा अपने पास रखें।" यह सिद्धांत इतना शक्तिशाली है कि अगर आप ज़िंदगी भर अपने हर वेतन की सकल आमदनी का सिर्फ़ दस प्रतिशत ही बचाते हैं, तो भी आप वित्तीय दृष्टि से स्वतंत्र बन जाएँगे। जब आप 20 साल की उम्र से नौकरी शुरू करते हैं, वास्तव में अगर आप तभी से सिर्फ़ 100 डॉलर प्रति माह बचाने लगें और 65 साल की उम्र में सेवानिवृत्त होने तक यह काम करते रहें और यह पैसा 10 फ़ीसदी सालाना चक्रवृद्धि ब्याज दर से बढ़ता रहे, तो सेवानिवृत्ति पर आपके पास 11 लाख डॉलर से ज़्यादा होंगे। आपके

पास जो सामाजिक सुरक्षा, पेंशन और बाक़ी बचत होगी, उसे इसमें शामिल नहीं किया गया है।

"वन हंड्रेड मिलियन मिलियनेअर्स" नामक अध्ययन में लेखक और अर्थशास्त्री इस नतीजे पर पहुँचे कि हर वयस्क करोड़पति बन सकता है। शर्त बस यह है कि वह जल्दी शुरू कर दे और लगन से बचत करे। चूँकि वित्तीय स्वतंत्रता हासिल करना लाखों-करोड़ों लोगों के लिए संभव है, इसलिए यह आपके लिए भी संभव है।

बस कल्पना करें : अगर आप हर साल सिर्फ़ 25 हज़ार डॉलर कमाएँ, लेकिन उसका 10 प्रतिशत यानी 2,500 डॉलर बचा लें, 200 डॉलर प्रति माह से थोड़ा ज़्यादा, तो आप करोड़पति बन जाएँगे, बशर्ते आप पर्याप्त जल्दी शुरू कर दें और लगन से बचाएँ। इससे आपके सुखद वित्तीय भविष्य की लगभग गारंटी हो जाती है।

हर व्यक्ति दौलतमंद क्यों नहीं बन पाता है? ज़्यादातर अर्थशास्त्री और मनोवैज्ञानिक मानते हैं कि संतुष्टि में विलंब करना वित्तीय सफलता की कुंजी है। वित्तीय समस्याओं का कारण है तुरंत संतुष्टि की आवश्यकता। जिन लोगों में इतना अनुशासन नहीं होता कि वे अपनी सारी आमदनी और उससे थोड़े ज़्यादा को ख़र्च करने से ख़ुद को रोक लें, उनका कोई वित्तीय भविष्य नहीं होता। वे वेतन के गुलाम बन जाते हैं, नौकरी और बिलों के जाल में फँसे रहते हैं, ज़िंदगी भर पैसे के बारे में सोचते और चिंता करते रहते हैं। आप निश्चित रूप से ऐसा नहीं करना चाहेंगे।

आपका दीर्घकालीन लक्ष्य यह होना चाहिए कि आप वेतन के हर चेक का 20-30 प्रतिशत हिस्सा बचाएँ और सावधानी से कई वर्षों के लिए निवेश करें। ज़ाहिर है, ज़्यादातर लोगों के लिए कम से कम शुरुआत में यह असंभव होता है। वे क़र्ज़ में बहुत गहरे डूबे होते हैं। उनके निश्चित ख़र्च होते हैं और ख़र्च की ऐसी आदतें होती हैं, जिनके चलते वे अपनी आमदनी के 100 प्रतिशत हिस्से या उससे ज़्यादा को भी ख़र्च कर देते हैं।

यहाँ पर आपके लिए एक फ़ॉर्मूला है। आज ही तय करें कि आप अगले कुछ वर्षों में क़र्ज़ से बाहर निकलेंगे और वित्तीय स्वतंत्रता हासिल करेंगे। यह निर्णय लेना और इस लक्ष्य पर ध्यान केंद्रित करना आपकी वित्तीय सफलता का शुरुआती बिंदु है। पुरानी कहावत याद रखें, "आप जो कर रहे

हैं, उसे आप जितना ज़्यादा करते हैं, तो आपको जो मिल रहा है, वह भी उतना ही ज़्यादा मिलेगा।"

आप अपनी सकल आमदनी का सिर्फ़ 1 प्रतिशत बचाने का संकल्प लेकर अपने वित्तीय किले को बनाना शुरू कर सकते हैं। आइए, यह मान लें कि आप हर महीने 2,000 डॉलर कमाते हैं। 2,000 डॉलर का एक प्रतिशत 20 डॉलर होता है। आप हर महीने 20 डॉलर बचाने का संकल्प लेते हैं। 20 डॉलर प्रति माह का मतलब है हर दिन लगभग 67 सेंट। आप एक डिब्बा या जार रख लेते हैं और हर दिन उसमें 67 सेंट डालते हैं। पहले माह के ख़त्म होने पर आप स्थानीय बैंक जाकर एक विशेष वित्तीय अभेद्य बैंक खाता खोल लेते हैं। इसमें आप अपनी बचत के 20 डॉलर जमा कर देते हैं। आपने वित्तीय स्वतंत्रता की यात्रा शुरू कर दी है।

आप हर दिन 67 सेंट बचाते हैं। हर महीने आप इसे बैंक में जमा करते हैं। एक बार जब आप बचत खाते में पैसे जमा कर देते हैं, तो आप इसे किसी भी कारण से कभी नहीं छूते हैं। यह बचत वैकेशन, नई कार या मोटर होम के लिए नहीं है। यह आपका दौलत खाता है। इसे आपको किसी भी कारण से कभी नहीं छूना चाहिए।

कुछ ही महीनों के भीतर आपके साथ कोई उल्लेखनीय चीज़ होने लगेगी। ख़ुद के और पैसे के प्रति आपका नज़रिया बदल जाएगा। हालाँकि आपके पास बैंक में सिर्फ़ कुछ डॉलर जमा होंगे, लेकिन फिर भी आप ज़्यादा शक्तिशाली और आत्मविश्वासी महसूस करेंगे। आप पाएँगे कि आप ज़्यादा बुद्धिमान बन रहे हैं और अपने दूसरे ख़र्चों के मामले में समझदारी दिखा रहे हैं। आप ज़्यादा कठोरता से बजट का पालन करते हैं और अनावश्यक ख़र्चों पर सवाल करते हैं।

लेकिन सबसे अच्छी ख़बर यह है कि यह वित्तीय संग्रह खाता भरता जाएगा। आमदनी की छोटी-छोटी अनपेक्षित धन की धाराएँ आपकी ओर आने लगेंगी, जिन्हें आप इस खाते में तुरंत डाल सकते हैं। नतीजा यह होगा कि हर महीने 20 डॉलर से बढ़ने के बजाय पहले साल के अंत में इसमें शायद 500 डॉलर से ज़्यादा हो जाएँगे। दूसरे साल के अंत में 1,500 डॉलर से ज़्यादा हो सकते हैं, शायद 2,000 डॉलर भी। तीसरे या चौथे साल के अंत में आप कई हज़ार डॉलर बचा लेंगे, क़र्ज़ से बाहर निकल जाएँगे

और अपनी ख़ुद की दुनिया के स्वामी होंगे। जब आप अपनी एक प्रतिशत आमदनी आराम से बचाने लगें और बची हुई 99 प्रतिशत आमदनी पर जीवनयापन करने में कामयाब हो जाएँ, तो फिर अपनी बचत की दर को बढ़ाकर 2 प्रतिशत कर लें।

आप अपने जीवन को इस तरह व्यवस्थित करते हैं, ताकि आप बची हुई 98 प्रतिशत आमदनी पर आरामदेह तरीक़े से जीवनयापन कर लें। जब आप इस स्तर पर आरामदेह हो जाते हैं, तो आप अपनी बचत दर को बढ़ाकर तीन प्रतिशत और फिर चार प्रतिशत कर लेते हैं और अंततः इसे 10–20 प्रतिशत तक बढ़ा लेते हैं। तीन साल के भीतर आप पाएँगे कि आप अपनी 75 प्रतिशत आमदनी पर काफ़ी आराम से जीवनयापन कर रहे हैं और बाक़ी पैसा बचा रहे हैं।

इस दौरान आपकी आमदनी बढ़ रही होगी। वित्तीय दृष्टि से ज़्यादा ज़िम्मेदार बनने पर आप ज़्यादा तीव्र गति से अपने क्षेत्र में सीखते हैं और विकास करते हैं। आप संकल्प लेते हैं कि जीवन में आपको जितनी भी वेतनवृद्धि मिलेगी, आप उसका 50 प्रतिशत बचाएँगे। आप बाक़ी 50 प्रतिशत को ख़र्च करके उसका आनंद ले सकते हैं, लेकिन आप अपनी बढ़ी हुई आधी आमदनी को बचत खाते में डाल देते हैं। इससे वित्तीय स्वतंत्रता की दिशा में आपकी प्रगति इतनी तेज़ हो जाएगी कि आप उसकी कल्पना भी नहीं कर सकते।

जब आप बचाने और निवेश करने के बारे में ज़्यादा से ज़्यादा गंभीर बन जाते हैं, तो आपके वित्तीय जीवन का बाक़ी हर हिस्सा भी बेहतर हो जाएगा। आपमें ज़्यादा इच्छा शक्ति और चारित्रिक शक्ति आ जाएगी। आप ज़्यादा शक्तिशाली बन जाएँगे। आप ज़्यादा आत्मविश्वासी बन जाएँगे और आत्म-गौरव के ज़्यादा ऊँचे स्तरों का आनंद लेंगे। आप क़र्ज़ से मुक्त हो जाएँगे और आर्थिक चिंताओं से रहित होंगे। आप काम के अपने चुने हुए क्षेत्र में बेहतर प्रदर्शन करेंगे। कुछ ही वर्षों में आप उन शीर्ष पाँच प्रतिशत लोगों में से एक बन जाएँगे, जो अपने कामकाजी जीवन के दौरान ही वित्तीय स्वतंत्रता हासिल कर लेते हैं।

यहाँ रणनीतियों की शृंखला बताई जा रही है, जिसका इस्तेमाल करके आप नौकरी में अपनी आमदनी बढ़ा सकते हैं। कई हज़ार स्व-निर्मित

करोड़पतियों का साक्षात्कार लिया गया और बरसों तक उनका व्यापक अध्ययन करके यह पता लगाया गया कि वे शून्य से वित्तीय स्वतंत्रता तक कैसे पहुँचे। हम अब इस विषय के बारे में इतना जानते हैं, जितना पहले कभी किसी युग में नहीं जाना गया।

स्व-निर्मित करोड़पतियों में एक गुण शुरुआती उम्र से नज़र आता है। वह गुण यह है कि वे बहुत कड़ी मेहनत करते हैं। वे आम आदमी से ज़्यादा कड़ी मेहनत करते हैं। वे थोड़ी जल्दी शुरू करते हैं। वे थोड़ी ज़्यादा कड़ी मेहनत करते हैं। वे थोड़ी ज़्यादा देर तक काम करते हैं।

न सिर्फ़ वे ज़्यादा कड़ी मेहनत करते हैं, बल्कि ज़्यादा चतुराई से भी करते हैं। वे अपने ज्ञान और योग्यताओं को लगातार उन्नत करते जाते हैं, जिससे उनके काम की गुणवत्ता और मूल्य में हर सप्ताह और हर महीने वृद्धि होती चली जाती है। चूँकि वे बहुत मूल्यवान योगदान दे रहे हैं, इसलिए उनकी कंपनी उन्हें ज़्यादा वेतन देती है, ताकि वे उसे छोड़कर दूसरी जगह न चले जाएँ। फिर उनके पास बचत करने के लिए ज़्यादा पैसे आ जाते हैं और वे उसे बचाकर अपने वित्तीय किले को मज़बूत बनाते हैं।

आप जो करते हैं, आपको हमेशा उसके मूल्य और महत्त्व के सीधे अनुपात में ही भुगतान मिलेगा। 80/20 का नियम आपके काम के सभी पहलुओं पर लागू होता है। आपके 20 प्रतिशत काम 80 प्रतिशत मूल्य का योगदान देंगे। आपका लक्ष्य यह होना चाहिए कि आप अपनी शीर्ष 20 प्रतिशत गतिविधियों पर दिन भर एकाग्र रहें, ताकि आपके नियोक्ता के लिए आपका मूल्य बढ़ सके।

गतिविधियों के बजाय परिणामों पर ध्यान केंद्रित करें। आप हर घंटे, हर दिन जो करते हैं, उस हर काम की सूची बनाकर बॉस को दिखाएँ। बॉस से कहें कि वे इस सूची को प्राथमिकता के क्रम में इस आधार पर जमा दें कि वे किस चीज़ को कंपनी के प्रति आपका सबसे महत्त्वपूर्ण योगदान मानते हैं।

एक बार जब बॉस आपकी सूची को प्राथमिकता के क्रम में जमा दें, तो इसके बाद आप बॉस की सर्वोच्च प्राथमिकताओं पर उत्कृष्ट काम करने पर अपनी सारी ऊर्जाएँ केंद्रित कर लें।

यहाँ एक महत्त्वपूर्ण बिंदु है। किसी कम महत्त्वपूर्ण गतिविधि को आप चाहे जितने उत्कृष्ट और समयबद्ध तरीक़े से करें, उससे आपको कोई मदद

नहीं मिलेगी। इससे आपके करियर में कोई सफलता नहीं मिलेगी। लेकिन अगर आप उन एक-दो चीज़ों पर बेहतरीन काम करते हैं, जो बाक़ी हर चीज़ से ज़्यादा महत्त्वपूर्ण हैं, तो आप अपनी कल्पना से भी ज़्यादा तेज़ी से आगे बढ़ सकते हैं।

ख़ुद से पूछते रहें, "वह कौन सी एक योग्यता है, जिसे यदि मैं उत्कृष्टता से विकसित कर लूँ, तो उसका मेरे करियर पर सबसे ज़्यादा सकारात्मक असर होगा?"

आज कारोबारी सफलता का सूत्रवाक्य है, "मूल्य बढ़ाओ।" आपको हर दिन अपना मूल्य बढ़ाने के तरीक़ों की तलाश करनी चाहिए। आप जो करते हैं, उसे ज़्यादा अच्छी तरह और ज़्यादा तेज़ी से करने के तरीक़ों की तलाश करें। आपको लगातार सीखना चाहिए और अपनी योग्यताओं का नवीनीकरण करना चाहिए, ताकि आप अपने काम में और भी ज़्यादा मूल्यवान योगदान दे सकें। यह लगभग असंभव है कि लंबे समय तक कड़ी मेहनत करते रहने और ज़्यादा मूल्यवान योगदान देते रहने के बावजूद आपको तरक्की और ज़्यादा भुगतान न मिले।

आपकी सबसे मूल्यवान संपत्ति क्या है? संपत्ति वह चीज़ है, जो कैशफ़्लो देती है, जैसे : बॉण्ड या आमदनी देने वाली जायदाद। आपकी सबसे मूल्यवान संपत्ति है आपकी "कमाने की योग्यता।"

आपकी सबसे मूल्यवान संपत्ति पैसे कमाने की आपकी योग्यता है। अपने संसार पर अपने मस्तिष्क का इस्तेमाल करके आप हर साल अपने जीवन में लाखों डॉलर उत्पन्न कर सकते हैं।

आपका सबसे क़ीमती संसाधन क्या है? आपका सबसे क़ीमती संसाधन है समय। हम सभी जीवन में बहुत कम पैसों और बहुत सारे समय के साथ शुरुआत करते हैं। फिर हम ज़िंदगी भर सौदे करते रहते हैं। हम पैसे की ख़ातिर अपना समय बेचते हैं, जिसे हम फिर जीवनशैली और आर्थिक सफलता में बदल लेते हैं। किसी भी समय आप अपनी वर्तमान जीवनशैली व बचत का मूल्यांकन करके यह तय कर सकते हैं कि बीते बरसों में आपने कितनी अच्छी सौदेबाज़ी की है।

आपके समय का सर्वश्रेष्ठ निवेश क्या है? यह आपकी कमाने की योग्यता को बढ़ाना है!

न्यू यॉर्क के एक अध्ययन में कई विशेषज्ञों से सलाह माँगी गई कि अगर एक व्यक्ति ने अपने काम से 1,00,000 डॉलर इकट्ठे किए हैं, तो उनके निवेश का सबसे अच्छा तरीक़ा क्या होना चाहिए। सबसे अच्छा जवाब यह मिला कि उस व्यक्ति को 1,00,000 डॉलर का निवेश उस काम में बेहतर बनने में करना चाहिए, जिसे करके उसने वे 1,00,000 डॉलर कमाए थे। इससे उस व्यक्ति की उत्कृष्टता बढ़ेगी और विशेषज्ञता के क्षेत्र में उसका बेहतर प्रदर्शन किसी दूसरी चीज़ की तुलना में ज़्यादा ऊँचा प्रतिफल देगा।

समय बचाने की सबसे महान तकनीकों में से एक यह है कि आप जो भी सबसे महत्त्वपूर्ण चीज़ें करते हैं, उनमें बेहतर बनें। इससे आपकी आमदनी कमाने की योग्यता में जितना ज़्यादा मुनाफ़ा मिलेगा, उतना किसी दूसरी चीज़ से नहीं मिल सकता।

यहाँ ऊँची आमदनी और वित्तीय स्वतंत्रता का नियम है : अपनी 3 प्रतिशत आमदनी का निवेश ख़ुद में करें और जीवन भर करते रहें। आप अपने सबसे क़ीमती संसाधन हैं, आप अपनी सबसे मूल्यवान संपत्ति हैं और अपने व्यक्तिगत सेवा कॉरपोरेशन के अध्यक्ष हैं। जो भी कंपनी शोध और विकास में, प्रॉडक्ट्स व प्रक्रियाओं के नवीनीकरण में निरंतर निवेश नहीं करती है, वह जल्द ही कारोबार से बाहर हो जाएगी। यही सिद्धांत आप पर भी लागू होता है।

यदि आप लगातार ख़ुद में निवेश नहीं कर रहे हैं, अपने ज्ञान और योग्यताओं का नवीनीकरण नहीं कर रहे हैं, अपने सबसे महत्त्वपूर्ण कामों में बेहतर और ज़्यादा कार्यकुशल नहीं बन रहे हैं, तो आप दरअसल पिछड़ रहे हैं। यदि आप बेहतर नहीं बन रहे हैं, तो आप बदतर बन रहे हैं। तीव्र परिवर्तन के संसार में कोई भी एक ही जगह पर ठहरा नहीं रहता है।

आपकी कंपनी चाहे आपके लिए प्रशिक्षण योजना चलाती हो या न चलाती हो, आपको ख़ुद के लिए एक विशेष प्रशिक्षण योजना बनानी चाहिए। अपनी तक़दीर के लिए ज़िम्मेदार आप हैं; यह ज़िम्मेदारी किसी दूसरे को न सौंपें। यह निर्णय लें कि आप कहाँ पहुँचना चाहते हैं और वहाँ पहुँचने के लिए आपको क्या सीखना है। फिर हर दिन इस दिशा में काम करते रहें।

यहाँ सात बिंदुओं का एक फ़ॉर्मूला दिया जा रहा है, जिसका इस्तेमाल करके आप आने वाले वर्षों में अपनी आमदनी दुगुनी या तिगुनी कर सकते

हैं। यह फ़ॉर्मूला सफलता के सभी सिद्धांतों में अव्वल है। इसे संग्रह का नियम कहा जाता है। यह नियम कहता है कि हर महान उपलब्धि सैकड़ों-हज़ारों छोटी-छोटी कोशिशों का महायोग है, जिन्हें कभी किसी ने नहीं देखा, जिनकी कभी किसी ने प्रशंसा नहीं की।

इस नियम का एक दूसरा रूप है, जिसे क्रमशः बेहतरी का नियम कहा जाता है। यह नियम कहता है कि हर व्यक्ति थोड़ा-थोड़ा करके क्रमशः बेहतर बनता है। यह बेहतरी इतनी छोटी है कि दिखाई नहीं देती है, जिस तरह बर्फ़ का गोला किसी ढाल पर लुढ़कते समय बड़ा होता जाता है। आम तौर पर आपको अध्ययन करने और ख़ुद पर मेहनत करने में कई सप्ताह, महीने और वर्ष लग जाते हैं, तब कहीं जाकर आप अपने क्षेत्र में महारत हासिल कर पाते हैं। बेहतरी इतनी सूक्ष्मता से होती है कि आपको पता ही नहीं चलता है कि आप कितने बेहतर बन रहे हैं। लेकिन अंततः आपको परिणाम मिलेंगे - एक अद्भुत जीवन, एक ज़बर्दस्त करियर और आपके आस-पास के सभी लोगों का सम्मान व प्रशंसा।

यह सात हिस्सों का फ़ॉर्मूला इस तथ्य पर आधारित है कि आप अपनी उत्पादकता, प्रदर्शन और आउटपुट हर सप्ताह आधा प्रतिशत बढ़ा सकते हैं। यह आधा प्रतिशत सुधार हर दिन बेहतर प्राथमिकताएँ तय करने जितनी छोटी चीज़ से हासिल किया जा सकता है। अगर आप अपनी उत्पादकता, प्रदर्शन और आउटपुट हर सप्ताह आधा प्रतिशत बेहतर बना लें और लगातार चार सप्ताह तक ऐसा कर लें, तो आप शुरुआती बिंदु से 2 प्रतिशत ज़्यादा उत्पादक बन जाएँगे। क्या यह संभव है? ज़ाहिर है, यह है!

हर महीने दो प्रतिशत की बेहतरी का मतलब है हर साल लगभग 26 प्रतिशत बेहतर बनना। किसी बड़ी फ़ैक्ट्री के लिए शायद यह संभव नहीं है कि वह अपना आउटपुट हर साल 26 प्रतिशत बढ़ा ले, लेकिन इंसान सिर्फ़ चंद दिनों में ही अपने आउटपुट को 26 प्रतिशत तक बढ़ा सकता है, बशर्ते वह सचमुच ऐसा चाहता हो या उसे इसकी ज़रूरत हो। इस फ़ॉर्मूले का इस्तेमाल करके आप पहले साल के अंत में 26 प्रतिशत ज़्यादा उत्पादक बन जाएँगे। आपकी बढ़ी हुई उत्पादकता आपकी आमदनी में भी प्रतिबिंबित होगी। आपका जीवनस्तर बेहतर हो जाएगा। आपका बैंक अकाउंट थोड़ा ज़्यादा भर जाएगा। आप जो कपड़े पहनते हैं और जिन रेस्तराँओं में जाते हैं, वे थोड़े

ज़्यादा अच्छे हो जाएँगे। अपने जीवन और काम के मामले में आप ज़्यादा आत्मविश्वासी और ख़ुश महसूस करेंगे।

पूरे एक साल तक हर दिन लगातार बेहतर बनकर आप एक निश्चित गति हासिल कर लेंगे। यह गति आपको आगे बढ़ाती रहेगी। इससे आप दूसरे साल भी अपनी उत्पादकता, प्रदर्शन और आउटपुट को हर सप्ताह आधा प्रतिशत, हर महीने दो प्रतिशत, हर साल 26 प्रतिशत बढ़ाने में सक्षम होंगे। प्रदर्शन और आमदनी में इसी तरह की बेहतरी आप तीसरे साल, चौथे साल, पाँचवें साल और आगे भी दोहरा सकते हैं। हर साल 26 प्रतिशत बेहतर करने पर चक्रवृद्धि के हिसाब से आपकी आमदनी तीन साल में दुगुनी हो जाएगी, पाँच साल में तीन गुनी हो जाएगी और दस साल में दस गुनी हो जाएगी।

यहाँ पर सात हिस्सों का फ़ॉर्मूला है। इसके काम करने की गारंटी है, बशर्ते आप इस पर काम करें :

पहला क़दम : आपको जितने बजे ऑफ़िस में या अपने पहले अपॉइंटमेंट पर जाना हो, उसके दो घंटे पहले सोकर उठें और पहले घंटे का निवेश ख़ुद में करें। कोई प्रेरक, उत्साहवर्धक या शैक्षणिक चीज़ करें। इसे "स्वर्णिम घंटा" कहा जाता है। सुबह का पहला घंटा दिन का आधार होता है। इस घंटे में आप जो करते हैं, उसी से बाद में होने वाली हर चीज़ की संभावना तय होती है।

अगर आप हर सुबह एक घंटे पढ़ते हैं, तो इसका अर्थ है हर सप्ताह लगभग एक पुस्तक। इस तरह आप साल भर में कुल मिलाकर 50 पुस्तकें पढ़ लेंगे या अगले दस साल में 500 पुस्तकें पढ़ लेंगे। आज के संसार में आम वयस्क हर साल एक पुस्तक भी नहीं पढ़ता है, इसलिए हर दिन एक घंटे तक पढ़ने से आप अपनी उत्पादकता, प्रदर्शन और आउटपुट को हर सप्ताह आधा प्रतिशत लगातार बढ़ाने में सक्षम हो जाएँगे। पढ़ने का यह काम ही अगले दस साल में आपको हज़ार प्रतिशत वृद्धि दे सकता है। पढ़ना मस्तिष्क के लिए वैसा ही है, जैसे शरीर के लिए व्यायाम।

दूसरा क़दम : हर दिन अपने प्रमुख लक्ष्य दोबारा लिखें और उनकी समीक्षा करें। उन्हें दोबारा लिखते समय इस बारे में सोचें कि आने वाले घंटों में

उन्हें हासिल करने के लिए आप क्या कर सकते हैं। दोबारा लिखने और समीक्षा करने के इस अभ्यास में आपको पाँच-दस मिनट लगेंगे। इस काम के लिए आप एक स्पाइरल नोटबुक का इस्तेमाल कर सकते हैं। यह बेहद शक्तिशाली है।

काम शुरू करने से पहले अपने लक्ष्यों को लिखने और दोबारा लिखने के कार्य से और हर सुबह उनके बारे में सोचने से वे आपके अवचेतन मन में ज़्यादा गहराई तक प्रोग्राम हो जाते हैं। यह अभ्यास आपके अवचेतन और अति चेतन मन को लक्ष्य हासिल करने के लिए सक्रिय कर देता है। आप अपने जीवन में सभी तरह के लोगों और अवसरों को आकर्षित करने लगेंगे, जो उन लक्ष्यों को हासिल करने में आपकी मदद करेंगे।

हर दिन अपने लक्ष्यों को लिखने और दोबारा लिखने का यह कार्य ही आपकी उत्पादकता, प्रदर्शन और आउटपुट को हर सप्ताह आधा प्रतिशत, हर महीने दो प्रतिशत, हर साल छब्बीस प्रतिशत बढ़ा देगा, भले ही आप कोई दूसरी चीज़ न करें।

तीसरा क़दम : हर दिन की योजना पहले से बना लें। यह योजना बनाने का सबसे अच्छा समय एक रात पहले है। हर उस चीज़ की सूची लिख लें, जो आपको अगले दिन करनी है और फिर उस सूची को प्राथमिकता के क्रम में जमा लें। कौन सा काम ज़्यादा महत्त्वपूर्ण है और कौन सा कम महत्त्वपूर्ण है। वह पहली चीज़ क्या है, जिससे आपको शुरुआत करनी चाहिए और वे चीज़ें कौन सी हैं, जो आप बाद में भी कर सकते हैं? अगर आप अपनी सूची का सिर्फ़ एक ही काम कर सकें, तो वह कौन सा होगा?

हर दिन पहले से योजना बनाने का यह कार्य आपको अपने हर काम में ज़्यादा एकाग्र और प्रभावी बना देगा। सूची से काम करने पर आपको आत्मनियंत्रण और व्यक्तिगत शक्ति का ज़्यादा भारी अहसास मिलेगा। अगर आपने अब तक सूची बनाकर काम नहीं किया है, तो आपकी उत्पादकता, प्रदर्शन और आउटपुट पहले ही दिन 25 प्रतिशत बढ़ जाएगा।

चौथा क़दम : एकाग्र मानसिकता से हर दिन, हर घंटे अपने समय के सबसे मूल्यवान उपयोग पर ध्यान केंद्रित करें। एकाग्रता का सिद्धांत भारी सफलता के लिए बिलकुल अनिवार्य है। आप लक्ष्य-निर्धारण और नियोजन के संदर्भ

में जो कुछ करते हैं, लगभग हर चीज़ का लक्ष्य यही तय करना है कि वे एक-दो चीज़ें कौन सी हैं, जिन पर आपको बाक़ी चीज़ों से ज़्यादा ध्यान केंद्रित करना चाहिए।

जीवन में हर महान उपलब्धि से पहले एकाग्र मानसिकता का दौर आता है, जो लगातार हफ़्तों, महीनों और वर्षों तक चलता है। अपने सबसे महत्त्वपूर्ण काम पर ध्यान केंद्रित करने की आपकी योग्यता आपकी सफलता सुनिश्चित करने के लिए इतना ज़्यादा करेगी, जितना शायद कोई दूसरी योग्यता या आदत नहीं कर सकती।

पाँचवाँ क़दम : अपनी कार में यात्रा करते वक़्त ऑडियो प्रोग्राम सुनें। सामान्य व्यक्ति हर साल अपनी कार में स्टियरिंग व्हील के पीछे 500 से 1,000 घंटे तक बैठता है। अपनी कार को चलती-फिरती युनिवर्सिटी बनाकर और "सीखने वाली मशीन" बनाकर आप अपने पेशे के सबसे ज़्यादा शिक्षित, सबसे ज़्यादा ज्ञानी और सबसे योग्य व्यक्तियों में से एक बन सकते हैं।

मैंने इतने वर्षों में हज़ारों ऐसे लोगों के साथ काम किया है, जो कार चलाते वक़्त लगातार ऑडियो प्रोग्राम सुनकर शून्य से शिखर तक पहुँच चुके हैं। ऑडियो प्रोग्राम सुनने का काम अकेला ही हर सप्ताह आधा प्रतिशत की वृद्धि दे सकता है और समय के साथ इससे भी ज्यादा। ऑडियो से सीखकर आप अमीर बन सकते हैं। अपने जीवन की दिशा बदलने के लिए आपको सिर्फ़ एक अच्छे विचार की ही ज़रूरत होती है।

छठा क़दम : हर मीटिंग और जीवन की हर महत्त्वपूर्ण घटना के बाद दो प्रश्न पूछें। पहला प्रश्न यह है, "मैंने क्या सही किया?" और दूसरा प्रश्न है, "अगली बार मैं क्या अलग करूँगा?"

ये "जादुई प्रश्न" हैं। अगर आप हर मीटिंग, हर सेल्स कॉल, हर प्रस्तुति के तुरंत बाद अपने प्रदर्शन की समीक्षा इन दो प्रश्नों से करते हैं, "मैंने क्या सही किया?" और "अगली बार मैं क्या अलग करूँगा?" तो इतनी तेज़ी से बेहतर बनेंगे कि आपने उसकी कल्पना भी नहीं की होगी।

इन दोनों प्रश्नों के उत्तर सकारात्मक, सृजनात्मक और आगे बढ़ाने वाले होते हैं। इसीलिए वे इतने शक्तिशाली हैं। आपने क्या सही किया और

आप अगली बार क्या अलग करेंगे, इसकी समीक्षा करके आप अगली बार और भी बेहतर प्रदर्शन के लिए अपने मस्तिष्क की प्रोग्रामिंग कर लेते हैं।

आपने क्या सही किया और आप अगली बार क्या अलग करेंगे, जब आप किसी कॉल या प्रस्तुति के ठीक बाद इन दोनों के विस्तृत जवाब लिखने में कुछ समय लगाते हैं, तो आप उस अनुभव से सीखी हर चीज़ को पकड़ लेते हैं। सतत समीक्षा और मूल्यांकन की यह प्रक्रिया उस गति को दो-तीन गुना बढ़ा सकती है, जिससे आप अपने काम में सीखते और बेहतर बनते हैं।

सातवाँ क़दम : आप जिससे भी मिलें, हर एक के साथ मिलियन डॉलर ग्राहक जैसा व्यवहार करें। घर पर और ऑफ़िस में हर व्यक्ति से ऐसा व्यवहार करें, मानो वे संसार के सबसे महत्त्वपूर्ण व्यक्ति हों। चूँकि हर व्यक्ति को यह विश्वास होता है कि वह संसार में सबसे महत्त्वपूर्ण व्यक्ति है, इसलिए जब आप उसके साथ ऐसा व्यवहार करते हैं, तो वह आपकी मान्यता और स्वीकृति की इतनी क़द्र करेगा, जितनी आप कल्पना भी नहीं कर सकते।

साइकल कैसे चलाना है, कार कैसे चलाना है, टाइपराइटर पर टाइप कैसे करना है या किसी भी यांत्रिकी योग्यता का प्रदर्शन कैसे करना है, इसे सीखने में थोड़ा समय लगता है। सात बिंदुओं के इस फ़ॉर्मूले का उपयोग और अभ्यास करना सीखने में भी थोड़ा समय लगता है। लेकिन इससे मिलने वाले परिणाम आपके प्रयासों के अनुपात में बहुत ज़्यादा होंगे। जब आप सात क़दमों के इस फ़ॉर्मूले का अभ्यास करते हैं, तो आपका जीवन, आपका कामकाज, आपकी आमदनी और आपकी दौलत का स्तर इतनी तेज़ी से बेहतर बनने लगेगा कि आप हैरान रह जाएँगे।

सबसे अच्छी ख़बर यह है कि आप जीवन में क्या कर सकते हैं, बन सकते हैं या पा सकते हैं, इसकी कोई सीमा नहीं है। सिर्फ़ वही सीमाएँ हैं, जो आप अपनी ख़ुद की कल्पना पर लगाते हैं। आप संसार में किसी दूसरे जितने ही अच्छे, चतुर और सक्षम हैं। किसी दूसरे ने जो भी किया है, उसे आप भी कर सकते हैं। आज अलग-अलग क्षेत्रों में इतने सारे लोग सफल हो रहे हैं, यह तथ्य इस बात का प्रमाण है कि आप जिस भी काम में ख़ुद को समर्पित कर देते हैं, उसमें भारी सफलता पा सकते हैं।

वित्तीय संग्रह और वित्तीय स्वतंत्रता के स्पष्ट, विशिष्ट, लिखित लक्ष्य बनाकर और फिर उन्हें हासिल करने की योजना बनाकर आप देवदूतों के समूह में पहुँच जाएँगे। जब आप एक तरफ़ यह संकल्प लेते हैं कि आप अपने काम में बेहतर बनेंगे और दूसरी तरफ़ यह निर्णय लेते हैं कि आप अपनी आमदनी का ज़्यादा से ज़्यादा हिस्सा बचाएँगे, तो आपके वित्तीय भविष्य की लगभग गारंटी हो जाती है। आप वित्तीय दृष्टि से स्वतंत्र बनने के राजमार्ग पर पहुँच जाते हैं और आने वाले समय में स्व-निर्मित करोड़पति भी बन सकते हैं। आपको अपने सिवा कोई दूसरी चीज़ नहीं रोक सकती।

अध्याय 8

अपना ख़ुद का व्यवसाय शुरू करें

आपके वित्तीय और भौतिक लक्ष्य सिर्फ़ तभी हासिल हो सकते हैं, जब आप ख़ुद के लिए और अपनी कंपनी के लिए पर्याप्त मूल्य का सृजन करें और फिर उस मूल्य का कुछ हिस्सा अपने लिए अलग रखें। आपके लक्ष्य चाहे जो हों, उन्हें हासिल करने के लिए आपको या तो किसी दूसरे के व्यवसाय में काम करना होगा, या फिर अपना ख़ुद का व्यवसाय शुरू करना और बनाना होगा। चाहे इनमें से जो भी मामला हो, आप इस बारे में जितना ज़्यादा जान लेते हैं कि कोई व्यवसाय कैसे शुरू होता और बढ़ता है, आप अपने काम में उतनी ही तेज़ी से सफल होंगे।

आज जितने ज़्यादा लोग जितने अलग-अलग प्रकार के कारोबार खड़े कर रहे हैं, उतना इतिहास में किसी दूसरे समय नहीं हुआ। कुछ समय पहले आठ लाख बीस हज़ार नई कंपनियाँ शुरू की गईं और पंद्रह लाख सोल प्रोपराइटरशिप का गठन किया गया। दस लाख से ज़्यादा साझेदारियाँ भी हुईं। व्यावसायिक लेखक टॉम पीटर्स कहते हैं कि आज नवाचार और नौकरियों के सृजन की बुनियादी प्रेरक शक्तियाँ हैं - कारोबारी सेक्टर (छोटे और मझोले आकार के सेक्टर)।

तीव्र आर्थिक विस्तार के वर्तमान दौर में अपना ख़ुद का व्यवसाय शुरू करना और सफल होना जितना ज़्यादा आसान और संभव है, उतना पहले कभी नहीं रहा। अच्छी ख़बर यह है कि हर तरह के व्यक्ति, हर तरह की

पृष्ठभूमि वाले व्यक्ति, हर तरह की सीमा वाले व्यक्ति ने सफल व्यवसाय शुरू किए और बनाए हैं। आप भी ऐसा ही कर सकते हैं।

अपना ख़ुद का सफल व्यवसाय शुरू करने और बनाने में आपको जिस सबसे महत्त्वपूर्ण गुण की ज़रूरत है, वह है साहस। स्टारशिप एंटरप्राइज़ की तरह आपमें भी यह साहस होना चाहिए, "साहस के साथ वहाँ जाना, जहाँ कोई इंसान पहले कभी नहीं गया है।" आपमें इतना साहस होना चाहिए कि आप विश्वास के साथ बाहर क़दम रखें और सफलता की किसी तरह की गारंटी के बिना जोखिम लें। जब आप अपना पहला व्यावसायिक उपक्रम शुरू करते हैं, तो आपको ऐसा महसूस होगा, जैसे आप पहले व्यक्ति हैं, जिसने इसे कभी किया है। एक मायने में आप होते भी हैं।

एक वियतनामी दंपति थाईलैंड से नाव में बैठकर कुछ साल पहले कंगाली में अमेरिका पहुँचे। वे वहाँ जिस एकमात्र व्यक्ति को जानते थे, वह एक कज़िन था, जिसकी ह्यूस्टन में एक छोटी बेकरी थी। उसने उन्हें अपने यहाँ रख लिया और बेकरी में काम करने के लिए न्यूनतम वेतन वाली नौकरियाँ दे दीं। बेकरी वाले की उम्र ढल रही थी और उसने उन्हें बताया कि अगर वे तीस हज़ार डॉलर इकट्ठे कर लें, तो वह उन्हें बेकरी बेच देगा। यह उनका लक्ष्य बन गया।

वे बेकरी के पीछे रहते थे और आटे के बोरों पर सोते थे। उनके दोनों बच्चे स्थानीय सरकारी स्कूलों में पढ़ते थे। वे सुबह तीन बजे उठ जाते थे और हर दिन 14-15 घंटे काम करते थे। दोनों ने मिलकर टैक्स के बाद हर साल 8,000 डॉलर कमाए, जिसमें से उन्होंने 6,000 डॉलर बचाए। उन्होंने यह काम पाँच साल तक किया, जब तक कि आख़िरकार उनके पास 30,000 डॉलर नहीं आ गए, जिनसे वे बेकरी ख़रीद सकते थे।

आज वे बेकरी की चेन के मालिक हैं। वे एक सुंदर घर में रहते हैं। उनके बच्चे नामी विश्वविद्यालयों में पढ़ते हैं। वे वित्तीय दृष्टि से स्वतंत्र हैं।

74 प्रतिशत वर्तमान स्व-निर्मित करोड़पति अपने सफल व्यवसाय शुरू करके और बनाकर अमीर बने हैं। यह एक महत्त्वपूर्ण बिंदु है। शुरुआत में इनमें से कोई भी पहले कभी किसी व्यवसाय का मालिक नहीं रहा था। उन्होंने तो बस एक प्रॉडक्ट या सेवा उत्पन्न करने का विचार सोचा, जो किसी दूसरे

से बेहतर हो और फिर जहाँ वे थे, वहीं कारोबार शुरू कर दिया। यह हर कारोबारी सफलता की कहानी है।

आपको उद्यमिता में अनुभव की ज़रूरत नहीं होती। जो लोग व्यवसाय शुरू करते हैं, उनमें से ज़्यादातर के पास अनुभव नहीं होता। आपको बहुत सारे पैसों की भी ज़रूरत नहीं होती। ज़्यादातर लोग अपनी किचन टेबल पर या अपने गैराज में काम शुरू करते हैं। आपको तो बस हर आवश्यक चीज़ सीखने और अपने काम में उस पर अमल करने की ज़रूरत होती है। जो लाखों दूसरे लोगों ने किया है, वह आप भी कर सकते हैं।

छोटे व्यवसाय की सफलता का सर्वश्रेष्ठ सूत्रवाक्य संभवतः नाइकी रनिंग शूज़ का माइकल जॉर्डन का विज्ञापन है, "जस्ट डू इट!"

एक पुरानी चीनी कहावत है : "हज़ार मील लंबी यात्रा एक क़दम से शुरू होती है।"

अपना ख़ुद का व्यवसाय शुरू करने के लिए किस चीज़ की ज़रूरत होती है? किसी चीज़ की नहीं। आप अपनी सोल प्रोपराइटरशिप शुरू कर सकते हैं और इसका नाम अपने नाम पर "जॉन जोन्स एंटरप्राइज़ेस" रख सकते हैं, ठीक वहीं जहाँ आप हैं, इसी समय। ख़ुद के नाम का इस्तेमाल करने का फ़ायदा यह है कि इसमें आपको पंजीयन भी नहीं कराना होता। आप इसी मिनट, इन शब्दों को पढ़ते समय यह निर्णय ले सकते हैं कि आप अपना ख़ुद का व्यवसाय शुरू करने जा रहे हैं। आपको किसी की अनुमति या अनुमोदन की ज़रूरत नहीं है।

अपने व्यवसाय का नाम चुनने के बाद आप कर्म करने के लिए तैयार हैं। अब आप अपने नज़दीकी बैंक जाकर अपनी कंपनी का बैंक खाता खोल सकते हैं। आप न्यूनतम धनराशि जमा कर सकते हैं, चेकबुक ले सकते हैं और आपकी यात्रा शुरू हो गई है।

महान दार्शनिक सिद्धांत को याद करें, "यदि आप इसे बनाते हैं, तो लोग आएँगे।"

प्रकृति शून्य से नफ़रत करती है और इसे भरने की कोशिश करती है। यदि आप अपनी कंपनी शुरू करने के क़दम उठाते हैं, भले ही आपको यह पक्का न हो कि आप किस तरह के व्यवसाय में जा रहे हैं, तो आप अपनी

व्यक्तिगत सृष्टि में एक नैसर्गिक निर्वात बना देंगे। किसी अजीब सिद्धांत की बदौलत उस निर्वात को भरने के लिए व्यावसायिक अवसर उभरने लगेंगे। आपका कारोबारी जीवन बदलने लगेगा।

यदि आपके मन में यह स्पष्ट विचार है कि आप किस तरह का व्यवसाय शुरू करना चाहते हैं, तो यह और भी बेहतर है। लेकिन अपनी कंपनी शुरू करने और इसके लिए बैंक खाता खोलने का काम ही आपके जीवन में इतना कुछ कर देगा, जिसकी आप आज कल्पना भी नहीं कर सकते। आप चुंबकीयता का एक शक्ति क्षेत्र निर्मित कर देंगे, जो आपकी ओर ऐसे लोगों और अवसरों को आकर्षित करने लगेगा, जिनसे आपका व्यवसाय सफल हो जाएगा।

पहली बार अपना व्यवसाय शुरू करने में बेहतर यह होता है कि आप शुरुआत में कॉरपोरेशन न बनाएँ। कॉरपोरेशन बनाने में सैकड़ों डॉलर ख़र्च होते हैं, जो नए उद्यमी के लिए निश्चित नुक़सान है। आमदनी, घाटों और करों के मामले में भी नुक़सान होता है।

सोल प्रोपराइटरशिप में आप अपने व्यवसाय में जो भी निवेश करते हैं, उसे आप अपनी वर्तमान आमदनी से घटा सकते हैं। लेकिन कॉरपोरेशन के मामले में आप घाटों को तभी घटा सकते हैं, जब कंपनी को मुनाफ़ा हुआ हो। चूँकि शुरुआत में आपको मुनाफ़ा नहीं होगा, इसलिए आपके पास अपने ख़र्चों को घटाने के लिए भी कुछ नहीं होगा। आप उन्हें अपने कर से नहीं घटा पाएँगे, जिससे वे दोगुने महँगे बन जाएँगे। शुरुआत में सोल प्रोपराइटरशिप का इस्तेमाल सबसे अच्छा रहता है, ताकि सारी आमदनी और घाटे आपकी व्यक्तिगत आमदनी में से घटाए जा सकें।

आप शुरू करने के लिए कोई व्यवसाय कैसे चुनते हैं? सैकड़ों अलग-अलग तरीक़े हैं। लेकिन सबसे महत्त्वपूर्ण तय करने वाली बात किसी ऐसी चीज़ में जाना है, जिसे आप सचमुच पसंद करते हैं, जिसमें आपको आनंद आता है और जिसकी आप परवाह करते हैं। छोटे व्यवसाय की सफलता तय करने में जोश अत्यंत महत्त्वपूर्ण घटक है।

पीटर ड्रकर ने लिखा था, "जब भी आप किसी चीज़ को होते देखें, तो आपको एक उद्देश्य वाला उन्मादी व्यक्ति मिलेगा।"

हर व्यवसाय और व्यवसाय के भीतर की हर प्रॉडक्ट लाइन को एक समर्पित समर्थक की ज़रूरत होती है, जो उस व्यवसाय की सफलता के प्रति जोश से समर्पित हो। वह दिन-रात उस व्यवसाय और प्रॉडक्ट की बिक्री तथा मुनाफ़े के बारे में सोचता है। जोशीले और समर्पित समर्थक के बिना व्यवसाय निश्चित रूप से असफल हो जाएगा।

समर्पित समर्थक होने के बावजूद सफलता की कोई गारंटी नहीं है। लेकिन जब तक कोई ऐसा व्यक्ति न हो, जो व्यवसाय, प्रॉडक्ट्स, सेवाओं और ग्राहकों की किसी भी चीज से ज़्यादा परवाह करता हो, तब तक प्रतिस्पर्धी बाज़ार में व्यवसाय के बचने और समृद्ध होने की बहुत कम संभावना रहती है।

इसीलिए यह अनिवार्य है कि आप कोई ऐसा प्रॉडक्ट या सेवा चुनें, जिसमें आपको सचमुच विश्वास हो, जिसकी आपको वाक़ई परवाह हो। ऐसा क्षेत्र चुनें, जहाँ आपको लगता हो कि आप कोई ऐसा मूल्य या लाभ देकर ग्राहकों की सचमुच मदद कर सकते हैं, जो उन्हें किसी दूसरे प्रॉडक्ट या सेवा से नहीं मिल सकता। कई लोग ऐसे प्रॉडक्ट्स बेचकर व्यवसाय शुरू करते हैं, जिनका इस्तेमाल करने में उन्हें आनंद आता है। दूसरे लोग व्यवसाय इसलिए शुरू करते हैं, क्योंकि वे उसकी प्रौद्योगिकी या विज्ञान के बारे में जोशीले महसूस करते हैं। कुछ लोग अपने शौक या जीवन में उनकी रुचियों के आधार पर अपना व्यवसाय शुरू करते हैं।

किसी ऐसे प्रॉडक्ट और सेवा की तलाश करें, जिसका आप ख़ुद इस्तेमाल करते हैं और जिसकी सलाह आप दूसरों को उत्साह से दे सकते हैं। उन प्रॉडक्ट्स और सेवाओं को पहचानें, जिनके बारे में आप शिद्दत से महसूस करते हों। किसी बेहतर चीज़ की तलाश करें, जिसे कोई दूसरा नहीं दे रहा है। आपके वर्तमान ग्राहकों की कोई ऐसी आवश्यकता या माँग हो सकती है, जिसे वह कंपनी संतुष्ट करने में रुचि नहीं रखती है, जिसमें आप नौकरी करते हैं। कई लोग व्यवसाय इसलिए शुरू कर देते हैं, क्योंकि वे जिन कंपनियों में नौकरी करते हैं, वे उनके विचारों में रुचि नहीं ले रही हैं, जबकि उन्हें प्रबल विश्वास होता कि ये विचार उन्हें सफल बना सकते हैं।

अक्सर लोग किसी "महत्त्वपूर्ण भावनात्मक अनुभव" की वजह से व्यवसाय शुरू करते हैं। उनके जीवन में कोई ऐसी चीज़ होती है, जिससे एक

प्रबल भाव प्रेरित होता है और उन्हें उद्यमिता में धकेल देता है। कई बार यह अचानक नौकरी छूटने से होता है। कई बार यह दूसरे व्यक्ति की कहानी सुनने से होता है, जिसने अपना कारोबार शुरू किया और बेहद सफल बन गया। कई बार व्यक्ति कम वेतन और सीमित संभावनाओं से उकता जाता है और जंज़ीरें तोड़ने का निर्णय लेता है। इनमें से किसी भी घटना से आप अपने दम पर व्यवसाय शुरू करने का निर्णय ले सकते हैं।

कई लोग सोचते हैं कि बहुत सारा पैसा कमाना उद्यमिता के पीछे की सबसे बड़ी प्रेरणा है। बहरहाल, हज़ारों उद्यमियों के साथ लिए गए साक्षात्कार यह साबित करते हैं कि यह सच नहीं है। लोगों के उद्यमिता की ओर मुड़ने का का प्राथमिक कारण यह है कि इससे उन्हें व्यक्तिगत स्वतंत्रता का अहसास मिलता है। कई उद्यमी टैक्स देने के बाद उतना ज़्यादा नहीं कमाते हैं, जितना वे सामान्य नौकरी करते समय कमाते। लेकिन उद्यमी के रूप में वे अपने बॉस ख़ुद होते हैं। वे स्वतंत्र होते हैं। उन्हें किसी दूसरे को जवाब नहीं देना होता। उनके लिए यह किसी दूसरे की कंपनी की सुरक्षा और ज़्यादा वेतन से अधिक मूल्यवान होता है।

एक पुरानी कहावत है, "जब आप अपना कारोबार शुरू करते हैं, तो आपको आधा दिन ही काम करना होगा। आप यह निर्णय लेने के लिए स्वतंत्र होते हैं कि वह बारह घंटे कौन से होंगे।"

आपकी प्रेरणाएँ जो भी हों, अगर आपने कभी अपना ख़ुद का व्यवसाय शुरू करने के बारे में सोचा है, तो आपको एक निर्णय लेना चाहिए और बस इसे कर देना चाहिए। टालमटोल और विलंब न करें। इसे कर दें, इसी समय। आप नेटवर्क मार्केटिंग कारोबार से छोटी शुरुआत कर सकते हैं। आप पार्ट टाइम, शाम और वीकएंड को अपने घर से कोई सेवा प्रदान कर सकते हैं। आप काम सीखने के लिए किसी दूसरे के व्यवसाय में अस्थायी तौर पर काम कर सकते हैं। आपको किसी न किसी तरह अपने पैर गीले करने की ज़रूरत है। अगर आप अंततः भारी सफलता पाना चाहते हैं, तो आपको थोड़ा उद्यमी अनुभव लेना होता है। आपको जो सीखने की ज़रूरत है, उसे सीखने का इससे बेहतर कोई तरीक़ा नहीं है कि आप कूद जाएँ और रास्ते में सीखते जाएँ।

पृथ्वी के सारे प्राणियों में इंसान अद्भुत है, क्योंकि वह "सीखने वाला जीव" है। वह अपने परिवेश से नई जानकारी लगातार ले रहा है, पहले से मौजूद जानकारी में उसे जोड़ रहा है और आगे बढ़ रहा है।

आप अविश्वसनीय गति से सीख सकते हैं, जो आपको होने वाले नए अनुभवों की संख्या पर निर्भर करता है। जो उद्यमी सफल बनते हैं, वे अपने लक्ष्य कई महीनों, यहाँ तक कि बरसों की सफलता और असफलता के बाद ही हासिल कर पाते हैं। वे हर मुश्किल, संकट और चुनौती से गुज़रते हैं, जो छोटे व्यवसायियों के सामने आती हैं। इन सिखाने वाले अनुभवों की बदौलत वे ज़्यादा सचेत और जागरूक बन जाते हैं। उनकी बुद्धि और ज्ञान का विकास होता है। वे कम ग़लतियाँ करते हैं। वे सही चीज़ों को ज़्यादा से ज़्यादा करते हैं और ग़लत चीज़ों को कम से कम करते हैं। वे अपनी मेहनत से न सिर्फ़ ज़्यादा कमाते हैं, बल्कि वे अपने मुनाफ़े का ज़्यादा प्रतिशत अपने पास रखते हैं। समय के साथ क़दम दर क़दम अवश्यंभावी रूप से वे वित्तीय सफलता और स्वतंत्रता के अपने लक्ष्य हासिल कर लेते हैं।

उद्यमिता का एक मिथक यह है कि उद्यमी जोखिम लेने वाले होते हैं। बहरहाल, यह क़तई सच नहीं है। सफल उद्यमी दरअसल "जोखिम से बचने वाले" होते हैं। सफल उद्यमी अपनी गतिविधियों से लाभ कमाने पर केंद्रित होते हैं। उस लाभ को कमाने में शामिल जोखिमों को न्यूनतम करने के लिए वे हर संभव चीज़ करते हैं। वे जोखिम को नियंत्रित करने के लिए जिस हद तक सफलतापूर्वक काम करते हैं, उसी हद तक वे मुनाफ़े की संभावना को बढ़ा लेते हैं और अपने उद्यमों में सफल होते हैं। उद्यमी के रूप में मुनाफ़ा चाहना आपके ध्यान का भी मुख्य केंद्र होना चाहिए।

एक बार जब आप यह निर्णय ले लें कि आप बाज़ार के किसी ख़ास खंड में उद्यमी सफलता के पुरस्कारों का आनंद लेना चाहते हैं, तो अगला क़दम यह है कि आप उस व्यवसाय के हर विवरण की जाँच-पड़ताल कर लें, जिसमें आप जाने की सोच रहे हैं। निवेश करने से पहले आपको जाँच-पड़ताल करनी चाहिए। आपको बिना जाँचे-परखे किसी भी चीज़ पर विश्वास नहीं करना चाहिए और किसी भी चीज़ को संयोग के भरोसे नहीं छोड़ना चाहिए। आपको उस व्यवसाय में बहुत से लोगों से बातचीत करनी चाहिए और बहुत सी जानकारी लेनी चाहिए। आपका लक्ष्य मुनाफ़े की

खोज में जोखिम को यथासंभव न्यूनतम करना, घटाना और ख़त्म करना है। आपका लक्ष्य यह सुनिश्चित करना है कि संभावित मुनाफ़ा वास्तविक हो और संभावित घाटा न्यूनतम या नियंत्रित हो।

जब भी कोई व्यक्ति उस बिंदु पर पहुँचता है, जहाँ वह कहता है कि वह थोड़े पैसे "गँवाना बर्दाश्त कर" सकता है, तो आप एक चीज़ पर भरोसा कर सकते हैं। वह अपना पैसा गँवाने जा रहा है, और शायद बहुत सारा पैसा गँवाने जा रहा है। "पैसा गँवाने" के लिए इच्छुक रहने के इस नज़रिये से यह सुनिश्चित हो जाता है कि वह किसी न किसी तरह से पैसा ज़रूर गँवाएगा।

पैसे के बारे में जो एकमात्र आसान चीज़ है, वह है इसे गँवाना। पैसे कमाना कठिन है। जैसा जापानी सूक्ति कहती है, "पैसे कमाना सुई से रेत की खुदाई करने जैसा है। पैसा गँवाना रेत पर पानी डालने जैसा है।"

जब आप अपना व्यवसाय शुरू करने का निर्णय लें, तो कारोबार खड़ा करने पर कुछ पुस्तकें पढ़कर शुरुआत करें। आज पुस्तकों की दुकानों में सर्वश्रेष्ठ पुस्तकें उपलब्ध हैं। बाज़ार नियोजन, बाज़ार शोध, फ़ाइनैंसिंग, डिलिवरी और वितरण तंत्र, कर्मचारी, प्रक्रियाएँ, प्रचार, विज्ञापन और ख़ास तौर पर बिक्री या सेल्स के हर पहलू के बारे में पढ़ें।

किसी उद्यमी व्यवसाय में सबसे महत्त्वपूर्ण तत्व है प्रॉडक्ट या सेवा को पर्याप्त संख्या में बेचने की आपकी योग्यता, ताकि आपकी सारी लागत निकल जाए और मुनाफ़ा हो। हर सफल उद्यमी व्यवसाय किसी ऐसे व्यक्ति से शुरू होता है, जो बिक्री में बहुत अच्छा होता है। शीर्ष सेल्सपर्सन के बिना कोई व्यवसाय लंबे समय तक टिक नहीं सकता या सफल नहीं हो सकता।

डन ऐंड ब्रैडस्ट्रीट ने हज़ारों सफल और असफल व्यवसायों में पचास साल के शोध का सार बताते हुए यह निष्कर्ष दिया, "बिक्री बढ़ना कारोबारी सफलता का कारण है; बिक्री घटना कारोबारी असफलता का कारण है। बाक़ी सब टीका-टिप्पणी है।"

प्रॉडक्ट या सेवा बेचने की आपकी योग्यता उद्यमिता का बुनियादी प्रेरक इंजन है। ऐसा इसलिए है, क्योंकि कैशफ़्लो उद्यम के लिए जीवनरक्त है और कैशफ़्लो बिक्री से उत्पन्न होता है। हर शुरुआती कारोबार समय के

ख़िलाफ़ जंग है। क्या उद्यमी मौजूदा नक़दी ख़त्म होने से पहले पर्याप्त नक़दी उत्पन्न कर सकता है, ताकि कारोबार चलता रहे? जब तक कारोबार ज़मीन से ऊपर नहीं उठ जाता, तब तक बेचने के प्रति पूरा, सौ प्रतिशत समर्पण होना चाहिए। वरना यह निश्चित रूप से असफल हो जाएगा।

सभी सफल उद्यमी व्यवसाय शुरुआत में पूरी एकाग्र मानसिकता से बिक्री पर ध्यान केंद्रित करते हैं। बहरहाल, व्यवसाय चलने के बाद कई उद्यमी एक आम ग़लती कर बैठते हैं। चूँकि बेचना कठिन काम होता है, इसलिए उद्यमी सेल्सपर्सन के बजाय कंपनी का प्रबंधक बन जाता है।

उद्यमी बेचने के लिए एक सेल्सपर्सन को नियुक्त कर देता है और ख़ुद मैनेजर बन जाता है, हालाँकि इसके लिए वह आम तौर पर उपयुक्त नहीं होता, या तो स्वभाव या फिर योग्यता से। अब कंपनी के पास बाहर एक औसत सेल्सपर्सन होता है और अंदर एक दोयम दर्जे का मैनेजर होता है। नतीजा यह होता है कि हमेशा कंपनी की बिक्री घटने लगती है और कारोबार में घाटा होने लगता है। यह सबसे बुरी स्थिति है।

आम तौर पर कंपनी के तलहटी में पहुँचने से पहले ही उद्यमी सेल्सपर्सन को बाहर निकाल देता है और दोबारा बेचने लगता है, जो उसे पहले से ही करते रहना चाहिए था। बहुत जल्दी कंपनी संकट से उबर जाती है और दोबारा तरक्की करने लगती है।

कई लोग सोचते हैं कि एक नया व्यवसाय शुरू करने की कुंजी बहुत सारे पैसे होना है। लोग अपना व्यवसाय शुरू नहीं करते हैं, इसका बुनियादी कारण यह है कि वे कहते हैं, "मेरे पास पैसे नहीं हैं।"

वे अक्सर महसूस करते हैं कि उन्हें सारे पैसों का इंतज़ाम पहले से करना होगा। एक व्यावसायिक प्रोफ़ेसर हाल ही में उद्यमियों से भरे कमरे के सामने सलाह दे रहे थे। उन्होंने कहा, "जब आप अपना कारोबार शुरू करें, तो उसमें अपना एक भी पैसा न लगाएँ। सारा पैसा बैंक से उधार लें। अपना पैसा अपने व्यक्तिगत ख़र्चों के लिए बचाएँ।"

कोई भी चीज़ सच्चाई से इतनी दूर नहीं हो सकती। जब आप पहली बार अपना ख़ुद का व्यवसाय शुरू करते हैं, तो आपका 99 प्रतिशत पैसा "प्रेम निधि" होगा। यह या तो आपका पैसा होता है, या फिर उन लोगों का होता है, जो वे आपको इसलिए उधार देते हैं, क्योंकि वे आपसे प्रेम करते

हैं। कोई भी बैंक या वेंचर कैपिटैलिस्ट किसी नए शुरुआती कारोबार को नहीं छूता है। इसमें बहुत जोखिम होता है।

बैंक और बैंकर जोखिम लेने से बचते हैं। वे सुरक्षित क़र्ज़ देना चाहते हैं, जिस पर उन्हें ब्याज मिले और जिसके बारे में उन्हें पूरा विश्वास हो कि इसे दोबारा चुकाया जा सकता है। आज ज़्यादातर वेंचर कैपिटलिस्ट उसी कंपनी को पैसे उधार देते हैं, जो कम से कम दो साल से व्यवसाय कर रही हो और जिसकी बिक्री, आमदनी या मुनाफ़ा बढ़ने का ठोस इतिहास हो। बैंक वाले आपको सिर्फ़ तभी पैसा देंगे, अगर आप उन्हें यह दिखा सकें कि आप उधार लिए गए पैसे से लगभग पाँच गुना चुका सकते हैं। इसका अर्थ है कि वे आपसे यह साबित कराना चाहते हैं कि अगर आप एक डॉलर उधार लेना चाहते हैं, तो आपके पास पाँच डॉलर की मूर्त संपत्तियाँ मौजूद हैं।

इसके अलावा वे आपसे और आपके जीवनसाथी से व्यक्तिगत गारंटी चाहते हैं, जो दिवालियेपन के बाद भी और जीवन भर क़ायम रहे। वे आपके स्वामित्व की हर जायदाद का समर्पण-पत्र चाहते हैं और यक़ीन करें या न करें, कई बैंक तो आपसे यह भी माँगेंगे कि आप उनसे जितना पैसा उधार लेना चाहते हैं, उसके बदले में उनके यहाँ एफ़डी भी करा दें।

अपना ख़ुद का छोटा व्यवसाय शुरू करने का आम तौर पर एकमात्र और सबसे अच्छा तरीक़ा यह रहता है कि आप अपनी ज़रूरत के सारे पैसे ख़ुद इकट्ठे करें। इसके लिए आपको अपनी बचत का इस्तेमाल करना होगा, अपने घर को गिरवी रखकर क़र्ज़ लेना होगा और अपने मित्रों तथा परिवार वालों से पैसा उधार लेना होगा।

स्वावलंबन के दम पर अपना व्यवसाय बढ़ाने की योजना बनाएँ, जो उद्यमी सफलता के सबसे लोकप्रिय और शक्तिशाली मार्गों में से एक है। आप ख़ुद को अपने ही प्रयासों से ऊपर खींचते हैं। आप छोटी शुरुआत करते हैं और बिक्री व मुनाफ़े की ठोस बुनियाद पर विकास करते हैं। इसमें ज़्यादा समय लगता है। बैंक में पैसे के साथ शुरुआत करने पर कम समय लगता है, लेकिन स्वावलंबन की नीति ही बेहतर है। यह नीति आपको विवश करती है कि आप आगे बढ़ते समय राह में उस ज्ञान और योग्यताओं को अर्जित करें, जिनकी ज़रूरत आपको सफल होने के लिए है। चूँकि आपके पास अपनी समस्याओं पर फेंकने के लिए पैसा नहीं होता, इसलिए स्वावलंबन की नीति

आपको विवश करती है कि आप बिक्री और मुनाफ़ा उत्पन्न करने में ज़्यादा सृजनात्मक बनें। आप जल्दी ही सफल होने के लिए ख़ुद पर और अपनी योग्यताओं पर भरोसा करना सीख लेते हैं। जैसे-जैसे आपका कारोबार बढ़ता है, आपकी योग्यताएँ भी बढ़ती जाती हैं। आप कारोबारी सफलता की रणनीतियाँ और तकनीकें सीख जाते हैं, जो जीवन भर काम आती हैं।

कई सबसे बड़ी कंपनियाँ आशा, और प्रार्थना और स्वावलंबन की नीति से शुरू हुई थीं, जिन्हें कम पूँजी वाले उद्यमियों ने शुरू किया था। इसके कुछ उदाहरण हैं : फ़ोर्ड मोटर कंपनी, हैवलेट पैकर्ड, माइक्रोसॉफ़्ट, एपल और मैकडॉनल्ड्स। हज़ारों सफल व्यवसायों ने जो किया है, वह आप भी कर सकते हैं।

जब आप अपना व्यवसाय शुरू करते हैं, तो आपको "दो बार, तीन बार के नियम" का अभ्यास करना चाहिए। यह नियम कहता है कि आपके वित्तीय अनुमान चाहे जितने अच्छे हों, हर चीज़ की लागत आपके बजट से दुगुनी होगी, और आपको जो करना होगा, उसमें अनुमान से तीन गुना ज़्यादा समय लगेगा।

मिसाल के तौर पर, अगर आप सोचते हैं कि एक प्रॉडक्ट तैयार करने और इसे बाज़ार में उतारने में आपको 1,000 डॉलर की लागत आएगी, तो इसमें हमेशा 2,000 या इससे ज़्यादा डॉलर की लागत आएगी। कुछ शुरुआती कंपनियों को तो दरअसल पहले प्रॉडक्ट को बाज़ार में उतारने के लिए योजना से दस गुना ज़्यादा ख़र्च आया था। यदि आप सोचते हैं कि कारोबार शुरू होने के बाद आपको पूँजी निकालने में तीन महीने लगेंगे, तो आपको इस संख्या को तीन गुना कर लेना चाहिए और यह अनुमान लगाना चाहिए कि इसमें आपको कम से कम नौ महीने लग जाएँगे।

किसी भी छोटे व्यवसाय में बचाव की कुंजी है नक़द पैसा। नक़द पैसा शहंशाह है। नक़द पैसा अत्यंत महत्त्वपूर्ण है। नक़द पैसा सब कुछ है। आपको नक़द पैसा उत्पन्न करने और बचाए रखने के बारे में पूरी तरह जुनूनी होना चाहिए। नक़द पैसे की पर्याप्त आपूर्ति सुनिश्चित करने के लिए आपको हर संभव ख़र्च को टाल देना चाहिए, विलंब करना चाहिए, छोड़ देना चाहिए। आपको किसी भी चीज़ पर एक भी पैसा ख़र्च नहीं करना चाहिए, जिसे आप तुरंत नक़दी में न बदल सकते हों।

जब भी कोई बैंकर या कोई दूसरा आपके कारोबार पर नज़र डालता है, तो वह जिस पहली और सबसे महत्त्वपूर्ण संख्या को देखेगा, वह यह है कि आपके हाथ में कितना नक़द पैसा है। नक़द पैसा उसी तरह है, जैसा रक्त या ऑक्सीजन मस्तिष्क के लिए है। अगर यह आपके पास है, तो आप बच सकते हैं। अगर किसी समय यह आपके पास ख़त्म हो जाता है, तो आप मर जाएँगे। नक़द पैसे के बिना उद्यम असफल हो जाएगा, चाहे इसकी भावी संभावनाएँ कितनी भी अच्छी क्यों न हों।

नक़द पैसे को सुरक्षित रखने के लिए कभी भी कोई ऐसी चीज़ न ख़रीदें, जिसे आप किराये पर ले सकें, उधार ले सकें या लीज़ पर ले सकें। अगर आपको सेकंड हैंड चीज़ें मिल सकती हैं, तो कभी कोई नई चीज़ न ख़रीदें। ख़रीदारी के सभी बड़े निर्णय लेने से पहले उन्हें कम से कम 30 दिन टाल दें। फिर उनका दोबारा विश्लेषण करें। ख़रीदारी के ज़्यादातर बड़े निर्णय, जिन्हें 30 दिनों तक टाल दिया जाता है, कभी लिए ही नहीं जाते हैं। कभी भी स्टेशनरी या प्रचार सामग्री ज़्यादा तादाद में न ख़रीदें, जब तक कि आपको तुरंत उसका इस्तेमाल नहीं करना हो। सिर्फ़ उतनी ही सामग्री ख़रीदें, जितनी आपको उस पल कारोबार करने के लिए ज़रूरत हो। ज़्यादा ख़रीदकर पैसे बचाने की नीति को भूल जाएँ, जिसमें ज़्यादा बड़ी संख्या का ऑर्डर देने से आपको बेहतर भाव मिल सकते हैं।

जब भी आप अपना छोटा व्यवसाय शुरू करेंगे, आपके सामने पैसे बर्बाद करने के हज़ारों प्रलोभन पेश किए जाएँगे और हज़ार अलग-अलग लोग ऐसी चीज़ों पर पैसे ख़र्च करने के लिए आपको प्रेरित करेंगे, जिनसे आपको मदद नहीं मिलेगी। आपको किसी कंजूस जितना सतर्क और लोमड़ी जितना चालाक बनना चाहिए।

जब आप अपना नया व्यवसाय शुरू करते हैं, तो आपकी सबसे मूल्यवान संपत्तियाँ हैं आपकी ऊर्जा, कल्पना, चरित्र और अनुशासन। काम करने और परिणाम पाने के लिए आप इन्हीं का इस्तेमाल करते हैं। आपकी संपत्तियाँ हैं अहम निर्णय लेने, ग्राहकों के सामने जाने और बिक्री करने की योग्यताएँ। आपकी सबसे मूल्यवान संपत्तियाँ हैं ज़िम्मेदारियों और वादों को निभाने की योग्यताएँ।

रैफ़ वाल्डो इमर्सन ने एक बार लिखा था, "कोई भी संस्था एक आदमी की लंबी छाया है।"

छोटा संगठन या कंपनी भी एक अकेले व्यक्ति का क़द और छाया है। आप अपना व्यवसाय हैं। व्यवसाय आप हैं। हर घंटे, हर मिनट, व्यवसाय कभी आपसे ज़्यादा या कम, बेहतर या बदतर नहीं हो सकता। व्यवसाय दरअसल आपके चरित्र और योग्यता का आईना है। आपका व्यवसाय आपको और संसार को बताता है कि आप सचमुच कौन हैं।

बीस साल से ज़्यादा अवधि के 30,000 से ज़्यादा व्यवसायों का अध्ययन किया गया, ताकि यह पता लगाया जा सके कि वे क्यों सफल या असफल हुए। इन अध्ययनों से जो आँकड़े सामने आए, वे लगभग सभी व्यवसायों के लिए सही हैं।

इस अध्ययन का निष्कर्ष यह था कि आम तौर पर किसी नए व्यवसाय को पूँजी निकालने और मुनाफ़ा कमाना शुरू करने में लगभग दो साल का समय लगता है। ज़्यादातर व्यवसाय पहले दो वर्षों में यह नहीं कर पाते हैं। व्यय से ज़्यादा आय कैसे की जाए, यह पता लगाने से पहले ही उनका पैसा और क़र्ज़ ख़त्म हो जाता है।

दो साल की पहली अवधि में व्यवसाय घाटा उठाएगा, जिसे उद्यमी की ऊर्जा और संसाधनों से पूरा करना होगा। इसके बाद के दो वर्षों में व्यवसाय को मुनाफ़ा होने लगेगा। यह मुनाफ़ा पहले दो वर्षों में लिए गए क़र्ज़ों और घाटों को पूरा करने में लग जाएगा।

चार साल बाद व्यवसाय शुद्ध लाभ उत्पन्न करने लगेगा, क्योंकि तब तक सारी शुरुआती लागत निकल चुकी होगी। यह आगे छलाँगें लगाएगा और उद्यमी पैसे कमाने लगेगा। लेकिन उद्यमिता के सातवें साल के बाद ही व्यवसाय सचमुच सफल होता है और उद्यमी उत्कृष्ट आजीविका कमाता है।

सर्वोच्च भुगतान वाले ज़्यादातर लोग और ज़्यादातर स्व-निर्मित करोड़पति वे उद्यमी हैं, जिन्होंने अपने व्यवसाय को खड़ा करने और चलाने में सात साल के बिंदु को पार कर लिया है। वे रास्ते पर चलते रहे और सफलता की क़ीमत चुकाते रहे। लेकिन इसमें सात साल से ज़्यादा समय लगा।

ज़ाहिर है, संभावनाओं को हराना संभव है। डॉट कॉम बूम में हर व्यक्ति को यह विश्वास था कि कारोबारी सफलता रातोंरात मिल सकती है। सात साल से कम में सफल व्यवसाय खड़ा करना संभव तो है, लेकिन उद्यमिता में संभावनाओं को हराना चमत्कार होने जैसा है। ऐसी बात नहीं है कि चमत्कार नहीं होते हैं; बात बस यह है कि आप उन पर निर्भर नहीं रह सकते।

जब आप अपना ख़ुद का व्यवसाय शुरू करने का निर्णय लेते हैं, तो आप अपने जीवन के किसी महत्त्वपूर्ण भावनात्मक अनुभव या घटना की वजह से आवेगपूर्ण छलाँग लगा सकते हैं, जैसे : किसी नौकरी का छूटना या किसी अवसर का प्रकट होना। आप अध्ययन और तैयारी में कई सप्ताह या महीने लगाकर इसे धीरे-धीरे और जान-बूझकर भी कर सकते हैं।

आप जो भी चुनें, निवेश करने से पहले जाँच-पड़ताल कर लें। किसी नए व्यवसाय में अंदर जाना तो आसान है, लेकिन उससे बाहर निकलना उतना आसान नहीं है। इसलिए यह महत्त्वपूर्ण है कि आप पहले ही जाँच-पड़ताल में पर्याप्त समय लगा लें, इसके बाद ही किसी ख़ास व्यावसायिक उद्यम में अपने समय और संसाधनों को समर्पित करें। यह सावधानीपूर्ण आकलन आपकी दीर्घकालीन सफलता के लिए अत्यंत महत्त्वपूर्ण हो सकता है।

80/20 का नियम याद रखें। यह नियम कहता है कि आप जो 20 प्रतिशत काम करते हैं, उनसे आपको अपने 80 प्रतिशत परिणाम मिलेंगे। 80/20 नियम का एक अमल यह कहता है कि आप शुरुआत में अपने व्यवसाय की योजना बनाने और आकलन करने में जो 20 प्रतिशत समय ख़र्च करते हैं, उन्हीं से आपके 80 प्रतिशत परिणाम तय होंगे।

जब आप अपना व्यवसाय शुरू करने का निर्णय लें, तो आपको पूर्ण व्यावसायिक योजना बना लेनी चाहिए। पुस्तकों की दुकानों में कई पुस्तकें हैं, जो आपको चंद डॉलरों में किसी कारोबारी योजना के विवरण बता देंगी। कई कंप्यूटर प्रोग्राम भी उपलब्ध हैं, जो आपको कारोबारी योजना बनाने की प्रक्रिया से गुज़ारेंगे। वे इस प्रक्रिया को सरल और सीधा बना देते हैं।

पूर्ण कारोबारी योजना को जोड़ना और इकट्ठा करना उद्यमी का मुख्य इम्तिहान है। अगर आपमें यह करने का अनुशासन है, तो आप पाएँगे कि

इससे आप कई ऐसे घटकों के बारे में सतर्क हो जाते हैं, जो आपके दिमाग़ में आए ही नहीं थे। विभिन्न हिस्सों को पूरा करने के लिए जिन विभिन्न संख्याओं की ज़रूरत होगी, उन्हें उत्पन्न करने के लिए आपको बहुत काम करना होगा। लेकिन यह आपकी सफलता में निर्णायक योगदान दे सकता है।

इंक. मैग्जीन ने कुछ साल पहले 100 शुरुआती व्यवसायों के अध्ययन की रिपोर्ट जारी की थी। इन नए व्यवसायों में से पचास ने शुरुआत करने से पहले विस्तृत कारोबारी योजनाएँ बनाई थीं। बाक़ी पचास ने एक लिफ़ाफ़े के पीछे या उद्यमी के मन में मौजूद विचार से शुरुआत की थी।

पाँच साल बाद उन्होंने लौटकर कारोबारी संस्थापकों से साक्षात्कार लिए और परिणामों का आकलन किया। उन्होंने पाया कि जिन कंपनियों ने बिना किसी कारोबारी योजना के शुरुआत की थी, उनमें से ज़्यादातर दिवालिया हो गई थीं और इस प्रक्रिया में उनके संस्थापक तथा आम तौर पर उनके परिवार वाले व मित्र बरबाद हो गए थे।

दूसरी ओर, जिन कंपनियों ने लिखित कारोबारी योजना के साथ शुरुआत की थी, वे सभी फल-फूल रही थीं। कई कंपनी मालिकों ने तो हर साल पूरी कारोबारी योजनाएँ बनाईं और उन्हें बनाने में हर साल कई सप्ताह का समय लगाया।

लेकिन सबसे अहम बिंदु यह था। उन्होंने कंपनी के संस्थापकों से पूछा कि कारोबारी योजनाएँ रोज़मर्रा का व्यवसाय चलाने में सचमुच कितनी महत्त्वपूर्ण रही थीं। उन्हें जो जवाब मिला, वह आश्चर्यजनक था। लगभग सभी सफल उद्यमियों ने कहा कि कारोबारी योजना पूरी बनने के बाद उसे आम तौर पर एक दराज में रख दिया जाता था और साल भर में उसे शायद ही कभी देखा जाता था। उन्होंने कहा कि काम शुरू करने से पहले कारोबारी योजना के अवयवों के बारे में पूरा सोचने का अभ्यास किसी दूसरी चीज़ से ज़्यादा महत्त्वपूर्ण था।

कारोबारी योजना बनाने का फ़ायदा यह है कि आप काम शुरू करने से पहले कारोबार के हर हिस्से के बारे में ईमानदारी और निष्पक्षता से सोचने के लिए विवश होते हैं। कारोबारी योजना के लिए यह ज़रूरी होता है कि आप बिक्री और आमदनी का अनुमान लगाएँ और फिर शोध व विश्लेषण से इन अनुमानों की पुष्टि करें। यह आपको आमदनी और व्यय के वार्षिक

अनुमानों के बारे में पूरी तरह सोचने के लिए विवश करता है। आप यह तय करने के लिए विवश होते हैं कि क्या आपके अनुमान यथार्थवादी हैं और हासिल किए जा सकते हैं। कारोबारी योजना लगने वाले समय और ऊर्जा की भारी मात्रा को बचाती है। इससे आपकी सफलता की जितनी गारंटी मिलती है, उतनी समय के किसी दूसरे निवेश से नहीं मिल सकती।

समय धन है, लेकिन धन भी समय है। यदि आप अपने व्यवसाय में निवेश करने के लिए 20,000 डॉलर जुटाने में पाँच साल तक मेहनत करते हैं, तो वे 20,000 डॉलर आपके जीवन के पाँच वर्षों का प्रतिनिधित्व करते हैं। आपको अपने जीवन के इस टुकड़े का निवेश सावधानी से करना चाहिए और कारोबारी योजना आपको यही करने में सक्षम बनाती है।

कारोबारी योजना तब शुरू होती है, जब आप स्पष्टता से परिभाषित करते हैं कि आप कौन सा प्रॉडक्ट या सेवा देने वाले हैं। आपको सटीकता से तय करना होगा कि आप प्रॉडक्ट या सेवा के बदले में कितने पैसे ले सकते हैं। आपको गणना करनी होगी कि अपने प्रॉडक्ट या सेवा को उपलब्ध कराने के लिए आपको कितने पैसे ख़र्च करने होंगे।

किसी नए प्रॉडक्ट या सेवा को बाज़ार में उतारने से पहले आपको पूछना चाहिए, "कोई वर्तमान में जिस प्रॉडक्ट का इस्तेमाल कर रहा है, वह उसे बदलकर मेरे प्रॉडक्ट का इस्तेमाल क्यों करेगा? वे किसी दूसरे के बजाय मुझसे क्यों ख़रीदेंगे?"

प्रतिस्पर्धी बाज़ार में किसी नए प्रॉडक्ट या सेवा के बिकने के लिए इसमें कम से कम तीन घटक होने चाहिए, जो इसे बाक़ी उपलब्ध हर चीज़ से श्रेष्ठ बनाते हैं। इसमें तीन विशेषताएँ या लाभ होने चाहिए, जो प्रतिस्पर्धियों से अलग हटकर नज़र आएँ। इसमें एक "अनूठा बिक्री प्रस्ताव" होना चाहिए और कम से कम तीन प्रतिस्पर्धी लाभ भी। ग्राहक पहले से जिसका इस्तेमाल कर रहे हैं, इसे उससे ज़्यादा और बेहतर चीज़ का प्रस्ताव रखना चाहिए।

नया प्रॉडक्ट या सेवा ज़्यादा तेज़, ज़्यादा सस्ती, उपयोग में ज़्यादा आसान होनी चाहिए या फिर इसमें अलग विशेषताएँ, घटक या तत्व होने चाहिए, जो प्रतिस्पर्धियों में न हों। इसे देखते ही ग्राहकों को यह कहना चाहिए, "यह मेरे लिए है!"

कारोबारी योजना आम तौर पर 18 महीनों का अनुमान होती है कि आप हर महीने अपने कितने प्रॉडक्ट बेचने का इरादा रखते हैं। आप इन आँकड़ों को शीर्ष पंक्ति में रखते हैं। हर संख्या के नीचे आप उस बिक्री को उत्पन्न व पूरा करने के लिए आवश्यक हर ख़र्च की सूची बनाते हैं। फिर आप बिक्री के आँकड़ों में से सारे ख़र्च घटाकर उस महीने का अपना मुनाफ़ा या घाटा निकाल लेते हैं।

इन आँकड़ों को इकट्ठा करते समय यह कल्पना करें कि आप बैंक परीक्षकों के मंडल के सामने जाने वाले हैं और वे आपसे अपनी योजना के हर आँकड़े को स्पष्ट करने व उसकी रक्षा करने के बारे में पूछने वाले हैं। हर संख्या की सावधानी से गणना करने के लिए ख़ुद को अनुशासित करें और इसे सबसे सच्चे तथ्यों और संभव विवरणों पर आधारित करें।

यदि आप बिक्री के एक निश्चित स्तर का अनुमान लगाते हैं, तो आपको सटीकता से यह दिखाने में सक्षम होना चाहिए कि वे बिक्रियाँ कहाँ से आने वाली हैं। आपको कितना विज्ञापन करने की ज़रूरत होगी और उस विज्ञापन से कितने संभावित ग्राहक बनेंगे? आपको सटीकता से यह दिखाने में सक्षम होना चाहिए कि इनमें से प्रत्येक ग्राहक से कौन बात करेगा या मिलेगा और इस संभावित ग्राहक आधार से कितनी बिक्री की आशा की जा सकती है। आपको हर संतुष्ट ग्राहक को होने वाली बिक्री की सटीक मात्रा का अनुमान लगाने में सक्षम होना चाहिए। इसके अलावा आपको प्रति बिक्री, प्रति प्रॉडक्ट, प्रति ग्राहक, प्रति कॉल के शुद्ध मुनाफ़े और विकास दर का अनुमान लगाने में भी सक्षम होना चाहिए।

उद्यमी के रूप में आपकी योग्यता का पैमाना कारोबारी योजना और बजट बनाने की क़ाबिलियत है। यह समयसारणी के अनुरूप परिणाम हासिल करने की क़ाबिलियत है। कोई भी काग़ज़ पर कोई भी आँकड़े लिख सकता है। लेकिन सर्वश्रेष्ठ कारोबारी लोग वे होते हैं, जो अपने आँकड़े लगातार और विश्वसनीय रूप से पूरे करते हैं या उससे ज़्यादा भी हासिल कर लेते हैं। यही इस बात का सच्चा पैमाना होता है कि आप सचमुच कितने अच्छे हैं।

सबसे पहले, यह तय करें कि आप कितना बेचने वाले हैं, कैसे बेचने वाले हैं और किसे बेचने वाले हैं। दूसरे, तय करें कि इस प्रॉडक्ट या सेवा को कौन पहुँचाएगा और भुगतान लेगा। तीसरे, अंतिम बिक्री तक हुए सारे

ख़र्चों का अनुमान लगाएँ। हर संभावित ख़र्च को बड़े ख़र्चों से छोटे ख़र्चों के क्रम में लिखें, जैसे बिकी हुई वस्तुओं की लागत, वेतन, किराया, बिजली-पानी और यातायात से लेकर सामान भेजने व डाक टिकट की लागत आदि।

ख़ुद के साथ खेल न खेलें। ऐसे ख़र्चों को नज़रअंदाज़ न करें, जिनसे बचा नहीं जा सकता। हर संभावित ख़र्च को शामिल करने की उद्यमी की असफलता किसी कारोबारी योजना को जितना अविश्वसनीय बनाती है, उतना कोई दूसरी चीज़ नहीं बना सकती।

एक बार जब आप अपने सारे ख़र्च जोड़ लें, तो फिर आप उस पूरी संख्या के 20 प्रतिशत का "अतिरिक्त घटक" भी जोड़ लें। मिसाल के तौर पर, अगर उस महीने आपकी बिक्री 10,000 डॉलर होने वाली है और उस बिक्री को हासिल करने की कुल लागत 5,000 डॉलर होने वाली है, तो आप 20 प्रतिशत यानी 1,000 डॉलर का अतिरिक्त घटक बना लेते हैं और आप इसे वास्तविक ख़र्च के रूप में शामिल कर लेते हैं। यक़ीन मानें, आगे चलकर यह एक सच्चा ख़र्च बन जाएगा, चाहे आप कुछ भी कर लें।

अब आपके पास उस महीने की शुद्ध आमदनी का सटीक अनुमान है। मौसमी उतार-चढ़ावों, छुट्टियों, चक्रों और वर्ष में माँग की प्रवृत्तियों को ध्यान में रखते हुए आप हर महीने यह काम करते हैं और अगले 12-18 महीनों के वित्तीय परिणामों का आकलन करते हैं।

हर महीने आप अपने वास्तविक आँकड़ों की तुलना अपने अनुमानित आँकड़ों से करके यह पता लगाते हैं कि आप कितने क़रीब थे। अगर आप "एक्सेल" जैसे स्प्रेडशीट प्रोग्राम का इस्तेमाल करते हैं, तो आप सटीक और अद्यतन हिसाब-किताब रख सकते हैं। अपनी वित्तीय योजना में किसी भी एक संख्या को बदलकर बटन दबाते ही बाद में आने वाले सभी आँकड़े बदल जाते हैं, ताकि वे आपके अनुमानों के बजाय असली अनुभव के अनुरूप हों।

समय के साथ आप यह अनुमान लगाने में ज़्यादा सटीक बन जाएँगे कि आप सटीकता से कितना बेचेंगे, उन बिक्रियों की कितनी लागत आएगी और हर महीने आप कितना मुनाफ़ा कमाएँगे। अपने वित्तीय अनुमानों को बनाने और पूरा करने में आप जितने बेहतर बनते हैं, हर दूसरे क्षेत्र में भी उतने ही बेहतर उद्यमी बन जाते हैं।

किसी नए व्यवसाय को शुरू करने के संदर्भ में दो और बिंदु हैं। पहले का संबंध किसी विद्यमान व्यवसाय को ख़रीदना है। नियम यह है : कोई भी लाभदायक कारोबार नहीं बेचता है। अगर कोई अपना व्यवसाय बेच रहा है, तो इसमें आम तौर पर किसी तरह का छिपा हुआ दोष होता है। शायद आप उस दोष को दूर कर सकते हैं और कारोबार को समृद्ध बना सकते हैं। शायद आप ऐसा नहीं कर सकते। लेकिन चाहे जो हो, आपको पता लगाना चाहिए कि यह छिपा हुआ दोष क्या है।

यदि कोई आपको कारोबार बेचना चाहता है और इसमें समस्याएँ हों, तो यह प्रस्ताव रखें कि उस कारोबार से होने वाले मुनाफ़े से आप ख़रीदी की रक़म चुकाएँगे। अगर कोई मुनाफ़ा नहीं होता है, तो कोई रक़म भी नहीं चुकाई जाएगी। जो भी किसी लाभदायक कारोबार को बेच रहा है, वह मुनाफ़े के रूप में क़ीमत का महत्त्वपूर्ण हिस्सा लेने को राज़ी हो जाएगा। अगर कोई मुनाफ़े में से क़ीमत लेने का इच्छुक न हो, तो आप ख़ुद ही यह आकलन कर सकते हैं कि क्या आप इसे ख़रीदना चाहते हैं।

किसी कारोबार को शुरू करने के दूसरे क्षेत्र का संबंध नेटवर्क मार्केटिंग से है। आज कई उत्कृष्ट नेटवर्क मार्केटिंग कंपनियाँ हैं। दुर्भाग्य से, बहुत सी ख़राब कंपनियाँ भी हैं। नियम यह है। ख़ुद का व्यवसाय शुरू करने पर जो भी चीज़ें कारोबारी नियोजन, बेचने, बजट बनाने, अनुमान लगाने और निवेश करने में महीनों और वर्षों तक लागू होती हैं, वह हर चीज़ सफल नेटवर्क मार्केटिंग व्यवसाय बनाने पर भी लागू होती है। यदि आप अपना कारोबार बनाने में 3 से 5 साल तक निवेश करने को तैयार न हों, तो इसमें न उतरें।

भावी उद्यमियों के लिए सबसे बड़ा जाल फटाफट-अमीर-बनो योजनाओं, आसान पैसे, कुछ-नहीं-के-बदले-कुछ पाने के विचारों का लालच है, जिनका विज्ञापन और प्रचार हर जगह होता है। ज़्यादातर युवाओं की मानसिकता में सफलता की प्रक्रिया का शॉर्टकट खोजने की जोशीली इच्छा होती है। वे क़तार लाँघने के तीव्र और आसान मार्ग की तलाश कर रहे हैं। वे कड़ी मेहनत और त्याग के संदर्भ में पूरी क़ीमत चुकाए बिना सबसे आगे पहुँचना चाहते हैं।

निर्णय लें कि आप ऐसा नहीं करेंगे। किसी भी फटाफट-अमीर-बनो योजनाओं की न तो तलाश करें, न ही सुनें। यदि यह इतनी अच्छी लगती है कि सच नहीं हो सकती, तो यह शायद सच है ही नहीं। दूर चले जाएँ।

कुछ नहीं के बदले कुछ पाने का विचार आपके भविष्य के लिए घातक हो सकता है।

एक बार जब आप किसी नए व्यवसाय का निर्णय ले लें, तो याद रखें कि आज मूल्य के बुनियादी साधन समय और ज्ञान हैं। समय का अर्थ है वह गति, जिससे आप अपने प्रॉडक्ट या सेवा को ग्राहकों तक पहुँचा सकते हैं। ज्ञान का अर्थ है वह बौद्धिक सामग्री, जो आप अपने प्रॉडक्ट, सेवा या व्यवसाय में भरते हैं। इसी से आपका काम आपके ग्राहकों के लिए आपके प्रतिस्पर्धियों से ज़्यादा महत्त्वपूर्ण और मूल्यवान बनता है।

घर पर अपना नया कारोबार शुरू करने से आपको विशेष वित्तीय और कर लाभ मिलते हैं। अपना होमवर्क करें। यह पता लगाएँ कि वे लाभ कौन से हैं। अपने सभी वित्तीय सौदों में हर एक के साथ पूरी तरह सही रास्ते पर चलें। अपने बैंकरों, सप्लायरों, ग्राहकों और टैक्स अधिकारियों के साथ ईमानदार रहें। याद रखें, जीवन बहुत लंबा होता है और आप वित्तीय दृष्टि से जो भी करते हैं, उसकी छाया बरसों तक आपके पीछे चलती है।

आज अपना ख़ुद का व्यवसाय शुरू करके वित्तीय सफलता पाने का आपके पास जितना बेहतर समय है, उतना कभी नहीं रहा। किसी ने जो भी किया है और ख़ास तौर पर कोई ऐसी चीज़, जो सैकड़ों-हज़ारों या लाखों लोगों ने की है, उसे आप भी कर सकते हैं और शायद बेहतर तरीक़े से कर सकते हैं।

आप लाखों उद्यमियों के ज्ञान और अनुभव की पीठ पर सवारी कर सकते हैं, जो अपने सर्वश्रेष्ठ विचार और ज्ञान को पुस्तकों, ऑडियो प्रोग्राम और सेमिनारों में प्रदान करते हैं। दूसरों ने आपसे पहले जो किया है, वही करके आप सबसे सफल व्यवसायियों में से एक बन सकते हैं। आपने अपनी कल्पना पर जो सीमाएँ लगाई हैं, उनके अलावा कोई सीमाएँ नहीं हैं।

अध्याय 9

प्रभावित करने की कला

आप जो भी लक्ष्य हासिल करते हैं, उसमें दूसरे लोग अवश्य शामिल होंगे। आपके लिए जो भी संभव है, यदि आप वह सब हासिल करना चाहते हैं, तो आपको दूसरे लोगों से मोल-भाव करने, उन्हें राज़ी करने और प्रभावित करने में उत्कृष्ट बन जाना चाहिए। सौभाग्य से, ये ऐसी योग्यताएँ हैं, जिन्हें आप अपनी कल्पना से ज़्यादा तेज़ी से सीख सकते हैं।

जीवन में 85 प्रतिशत सफलता आपको दूसरों के साथ प्रभावी ढंग से व्यवहार करने की योग्यता से मिलेगी। यह उन लोगों की संख्या से तय होगी, जिन्हें आप जानते हैं और जो आपके बारे में अच्छी राय रखते हैं। आप जो भी हासिल करते हैं, वह लगभग हर चीज़ दूसरे स्त्री-पुरुषों की बदौलत मिलती है, जो आपके जीवन के अति महत्त्वपूर्ण पलों में आपको सहयोग देने के लिए वहाँ मौजूद थे। ये लोग आपके सर्वश्रेष्ठ हितों में काम करें, इस तरह उन्हें प्रभावित करने की योग्यता उन सबसे महत्त्वपूर्ण योग्यताओं में से एक है, जिन्हें आप विकसित कर सकते हैं। आप इसे विकसित कर सकते हैं, बशर्ते आप सचमुच चाहें।

व्यक्तिगत नेतृत्व का एक गुण यह है कि आपमें लोगों को अपने साथ लेकर चलने की योग्यता होनी चाहिए, ताकि वे आपके लक्ष्य हासिल करने में सहयोग करें। वास्तव में दूसरों को प्रभावित करने की योग्यता का विपरीत है दूसरों से प्रभावित होना।

आप या तो प्रोएक्टिव हो सकते हैं या फिर प्रतिक्रियाशील हो सकते हैं। या तो आप दूसरे लोगों के साथ जा सकते हैं या फिर आप उन्हें अपने

साथ चलने के लिए राज़ी कर सकते हैं। इस अध्याय में आप व्यक्तिगत प्रभाव के क्षेत्र में खोजे गए कुछ सबसे अच्छे विचार सीखेंगे।

प्राचीन यूनानियों ने एक व्यक्तित्व पर दूसरे के प्रभाव के बारे में विस्तार से लिखा था। अरस्तू ने संप्रेषण की प्रक्रिया का सार बताते हुए कहा था कि इसमें तीन हिस्से शामिल होते हैं : ईथॉस, पैथॉस और लोगॉस। ये पूरे इतिहास में नहीं बदले हैं।

संप्रेषण के पहले हिस्से "ईथॉस" को परिभाषित करते हुए कहा गया था कि यह बोलने वाले व्यक्ति का नैतिक तत्व और चरित्र होता है। ईथॉस का संबंध उस व्यक्ति से होता है, जो आप अंदर से हैं - आपके मूल्य और नैतिकता। इतनी ही महत्त्वपूर्ण बात, इसका संबंध उस व्यक्ति से भी होता है, जो सामने वाला आपको मानता है।

यदि आप बिक्री या व्यवसाय के क्षेत्र में हैं, तो सामने वाला आपको जैसा मानता है, उसी से काफ़ी हद तक यह तय होगा कि आपका उस पर कितना प्रभाव पड़ेगा। उसकी नज़रों में आपकी विश्वसनीयता का स्तर यह तय करेगा कि वह आपके दावों या सुझावों पर कैसी प्रतिक्रिया करता है।

व्यक्तिगत विश्वसनीयता के क्षेत्र में नियम यह है, "हर चीज़ महत्त्वपूर्ण होती है।" आप जो भी कहते या करते हैं, उससे सामने वाले को प्रभावित करने की आपकी योग्यता या तो बढ़ती है या घटती है। कोई भी चीज़ तटस्थ नहीं होती।

"हर चीज़ महत्त्वपूर्ण होती है," इस नियम के अमल का शायद सबसे आसान उदाहरण आपकी छवि या हुलिया है। आपने यह बात सुनी है कि आपको पहली अच्छी छवि छोड़ने का दूसरा मौक़ा कभी नहीं मिलता। सच्चाई यह है कि जब आप किसी से मिलते हैं, तो वह लगभग चार सेकंड में आपके बारे में एक निर्णय ले लेता है और यह निर्णय शुरुआती मुलाक़ात के 30 सेकंड के भीतर ही काफ़ी पुख़्ता हो जाता है।

बड़ी कंपनियों में लोगों को नियुक्त करने के लिए ज़िम्मेदार मैनेजर इस बात को मानते हैं कि वे किसी उम्मीदवार से पहली बार मिलने के 30 सेकंड के भीतर ही उसे नियुक्त करने या न करने का निर्णय ले लेते हैं। हो सकता है कि वे उसका साक्षात्कार लें, व्यक्तित्व और योग्यता के परीक्षण

भी कराएँ, लेकिन निर्णय पहले ही लिया जा चुका है। आप बाहर से जैसे दिखते हैं, उसमें योगदान देने वाली हर चीज़ आपकी विश्वसनीयता यानी आपके ईथॉस को प्रभावित करती है। यदि यह आपकी मदद नहीं कर रही है, तो यह आपको नुक़सान पहुँचा रही है। आपका बाहरी हुलिया महत्त्वपूर्ण है, क्योंकि हालाँकि आपका अपनी शारीरिक बनावट पर बहुत कम नियंत्रण होता है, लेकिन अपनी पोशाक और अलंकरण पर आपका पूरा नियंत्रण होता है। दरअसल, हम आम तौर पर मानते हैं कि कोई व्यक्ति जान-बूझकर अपने हुलिए के हर हिस्से से अपने बारे में एक व्यक्तिगत कथन कह रहा है, जिसे वह कभी भी बदल सकता है।

जब आप किसी से मिलते हैं, तो जो पहली छवि छूटती है, उसमें आपकी पोशाक का 95 प्रतिशत योगदान होता है। ऐसा इसलिए है, क्योंकि आपकी पोशाक आपके 95 प्रतिशत शरीर को ढँकती है। इसके अलावा, आपका अलंकरण, आपके बालों की शैली और गर्दन से ऊपर के आपके हुलिये के दूसरे तत्व एक असाधारण प्रभाव डालते हैं, जिससे सामने वाले आपको तौलते हैं या आपका मूल्यांकन करते हैं।

पर्स या ब्रीफ़केस, घड़ी, टाई, स्कार्फ़, अँगूठी, पेन आदि सहायक वस्तुएँ मिलकर आपको दूसरों को प्रभावित करने में सक्षम या अक्षम बनाती हैं।

दूसरों को प्रभावित करने में अलग-अलग पोशाकों या सहायक वस्तुओं के प्रभाव पर कई परीक्षण किए गए हैं। मिसाल के तौर पर, कई मामलों में एक कंपनी में एक व्यक्ति काला कोट पहनकर गया और दूसरा हल्का भूरा कोट पहनकर गया। दोनों एक पैकेज लेकर सेक्रेटरी या रिसेप्शनिस्ट से मिले। उन्होंने उसे बताया कि वे निर्णय लेने वाले अधिकारी को व्यक्तिगत रूप से वह पैकेज देना चाहते हैं।

दस में से आठ-नौ मामलों में हल्के भूरे कोट वाले को अधिकारी से मिलने का मौक़ा दिया गया। दस में से आठ-नौ मामलों में काले कोट वाले को अस्वीकृत कर दिया गया या प्रवेश नहीं दिया गया। हर चीज़ महत्त्वपूर्ण होती है।

यूनानियों ने संप्रेषण और प्रभाव के जिस दूसरे हिस्से को पहचाना था, उसे “पैथॉस” कहा जाता है। पैथॉस का संबंध संप्रेषण के भावनात्मक घटकों से है। आधुनिक बिक्री और मार्केटिंग में पैथॉस भावनाओं के प्रति आग्रह

करने की योग्यता है; यह संभावित ग्राहक की गहरी अवचेतन आवश्यकताओं के प्रति आग्रह करने की योग्यता है।

तथ्य यह है कि लोग जो भी कहते या करते हैं, उसमें शत-प्रतिशत भावनात्मक होते हैं। यही वजह है कि हमारे सभी निर्णय और अनिर्णय इस बात से तय होते हैं कि हम उस पल कैसा महसूस करते हैं। इसलिए दूसरों पर सबसे ज़्यादा प्रभाव डालने के लिए हमें उनके साथ भावनात्मक जुड़ाव बनाने की योग्यता चाहिए होती है। हमें उन घटकों को पहचान लेना चाहिए, जिनकी वजह से वे एक या दूसरी तरफ़ प्रबलता से महसूस करते हैं।

हम यह छोटी कविता अपने बिक्री सेमिनारों में सुनाते हैं : "अगर आप टिम जोन्स को टिम जोन्स की निगाहों से देख सकें, तो आप टिम जोन्स को वह बेच सकते हैं, जो टिम जोन्स ख़रीदता है।"

इसका मतलब है कि यदि आप परानुभूति के उच्च स्तर पर पहुँच सकें और ख़ुद को सामने वाले के दिलोदिमाग़ में पहुँचा सकें, तो आप उनके कार्यों और व्यवहार पर शक्तिशाली प्रभाव डाल सकते हैं।

सर्वश्रेष्ठ सेल्सपीपुल और दूसरों के व्यवहार पर सबसे सफल प्रभाव डालने वाले लोग बेहद संवेदनशील होते हैं और दूसरों के प्रति परानुभूति रखते हैं। वे दूसरों की बातें बहुत ग़ौर से सुनते हैं और अनकहे संदेश भी सुन लेते हैं, जो कहे गए शब्दों के बीच में छिपे रहते हैं। वे यह बात जानते हैं कि कुछ चीज़ें हैं, जो कही जा रही हैं और कुछ चीज़ें हैं, जो कही नहीं जा रही हैं। आपको अपने अहम को लंबे समय तक दूर रखने की ज़रूरत होती है, ताकि आप किसी लेज़र किरण की तरह सामने वाले पर ध्यान केंद्रित कर लें। ऐसा करने पर आप अक्सर सामने वाले की चिंताओं के बारे में जागरूक हो जाते हैं, जिन्हें आप अनदेखा कर सकते थे, अगर आप अपने प्रॉडक्ट या सेवा में उलझे रहते या अपने ख़ुद के संदेश को सामने वाले तक पहुँचाने की कोशिश में जुटे रहते।

दूसरों को प्रभावित करने के लिए आप संभवतः जो सबसे शक्तिशाली तकनीक विकसित कर सकते हैं, वह यह है कि आप सावधानी से प्रश्न पूछें और जवाबों को ग़ौर से सुनें। सुनने से विश्वास और विश्वसनीयता का निर्माण होता है। कोई व्यक्ति सचमुच जो कह रहा है, जब आप उसे

ज़्यादा सुनते हैं, तो वह आप पर विश्वास करने लगेगा और आपके प्रभाव के प्रति खुल जाएगा।

संप्रेषण का या मानव प्रभाव का तीसरा हिस्सा है लोगॉस। यूनानियों के अनुसार लोगॉस का संबंध किसी संदेश के तथ्यात्मक तत्व से है। इसका संबंध उस तर्क से है, जो आप सामने वाले को अपने दृष्टिकोण का विश्वास दिलाने के लिए पेश करते हैं। यह वह हिस्सा है, जहाँ आप अपनी दलील देते हैं और सामने वाले को अपनी बात से सहमत करने की कोशिश करते हैं। यहीं पर दूसरों को प्रभावित करने की आपकी योग्यता का प्रदर्शन होता है।

बिक्री में राज़ी करने की प्रक्रिया के तीन हिस्से होते हैं। सबसे पहला होता है, संभावित ग्राहक से तालमेल बनाना। दूसरा, ग्राहक की समस्या या आवश्यकता को पहचानना। और तीसरा, सभी बातों पर विचार करते हुए अपने प्रॉडक्ट या सेवा को आदर्श समाधान के रूप में पेश करना। आप इनमें से प्रत्येक क्षेत्र में जितने ज़्यादा प्रभावी होते हैं, आप ख़रीदारी के निर्णयों को उतने ही ज़्यादा सकारात्मक तरीक़े से प्रभावित करेंगे और आप उतने ही ज़्यादा सफल होंगे।

आज आपकी सफलता काफ़ी हद तक उन संबंधों की गुणवत्ता और संख्या के आधार पर तय होती है, जो आप समय के साथ बनाते और बढ़ाते हैं। आज के व्यावसायिक संसार में संबंध ही सब कुछ हैं। हम हमेशा उन लोगों के साथ व्यवसाय करना पसंद करते हैं, जिन्हें हम जानते हैं, पसंद करते हैं और जिनका हम सम्मान करते हैं। हमारे जीवन में ये लोग जितने ज़्यादा होते हैं, हमारे लिए उतने ही ज़्यादा अवसर खुल जाते हैं और हम उनका लाभ लेने में उतने ही ज़्यादा सक्षम बन जाते हैं।

हम अक्सर इसे "मित्रता घटक" कहते हैं। कोई व्यक्ति आपके साथ तब तक व्यवसाय नहीं करेगा, जब तक कि उसे यह विश्वास न हो जाए कि आप उसके मित्र हैं और उसके सर्वश्रेष्ठ हितों में काम कर रहे हैं। आप किसी व्यक्ति को तब तक प्रभावित नहीं कर सकते, जब तक कि वह आपको पसंद न करता हो। ज़ाहिर है, डराकर दूसरों को प्रभावित करना आपके लिए संभव हो सकता है, लेकिन इस तरह का प्रभाव सिर्फ़ तभी तक क़ायम रहता है, जब तक कि सामने वाला स्थिति से बाहर निकलने का कोई तरीक़ा नहीं खोज लेता।

दूसरों को प्रभावित करने का सबसे अच्छा तरीक़ा मित्रता घटक के प्रति आग्रह करके उनका सम्मान हासिल करना है। इसमें सामने वाले के साथ समय बिताने की ज़रूरत होती है। आप किसी व्यक्ति में जितने ज़्यादा समय का निवेश करने को तैयार होते हैं, वह आप पर उतना ही ज़्यादा भरोसा करेगा और यह महसूस करेगा कि आप उसके सर्वश्रेष्ठ हितों में काम कर रहे हैं। यह जितना ज़्यादा स्पष्ट होता है कि आप सामने वाले की परवाह करते हैं और उसकी वास्तविक ज़रूरत को पूरा करते हैं, इस बात की उतनी ही ज़्यादा संभावना होती है कि वह आपके प्रभाव के प्रति खुल जाएगा। यह विपरीत लिंग के सदस्यों, आपके जीवनसाथी, बच्चों और मित्रों के साथ आपके व्यक्तिगत संबंधों में और भी ज़्यादा महत्त्वपूर्ण है।

लोगों को यह जितना ज़्यादा महसूस होता है कि आप उनकी परवाह करते हैं, वे आपके प्रभाव के प्रति उतने ही ज़्यादा खुल जाएँगे।

"हू इज़ हू इन अमेरिका" के 1,500 सदस्यों के बीच गैलप संगठन द्वारा किए एक सर्वे में उजागर हुआ कि सबसे सफल अमेरिकियों ने अपनी सफलता को परिभाषित करने में दूसरों के सम्मान को सबसे महत्त्वपूर्ण घटक माना।

उन्होंने कहा कि उनके लिए सफलता के सबसे महत्त्वपूर्ण पैमाने ये थे, पहला उनके माता-पिता का सम्मान हासिल करना; दूसरा उनके जीवनसाथी और बच्चों का सम्मान हासिल करना; तीसरा उनके साथियों और सहकर्मियों का सम्मान करना और चौथा, मानव जाति का सम्मान हासिल करना।

हम सचमुच अपना सम्मान तभी करते हैं, जब हम महसूस करते हैं कि वे लोग हमारा सम्मान कर रहे हैं, जिनकी राय की हम परवाह करते हैं। हम उस सम्मान को अर्जित करने और बनाए रखने के लिए काफ़ी कोशिश करेंगे। किसी ने एक बार कहा था, "जीवन में हम जो भी करते हैं, वह हर चीज़ किसी न किसी का सम्मान हासिल करने या सम्मान गँवाने से बचने के लिए करते हैं।"

हम जो हैं और हमने जितना हासिल किया है, उसके लिए कोई हमारा सम्मान करता है, यह हम जितना ज़्यादा महसूस करते हैं, उस व्यक्ति से हम उतने ही ज़्यादा प्रभावित होते हैं।

अपने प्रति दूसरों का सम्मान बढ़ाने के लिए आप दो चीज़ें कर सकते हैं। पहली चीज़ है अपने क्षेत्र में अपना ज्ञान बढ़ा लें। आप अपनी विशेषज्ञता के क्षेत्र में बहुत ज्ञानी हैं, इस बात का लोगों को जितना ज़्यादा विश्वास होता है, वे आपका उतना ही ज़्यादा सम्मान करेंगे। लगभग हर क्षेत्र में सबसे ज़्यादा भुगतान उन्हीं को मिलता है, जो आम लोगों से ज़्यादा जानते हैं। उन्हें विशेषज्ञ माना जाता है और वे उसे विकसित कर लेते हैं, जिसे "विशेषज्ञ शक्ति" कहा जाता है। उनके श्रेष्ठ ज्ञान की बदौलत लोग उनका सम्मान करते हैं और उनकी बात सुनते हैं। उनकी राय में ज़्यादा वज़न होता है। उनमें लोगों को एक ख़ास तरीक़े से काम करने के लिए प्रभावित करने की क्षमता होती है, जो वे कभी नहीं करते, अगर वे उनके ज्ञान का सम्मान नहीं करते।

सर्वश्रेष्ठ सेल्सपीपुल वे लोग हैं, जो अपने प्रॉडक्ट्स की रग-रग से वाक़िफ़ होते हैं। वे अपने प्रतिस्पर्धी के प्रॉडक्ट्स की शक्तियों और कमज़ोरियों को भी पूरी तरह जानते हैं। वे जानते हैं कि उनके प्रॉडक्ट्स कितने सारे तरीक़ों से उनके ग्राहकों की सबसे महत्त्वपूर्ण और त्वरित इच्छाओं व आवश्यकताओं को पूरा कर सकते हैं।

बेन फ़ेल्डमैन संभवतः सभी युगों के सबसे सफल और मशहूर बीमा सेल्समैन थे। बेन फ़ेल्डमैन जीवन बीमा व्यवसाय में किंवदंती थे। उन्हें *गिनीज़ बुक ऑफ़ वर्ल्ड रिकॉर्ड्‌स* में विश्व का महानतम सेल्समैन कहा गया है।

बेन फ़ेल्डमैन के बारे में और उनके द्वारा कई पुस्तकें व लेख लिखे गए हैं। उनमें से कई उनकी सफलता के स्तर हासिल करने के सबसे महत्त्वपूर्ण कारणों में से एक बताते हैं। कई वर्षों तक बेन फ़ेल्डमैन ने हर रात को दस बजे से लेकर बारह बजे तक दो घंटे जीवन बीमा के क्षेत्र में अध्ययन किया। उन्होंने न सिर्फ़ जीवन बीमा का अध्ययन किया, बल्कि बेचने की पद्धतियों, राज़ी करने की योग्यताओं, लोगों को प्रभावित करने की कला, वित्तीय नियोजन, बीमांकिक तालिकाओं और हर दूसरे महत्त्वपूर्ण लगने वाले विषय का भी अध्ययन किया, जिससे वे ज़्यादा ज्ञानी बने और इस तरह अपने ग्राहकों की सेवा करने में ज़्यादा सक्षम बने।

उनका दूर-दूर तक सम्मान होता था, क्योंकि उनमें यह कमाल की योग्यता थी कि वे व्यवसाय मालिकों की मदद करने के लिए विभिन्न प्रकार

के जीवन बीमा साधनों को इस तरह से मिलाते थे, ताकि उनकी एक वित्तीय जागीर बन जाए, जो उनके गुज़रने के बाद भी क़ायम रह सके। वे "विशेषज्ञ शक्ति" के जीते-जागते प्रतीक बन गए। इस शक्ति के कारण उनमें दूसरों को प्रभावित करने की ज़बर्दस्त योग्यता थी। फलस्वरूप वे बहुत दौलतमंद, सफल और सम्मानित बन गए।

दूसरों को प्रभावित करने का एक और तरीक़ा है उत्कृष्ट प्रदर्शन। विशेषज्ञता ज्ञान पर निर्भर होती है, लेकिन यह इससे ज़्यादा है। यह आपके ज्ञान पर कर्म करने और परिणाम हासिल करने की योग्यता है। विशेषज्ञता आपके चुने हुए क्षेत्र में बहुत अच्छा प्रदर्शन करने की योग्यता है। विशेषज्ञता के उच्च स्तरों वाले स्त्री-पुरुष अपनी योग्यताओं को लगातार निखारने की मेहनत करते हैं। समय के साथ वे अपने क्षेत्र में बहुत सर्वश्रेष्ठ के रूप में दूर-दूर तक मशहूर हो जाते हैं।

सफलता और प्रभाव के लिए जो सबसे महत्त्वपूर्ण गुण आवश्यक हैं, उनमें से एक है परिणाम-केंद्रित होना। यह परिणाम हासिल करने की योग्यता है, काम पूरा करने की योग्यता है, सामान पहुँचाने की योग्यता है। परिणाम हासिल करने की योग्यता आपके आस-पास के हर व्यक्ति का सम्मान अर्जित करेगी। यह आपको लोगों पर इतना ज़्यादा प्रभाव डालने में सक्षम बना देगी, जो सामान्य व्यक्ति कभी सोच भी नहीं सकता।

हर कंपनी में कुछ चुनिंदा स्त्री-पुरुष होते हैं, जिन पर यह भरोसा किया जा सकता है कि वे काम पूरा कर देंगे। ये वे स्त्री-पुरुष होते हैं, जो अपने वादे पूरे करते हैं। जब वे कहते हैं कि वे कोई चीज़ कर देंगे, तो वे न सिर्फ़ उसे कर देते हैं, बल्कि हर एक की उम्मीद से बेहतर करते हैं। संगठन के लक्ष्यों के प्रति वे जो महत्त्वपूर्ण योगदान देते हैं, उसके लिए उनका सम्मान किया जाता है। जब वे बोलते हैं, तो दूसरे सुनते हैं। उनमें लोगों - ऊपर वाले, नीचे वाले और अपने स्तर वाले - को प्रभावित करने की ज़बर्दस्त योग्यता होती है, क्योंकि हर व्यक्ति उनकी ओर प्रशंसा भरी नज़रों से देखता है कि ये लोग परिणाम देते हैं।

ज़्यादा प्रभावी बनने का एक और तरीक़ा है सकारात्मक मानसिक नज़रिया विकसित करना। आप ख़ुद के और अपने काम के बारे में जितने

ज़्यादा सकारात्मक और आशावादी होते हैं, दूसरे लोगों पर आपका प्रभाव उतना ही ज़्यादा होगा।

भावनाएँ संक्रामक होती हैं। आपकी भावनाओं का दूसरों के व्यवहार पर असर होता है। जब आप अपने काम को लेकर रोमांचित होते हैं, तो आप दूसरों को भी रोमांचित कर देते हैं। आप जो कर रहे हैं, आप जो बेच रहे हैं या सेवा दे रहे हैं, उसे लेकर आप जितने ज़्यादा सकारात्मक और आशावादी होते हैं, दूसरे लोग भी आपके प्रति उतने ही ज़्यादा सकारात्मक होंगे। इसलिए आपके लिए उन्हें प्रभावित करना ज़्यादा आसान हो जाएगा कि वे आपके प्रॉडक्ट या सेवाएँ ख़रीदें, आपके विचारों को स्वीकार करें, आपके प्रभाव तले आ जाएँ, और वे चीज़ें करें, जो आप अपने लक्ष्य हासिल करने के लिए उनसे कराना चाहते हैं।

आप ज़्यादा सकारात्मक मानसिक नज़रिया तब विकसित करते हैं, जब आप हर स्थिति में अच्छाई की लगातार तलाश करते हैं। जीवन और समस्याओं के प्रति "सकारात्मक भ्रमरोगी" की नीति अपनाएँ। कल्पना करें कि सृष्टि में एक षड्यंत्र चल रहा है और इसका लक्ष्य आपको सफल व ख़ुश बनाना है। हमेशा हर बादल में आशा की किरण की तलाश करें।

व्यवसाय में आपके संभावित ग्राहकों की समस्याएँ या आपत्तियाँ चाहे जो हों, आप उन आपत्तियों से उबरने और उन्हें हिचकने के बजाय आगे बढ़ने के कारणों में बदलने के सृजनात्मक तरीक़े की तलाश करते हैं।

जब भी आप कोई सकारात्मक पुस्तक पढ़ते हैं, सकारात्मक ऑडियो प्रोग्राम सुनते हैं या सकारात्मक लोगों से बातचीत करते हैं, तो आप अपने सकारात्मक मानसिक नज़रिये को प्रबल बना रहे हैं और ज़्यादा प्रभावी व प्रेरक इंसान भी बन रहे हैं।

आदान-प्रदान का नियम व्यक्तिगत प्रभाव के सबसे शक्तिशाली सिद्धांत को समझाता है। इसे बोने और काटने का नियम कहा जाता है। इसे क्रिया और प्रतिक्रिया का नियम भी कहा जाता है। रैफ़ वाल्डो इमर्सन ने इसे पारितोषिक का नियम कहा था और नेपोलियन हिल ने इसे अति-पारितोषिक का नियम कहा था। आदान-प्रदान के नियम का सर्वश्रेष्ठ सार "स्वर्णिम नियम" में समाहित है, जो कहता है कि आप दूसरों के साथ वैसा ही करें,

जैसा आप उनसे अपने लिए कराना चाहते हैं; दूसरों से उसी तरह प्रेम करें, जिस तरह आप ख़ुद से प्रेम करते हैं।

व्यापक शोध के बाद एरिज़ोना युनिवर्सिटी के पूर्व प्रशिक्षक डॉ. रॉबर्ट सियाल्डिनी इस नतीजे पर पहुँचे कि किसी व्यक्ति को प्रभावित करने का सबसे तीव्र और सबसे असरदार तरीक़ा यह है कि आप उस व्यक्ति की कोई भलाई कर दें। जब आप किसी के लिए कुछ करते हैं, तो वह अहसान महसूस करता है और उसे लगता है कि उसे किसी तरह से बदला चुकाना चाहिए। कोई भी किसी के अहसान तले नहीं दबना चाहता, इसलिए हम किसी तरह तराजू के पलड़े बराबर करने की ताक में रहते हैं।

इसका यह मतलब है कि हम सभी में अपने व्यवहार में दूसरों के प्रति न्यायपूर्ण रहने की एक गहरी अवचेतन इच्छा होती है। अगर किसी ने हमारे लिए कोई अच्छी चीज़ की है, तो हमें यह न्यायपूर्ण लगता है कि हम बदले में उसका भला करें। आप दूसरों के लिए कितनी सारी अच्छी चीज़ें कर सकते हैं, उनकी कोई सीमा नहीं है।

कई सफल सेल्सपीपुल अपने संभावित ग्राहकों को नाश्ते या लंच पर ले जाने की आदत डाल लेते हैं। नाश्ते या लंच पर वे अपने प्रॉडक्ट या सेवा के बारे में बातचीत नहीं करते हैं। वे सिर्फ़ छुटपुट बातचीत करते हैं, सवाल पूछते हैं और सुनते हैं। वे विश्वास बढ़ाने और दोस्ताना संबंध बनाने पर ध्यान केंद्रित करते हैं। नाश्ते या लंच के अंत में वे संभावित ग्राहक को बताते हैं कि वे भविष्य में किसी समय उससे संपर्क करेंगे और किसी तरह उसकी मदद करने के बारे में बात करेंगे। वे बस इतना ही कहते हैं और कोई चीज़ बेचने की कोशिश नहीं करते हैं।

आज सर्वश्रेष्ठ सेल्सपीपुल और कारोबारी लोग वे हैं, जो अपने ग्राहकों और संभावित ग्राहकों को अपना मित्र व साझेदार मानते हैं। वे हमेशा अपने साझेदारों के जीवन को बेहतर बनाने के तरीक़ों की तलाश करते रहते हैं, भले ही वे उस प्रॉडक्ट या सेवा से सीधे न जुड़े हों, जिसे वे बेच रहे हैं। वे लगातार सहायता के बीज बोते रहते हैं और वे नए व्यवसाय की फ़सल निरंतर काटते रहते हैं। वे अपने ग्राहकों व संभावित ग्राहकों में यह इच्छा पैदा कर देते हैं कि वे किसी तरह से उनकी दयालुता का बदला चुकाएँ। अंततः इससे बिक्री बढ़ती है और बहुत ज़्यादा बढ़ती है।

आदान-प्रदान के नियम को सक्रिय करने का एक अच्छा तरीक़ा यह है कि लोगों के लिए छोटी-छोटी चीज़ें करने के तरीक़ों की लगातार तलाश की जाए। अपने मित्रों और संभावित ग्राहकों के लिए अच्छे काम और अहसान करने के तरीक़ों की तलाश करें। थैंक-यू नोट भेजें। बर्थडे कार्ड भेजें। उनकी रुचि के विषयों पर अख़बार की कतरनें भेजें। हमेशा अपने वादे निभाएँ और ज़िम्मेदारियाँ पूरी करें। हमेशा वही करें, जो आपने कहा था कि आप करेंगे। अंदर डालने के लिए हर संभव चीज़ करें और अंततः विश्वास रखें कि आप अंततः कहीं ज़्यादा बाहर निकालेंगे।

आज तक किसी इंसान की मूर्ति इसलिए नहीं बनाई गई, क्योंकि उसने लिया। मूर्ति तो सिर्फ़ इसलिए बनाई गई, क्योंकि उसने दिया। दूसरों की ख़ातिर कुछ करने वालों की ही मूर्तियाँ बनती हैं। हमारे समाज के सबसे शक्तिशाली और प्रभावी लोग हमेशा दूसरों की ख़ातिर चीज़ें करने की तलाश कर रहे हैं। वे मुनाफ़ा पाने के बारे में बहुत कम सोचते हैं, कम से कम अल्प काल में। ऐसा लगता है कि लाभ की अपेक्षा के बिना आप दूसरों को जितना ज़्यादा देते हैं, आपको सबसे अनपेक्षित स्रोतों से बदले में उतना ही ज़्यादा मिलता है।

जब आप कारोबारी या निजी जीवन में किसी से बातचीत करते हैं या किसी नए व्यक्ति से मिलते हैं, तो आप जो सबसे अच्छे प्रश्न पूछ सकते हैं, उनमें से एक यह है, “क्या कोई ऐसी चीज़ है, जो मैं आपके लिए कर सकता हूँ?” कई बार वह कोई चीज़ बता देता है। ज़्यादातर समय वह नहीं बताता है। लेकिन चाहे जो हो, इस प्रश्न से सामने वाले पर एक सकारात्मक प्रभाव पड़ता है। इसकी बदौलत वह आपको अच्छा मानने लगता है। शायद हफ़्तों या महीनों बाद वह अहसान के लिए आपको फ़ोन करेगा, जो आप हमेशा कर देंगे। इसके फलस्वरूप आपके जीवन में कितनी सारी अच्छी चीज़ें होने लगेंगी, यह देखकर आप हैरान रह जाएँगे।

दूसरों पर ज़्यादा प्रभाव डालने के लिए आपको भी उनके प्रभाव में आने की ज़रूरत होती है। यह दोतरफ़ा मार्ग है। दो लोगों के बीच संबंध की गुणवत्ता का पैमाना यह है कि उनमें से प्रत्येक व्यक्ति सामने वाले को प्रभावित करने की अपनी योग्यता के बारे में कितना सक्षम महसूस करता है। आपको नई जानकारी स्वीकार करने और आवश्यकता पड़ने पर अपनी

धारणा बदलने के लिए भी तैयार रहना चाहिए। आपको दूसरों की आवश्यकताओं और भावनाओं पर प्रतिक्रिया करना चाहिए। आपको परिवर्तन की प्रतिक्रिया में लचीला बनना चाहिए और अपनी मानसिकता बदलने के लिए तैयार भी रहना चाहिए। अगर आपका वर्तमान तरीक़ा काम नहीं कर रहा है, तो आपको स्थितियों और समस्याओं का अलग तरीक़े से सामना करने के लिए भी तैयार रहना चाहिए।

लोगों की आवश्यकताओं व चिंताओं के बारे में आपमें परानुभूति और संवेदनशीलता है, लोग यह जितना ज़्यादा महसूस करते हैं, वे आपसे प्रभावित होने के लिए उतने ही ज़्यादा खुल जाएँगे। आप दूसरों को प्रभावित करने में जितने असरदार होंगे, अपने कारोबारी और व्यक्तिगत जीवन में उतना ही ज़्यादा हासिल करेंगे। आप अपने लक्ष्य ज़्यादा तेज़ी से हासिल करेंगे। आप उपलब्धि तक पहुँचने में कई वर्षों की कड़ी मेहनत बचा लेंगे।

यूएस स्टील के पूर्व अध्यक्ष चार्ल्स श्वाब ने एक बार कहा था, "मैं दूसरों को साथ लेकर चलने की योग्यता के लिए जितना ज़्यादा भुगतान दे सकता हूँ, उतना किसी दूसरी योग्यता के लिए नहीं।" अहम निर्णय लेने वाले ज़्यादातर लोगों का यही नज़रिया होता है। दूसरों को साथ लेकर चलने की आपकी योग्यता संभवतः वह सबसे मूल्यवान योग्यता है, जिसे आप तराश सकते हैं। आपके करियर में जो भी सकारात्मक चीज़ होती है, लगभग हर चीज़ की बुनियाद दूसरे लोगों के साथ प्रभावी व्यवहार की आपकी योग्यता होती है। "लोक व्यवहार की योग्यताओं" में विशेषज्ञ बनकर आप अपने कामकाजी जीवन की गुणवत्ता को बहुत ज़्यादा बढ़ा सकते हैं और अपनी आमदनी भी तेज़ी से बढ़ा सकते हैं।

दूसरी ओर, दूसरों को साथ लेकर चलने की अयोग्यता नौकरी में असफलता का सबसे बड़ा कारण है। द कारनेगी इंस्टीट्यूट ने 10,000 से ज़्यादा स्त्री-पुरुषों की फ़ाइलों की समीक्षा की, जिन्हें उनकी कंपनियों ने नौकरी से निकाला था। उन्होंने पाया कि इनमें से सिर्फ़ 5 प्रतिशत लोगों की नौकरी इसलिए गई थी, क्योंकि मंदी चल रही थी, उनमें तकनीकी योग्यताएँ नहीं थीं या वे अक्षम थे। लगभग 95 प्रतिशत व्यक्तियों को नौकरी से इसलिए निकाला गया, क्योंकि उनमें व्यक्तित्व की समस्याएँ थीं। कार्यालय में दूसरे लोगों को साथ लेकर न चल पाने की अयोग्यता की वजह से उनकी नौकरी गई।

हर मूल्यवान कंपनी में सकारात्मक लोगों को ही ज़्यादा महत्त्व मिलता है और वही ऊपर उठकर शिखर तक पहुँचते हैं। दूसरी तरफ़, नकारात्मक और मुश्किल लोगों को प्रमोशन के लिए बार-बार अनदेखा किया जाता है और आर्थिक मंदी के पहले संकेत पर ही नौकरी से निकाल दिया जाता है।

उच्च तकनीकी क्षेत्रों में भी 75 प्रतिशत कामकाजी समय दूसरों के साथ व्यवहार करने में गुज़रता है। प्रबंधन, प्रशासन, बिक्री और मानव संसाधन विकास के क्षेत्रों में संभवतः 90 प्रतिशत समय कामकाज की विविध स्थितियों में संप्रेषण करने, बातचीत करने और दूसरों की बात सुनने में बिताया जाता है।

एक आसान फ़ॉर्मूला है, जो किसी नौकरी में ज़्यादातर सफलता या असफलता का सूचक है। फ़ॉर्मूला है "टी X आर = पी।" "टी" का मतलब है आपके गुण, आपकी पृष्ठभूमि, आपकी योग्यताएँ, आपका ज्ञान, आपकी शिक्षा और आपका अनुभव। "आर" का मतलब है संबंध, अपने से ऊपर वाले, नीचे वाले और समान स्तर वाले लोगों के साथ संबंध। "पी" का मतलब है आपकी उत्पादकता। "पी" का मतलब मुनाफ़ा या तरक्की भी हो सकता है। चाहे जो हो, फ़ॉर्मूला आसान है और कामकाज में आपके साथ होने वाली घटनाओं तथा आपको मिलने वाले परिणामों की भविष्यवाणी करता है। टी X आर = पी।

बुनियादी गणित कहता है कि अगर आप समीकरण के बाएँ हिस्से में टी या आर किसी भी घटक को बढ़ा लें, तो आप योग को बढ़ा सकते हैं। अपने काम में लगातार बेहतर बनकर और दूसरों के साथ ज़्यादा प्रभावी ढंग से काम करने के तरीक़ों की लगातार तलाश करके आप अपने परिणामों और पुरस्कारों को बहुत ज़्यादा बढ़ा सकते हैं। इसके साथ ही आपकी शक्ति और प्रभाव भी बढ़ जाता है।

हम "मेरिटोक्रेसी" या बुद्धिशालियों के युग में जीते और काम करते हैं। इसका मतलब है कि हमें अपनी प्रवीणता के लिए जीवन में पुरस्कार इसलिए मिलते हैं, क्योंकि हमने दूसरों और हमारे संगठन के प्रति मूल्यवान योगदान दिया। हालाँकि कभी-कभार अपवाद भी होते हैं, जो आम तौर पर अल्पकालीन होते हैं, लेकिन हमें जो भुगतान मिलता है, वह अंततः परिणाम हासिल करने की हमारी योग्यता के सीधे अनुपात में होता है, जिसे दूसरे

लोग और कंपनियाँ मूल्यवान मानती हैं तथा जिसके लिए वे भुगतान करने की इच्छुक रहती हैं। बोने और काटने के नियम के अनुसार हममें से हर एक वही फ़सल काट रहा है, जिसे हमने बोया है। ज़्यादा और बेहतर "बोकर" हम भविष्य में ज़्यादा और बेहतर "फ़सल काट" सकते हैं।

कई बार लोगों के लिए यह स्वीकार करना मुश्किल होता है कि उन्हें उतना ही भुगतान मिल रहा है, जिसके वे लायक़ हैं; न उससे ज़्यादा न कम। हमें वह नहीं मिलता है, जो हम चाहते हैं, बल्कि वह मिलता है जिसके हम हक़दार होते हैं। हमारी वर्तमान आमदनी संसार के प्रति, हमारी कंपनी के प्रति और हमारे आस-पास के लोगों के प्रति हमारे योगदान का प्रतिबिंब है। अगर हम अपने पुरस्कार बढ़ाना चाहते हैं, तो हमें अपना योगदान बढ़ाना होगा।

आपका काम चाहे जो हो, उसमें सफलता की बुनियाद डालने के लिए "बुनियादी बातों में बेहतरीन" बनें। उस काम को पूरा करने में उत्कृष्ट बनें, जिसे करने के लिए आपको नौकरी दी गई है। सिर्फ़ कुछ चीज़ें करें, जो सबसे महत्त्वपूर्ण चीज़ें हों और उन्हें एक के बाद एक अच्छी तरह करें। जब आप इस तरह से काम करने की प्रतिष्ठा बना लेते हैं, तो अवसर के द्वार आपके लिए खुलने लगेंगे। आपके आस-पास के लोग आपके गुणों और योग्यताओं का और भी ज़्यादा ऊँचे स्तर पर इस्तेमाल करने में आपकी मदद करेंगे।

समीकरण का दूसरा हिस्सा अत्यंत महत्त्वपूर्ण है। आपकी "लोक-व्यवहार की योग्यताएँ" किसी भी दूसरी चीज़ से ज़्यादा यह तय करेंगी कि आपको वर्तमान या भविष्य में अपने गुणों से कितना ज़्यादा फ़ायदा मिलता है। आपको जिस एक क्षेत्र में बेहद योग्य बनना चाहिए, वह है लोगों का सहयोग और समर्थन हासिल करना, जिनकी मदद की ज़रूरत आपको अपनी वर्तमान जगह से अपनी मनचाही जगह तक पहुँचने के लिए होगी।

आइए, "ग्राहक संतुष्टि" के विचार से शुरू करते हैं। हममें से हर व्यक्ति ग्राहक संतुष्टि के व्यवसाय में है। आपका लक्ष्य यह है कि आप अपने ग्राहकों को किसी दूसरे से ज़्यादा अच्छी तरह संतुष्ट करें। यह व्यक्तिगत, व्यावसायिक और वित्तीय सफलता की कुंजी है। आप जो भी कमाते हैं और जो भी बनते हैं, वह हर चीज़ अपने ग्राहकों को संतुष्ट करने की आपकी

योग्यता के सीधे अनुपात में होती है। जिन चीज़ों के लिए वे भुगतान करने को तैयार हैं, आप उन्हें उनकी मनचाही चीज़ें सही समय पर देते हैं।

चाहे आप जहाँ भी हों और जो भी कर रहे हों, आपके ग्राहक होते हैं। "ग्राहक" की परिभाषा है वह व्यक्ति, जिसकी संतुष्टि आपकी आमदनी और संगठन में आपकी तरक्की की गति को तय करती है। "ग्राहक" वह व्यक्ति है, जो आपके प्रॉडक्ट या सेवा का इस्तेमाल करता है। चूँकि आप ग्राहक संतुष्टि के व्यवसाय में हैं, इसलिए आप हर उस व्यक्ति के साथ प्रतिस्पर्धा कर रहे हैं, जो अपनी आमदनी बढ़ाने की कोशिश कर रहा है और उसी ग्राहक को संतुष्ट करके अपने करियर को ऊपर उठाना चाहता है।

कामकाज में आपका पहले नंबर का ग्राहक आपका बॉस है। कुछ लोग यह सोचने की ग़लती कर बैठते हैं कि बॉस "आवश्यक बुराई" है। बहरहाल, अगर आप हर एक को संतुष्ट कर देते हैं, लेकिन अपने बॉस को नहीं कर पाते हैं, तो आपका कामकाजी जीवन दुखद होगा और आपका करियर ख़तरे में पड़ जाएगा। यदि आपका बॉस किसी कारण नाख़ुश है या लंबे समय तक अप्रसन्न है, तो आप गंभीर मुश्किल में पड़ जाएँगे और हो सकता है कि बेरोज़गार भी हो जाएँ।

जब आप अब तक के अपने कामकाजी जीवन को पीछे पलटकर देखेंगे, तो आपको याद आएगा कि आपके कामकाजी जीवन के सबसे अच्छे पल तब थे, जब आपके बॉस के साथ अच्छे संबंध थे। आपका बॉस आपके और आपके काम के बारे में जितना ज़्यादा ख़ुश होता है, आपका कामकाजी जीवन उतना ही बेहतर होगा और आपका भविष्य उतना ही ज़्यादा सुरक्षित होगा।

अपने बॉस के साथ अच्छा तालमेल बैठाने का शुरुआती बिंदु अपने बॉस की स्थिति समझना है। इसका मतलब यह पता लगाना है कि उसे अपने लक्ष्य हासिल करने के लिए और अपने बॉस की नज़रों में अच्छा दिखने के लिए आपसे क्या चाहिए। यदि आप अपनी कंपनी के मालिक हैं, तो आपका मुख्य बॉस आपका ग्राहक है, जो आपका प्रॉडक्ट या सेवा ख़रीदता है। आपके दूसरे बॉस हैं आपका बैंकर, आपके सप्लायर और हर वह व्यक्ति, जिसके समर्थन से आपका कारोबार चलता है। यदि आपका बॉस विभाग प्रमुख है, तो उसे भी सुरक्षित और सफल होने के लिए ऊपर, नीचे, आस-पास के

बहुत से लोगों को संतुष्ट करना होता है। स्थिति चाहे जो भी हो, आपका बॉस आपका सबसे महत्त्वपूर्ण ग्राहक है।

अगर आप कामकाज में आगे निकलना चाहते हैं, तो आपको अपने बॉस की आवश्यकताओं का पता लगाना चाहिए और उसकी मानसिक स्थिति को समझने के लिए उसकी वेवलेंग्थ पर पहुँचना चाहिए। अपने बॉस की वेवलेंग्थ पर पहुँचने के लिए आपको उसकी शीर्ष प्राथमिकताओं के बारे में पूरी तरह स्पष्ट होने की ज़रूरत है।

चाहे वे जो भी हों, उन्हें अपनी भी प्राथमिकताएँ बना लें। आपके बॉस के लिए जो काम सबसे महत्त्वपूर्ण हैं, उन्हें करने पर आप जितना ज़्यादा समय ख़र्च करते हैं, आपका यह ख़ास ग्राहक उतना ही ज़्यादा ख़ुश रहेगा।

आप उन्हीं चीज़ों पर काम कर रहे हैं, जिन्हें आपका बॉस अपने लक्ष्य हासिल करने के लिए सबसे महत्त्वपूर्ण मानता है, यह सुनिश्चित करने की दो महान तकनीकें हैं। पहली यह है कि आप अपने सभी कामों और गतिविधियों की सूची बना लें। लिख लें कि किन परिणामों को हासिल करने के लिए आपको पेरोल पर रखा गया है। ये इस प्रश्न के उत्तर हैं, "मुझे नौकरी पर क्यों रखा गया है?"

आप पेरोल पर क्यों हैं? आपको कौन से निश्चित काम करने के लिए नौकरी दी गई है? अपने काम को गतिविधियों के नहीं, परिणामों के संदर्भ में परिभाषित करें। आपको कौन से परिणाम हासिल करने के लिए नौकरी दी गई है? आउटपुट का अर्थ है वह पूरा कार्य, जो किसी दूसरे के लिए इनपुट बन जाता है। आपसे किस-किस आउटपुट की उम्मीद की जाती है?

यह सूची अपने बॉस के पास ले जाकर उनसे कहें कि वे उनकी प्राथमिकता के हिसाब से इस सूची को क्रम से जमा दें। अपने बॉस से आग्रह करें कि वे इन कामों को सबसे महत्त्वपूर्ण से सबसे कम महत्त्वपूर्ण के क्रम में जमा दें। एक बार जब आपका बॉस आपके कामों की प्राथमिकता तय कर दे, तो कुछ समय निकालकर बातचीत करें और सटीकता से पता लगाएँ कि वह हर क्षेत्र में आपसे क्या करने की उम्मीद करता है। आप दोनों को ही यह कैसे पता चलेगा कि काम सफलतापूर्वक पूरा हुआ है। आप परिणामों को कैसे मापेंगे?

मिसाल के तौर पर, अगर आप सेल्समैन हैं, तो आपके बॉस का मनचाहा बुनियादी परिणाम शायद निश्चित संख्या में बिक्री होगी। बिक्री के इस स्तर को हासिल करने और प्रक्रिया को मापने योग्य बनाने के लिए आपको यह आवश्यकता होगी कि आप निश्चित संख्या में कॉल करें, निश्चित संख्या में प्रस्तुतियाँ दें, निश्चित संख्या में प्रस्ताव दें और निश्चित संख्या में सौदे पूरे करें। सुनिश्चित करें कि आप इनमें से प्रत्येक आँकड़े को विभाजित कर लें, ताकि अगर आपकी बिक्री या आमदनी किसी प्रकार से कम है, तो आप यह प्रदर्शित कर सकें कि आपने अपने काम का हर दूसरा हिस्सा पूरा कर लिया है और बिक्री भी जल्दी ही हो जाएगी।

कामकाज के संसार में मनोबल व उत्साह घटाने वाली सबसे बड़ी चीज़ यह है, "यह नहीं जानना कि सामने वाला किस चीज़ की अपेक्षा करता है?" यह तब होता है, जब आप या दूसरे लोग सटीकता से यह नहीं जानते हैं कि आपसे क्या, कब करने की उम्मीद की जाती है और आपके काम का मूल्यांकन कैसे होगा। अपेक्षित कामों और परिणामों के बारे में स्पष्टता न होने पर आप अपने कामकाज के बारे में कुंठित और हताश बन सकते हैं। इस स्थिति से बचने के लिए अपने बॉस के साथ बैठने का समय निकालें और उन प्राथमिकताओं की स्पष्ट सूची बना लें, जिन्हें नापा जा सके और जिनकी समयसीमा भी हो।

प्राथमिकता स्थापित करने की दूसरी तकनीक यह है कि आप कार्डबोर्ड की एक शीट लें, जिस तरह राइटिंग पैड के पीछे का कार्डबोर्ड होता है। फिर अपने हर काम को एक स्टिक ऑन नोट पर लिख लें। तीन स्टिक ऑन नोट्स को इस कार्डबोर्ड की शीट पर महत्त्व के क्रम में लगा दें। पूरे पेज की फ़ोटोकॉपी कर लें। फिर स्टिक ऑन नोट्स वाली कार्डबोर्ड की यह शीट अपने बॉस के पास लेकर जाकर कहें कि वे उनकी प्राथमिकता के क्रम में स्टिक ऑन नोट्स को दोबारा जमा दें।

अपनी और बॉस की प्राथमिकता के अंतर पर शायद आपको हैरानी होगी। कई बार आप जिसे अपना बहुत महत्त्वपूर्ण काम मानते हैं, वह आपके बॉस के लिए बहुत कम प्राथमिकता वाला काम निकलता है। अनुरूपता की इस तरह की कमी संघर्ष, असंगति, अप्रसन्नता और मनोबल कम करने की ओर ले जा सकती है। अपने प्रति, अपने बॉस के प्रति और अपने भविष्य

के प्रति यह आपका दायित्व है कि आप प्राथमिकताओं को स्पष्ट कर लें और यह जान लें कि आपका सबसे महत्त्वपूर्ण काम कौन सा है और सबसे महत्त्वहीन काम कौन सा है।

कामकाज में सर्वश्रेष्ठ संप्रेषण वे होते हैं, जो काम कराने, समस्याएँ सुलझाने और लक्ष्य की बाधाओं को हटाने पर केंद्रित होते हैं। स्पष्ट प्राथमिकताओं और आउटपुट की ज़िम्मेदारियों के साथ आप अपने बॉस से प्रभावी संप्रेषण करने की आदर्श स्थिति में होते हैं।

जब भी आपको अपने बॉस से मिलना हो, तो हमेशा एक एजेंडा तैयार करें, जिसमें उन विषयों की सूची हो, जिन पर आप बातचीत करना चाहते हैं। आप हैरान रह जाएँगे कि हर बार एजेंडा तैयार करने पर आपकी मुलाक़ातें कितनी ज़्यादा तेज़ और कितनी ज़्यादा प्रभावी हो जाती हैं। इससे आपका बॉस आपसे मिलने के लिए ज़्यादा इच्छुक होगा। काम-केंद्रित चर्चाएँ जल्दी हो जाती हैं और दोनों पक्षों के लिए सहायक होती हैं। वे शैक्षणिक और जानकारी देने वाली होती हैं। वे आपको उन चीज़ों को सीखने में सक्षम बनाती हैं, जिन्हें आपको अपना काम अच्छी तरह करने के लिए जानना चाहिए। इनसे आपके बॉस को यह जानकारी भी मिलती रहती है कि आप कितना ज़्यादा और अच्छा काम कर रहे हैं तथा आपकी गतिविधियों की नवीनतम स्थिति क्या है।

अपने बॉस या किसी दूसरे के साथ पेश आने में आपको संप्रेषण की जिन दो अत्यंत महत्त्वपूर्ण योग्यताओं की ज़रूरत है, वे हैं बोलना और सुनना। अपने बॉस के साथ उच्च गुणवत्ता के संबंध क़ायम रखने का एक शक्तिशाली तरीक़ा है : प्रश्न पूछना, सावधानी से सुनना और नोट्स लेना।

एक कंपनी मालिक ने एक बार बताया कि उसके संगठन में 99 प्रतिशत समस्याएँ ख़राब संप्रेषण की वजह से खड़ी होती हैं। जब भी कोई व्यक्ति "ख़राब" संप्रेषण की बात करता है, तो लगभग हमेशा उसका मतलब होता है अस्पष्ट, अधूरा या संदिग्ध संप्रेषण।

ख़राब संप्रेषण बहुत समय बर्बाद करता है। जो भी चीज़ आपकी नौकरी में समय बर्बाद करती है, वह उन परिणामों को उत्पन्न करने की आपकी योग्यता कम कर देती है, जिनके लिए आपको भुगतान और तरक्की मिलती है। अगर आप अपने क्षेत्र के शिखर पर पहुँचने के बारे में गंभीर हैं,

तो आपको अस्पष्ट संप्रेषण जैसी चीज़ को सहन नहीं करना चाहिए। आप अपनी नौकरी में तीन प्रकार की शक्तियाँ विकसित कर सकते हैं, जो आगे निकलने में आपके लिए बहुत सहायक हो सकती हैं। उनमें से प्रत्येक उस पर आधारित है, जिस पर हम पहले ही बातचीत कर चुके हैं।

पहले प्रकार की शक्ति है "विशेषज्ञ शक्ति।" किसी भी संगठन में विशेषज्ञ वह व्यक्ति होता है, जिसे किसी अत्यंत महत्त्वपूर्ण क्षेत्र में बेहद सक्षम माना जाता है। अक्सर किसी संगठन में विशेषज्ञ वरिष्ठ एक्ज़ीक्यूटिव्ज़ से भी ज़्यादा शक्तिशाली होते हैं, क्योंकि ज़्यादातर मामलों में उनकी जगह पर दूसरे को नहीं रखा जा सकता। इसे अक्सर कंपनी की "अत्यंत महत्त्वपूर्ण योग्यता या बुनियादी सक्षमता" कहा जाता है, जिस पर इसकी सफलता निर्भर करती है।

आप जिस दूसरे प्रकार की "शक्ति" विकसित कर सकते हैं, वह है "स्वैच्छिक" शक्ति। यह अनधिकृत शक्ति आपकी ओर उसी तरह खिंची चली आती है, जैसे लोहे की कतरनें चुंबक की ओर खिंची आती हैं, क्योंकि लोग आपको पसंद करते हैं, आपका सम्मान करते हैं और आपके आस-पास रहने पर ख़ुश होते हैं। हर कामकाजी स्थिति में स्वैच्छिक शक्ति वाला कोई न कोई व्यक्ति होता है। इस व्यक्ति का प्रभाव उसके पद के लिहाज़ से बहुत ज़्यादा होता है, क्योंकि लोग सलाह लेने, परामर्श लेने या समस्याएँ सुलझाने के लिए उसके पास आते हैं और इसलिए भी, क्योंकि उसे लोग सचमुच पसंद करते हैं।

स्वैच्छिक शक्ति किसी व्यक्ति को ज़्यादा लोगों को प्रभावित करने में सक्षम बनाती है, जो इसके बिना संभव नहीं होता। यह अक्सर प्रमोशन और अवसरों की ओर ले जाती है, जो इसके बिना नहीं मिलते। इसीलिए किसी भी संगठन में आगे निकलने के सर्वश्रेष्ठ तरीक़ों में से एक यह है कि आप वहाँ के सबसे लोकप्रिय व्यक्तियों में से एक बन जाएँ।

समय अच्छा हो या बुरा, सकारात्मक, आशावादी लोगों को हमेशा नौकरी मिलती है और उनकी नौकरी जाती नहीं है। स्वैच्छिक शक्ति हासिल करने की कुंजी सरल है। बस, हर एक के साथ सुखद और रुचिकर रहें। सकारात्मक और उत्साही बनें। ख़ुशमिज़ाज बनें। अच्छे व्यक्ति की प्रतिष्ठा बनाएँ। हर व्यक्ति के बारे में सकारात्मक बातें बोलें। कभी शिकायत न करें।

लोगों से उनके बारे में प्रश्न पूछें और अच्छे श्रोता बनें। स्वैच्छिक शक्ति बहुत कम समय में ही आपको बहुत दूर तक पहुँचा सकती है।

किसी संगठन में तीसरे प्रकार की शक्ति "पद" की शक्ति है। यह वह शक्ति और सत्ता है, जो किसी ख़ास पद या पदवी के साथ मिलती है। मिसाल के तौर पर, जो व्यक्ति बिक्री का प्रभारी है, उसके पास बिक्री टीम के संदर्भ में निर्णय लेने का अधिकार होता है। जो व्यक्ति वित्त का प्रभारी है, उसके पास यह निर्णय लेने का अधिकार होता है कि पैसे को आवंटित कैसे किया जाए और कहाँ लगाया जाए। पद की शक्ति किसी संगठन की कुंजी है। बॉस के मुख्य कामों में से एक हर एक के सामने यह सटीकता से स्पष्ट करना है कि नौकरी के पद और ज़िम्मेदारियों के साथ किसी व्यक्ति को कितने अधिकार हैं।

नरमी और सृजनात्मकता से इस्तेमाल करके आप अपने पद की शक्ति का विस्तार कर सकते हैं। अधिकार का दबाव डालकर लोगों से काम करने को न कहें; इसके बजाय उनसे कहें कि वे किसी ख़ास काम को करने में आपकी मदद करें। सर्वश्रेष्ठ लीडर उत्कृष्ट और कम दबाव डालने वाले सेल्सपीपुल होते हैं। हालाँकि उनके पास यह दबाव डालने की शक्ति होती है कि काम उनके मनचाहे तरीक़े से ही हो, लेकिन वे कूटनीति, शिष्टाचार और संवेदनशीलता से लोगों से कहते हैं कि वे कोई ख़ास काम किसी ख़ास समय तक कर दें।

आप अपने पद की शक्ति को दृढ़तापूर्वक दिखाने से जितना बचते हैं, उतने ही ज़्यादा लोग आपका सम्मान करेंगे और आपके लक्ष्य हासिल करने में आपके साथ सहयोग करने को उत्सुक रहेंगे।

अपनी विशेषज्ञ शक्ति, स्वैच्छिक शक्ति और पद की शक्ति को बढ़ाने की योजना बनाएँ। आप विशेषज्ञ शक्ति तब विकसित करते हैं, जब आप उन एक-दो क्षेत्रों में बेहद सक्षम बन जाते हैं, जहाँ आप संगठन के प्रति महत्त्वपूर्ण योगदान दे सकते हैं। आप स्वैच्छिक शक्ति तब हासिल करते हैं, जब आप सहायक, लोकप्रिय और सहयोगी इंसान बनते हैं, जिसके साथ काम करना आनंददायक हो।

पहली दो शक्तियाँ हासिल करने के फलस्वरूप आप पद की शक्ति हासिल करते हैं। जब आप अपनी योग्यताओं और परिणाम पाने की

क़ाबिलियत को बेहतर बना लेते हैं, तो आपको प्रभावित करने के लिए और भी ज़्यादा लोग दिए जाएँगे, ताकि आप कंपनी की उत्पादकता को बढ़ा सकें। "टी X आर = पी" फ़ॉर्मूला लगातार काम करता रहता है।

अपने समकक्षों और अधीनस्थों के साथ काम करने में "स्वर्णिम नियम" का अभ्यास करें। उनके साथ वैसा ही व्यवहार करें, जैसा व्यवहार आपको अपने लिए पसंद है। अपने समकक्षों के साथ सम्मान का व्यवहार करें और उनके लक्ष्य हासिल करने में उनकी हर संभव मदद करें। अपने अधीनस्थों के साथ सहानुभूति और संवेदनशीलता से व्यवहार करें। उनके सामने स्पष्ट कर दें कि वे कौन से काम हैं, जिनके लिए उन्हें नौकरी पर रखा गया है। उन्हें यह सिखाने का समय निकालें कि उन्हें उनके काम करने में अच्छा बनने के लिए क्या करना चाहिए। उनके कामों की स्पष्ट प्राथमिकताएँ तय करने में उनकी मदद करें। अपने साथ हर मीटिंग के लिए उन्हें एक एजेंडा लिखने के लिए प्रोत्साहित करें और फिर मिलकर एजेंडा पर चलें।

उत्कृष्ट कर्मचारियों और प्रबंधकों की लोक-व्यवहार की योग्यताओं को सारांश में रखने का शायद सबसे अच्छा तरीक़ा यह कहना है कि उनकी आंतरिक एकाग्रता अपने आस-पास के लोगों पर रहती है और उनकी बाहरी एकाग्रता उनके ग्राहकों पर होती है। आपको भी यही करना चाहिए। अपनी नौकरी के उत्कृष्ट प्रदर्शन पर अपना ध्यान बाहर की ओर केंद्रित करें। सभी स्तरों पर अपने आस-पास के लोगों के साथ सकारात्मक और उत्पादक तरीक़े से काम करने पर अंदर की ओर केंद्रित रहें।

याद रखें : लोग ही सबसे महत्त्वपूर्ण हैं। सारी उत्पादकता लोगों की होती है। हमारी लगभग सारी ख़ुशी और नाख़ुशी दूसरों के साथ हमारे संपर्क का परिणाम होती है। इसी समय संबंध विशेषज्ञ बनने और अपने कामकाजी जीवन में महत्त्वपूर्ण लोगों के साथ अद्भुत तरीक़े से मिल-जुलकर चलने का निर्णय लें। इसका आपकी आमदनी, करियर और भावी संभावनाओं पर आश्चर्यजनक प्रभाव हो सकता है।

अध्याय 10

दूसरों को राज़ी करने की रणनीतियाँ

जीवन में आप या तो अपने लक्ष्य ख़ुद के दम पर हासिल करते हैं या फिर आप अपनी मदद करने के लिए दूसरों को राज़ी कर सकते हैं। यह काम अकेले करने की कोशिश करेंगे, तो शायद आपकी पूरी ज़िंदगी गुज़र जाएगी और इसके बावजूद आपको सीमित परिणाम ही मिलेंगे। अपनी मदद करने और अपने साथ सहयोग करने के लिए दूसरों को राज़ी करके आप बरसों की कड़ी मेहनत से बच सकते हैं। राज़ी करने की शक्ति से ही फ़र्क़ पड़ता है।

आप जीवन में जो चीज़ें पाना चाहते हैं, उन्हें पाने में दूसरों को राज़ी करने और प्रभावित करने की आपकी योग्यता उन सबसे महत्त्वपूर्ण योग्यताओं में से एक है, जिन्हें आप विकसित कर सकते हैं। लोगों को सहमत करने की शक्ति आपको आपकी मनचाही चीज़ें ज़्यादा तेज़ी से पाने में इतनी मदद कर सकती है, जितना कोई दूसरी चीज़ नहीं कर सकती। यह सफलता और असफलता के बीच का फ़र्क़ भी हो सकती है। यह आपकी प्रगति की गारंटी दे सकती है और आपकी बाक़ी योग्यताओं के सर्वोच्च स्तर पर इस्तेमाल में आपको सक्षम बना सकती है।

राज़ी करने की शक्ति की बदौलत आपके ग्राहक, अधिकारी, सहकर्मी, साथी और मित्र आपका समर्थन व सम्मान करेंगे। आप दूसरों से जो कराना चाहते हैं, उनमें उसे करने की इच्छा जगाने के लिए दूसरों को राज़ी करने की जो योग्यता आपके पास है, वह आपको अपने व्यवसाय तथा समुदाय में सबसे महत्त्वपूर्ण व्यक्तियों में से एक बना सकती है।

सौभाग्य से, राज़ी करना साइकल चलाने या टाइपराइटर पर टाइपिंग करने जैसी एक योग्यता है, जिसे अध्ययन और अभ्यास के ज़रिये सीखा जा सकता है। आपको इस क्षेत्र में उत्कृष्ट बनने का बुनियादी लक्ष्य बनाना चाहिए। आपका लक्ष्य यह होना चाहिए कि आप उन लोगों को प्रोत्साहित और राज़ी करने में बेहद प्रभावी बन जाएँ, जो आपके लक्ष्य और उद्देश्य हासिल करने में आपकी सहायता और समर्थन करें।

यह नेतृत्व की सच्ची कसौटी है। सभी सचमुच प्रभावी लोग दूसरे लोगों को अपने साथ काम करने और उनसे अपने लिए काम कराने की कला में पारंगत होते हैं, ताकि वे अपने लक्ष्य तक पहुँच सकें। आप भी ऐसा ही कर सकते हैं।

राज़ी करने का विपरीत है राज़ी न कर पाना और अप्रभावी होना। इसका मतलब है दूसरे लोगों के व्यवहार को प्रभावित करने की अयोग्यता या बहुत कम योग्यता होना। राज़ी करने की योग्यता शक्तिशाली और अशक्त होने के बीच का फ़र्क़ है। आप या तो दूसरों को अपनी मदद करने के लिए राज़ी कर सकते हैं या फिर आप उनकी मदद करने के लिए राज़ी हो सकते हैं। या तो एक होता है या फिर दूसरा।

ज़्यादातर लोग जागरूक नहीं होते हैं कि हर मानवीय संपर्क में संप्रेषण और राज़ी करने की एक जटिल प्रक्रिया शामिल होती है। इससे अनजान होने के कारण आम तौर पर वे दूसरों को अपनी मदद करने के लिए तैयार नहीं कर पाते हैं और दूसरों की मदद करने के लिए राज़ी हो जाते हैं।

सभी सफल लोग लोगों को सहमत या राज़ी करने में विशेषज्ञ होते हैं। वे पहले से ही पूरी तरह सोच लेते हैं कि वे दूसरों से अपनी मदद कैसे करा सकते हैं। वे काम करने से पहले पूरी योजना और रणनीति बना लेते हैं। वे अपने लक्ष्यों को स्पष्टता से तय करते हैं और फिर वे उन लोगों को चुनते हैं, जिनके सहयोग से वे अपने लक्ष्य तक पहुँच सकते हैं। वे इस बारे में भी सोचते हैं कि दूसरों की मदद के बदले में उन्हें क्या देना होगा। वे ख़ुद को उन लोगों की मानसिकता में रखते हैं, जिन्हें वे राज़ी और प्रभावित करना चाहते हैं और फिर वे अप्रत्यक्ष प्रयास के नियम का इस्तेमाल करते हैं। वे राज़ी करने और प्रभावित करने के अपने लक्ष्य अप्रत्यक्ष रूप से हासिल करते हैं।

राज़ी करने की कुंजी है प्रोत्साहन या प्रेरणा। मोटिवेशन शब्द का पहला हिस्सा है "मोटिव" या प्रेरणा। हर मानवीय कार्य किसी न किसी चीज़ से प्रेरित होता है। आपका काम यह पता लगाना है कि दूसरे लोग किस चीज़ से प्रेरित होते हैं और फिर आपको उन्हें वह प्रेरणा देनी होती है।

लोगों की दो मुख्य प्रेरणाएँ होती हैं : लाभ की इच्छा और हानि का डर। लाभ की इच्छा लोगों को प्रेरित करती है कि वे जीवन में जिन चीज़ों को मूल्यवान समझते हैं, उन्हें ज़्यादा चाहें। वे ज़्यादा पैसा, ज़्यादा सफलता, ज़्यादा स्वास्थ्य, ज़्यादा प्रभाव, ज़्यादा सम्मान, ज़्यादा प्रेम और ज़्यादा ख़ुशी चाहते हैं। और कोई सीमा नहीं है। किसी व्यक्ति के पास चाहे जितना हो, इसके बावजूद वह ज़्यादा और ज़्यादा चाहता है। आपको यह पता लगाना चाहिए कि वह कौन सी चीज़ है, जिसे सामने वाला चाहता है और उसे पाने के लिए वह कोई चीज़ करने को तैयार हो सकता है।

जब आप लोगों को यह दिखा देते हैं कि वे आपके लक्ष्य हासिल करने में मदद करके अपनी मनचाही चीज़ें कैसे पा सकते हैं, तो आप उन्हें अपनी तरफ़ से काम करने के लिए प्रोत्साहित और प्रेरित कर सकते हैं। आप उन्हें राज़ी कर सकते हैं।

राष्ट्रपति ड्वाइट डी. आइज़नहॉवर ने एक बार कहा था, "प्रेरणा लोगों से वह कराने की कला है, जो आप उनसे कराना चाहते हैं, क्योंकि वे उसे ख़ुद करना चाहते हैं।" आपको लगातार सोचना चाहिए कि आप लोगों से वे काम कैसे करा सकते हैं, जो अपने व्यक्तिगत उद्देश्य हासिल करने के लिए आपको उनसे कराने की ज़रूरत है।

लोग हानि के डर से भी काम करने के लिए प्रेरित होते हैं। यह डर दरअसल लाभ की इच्छा के मुक़ाबले ज़्यादा राज़ी करता है। लोग वित्तीय हानि, स्वास्थ्य की हानि, दूसरों के सम्मान व अनुमोदन की हानि, किसी के प्रेम की हानि और किसी ऐसी चीज़ की हानि से डरते हैं, जिसे वे अपनी मानते हैं, ख़ास तौर पर अगर उन्होंने इसे हासिल करने के लिए कड़ी मेहनत की हो। लोग परिवर्तन, जोखिम और अनिश्चितता से डरते हैं, क्योंकि इनमें संभावित हानियों का जोखिम होता है। लोग डरते हैं कि दूसरे उनसे फ़ायदा न उठा लें, क्योंकि इससे उन्हें नुक़सान हो सकता है।

जब भी आप लोगों को दिखा सकें कि आप उनसे जो काम कराना चाहते हैं, वह करके वे किसी तरह की हानि से बच सकते हैं, तो वे अक्सर वह काम करने के लिए राज़ी हो जाते हैं। सर्वश्रेष्ठ प्रस्ताव वे होते हैं, जहाँ आप लाभ के साथ-साथ हानि से बचने का अवसर भी देते हैं।

सेल्सपर्सन कितने प्रभावी ढंग से बेचता है, यह उसकी राज़ी करने की शक्तियों से तय होता है। हमें यह नहीं भूलना चाहिए कि हर व्यक्ति बिक्री के क्षेत्र में है। कुछ लोगों को आजीविका कमाने के लिए बेचने का विचार पसंद नहीं होता, न ही वे सेल्सपीपुल को पसंद करते हैं। लेकिन सच्चाई यह है कि हर व्यक्ति अपनी आजीविका किसी न किसी को, कुछ न कुछ, किसी न किसी तरह, कहीं न कहीं पर, किन्हीं परिस्थितियों में अपनी आजीविका बेचकर कमाता है। हर मानवीय व्यवहार में बेचना और राज़ी करना शामिल होता है।

जब आप किसी नौकरी या प्रमोशन के लिए आवेदन देते हैं, तो आप अपनी सेवाएँ बेचते हैं। आप तब बेचते हैं, जब आप डेटिंग करते हैं और जब आपकी शादी होती है। हर विचार-विमर्श में आप अपने विचारों की बिक्री करते हैं। जब आप अपने बच्चों से कुछ कराने की या उन्हें बिस्तर पर सुलाने की भी कोशिश करते हैं, तब भी आप उन्हें राज़ी करते या बेचते हैं। आप हमेशा बेच रहे हैं। एकमात्र प्रश्न है, "आप इसमें अच्छे हैं या नहीं हैं?"

बिक्री और राज़ी करने में सबसे शक्तिशाली शब्द है, "माँगें।" संसार "माँगने वालों" का है। भविष्य उन्हीं स्त्री-पुरुषों का है, जो खड़े होकर अपनी मनचाही चीज़ें माँगने में नहीं डरते हैं।

राज़ी करने वाले लोग जानते हैं कि अगर वे कोई चीज़ माँगेंगे, तो उनके साथ जो सबसे बुरी चीज़ हो सकती है, वह यह है कि सामने वाला "नहीं" कह देगा। लेकिन अगर सामने वाले ने "नहीं" कह दिया, तो भी क्या होगा? वे उसी स्थिति में रहेंगे, जिसमें वे थे, जब उन्होंने माँगा ही नहीं था। माँगने पर उन्हें वह चीज़ हासिल हो सकती है और उन्हें कोई नुक़सान नहीं हो सकता। "कोई प्रयास नहीं, कोई लाभ नहीं!" यह आश्चर्यजनक है कि आप सिर्फ़ माँगकर कितना कुछ हासिल कर सकते हैं।

ज़ाहिर है, आपको अच्छी तरह माँगना सीखना चाहिए। आपको विनम्रता से माँगना चाहिए। आपको विश्वास से माँगना चाहिए। आपको

अपेक्षा से माँगना चाहिए। आपको सुखद लहज़े में माँगना चाहिए। आपको मित्रतापूर्ण और ख़ुशमिज़ाज अंदाज़ में माँगना चाहिए। आपको खुलेपन और ईमानदारी से माँगना चाहिए। आपको इस तरह से माँगना चाहिए, ताकि सामने वाला आपके आग्रह पर विचार करने में आरामदेह महसूस करे। लेकिन आपको अपनी मनचाही चीज़ें माँगनी ज़रूर चाहिए। राज़ी करने और प्रभावित करने की बुनियाद यह है कि आप बुद्धिमानी से अपनी मनचाही चीज़ें उन लोगों से माँगें, जो आपकी मदद कर सकें।

आप जीवन में जो चीज़ें चाहते हैं, उन्हें पाने के दो तरीक़े हैं। पहला, आप ख़ुद के लिए, अपने ख़ुद के सर्वश्रेष्ठ हितों में काम कर सकते हैं। इस तरह से आप थोड़ा सा तो हासिल कर सकते हैं, लेकिन बहुत ज़्यादा नहीं। जो लोग पूरी तरह से ख़ुद पर निर्भर होते हैं, उनकी क्षमताएँ सीमित होती हैं। वे कभी अमीर या सफल नहीं बन पाएँगे।

अपनी मनचाही चीज़ें पाने का दूसरा तरीक़ा है लीवरेज का इस्तेमाल। लीवरेज में आप ख़ुद को कई गुना करना सीखते हैं। फलस्वरूप आपको हर चीज़ ख़ुद करने की तुलना में कहीं ज़्यादा परिणाम मिलते हैं।

लीवरेज के तीन प्रकार हैं, जिनका विकास करके आप स्वयं और अपनी स्थिति से सर्वश्रेष्ठ लाभ ले सकते हैं। इन्हें "ओपीई, ओपीके और ओपीएम" कहा जाता है। इन अक्षरों का अर्थ है दूसरे लोगों के प्रयास (Other People's Efforts), दूसरे लोगों का ज्ञान (Other People's Knowledge) और दूसरे लोगों का धन (Other People's Money)। जब भी कोई व्यक्ति शून्य से अमीरी तक पहुँचा है, ऐसा इसलिए हुआ क्योंकि वह इन तीन बहुगुणित करने वालों में से एक या ज़्यादा का इस्तेमाल करके अपनी लीवरेजिंग कर रहा था। ख़ुद को बहुगुणित करके उसने कुछ वर्षों में ही इतना ज़्यादा हासिल कर लिया, जितना कई लोग पूरी ज़िंदगी में भी हासिल नहीं कर पाते हैं।

दूसरे लोगों के प्रयासों से लीवरेजिंग का मतलब यह है कि आप अपने उद्देश्यों की उपलब्धि में दूसरे लोगों से अपने लिए और अपने साथ काम कराकर लीवरेजिंग करते हैं। कई बार आप उनसे स्वैच्छिक मदद माँग सकते हैं, हालाँकि यह ध्यान रखें कि लोग किसी व्यक्तिगत पुरस्कार के बिना लंबे समय तक काम नहीं करेंगे। बाक़ी मौक़ों पर आप अपनी मदद के लिए उन्हें नौकरी पर रख सकते हैं और ख़ुद को ज़्यादा मूल्यवान कार्य के लिए स्वतंत्र

कर सकते हैं। प्रबंधन की परिभाषा है, "दूसरों के ज़रिये काम कराना।" मैनेजर बनने के लिए आपको दूसरों को एक साझी दिशा में मिलकर काम करने के लिए राज़ी करने और प्रभावित करने में विशेषज्ञ होना चाहिए। प्रभावी मैनेजर राज़ी करने में माहिर होते हैं। वे आम तौर पर उत्कृष्ट, कम दबाव डालने वाले सेल्सपीपुल होते हैं।

वे लोगों को काम करने का आदेश नहीं देते हैं, जिस तरह सेना में कोई अधिकारी देता है। इसके बजाय वे उन्हें निश्चित काम या ज़िम्मेदारियाँ स्वीकार करने के लिए राज़ी करते हैं। वे निश्चित डेडलाइन और प्रदर्शन के मानदंडों पर उनकी सहमति हासिल करते हैं। जब किसी व्यक्ति को राज़ी कर लिया जाता है कि किसी काम को अच्छी तरह करने में उसका भी स्वार्थ है, तो वह काम और परिणाम का स्वामित्व स्वीकार कर लेता है। एक बार जब कोई कर्मचारी स्वामित्व और ज़िम्मेदारी स्वीकार कर लेता है, तो मैनेजर इस विश्वास के साथ एक तरफ़ हट सकता है कि काम समयसीमा में पूरा कर लिया जाएगा।

आपके जीवन के हर हिस्से में आपके पास यह विकल्प होता है कि आप कोई काम ख़ुद करें या उसे किसी दूसरे को सौंपें। किसी दूसरे से उस काम को आप जितने ही उत्साह से स्वीकार कराना राज़ी करने की कला में एक अभ्यास है। शुरुआत में ऐसा लग सकता है कि लोगों को राज़ी करने और विश्वास दिलाने में थोड़ा ज़्यादा समय लग रहा है, लेकिन इससे काम पूरा करने में आपका बहुत सा समय बच जाता है।

अर्थशास्त्र का एक बेहद महत्त्वपूर्ण सिद्धांत है, जिसे "रिकार्डो का नियम" कहा जाता है। इसे तुलनात्मक लाभ का नियम भी कहते हैं। यह नियम कहता है कि जब भी आपको कोई ऐसा व्यक्ति मिल जाए, जो आपके काम के किसी हिस्से को आपकी तुलना में प्रति घंटे कम राशि में कर सकता हो, जो आप अपने काम के ज़्यादा मूल्यवान हिस्सों को हासिल करने के लिए कमा सकते हैं, तो आपको काम का वह हिस्सा उस व्यक्ति को सौंप देना चाहिए या आउटसोर्स कर देना चाहिए।

मिसाल के तौर पर, अगर आप हर साल पचास हज़ार डॉलर कमाना चाहते हैं, तो उस राशि को 2,000 घंटों से विभाजित कर दें। अब आपके पास 25 डॉलर प्रति घंटे की राशि आ जाती है। पचास हज़ार डॉलर प्रति

वर्ष कमाने के लिए आपको हर साल 250 दिन, हर दिन 8 घंटे, हर घंटे 25 डॉलर का काम करना चाहिए। यह आसान गणित है, लेकिन अचरज की बात यह है कि बहुत सारे लोग इसे नहीं जानते हैं।

आपको कोई भी ऐसी चीज़ नहीं करनी चाहिए, जिसमें प्रति घंटे 25 डॉलर या इससे ज़्यादा का भुगतान न मिलता हो। यदि यह आपके काम का कोई हिस्सा है, जैसे फ़ोटोकॉपी करना, पेपर फ़ाइल करना, पत्र टाइप करना या व्यय के फ़ॉर्म भरना, जिसमें 25 डॉलर प्रति घंटे का भुगतान नहीं मिलता है, तो आपको इसे करना छोड़ देना चाहिए। आपको प्रति घंटे कम राशि वाले किसी दूसरे व्यक्ति को इस काम को करने के लिए राज़ी करना चाहिए।

आप छोटे काम करने के लिए दूसरों को जितना ज़्यादा राज़ी कर सकते हैं, आपके पास उन बड़े कामों को पूरा करने के लिए उतना ही ज़्यादा समय ख़ाली हो जाएगा, जहाँ आपको ज़्यादा बड़ी धनराशि का भुगतान मिलता है। अपने काम के प्रति यह नीति उस लीवरेज को विकसित करने के लिए अनिवार्य कुंजी है, जिसकी ज़रूरत आपको अपने पेशे के सर्वोच्च भुगतान वाले व्यक्तियों में से एक बनने के लिए होती है।

अपने क्षेत्र में सफलता पाने के लिए आपको लीवरेजिंग के जिस दूसरे प्रकार को विकसित करना चाहिए, वह है दूसरे लोगों का ज्ञान। यदि आप सामान्य से बड़े लक्ष्य हासिल करना चाहते हैं, तो आपको दूसरे लोगों की मानसिक शक्ति का दोहन और इस्तेमाल करना होगा। सफल व्यक्तियों को हर वह चीज़ मालूम नहीं होती, जिसकी ज़रूरत उन्हें किसी ख़ास काम को पूरा करने के लिए होती है। लेकिन वे अक्सर यह जानते हैं कि ऐसे ज्ञान से संपन्न लोगों को कैसे खोजा जाए।

एक बार हेनरी फ़ोर्ड को अदालत ले जाया गया और उन पर यह आरोप लगाया गया कि उनकी सीमित शिक्षा की वजह से वे अज्ञानी हैं। आरोप ख़ारिज कर दिया गया, जब उन्होंने जज को बताया कि वे अपनी डेस्क पर लगे कई बटनों में से एक को दबा सकते हैं और अपने सवालों का जवाब देने के लिए देश के सबसे ज्ञानी लोगों को अंदर बुला सकते हैं। जज हेनरी फ़ोर्ड की इस बात से सहमत थे कि आवश्यक ज्ञान पाने की योग्यता इसे याद करने की योग्यता से कहीं अधिक महत्त्वपूर्ण थी।

आपको अपने सबसे महत्त्वपूर्ण लक्ष्य हासिल करने के लिए किस तरह के ज्ञान की ज़रूरत है? आपको जिस ज्ञान की आवश्यकता होगी, उसमें से कितना ज्ञान आपके पास व्यक्तिगत रूप से होना चाहिए और कौन सा ज्ञान आप दूसरों से उधार ले सकते हैं, ख़रीद सकते हैं या किराये पर ले सकते हैं?

यह कहा गया है कि हमारे सूचना आधारित समाज में आप ज्ञान के किसी भी हिस्से से कभी भी एक पुस्तक या दो फ़ोन से ज़्यादा दूर नहीं होते हैं। ऑनलाइन कंप्यूटर सेवाओं के पास विशाल डाटाबेस होते हैं, जिनकी मदद से आपको इंटरनेट से सटीक जानकारी आम तौर पर चंद मिनटों में मिल सकती है।

जब भी आपको अपने लक्ष्य हासिल करने के लिए किसी दूसरे व्यक्ति से जानकारी और विशेषज्ञता की ज़रूरत हो, तो अपनी मदद के लिए उन्हें राज़ी करने का सर्वश्रेष्ठ तरीक़ा बस यह है कि उनका सहयोग माँग लें। जो भी किसी विशेष क्षेत्र में ज्ञानी होता है, उसे अपनी उपलब्धियों पर गर्व होता है। किसी व्यक्ति की विशेषज्ञतापूर्ण सलाह माँगकर आप उसे सम्मान देते हैं और अपनी मदद करने के लिए प्रोत्साहित करते हैं।

भले ही आप उस व्यक्ति को न जानते हों, लेकिन पूछने में न घबराएँ। कई बार आप किसी मित्र को फ़ोन कर सकते हैं, जो आपकी ज़रूरत की जानकारी या विशेषज्ञता रखने वाले व्यक्ति को जानता हो। इस तरह की नेटवर्किंग से आप सारी चीज़ों का ख़ुद पता लगाने की कोशिश से बच जाते हैं और आपके घंटों, सप्ताहों और महीनों की कड़ी मेहनत भी बच जाती है।

लीवरेजिंग करने की तीसरी कुंजी है दूसरे लोगों का पैसा। यह काफ़ी हद तक आपकी राज़ी करने की योग्यताओं पर आधारित होती है। अपने गुणों की लीवरेजिंग करने के लिए दूसरे लोगों का पैसा तथा संसाधन हासिल करने व उनका इस्तेमाल करने की आपकी योग्यता वित्तीय सफलता का स्प्रिंगबोर्ड है। इसका मतलब यह है कि आप चीज़ें ख़रीद लेते हैं और भुगतान टाल देते हैं। आप कोई चीज़ बेचते हैं और भुगतान पहले ले लेते हैं। आप फ़र्नीचर, स्थिर वस्तुएँ या मशीन किराये या लीज़ पर ले लेते हैं। आपमें अवसरों का लाभ लेने के लिए लोगों से पैसा उधार लेने की योग्यता है। यह उन सबसे महत्त्वपूर्ण योग्यताओं में से एक है, जिन्हें आप विकसित

कर सकते हैं। पैसे के साथ ही ये सभी योग्यताएँ दूसरों को राज़ी करने की आपकी योग्यता पर निर्भर करती हैं कि वे वित्तीय क्षेत्र में आपकी मदद करें, ताकि आप वह लीवरेज विकसित कर सकें, जिसकी ज़रूरत आपको अपने क्षेत्र में आगे और ऊपर बढ़ने के लिए है।

टैक्सस के अरबपति रॉस पेरो कभी आई.बी.एम. के शीर्षस्थ सेल्समैन थे। उन्होंने आई.बी.एम. छोड़कर 1,000 डॉलर से ई.डी.एस. शुरू की, जो उन्होंने अपनी माँ से उधार लिए थे। उनके पास यह विचार था कि वे बड़े संगठनों का डाटा प्रोसेसिंग कार्य ले लें, लेकिन उनके पास न तो पैसा था, न ऑफ़िस और न ही संसाधन। उन्होंने दर्जनों संभावित ग्राहकों से बात की, लेकिन हर एक ने उन्हें ठुकरा दिया। आख़िरकार उन्होंने एक पुराने ग्राहक से बात की, जो उनकी सेवाएँ ख़रीदने के लिए राज़ी हो गया। यह उनकी पहली बिक्री थी।

समस्या यह थी कि रॉस पेरो के पास कोई पैसा नहीं था, जिससे वे अपनी बेची गई सेवाओं को बना और पहुँचा सकें, इसलिए उन्होंने अपने नए ग्राहक से पूछा कि क्या वह फ़ीस की 50 प्रतिशत राशि का अग्रिम भुगतान करेगा। ग्राहक सहमत हो गया और इस तरह ई.डी.एस. का जन्म हो गया। उस छोटी बुनियाद से, जो माँगने और राज़ी करने पर आधारित थी, रॉस पेरो ने बाद में संसार की सबसे बड़ी कंपनियों में से एक बनाई और अमेरिका के राष्ट्रपति पद का चुनाव भी लड़ा।

राज़ी करने की शक्ति का अर्थ है दूसरे लोगों के प्रयासों, दूसरे लोगों के ज्ञान और दूसरे लोगों के धन का दोहन करके अपनी लीवरेजिंग करने के लिए लोक-व्यवहार की योग्यताओं का इस्तेमाल करना। इनमें से प्रत्येक को पाने की कुंजी है "माँगना।"

बैठकर उन सभी लोगों की सूची बनाएँ, जिन्हें आप प्रत्यक्ष या अप्रत्यक्ष रूप से जानते हैं, जिनसे आप मदद माँग सकते हैं। उनसे सलाह माँगें। विचार माँगें। मार्गदर्शन माँगें। ज्ञान माँगें। जानकारी के विशिष्ट हिस्से माँगें।

स्पष्ट कर लें कि आप क्या चाहते हैं और फिर ज़रूरत की चीज़ माँग लें। सिर्फ़ माँगने से आपको इतना कुछ मिल जाएगा, जिससे आप हैरान रह जाएँगे। आपके कामकाजी और निजी जीवन में राज़ी करने की शक्ति के चार "पी" हैं। ये हैं शक्ति (power), पदानुक्रम (positioning),

प्रदर्शन (performance) और विनम्रता (politeness)। ये सभी अनुभूति पर आधारित हैं।

राज़ी करने का पहला तत्व है शक्ति। कोई व्यक्ति आपको जितना ज़्यादा शक्तिशाली और प्रभावी मानता है, चाहे यह सही हो या न हो, इस बात की उतनी ही ज़्यादा संभावना होती है कि वह आपकी बात मानकर वह करने के लिए राज़ी हो जाएगा, जो आप उससे कराना चाहते हैं। मिसाल के तौर पर, अगर आप सीनियर एक्ज़ीक्यूटिव या दौलतमंद नज़र आते हैं, तो लोगों के आपकी मदद करने की कहीं ज़्यादा संभावना होगी, जो वे कदापि नहीं करते, अगर वे आपको निचली श्रेणी का कर्मचारी मानते।

व्यवसाय में शक्ति और प्रभाव पर कई पुस्तकें हैं, जिन्हें आप पढ़ सकते हैं। वे आपको सिखाती हैं कि इसे कैसे विकसित करना है और ज़्यादा प्रेरक कैसे बनना है। पोशाक, हाव-भाव, नज़रिये, व्यवहार और बॉडी लैंग्वेज में छोटे-छोटे परिवर्तन दूसरे लोगों को अपनी मदद के लिए राज़ी करने में सच्चा फ़र्क़ डाल सकते हैं, जिससे आप उनसे वह करा सकते हैं, जो आप पाना चाहते हैं।

दूसरा "पी" है छवि। इसका अर्थ है वह तरीक़ा, जिससे लोग आपकी ग़ैर-मौजूदगी में आपके बारे में सोचते और बात करते हैं। दूसरे लोगों के दिल और दिमाग़ में आपकी छवि ही काफ़ी हद तक यह तय करती है कि आप उन्हें राज़ी कर सकते हैं या नहीं।

कल्पना करें कि आपको जानने वाले दो लोग बैठकर आपके बारे में बात कर रहे हैं। वे आपका वर्णन कैसे करेंगे? वे आपमें कौन से गुण बताएँगे? वे किन शब्दों का इस्तेमाल करेंगे? और सबसे महत्त्वपूर्ण, आपके बारे में सोचना उनके लिए कैसे सहायक रहेगा?

दूसरे लोगों को शामिल करने पर आप जो भी करते हैं, उस हर चीज़ में आप अपने बारे में उनकी अनुभूतियों और उनके मन में अपनी छवि को आकार दे रहे हैं और प्रभावित कर रहे हैं। हर चीज़ महत्त्वपूर्ण होती है। कोई भी चीज़ तटस्थ नहीं होती। सफल लोग वे होते हैं, जो लगातार अपने शब्दों और कार्यों के बारे में सोचते हैं, और यह भी कि वे दूसरों की अनुभूतियों को सकारात्मक तरीक़े से आकार कैसे दे सकते हैं।

तीसरा "पी" प्रदर्शन के लिए है। इसका मतलब है कि आप जो करते हैं, उसमें आप कितने अच्छे हैं? अपने क्षेत्र में आपकी सक्षमता और विशेषज्ञता का स्तर क्या है? परिणाम पाने की योग्यता के लिए जिन लोगों को ऊँचा सम्मान दिया जाता है, वे औसत कर्मचारी की तुलना में कहीं ज़्यादा राज़ी कर सकते हैं। यह विशेषज्ञ शक्ति का हिस्सा है, जिसके बारे में हमने पिछले अध्याय में बात की थी।

आपकी प्रदर्शन क्षमताओं के बारे में दूसरे लोगों की क्या अनुभूति है, इससे इस बात पर भारी प्रभाव पड़ता है कि वे आपके बारे में कैसा सोचते और महसूस करते हैं। इसीलिए आपको अपने क्षेत्र के सर्वश्रेष्ठ लोगों में से एक बनने के लिए ख़ुद को समर्पित कर लेना चाहिए। अपने काम में उत्कृष्ट बनने की प्रतिष्ठा राज़ी करने वाला शक्तिशाली घटक बन सकती है। यह आपको अपने आस-पास के लोगों के साथ आपके सारे संपर्कों में बेहद प्रभावी बना सकती है। वे आपकी सलाह स्वीकार करेंगे, आपके मार्गदर्शन के प्रति खुले होंगे और आपके आग्रह मान लेंगे।

राज़ी करने की शक्ति में चौथा "पी" है विनम्रता। लोग दो कारणों से चीज़ें करते हैं, या तो इसलिए क्योंकि वे उन्हें करना चाहते हैं, या फिर इसलिए क्योंकि वे उन्हें करनी पड़ती हैं। जब आप लोगों के साथ दयालुता, शिष्टता और सम्मान से पेश आते हैं, तो वे आपके लिए चीज़ें करना चाहते हैं। वे आपकी समस्याएँ सुलझाने और आपके लक्ष्य हासिल करने में मदद करने के लिए काफ़ी दूर तक जाने के लिए प्रेरित होते हैं।

दूसरे लोगों के प्रति अच्छा बनने से सबसे गहरी अवचेतन आवश्यकताओं में से एक संतुष्ट होती है - महत्त्वपूर्ण और सम्मानित महसूस करने की आवश्यकता। जब भी आप अपने व्यवहार से लोगों को महत्त्वपूर्ण महसूस कराते हैं, वे आपसे राज़ी या प्रभावित होने के लिए खुल जाते हैं। वे आपकी मदद करना चाहते हैं।

अनुभूति ही सब कुछ है। व्यक्ति की अनुभूति ही उसकी वास्तविकता है। लोग आपके प्रति अपनी अनुभूतियों के आधार पर काम करते हैं। यदि आप उनकी अनुभूतियाँ बदल दें, तो आप अपने बारे में उनके सोचने और महसूस करने के तरीक़े को बदल देंगे। तब आपकी कही बात पर उनकी प्रतिक्रिया भी बदल जाएगी। दूरदर्शिता और अभ्यास से आप राज़ी करने या

प्रभाव डालने में बेहद प्रभावी बन सकते हैं। आप अपनी व्यक्तिगत शक्ति हमेशा यह सोचकर बढ़ा सकते हैं कि आप अपने लक्ष्य हासिल करने में दूसरों का समर्थन और सहयोग कैसे हासिल कर सकते हैं। दूसरे लोगों के साथ संप्रेषण करने, राज़ी करने, सौदेबाज़ी करने, प्रभावित करने, सौंपने और लोक-व्यवहार को प्रभावी ढंग से करने की योग्यता आपको दूसरे लोगों के प्रयासों, दूसरे लोगों के ज्ञान और दूसरे लोगों के धन का इस्तेमाल करके लीवरेजिंग करने में सक्षम बनाएगी। आपकी राज़ी करने की शक्ति का विकास आपको अपने संगठन के सबसे शक्तिशाली और प्रभावी लोगों में से एक बना देगा। यह आपके जीवन के हर क्षेत्र में आपके लिए द्वार खोल देगा।

क्या आप कभी यह सोचने के लिए रुके हैं कि हर व्यक्ति बिक्री के क्षेत्र में है? हर व्यक्ति किसी न किसी को, कोई न कोई चीज़ बेचकर अपनी आजीविका कमाता है। हर व्यक्ति कमीशन पर काम करता है। हमें जीवन में जो भी मिलता है, लगभग हर चीज़ इस बात से तय होती है कि हम दूसरे लोगों के जीवन और कामकाज में कितना मूल्यवान योगदान देते हैं। हम जितना ज़्यादा और जितना बेहतर बेचते हैं, हम उतना ही ज़्यादा पैसा कमाते हैं। हम जितना बेहतर बेचते हैं, हमारा जीवन भी उतना ही बेहतर बनता है। जब आप स्वयं को, अपने प्रॉडक्ट्स और सेवाओं को दूसरे लोगों को बेचने में बेहद उत्कृष्ट बन जाते हैं, तो आपका जीवन अमीरी, पुरस्कारों और सम्मान से भर जाएगा।

कुछ लोगों को बेचने का विचार पसंद नहीं आता। कई वर्षों से लोगों को यह यक़ीन दिलाया जा रहा है कि आजीविका के लिए बेचने के पूरा विचार के बारे में कोई बेस्वाद चीज़ है। लेकिन यह बकवास है। जो लोग बेचने की निंदा करते हैं, ये वे लोग हैं जो बेचने में अच्छे नहीं हैं और जो बेचने में माहिर लोगों से भय खाते हैं। प्रश्न यह नहीं है कि आप आजीविका कमाने के लिए बेचते हैं या नहीं; प्रश्न तो दरअसल यह है, "आप कितने अच्छे हैं?" आपके पास जो एकमात्र सच्चा विकल्प है, वह यह है कि आप बिक्री में या तो अच्छे हैं या फिर बुरे हैं। लेकिन हर व्यक्ति हर समय बिक्री के व्यवसाय में होता है।

आप अपने मित्रों को बेचते हैं। आप स्वयं को विपरीत लिंग के सदस्यों को बेचते हैं और उस व्यक्ति को, जिससे आप विवाह करना चाहते हैं।

नौकरी की तलाश करते वक़्त आप ख़ुद को नियोक्ता को बेचते हैं। अपने सहकर्मियों का सहयोग माँगते समय आप उन्हें बेचते हैं। प्रमोशन माँगते समय आप अपने बॉस को बेचते हैं। जब भी आप किसी चीज़ को सामने वाले की माँगी क़ीमत से कम भाव पर ख़रीदने की कोशिश करते हैं, तो आप बेच रहे हैं। सुबह से रात तक दूसरों के साथ अपने सभी संपर्कों में आप लगातार बेच रहे हैं, सौदेबाज़ी कर रहे हैं, राज़ी कर रहे हैं और दूसरे लोगों को प्रभावित करने की कोशिश कर रहे हैं। बेचना सभी मानवीय संबंधों का आधार है और इसी से यह तय होता है कि आप जीवन में कितना अच्छा प्रदर्शन करते हैं।

बेचने की योग्यता का एक बेहद महत्त्वपूर्ण अमल है "आत्म-उन्नति।" आत्म-उन्नति को इस तरह परिभाषित किया जा सकता है कि यह ज़्यादा लोगों, ज़्यादा स्थानों पर और ज़्यादा बार ख़ुद को ज़्यादा प्रभावी ढंग से बेचकर अपने जीवन में ज़्यादा तेज़ी से आगे बढ़ने का काम है।

आत्म-उन्नति में अच्छे बनने का उद्देश्य या लक्ष्य यह है कि आप पाँच वर्ष में ही वह प्रगति कर लें, जो कोई दूसरा दस-पंद्रह साल में कर सकता है। यदि आप हर साल बीस हज़ार डॉलर कमा रहे हैं, तो प्रभावी आत्म-उन्नति की बदौलत आप हर साल पचास हज़ार या एक लाख डॉलर तक पहुँचने में सक्षम बन जाएँगे, जो आप इसके बिना नहीं कर पाते, अगर आपने बस अपना काम किया होता और प्रशंसा पाने की उम्मीद की होती।

आत्म-उन्नति के बारे में कुछ बुनियादी नियम इस प्रकार हैं :

> सबसे पहले, औसत से ज़्यादा तेज़ गति से आगे निकलने वाला हर व्यक्ति किसी न किसी तरह की आत्म-उन्नति में संलग्न है। आत्म-उन्नति एक तरह का बेचना है। आपको जो एकमात्र निर्णय लेना होता है, वह यह है कि आप इसका इस्तेमाल अपने सर्वश्रेष्ठ लाभ के लिए कर रहे हैं या नहीं कर रहे हैं।
>
> दूसरे, प्रभावी आत्म-उन्नति से आपकी कड़ी मेहनत के कई साल बच सकते हैं और आप कई हज़ार डॉलर कमाने में सक्षम बन सकते हैं, जो आपकी उम्र और शिक्षा के स्तर के लोगों से ज़्यादा होता है। अपना सर्वश्रेष्ठ पैर आगे कैसे रखना है, यह

सीखना आपके जीवन के हर पहलू की गुणवत्ता को आश्चर्यजनक रूप से बेहतर बना सकता है।

तीसरे, जीवन में आपकी सफलता में सबसे महत्त्वपूर्ण घटक यह है कि आप कितने लोगों को जानते हैं और कितने लोग आपके बारे में सकारात्मक राय रखते हैं। हर समुदाय, हर व्यवसाय या उद्योग में सबसे प्रभावी और सफल लोग वही होते हैं, जो सबसे ज़्यादा लोगों को जानते हैं और जिन्हें सबसे ज़्यादा लोग जानते हैं।

हारवर्ड बिज़नेस स्कूल के डीन थियोडोर लेविट के अनुसार किसी कंपनी की सबसे मूल्यवान संपत्ति इसकी प्रतिष्ठा है - इसके ग्राहक इसे किस तरह से जानते हैं। इसी तरह व्यक्ति के रूप में आपकी सबसे मूल्यवान संपत्ति यह है कि आपके संसार के महत्त्वपूर्ण लोग आपको किस तरह से जानते हैं। जिस तरह के लोग आपकी मदद करने की स्थिति में होते हैं, उनके मन में अपनी प्रतिष्ठा बढ़ाने के लिए आप जो भी करते हैं, हर वह चीज़ आपके जीवन और करियर को तेज़ मार्ग पर पहुँचाने में योगदान देती है।

चौथे, आत्म-उन्नति अंततः किसी महत्त्वपूर्ण चीज़ पर आधारित होनी चाहिए। आप धुएँ और आईनों का इस्तेमाल नहीं कर सकते। आप अपने शानदार पैंतरों और अपने व्यक्तित्व की शक्ति से लोगों को चौंधियाकर आगे नहीं निकल सकते। आपके पास देने के लिए कोई मूल्यवान चीज़ होनी चाहिए।

संक्षेप में, आपको किसी ऐसी चीज़ में अच्छा बनना होता है, जिसे दूसरे लोग मूल्यवान मानते हैं। अध्ययन के बाद अध्ययन दर्शाता है कि आप सर्वश्रेष्ठ क्लबों के सदस्य बन सकते हैं, सबसे फ़ैशनेबल पर्यटन स्थलों पर सैर-सपाटा कर सकते हैं और सबसे सफल लोगों के साथ मेल-जोल कर सकते हैं, लेकिन अगर आपने अपने प्रयास के क्षेत्र में उत्कृष्ट बनने का समय नहीं निकाला है, तो आप जिन लोगों से मिलते हैं, वे आपमें बहुत कम रुचि लेंगे।

आकर्षण का नियम कहता है कि आप अवश्यंभावी रूप से अपने जीवन में ऐसे लोगों को आकर्षित करते हैं, जो आपसे बहुत मिलते-जुलते हैं। एक जैसे पंख वाले पक्षी एक साथ उड़ते हैं। ऐसे लोगों के साथ आपकी

ज़्यादा चीज़ें साझी होती हैं, जो काफ़ी हद तक आपके जैसे होते हैं, ऐसे लोगों के साथ जो अपने जीवन और व्यवसाय में विकास के आप जैसे ही स्तर पर होते हैं।

फ़ॉरचून 500 कॉरपोरेशनों के सी.ई.ओ. अपने ही स्तर के दूसरे सी.ई.ओ. के साथ उठना-बैठना पसंद करते हैं। अकादमी पुरस्कार विजेता फ़िल्म स्टार बड़े नाम वाले दूसरे फ़िल्मी सितारों के साथ सामाजिक मेलजोल की प्रवृत्ति रखते हैं।

किसी बिक्री संगठन के शीर्ष सेल्सपीपुल में एक दूसरे को आकर्षित करने, सामाजिक मेलजोल करने और एक दूसरे के साथ समय बिताने की प्रवृत्ति होती है। यदि आप शीर्ष लोगों के समूह में शामिल होना चाहते हैं, तो आपको उसकी क़ीमत चुकानी होगी। जो लोग आपकी सबसे ज़्यादा मदद कर सकते हैं, उनके साथ जुड़ने का अधिकार आपको अर्जित करना होगा।

आत्म-उन्नति का शुरुआती बिंदु तब होगा, जब आप अपने क्षेत्र के सर्वश्रेष्ठ लोगों में से एक बनने का लक्ष्य तय करते हैं और उसकी योजना बनाते हैं। आप अपने काम में जितने बेहतर बनते हैं, आपके व्यावसायिक जीवन के मुख्य लोग आपका उतना ही ज़्यादा सम्मान करेंगे। जब आप बेहतर बनते हैं, तो आप ऐसे लोगों के ज़्यादा समान बनते जाएँगे, जो जीवन के मार्ग पर आगे जा चुके हैं।

आपको पुस्तकें पढ़नी चाहिए, ऑडियो प्रोग्राम सुनने चाहिए और कोर्स व सेमिनार में हिस्सा लेना चाहिए। आपको ज़्यादा जल्दी शुरू करना चाहिए, ज़्यादा कड़ी मेहनत करना चाहिए और ज़्यादा देर तक रुकना चाहिए। आपको सलाह माँगनी चाहिए और उस पर अमल करना चाहिए। आपके भीतर की जो बाधाएँ आपको पीछे रोक रही हैं, उनसे उबरने का आपको हर संभव प्रयास करना चाहिए। आपको अनिवार्य योग्यताएँ विकसित करनी चाहिए, जिनकी ज़रूरत आपको अपने क्षेत्र के शीर्ष 10 प्रतिशत लोगों के समूह में शामिल होने के लिए है।

आत्म-उन्नति के इस पहलू का अद्भुत हिस्सा यह है कि यह पूरी तरह से आपके नियंत्रण में है। यह किसी दूसरे पर निर्भर नहीं है। यह पूरी तरह से आप पर है। आप ही हैं, जो इसे घटित कराते हैं। यदि आप अपने ख़ुद के विकास की ज़िम्मेदारी नहीं लेते हैं, तो इसे आपकी तरफ़ से कोई दूसरा

न तो ले सकता है, न ही लेगा। कोई भी बचाव के लिए नहीं आ रहा है।

हारवर्ड युनिवर्सिटी के डेविड मैक्लीलैंड ने बरसों तक उस विषय पर शोध किया, जिसे उन्होंने "उपलब्धि घटक" कहा। उनका एक निष्कर्ष काफ़ी आश्चर्यजनक था। उन्होंने पाया कि आप कितने सफल हुए, यह तय करने में "रेफ़रेंस ग्रुप यानी संदर्भ समूह" के आपके चयन की भूमिका किसी भी दूसरे घटक जितनी या उससे भी ज़्यादा महत्त्वपूर्ण थी।

आपके संदर्भ समूह की परिभाषा वे लोग हैं, जिनके जैसा आप ख़ुद को समझते हैं, जिनके साथ आप कामकाज करते हैं, सामाजिक मेलजोल करते हैं और यहाँ तक कि बड़े भी होते हैं। जिन लोगों के साथ आप आदतन रूप से जुड़ते हैं, वे आपके चलने, बोलने, सोचने, महसूस करने और व्यवहार करने के तरीक़े पर बहुत ज़्यादा प्रभाव डालते हैं। घर पर या ऑफ़िस में आपका संदर्भ समूह आपके नज़रियों, व्यवहार, विश्वासों और चुनावों पर काफ़ी ज़्यादा प्रभाव डालता है। आप अचेतन रूप से इन लोगों के पैमानों के अनुरूप काम करने की कोशिश करते हैं, चाहे वे सकारात्मक हों या नकारात्मक।

किसी भी क्षेत्र में लोग आम तौर पर उस क्षेत्र के दूसरे लोगों के नज़रियों और व्यवहार को अपना लेते हैं, ख़ास तौर पर उन लोगों के जो सबसे ज़्यादा प्रशंसित और सफल होते हैं। आपके साथियों के समूह का आपके वर्तमान व्यक्तित्व पर शक्तिशाली प्रभाव पड़ा है और आपके भावी व्यक्तित्व पर भी पड़ेगा। कामकाज के बाद और वीकएंड के दौरान आप जिन मित्रों के साथ सामाजिक मेल-मिलाप करते हैं, उनका आपके हर काम और आपकी हर उपलब्धि पर भारी प्रभाव पड़ता है।

आपके जीवन में हर मुख्य या महत्त्वपूर्ण घटना मित्रों और सहयोगियों का नया समूह बनाने के साथ होगी। अक्सर एक औसत सेल्समैन किसी ऐसी कंपनी में पहुँचता है, जहाँ शीर्ष सेल्सपीपुल भरे हुए हैं। कुछ ही महीनों में वह औसत सेल्समैन औसत से बेहतर हो जाता है और आगे चलकर वह उस उद्योग में शीर्ष सेल्सपर्सन बन जाता है। आपके व्यक्तिगत संदर्भ समूह का परिवर्तन आपकी आकांक्षाओं, लक्ष्यों, दिनचर्याओं और उपलब्धि के स्तरों को पूरी तरह बदल देता है।

कई लोगों का जीवन बिना सोची-समझी, बेतरतीब घटनाओं की शृंखला जैसा होता है, जैसे मेले में बम्प कार होती है। उनके सामने जिस भी नौकरी

का प्रस्ताव रखा जाता है, वे उसे स्वीकार कर लेते हैं। जो भी व्यक्ति उपलब्ध होता है, वे उसी के साथ लंच ले लेते हैं। जिससे भी वे मिलते हैं या जो भी उस वक़्त दरवाज़े से बाहर निकल रहा होता है, वे उसी के साथ सामाजिक मेल-मिलाप करने लगते हैं। उनके मानवीय संबंध काफ़ी हद तक अनियोजित और असमन्वित होते हैं। उनके जीवन टकरावों और घटनाओं की श्रृंखला से बने होते हैं, जिनमें बहुत कम योजना या उद्देश्य होता है।

दूसरी ओर, सफल लोग अपने मित्रों, साथियों और सहकर्मियों का चयन बहुत सोच-समझकर करते हैं। सफल लोग अपने जीवन की योजना बनाते हैं और फिर वे ऐसे लोगों को खोजते हैं, जिनकी योजनाएँ और आकांक्षाएँ उनके समान होती हैं। सफल लोग स्पष्टता से जानते हैं कि अगर वे ज़्यादा तेज़ी से आगे बढ़ना चाहते हैं, तो उन्हें क्या करने की ज़रूरत है और उन्हें किसे जानने की ज़रूरत है।

अपने युग में संसार के सबसे दौलतमंद व्यक्तियों में से एक बैरन रॉथ्सचाइल्ड ने सफलता के अपने सूत्रवाक्यों में लिखा था, "निरर्थक परिचित न बनाएँ।" कुछ लोगों को यह बात थोड़ी अप्रजातांत्रिक या भावहीन महसूस हो सकती है। क्या आपको ओहदे, पद या क्षेत्र में उनकी सफलता के स्तर को तवज्जो दिए बिना लोगों से सामाजिक मेल-मिलाप नहीं करना चाहिए या उठना-बैठना नहीं चाहिए?

लेकिन ध्यान रखें, एक जैसे पंख वाले पक्षी इकट्ठे उड़ते हैं। यह स्वाभाविक है कि उच्च सफल व्यक्तियों के शीर्ष 20 प्रतिशत लोग दूसरे उच्च सफल लोगों के साथ उठते-बैठते हैं। जब वे युवा और अनुभवहीन थे, तो उनके रोल मॉडल उनके संगठन के शीर्षस्थ लोग थे। उच्च सफल व्यक्ति अपने आस-पास के आम लोगों के साथ नहीं जुड़े! उनकी निगाहें ज़्यादा ऊँचाई पर केंद्रित थीं और बहुत कम समय में ही वे शीर्ष 20 प्रतिशत लोगों के समूह में पहुँच गए, जैसी कि उन्होंने योजना बनाई थी।

कई चीज़ें हैं, जो आप पंक्ति में सबसे आगे पहुँचने, अपने करियर में छलाँग लगाकर आगे पहुँचने और उन्नति करने के लिए कर सकते हैं। दूसरों ने ज़्यादा तेज़ी से आगे निकलने के लिए जो किया है, उसकी नक़ल करके आप खुद को उन प्रमुख लोगों के ध्यान में ला सकते हैं, जो सफलता की सीढ़ी पर चढ़ने में आपकी मदद कर सकते हैं।

अपने काम से शुरुआत करें। जैसा पहले कहा जा चुका है, अगर आप अपनी कंपनी में आगे बढ़ना चाहते हैं, तो आपको अपने काम में अच्छा होना चाहिए और लगातार बेहतर बनना चाहिए। कई बार लोग सोचते हैं कि वे व्यक्तित्व और राजनीति के दम पर आगे निकल सकते हैं, लेकिन राजनीति और दाँवपेंच इंसान को एक सीमा तक ही आगे ले जा सकते हैं और फिर वे पकड़े जाते हैं। प्रबंधन परामर्शदाता पीटर ड्रकर कहते हैं, "सिर्फ़ सचमुच सक्षम व्यक्ति ही राजनीति से ऊपर उठ सकता है।"

संगठनों में राजनीति का लक्ष्य आम तौर पर लोगों और संसाधनों पर नियंत्रण हासिल करना होता है। यदि आप अपने संगठन के सबसे मूल्यवान व्यक्तियों में से एक हैं, तो आपको आगे निकलने के लिए राजनीति या दाँव-पेंचों की ज़रूरत नहीं होगी। आप उन मूल्यवान संसाधनों में से एक होंगे, जिन्हें आकर्षित और प्रभावित करने के लिए दूसरे लोग उत्सुक होंगे। आप जो करते हैं, उसमें बेहतर बनकर आप ओछी राजनीति से ऊपर उठ सकते हैं। जब आप अमूल्य योगदान देने के बिंदु पर पहुँच जाते हैं, तो हर व्यक्ति, जिसमें आपका बॉस भी शामिल है, आपके पास आएगा। अपने काम में अच्छा बनना आपके आस-पास के लोगों का सम्मान पाने की कुंजी है। यह प्रभावी आत्म-उन्नति के पीछे की ऊर्जा और शक्ति है।

यदि आपके संगठन के बहुत से लोग अपने काम में अच्छे हैं, तो ऐसी स्थिति में क्या किया जाए? आप भीड़ से अलग कैसे दिख सकते हैं?

104 वरिष्ठ एक्ज़ीक्यूटिव्ज़ के अध्ययन में बहुसंख्यक लोगों ने कहा कि उनके संगठन में तीव्र तरक्की या उन्नति की दो कुंजियाँ थीं। पहली यह थी कि जिन लोगों को ज़्यादा वेतन और ज़्यादा तेज़ी से तरक्की दी जाती थी, उनमें स्पष्ट प्राथमिकताएँ तय करने की योग्यता थी। उन्होंने इस पर ध्यान केंद्रित करना सीख लिया था कि क्या प्रासंगिक और महत्त्वपूर्ण था, इसलिए वे कम महत्त्व के कामों पर समय बरबाद नहीं करते थे। वरिष्ठ एक्ज़ीक्यूटिव्ज़ ने कहा कि दूसरी कुंजी यह थी कि उनके संगठन के सबसे सफल लोगों के पास "तात्कालिकता का अहसास" था। वे काम को जल्दी से और अच्छी तरह पूरा कर लेते थे।

मेहनती कर्मचारी की छवि बनाने से आप अपने बॉस की निगाह में जितनी तेज़ी से आएँगे, उतनी किसी दूसरी चीज़ से नहीं आ सकते।

ऑफ़िस के बहुत सारे कर्मचारी आलसी होते हैं। रॉबर्ट हाफ़ इंटरनेशनल ऐंड एसोसिएट्स के अनुसार औसत कर्मचारियों का 37 प्रतिशत कामकाजी समय सामाजिक मेलजोल और सहकर्मियों के साथ निरर्थक हँसी-मज़ाक़ में गुज़रता है। ऑफ़िस का 15-20 प्रतिशत अतिरिक्त समय निजी कामकाज, लंबे कॉफ़ी ब्रेक और लंच के घंटों, निजी फ़ोन कॉल, ख़रीदारी और अन्य ग़ैर-कामकाजी गतिविधियों में बिताया जाता है। फलस्वरूप आम कर्मचारी 50 प्रतिशत से भी कम क्षमता से काम करता है। जब वह काम करने बैठता है, तब भी वह अक्सर कम प्राथमिकता वाले कामों पर समय बरबाद कर देता है, जिससे संगठन को बहुत कम फ़ायदा होता है।

यदि आप सचमुच उन्नति करना चाहते हैं, तो स्पष्ट प्राथमिकताएँ तय करें और जितने समय काम करें, पूरे समय काम करें। जब आप ऑफ़िस पहुँचें, तो अपना सिर नीचा करें और पूरे कामकाजी दिन में काम करें। यदि आप बिक्री के क्षेत्र में हैं और कार में बैठकर किसी ग्राहक से मिलने जा रहे हैं, तो पूरे दिन इस तरह व्यवहार करें, मानो आपका बॉस आपके पास वाली सीट पर बैठा हो। पूरे दिन की तनख़्वाह के बदले पूरे दिन का काम करने के लिए ख़ुद को अनुशासित करें।

याद रखें, भले ही कोई न देख रहा हो, लेकिन सच तो यह है कि हर कोई देख रहा है। आपके संगठन में हर व्यक्ति को इस बात का काफ़ी अच्छा अंदाज़ा रहता है कि आप क्या करते हैं और आप इसे कितनी ज़्यादा बार करते हैं। हर व्यक्ति जानता है कि आप कितना ज़्यादा काम करते हैं और कितना ज़्यादा हासिल करते हैं। हर व्यक्ति हर एक के लिए पारदर्शी होता है। सिर्फ़ मूर्ख व्यक्ति ही यह समझता है कि चूँकि कोई नहीं देख रहा है, इसलिए किसी को पता नहीं है।

आज आत्म-उन्नति का अर्थ है लेने वाले के बजाय देने वाला बनना। अपने सहकर्मियों की नौकरी में मदद करने के हर अवसर की तलाश करें। प्रतिस्पर्धा के बजाय सहयोग पर ध्यान केंद्रित करें। यदि आप आगे बढ़ने में दूसरों की मदद करते हैं, तो यह दो तरह से आपकी ओर लौटेगा। आप दूसरों की जितनी ज़्यादा मदद करते हैं, बदले में वे भी आपकी उतनी ही ज़्यादा मदद करेंगे।

बोने और काटने का नियम कहता है, "आप बदले की उम्मीद के बिना जितना ज़्यादा देते हैं, आपको सबसे अप्रत्याशित स्रोतों से उतना ही ज़्यादा मिलेगा।" हर संगठन में सफल लोग मदद करने के तरीक़ों की हमेशा तलाश करते रहते हैं। वे जितना बाहर निकालते हैं, उससे ज़्यादा अंदर डालने के तरीक़ों की हमेशा तलाश करते रहते हैं।

आत्म-उन्नति में आपको कभी यह चिंता करने की ज़रूरत नहीं होती कि श्रेय किसे मिलेगा। आप जितना ज़्यादा श्रेय देते हैं, उतना ही ज़्यादा आपकी ओर लौटेगा। आप दूसरों की जितनी ज़्यादा मदद करते हैं, वे भी आपकी उतनी ही ज़्यादा मदद करना चाहेंगे। आप बॉस के काम में और उनके अच्छा दिखने में जितनी ज़्यादा मदद करते हैं, आपका बॉस अवसर के उतने ही ज़्यादा द्वार आपके लिए खोल देगा, जिससे आप ज़्यादा तेज़ी से आगे बढ़ जाएँगे।

आपके काम के बाहर आत्म-उन्नति में आपको दो-तीन सामुदायिक संगठनों में शामिल होना चाहिए। ये व्यावसायिक क्लब हो सकते हैं, जैसे लॉयन्स, रोटरी या फिर परोपकारी संस्थाएँ भी। आप राजनीतिक या धार्मिक संगठनों में शामिल हो सकते हैं या फिर सार्थक काम या उद्देश्य से जुड़े अन्य ग़ैर-लाभकारी संगठनों में भी शामिल हो सकते हैं।

आपको इन संगठनों में क्यों शामिल होना चाहिए? सबसे अच्छे कारण से। हर समुदाय के सबसे प्रभावी लोग सामुदायिक संगठनों में शामिल होते हैं। वे अपने समय और धन का योगदान देकर शहर को बेहतर स्थान बनाना चाहते हैं। यदि आप सबसे अच्छे लोगों से मिलना चाहते हैं, तो उन संगठनों में शामिल हो जाएँ, जिसके वे सदस्य हैं।

एक बार जब आप किसी संगठन में शामिल हो जाएँ, जिसमें आप विश्वास करते हैं, तो सक्रिय हो जाएँ। पता लगाएँ कि चंदा इकट्ठा करने और संगठन की गतिविधियों की कौन सी मुख्य समितियाँ हैं। इन समितियों में शामिल होकर स्वेच्छा से काम माँगें। बाहरी गतिविधियों में हर सप्ताह दो-तीन रातों का समय दें, जहाँ आप इन संगठनों के लक्ष्यों में मदद करने के लिए पूरे दिल से काम करें। बहुत ही कम समय में आप महत्त्वपूर्ण लोगों की निगाह में आने लगेंगे, जो आपके जीवन के दूसरे हिस्सों को प्रभावित कर सकते हैं।

अपने राजनीतिक दल में शामिल हों और दल या अपने पसंदीदा व विश्वसनीय उम्मीदवारों के पक्ष में सक्रिय हो जाएँ। यदि आप विभिन्न संगठनों में छुटपुट चंदा देते हैं, तो आपका नाम उनकी डाक सूची में जुड़ जाता है और वे आपको अपनी मीटिंग में आमंत्रित करेंगे। जो व्यक्ति किसी राजनीतिक दल को 25 डॉलर का चंदा देता है, उसे उन्हीं मीटिंगों में आमंत्रित किया जाता है, जिसमें 500 या 5,000 डॉलर चंदा देने वालों को आमंत्रित दिया जाता है। किसी को भी कभी यह बताने की ज़रूरत नहीं है कि आपने कितना चंदा दिया है।

स्थानीय सामुदायिक मसलों में शामिल हों। अपने शहर की नगरपालिका की बैठकों में शामिल हों। स्थानीय अख़बार पढ़ें और उनमें जब भी शहर के शीर्षस्थ स्त्री-पुरुषों के बारे में लेख या ख़बर दिखे, तो उन्हें समर्थन या सहमति के पत्र लिखें। यदि आपके मन में कोई सवाल या चिंताएँ हों, तो उन लोगों को पत्र लिखें या फ़ोन करें, जिनके नाम आप अख़बार में या टेलीविज़न पर देखते हैं।

याद रखें, आपका लक्ष्य ज़्यादा से ज़्यादा महत्त्वपूर्ण लोगों से परिचय हासिल करना है। इसलिए आपको बाहर जाकर उनके आस-पास रहने के हर अवसर का लाभ लेना चाहिए। अपनी सारी कोशिशें पाने के बजाय देने पर केंद्रित करें। आपको अक्सर लंबे समय तक अपना समय और ऊर्जा देनी होगी, उसके बाद ही परिणाम मिलेंगे, लेकिन जब आपके साथ अच्छी चीज़ें होने लगती हैं, जो कि निश्चित रूप से होंगी, तो यह सब सार्थक साबित हो जाएगा।

इतने बरसों से मैं कई स्त्री-पुरुषों से मिल चुका हूँ, जिन्होंने अपने व्यवसाय और समुदाय में बिलकुल अनजान व्यक्ति के रूप में शुरुआत की थी। लेकिन वे अपनी कंपनी, अपने उद्योग, अपनी परोपकारी संस्थाओं, अपने राजनीतिक दलों और अपने शहर के संगठनों की गतिविधियों में गहराई से शामिल हुए, जहाँ शीर्ष लोग इकट्ठे होते थे।

बहुत ही कम समय में वे अपने सहकर्मियों से आगे निकलने लगे। अपनी सामुदायिक गतिविधियों के माध्यम से वे जिन लोगों को जानते थे, वे शक्ति और प्रभाव के पदों पर बैठे थे। उनके लिए द्वार खोल दिए गए और उन्हें बेहतर नौकरियाँ मिलीं। चूँकि उन्हें पसंद किया जाता था, इसलिए उन्हें

ज़्यादा तेज़ी से आगे निकलने के अवसर दिए गए।

हेरोडोटस ने एक बार लिखा था, "पूरा जीवन कर्म और जोश है। अपने समय के कार्यों और जोशों में शामिल न होने में यह जोखिम रहता है कि आपने दरअसल ज़िंदगी को जिया ही नहीं।"

आप जो करते हैं, उसमें बहुत अच्छा बनकर सतत आत्म-उन्नति करने पर आपका ध्यान केंद्रित होना चाहिए। आपका लक्ष्य अपनी कंपनी के लिए अनिवार्य बनना है। आपको अपने समुदाय के महत्त्वपूर्ण लोगों से लगातार परिचय करना और बढ़ाना है। जब आप दूसरे लोगों और उद्देश्यों को देने के हर अवसर का लाभ लेते हैं, तो आप ख़ुद को देवदूतों के समूह में पहुँचा देंगे। आपकी ओर जो पुरस्कार लौटेंगे, वे आपके प्रयासों की तुलना में बहुत ज़्यादा होंगे। इस बात की कोई सीमा नहीं है कि आप कितने प्रयास कर सकते हैं।

आज ही, इसी मिनट यह निर्णय लें कि आप अपने समुदाय के सबसे मशहूर और सम्मानित लोगों में से एक बनने जा रहे हैं। एक लक्ष्य बनाएँ, एक योजना बनाएँ और शुरू हो जाएँ। हो सकता है कि इसमें आपको तीन या चार या पाँच साल लग जाएँ, लेकिन आपको पता चल पाए, इससे पहले ही आप अपने क्षेत्र के सबसे प्रभावी लोगों में से एक बनने की राह पर होंगे।

अध्याय 11

आप जो करते हैं, उसमें बेहतर बनें

आज हम सूचना युग में रह रहे हैं। हमारी अर्थव्यवस्था में ज्ञान और विचार मूल्य के मुख्य स्रोत हैं, जिसके साथ उन्हें तेज़ी से और प्रभावी ढंग से कर्म में बदलने की क़ाबिलियत शामिल है। औद्योगिक युग से सेवा युग से सूचना युग तक की गतिविधि इतनी तीव्र रही है कि ज़्यादातर लोग इसके साथ-साथ नहीं चल पाए हैं। हमारा शिक्षा तंत्र अब भी विद्यार्थियों को ऐसी नौकरियों के लिए तैयार कर रहा है, जो तुलनात्मक रूप से अकुशल नौकरियाँ हैं और जिनमें सीमित शिक्षा की ज़रूरत है। लेकिन ये नौकरियाँ ज़्यादातर जा चुकी हैं।

आज नियम यह है, "आप जितना ज़्यादा सीखते हैं, आप उतना ही ज़्यादा कमाते हैं।" भविष्य उन मुट्ठी भर स्त्री-पुरुषों का है, जो अपने ज्ञान और योग्यताओं का लगातार नवीनीकरण करते रहते हैं। वे ख़ुद को उन नए अवसरों का लाभ लेने के लिए लगातार तैयार करते हैं, जो हर दिन उत्पन्न हो रहे हैं।

इस अध्याय में हम मानसिक क्रॉस-ट्रेनिंग या मिश्रित प्रशिक्षण के बारे में बात कर रहे हैं। "क्रॉस-ट्रेनिंग" शब्दावली खेल जगत से ली गई है। विश्वविख्यात खिलाड़ियों को कई वर्षों से यह पता है कि शिखर प्रदर्शन केवल एक ही तरीक़े से किया जा सकता है और वह है संतुलित तरीक़े से अपना शारीरिक विकास करना। शारीरिक मिश्रित प्रशिक्षण वह प्रक्रिया है, जिसमें

सहनशक्ति, शक्ति और लचीलेपन पर बारी-बारी से काम किया जाता है। यह संतुलित विकास सुनिश्चित करने का एकमात्र मार्ग है।

मानसिक मिश्रित प्रशिक्षण में आप अपने ज्ञान और योग्यताओं के भंडार के साथ भी यही करते हैं। आप अपनी शक्ति के क्षेत्रों पर काम करते हैं, साथ ही उन क्षेत्रों पर भी जहाँ आपकी कमज़ोरियाँ आपको पीछे रोक रही हैं। आप संतुलित तरीक़े से विकास करते हैं।

कुछ अर्थशास्त्री और राजनेता कहते हैं कि औसत आमदनी 1979 से नहीं बढ़ी है। यह कथन सही भी है और झूठ भी। यह सच है कि औसत आमदनी ज़्यादा नहीं बढ़ी है, क्योंकि अब बहुत सारे एकल अभिभावक घर हैं, जिनकी आमदनी कम होती है। यह झूठ इसलिए है, क्योंकि शीर्ष 20 प्रतिशत लोगों की आमदनी, आपके जैसे उन स्त्री-पुरुषों की आमदनी, जो लगातार सीख रहे हैं और विकास कर रहे हैं, समय के साथ लगातार बढ़ी है। औसत आमदनी नहीं बढ़ने का कारण यह है कि कम कमाने वालों की संख्या ज़्यादा कमाने वाले लोगों की संख्या से ज़्यादा तेज़ी से बढ़ी है।

आप उन लोगों की मदद नहीं कर सकते, जो परिवर्तन की तीव्र गति के साथ क़दम मिलाने के लिए सीख नहीं रहे हैं और विकास नहीं कर रहे हैं। लेकिन आप उन व्यापक योग्यताओं को हासिल करने के लिए ख़ुद को समर्पित करके अपनी मदद कर सकते हैं, जिनसे आप अपने क्षेत्र में सर्वश्रेष्ठ स्तर पर प्रदर्शन करने में सक्षम बन जाते हैं।

शैक्षणिक स्तरों और आजीवन आमदनी के आपसी संबंधों का अध्ययन करने वाले आँकड़े काफ़ी विचलित करने वाले हैं। मिसाल के तौर पर, जो व्यक्ति हाई स्कूल की पढ़ाई पूरी करता है, वह अपने जीवनकाल में औसतन लगभग छह लाख डॉलर कमाएगा। सूचना युग में हाई स्कूल स्तर की शिक्षा वाले व्यक्ति को कम वेतन वाली नौकरियाँ ही मिल सकती हैं, जिनमें बहुत कम दीर्घकालीन संभावना होगी।

बहरहाल, यदि कोई व्यक्ति हाई स्कूल की पढ़ाई पूरी कर लेता है और दो साल तक सामुदायिक कॉलेज में पढ़ लेता है, तो उसकी आजीवन आमदनी उछलकर दस लाख डॉलर से ज़्यादा हो जाएगी। इसका अर्थ है कि शिक्षा के दो अतिरिक्त वर्षों से आजीवन आमदनी में 66 प्रतिशत वृद्धि हो जाएगी।

यदि कोई व्यक्ति कॉलेज की पढ़ाई पूरी कर लेता है और लिबरल आर्ट्स की उपाधि ले लेता है, जिसमें चार वर्ष की पढ़ाई होती है, तो उसकी औसत आमदनी चौदह लाख डॉलर से ज़्यादा हो जाएगी। यदि वह मास्टर्स डिग्री भी ले लेता है, जिसमें दो अतिरिक्त वर्ष लगते हैं, तो वह व्यक्ति अपने जीवनकाल में बीस लाख डॉलर कमाने की उम्मीद कर सकता है। पीएच.डी. होने पर, जिसमें सात, आठ या इससे भी ज़्यादा साल तक अध्ययन करने की आवश्यकता होती है, वह व्यक्ति अपने जीवनकाल में तीस लाख या उससे ज़्यादा डॉलर कमाने की उम्मीद कर सकता है।

दो प्रकार की शिक्षा होती है, औपचारिक और अनौपचारिक। औपचारिक शिक्षा वह होती है, जो आपको स्कूल-कॉलेज में मिलती है, जिसमें कोर्स की ज़रूरत होती है और जिसके अंत में किसी तरह की उपाधि या प्रमाणपत्र मिलता है। कई लोगों ने अपने शुरुआती वर्षों में अच्छी औपचारिक शिक्षा को नज़रअंदाज़ कर दिया था। ज़िम्मेदारियों और वित्तीय कर्तव्यों के चलते ज़्यादातर लोगों के लिए यह असंभव नहीं, तो मुश्किल ज़रूर है कि वे औपचारिक शिक्षा पूरी करने के लिए कॉलेज या युनिवर्सिटी लौट सकें।

लेकिन अनौपचारिक शिक्षा एक अलग ही मामला है। यह वह है, जो आप स्कूल-कॉलेज छोड़ने के बाद अपने दम पर स्व-निर्देशित अध्ययन और अनुभव से ख़ुद सीखते हैं। जिन परिणामों के लिए आपको भुगतान मिलता है, उन्हें पाने के लिए आपको जिस ज्ञान और योग्यताओं की ज़रूरत है, उनसे ख़ुद को लैस करने में ये कहीं अधिक मूल्यवान साबित होती हैं।

आप अपने पूरे वयस्क जीवन में निजी और पेशेवर विकास के प्रति ख़ुद को समर्पित करके अनौपचारिक शिक्षा हासिल कर सकते हैं। कुंजी है नियमित रूप से पढ़ने का समर्पण। यदि आप हर दिन सिर्फ़ एक घंटा पढ़ते हैं, तो इसका मतलब है एक सप्ताह में लगभग एक पुस्तक। एक सप्ताह में एक पुस्तक का मतलब होता है हर साल लगभग 50 पुस्तकें। किसी अग्रणी विश्वविद्यालय में पीएच. डी. करने वाले व्यक्ति को डिज़र्टेशन में तीस से पचास पुस्तकों के अध्ययन और विश्लेषण की ज़रूरत होती है। इसका अर्थ है कि आप हर दिन एक घंटे अपने क्षेत्र में पढ़कर ही हर साल एक व्यवहारिक पीएच.डी. कर रहे हैं।

अपने क्षेत्र के बाहर के विषयों पर भी पढ़ें। किसी अच्छे विश्वविद्यालय से लिबरल आर्ट्स की उपाधि पाने के लिए विद्यार्थी के लिए यह ज़रूरी होता है कि वह इतिहास, दर्शन, मनोविज्ञान, साहित्य, कला और बहुत से अन्य विषयों का अध्ययन करे। विचार और ज्ञान के कई क्षेत्रों के संपर्क में आने की वजह से विद्यार्थी पूर्ण विकसित हो जाता है। आप अपने दम पर भी काफ़ी कुछ ऐसा ही हासिल कर सकते हैं।

भले ही वर्तमान में आपको इन विषयों में कोई ज्ञान न हो, लेकिन एक समय में थोड़ा-थोड़ा पढ़कर आप काफ़ी सारा ज्ञान हासिल कर सकते हैं। इन क्षेत्रों में से किसी एक में आपको कभी-कभार कोई पुस्तक या पत्रिका उठाकर उस पर नज़र डालनी चाहिए। अपनी रुचि के विषय के किसी सेमिनार या व्याख्यान में जाएँ। सामाजिक दृष्टि से ऐसे लोगों के साथ उठें-बैठें, जिनकी भिन्न पृष्ठभूमि हो और उनसे उनकी विविध रुचियों के बारे में पूछें। सलाह माँगें कि कौन सी पुस्तकें पढ़नी चाहिए, कौन सी चीज़ें करनी चाहिए और किन जगहों पर जाना चाहिए। अपने विद्यमान ज्ञान और योग्यताओं के साथ यथास्थिति की लीक में फँसने की स्वाभाविक प्रवृत्ति का प्रतिरोध करें। इसके बजाय नए और भिन्न विषयों की पड़ताल करके अपने क्षितिजों का विस्तार करने के लिए ख़ुद को विवश करें। आजीवन विद्यार्थी बनें।

आज आप चाहे जो कर रहे हों, आपका ज्ञान और योग्यता इतनी तेज़ी से दकियानूसी बन रही है, जितनी पहले कभी नहीं हुई। ज्ञान लगभग हर क्षेत्र में तीन से पाँच साल में दोगुना हो रहा है। इसका अर्थ है कि आपको इसकी बराबरी पर रहने के लिए ही तीन से पाँच साल में अपने ज्ञान को दोगुना करना चाहिए। यदि आप प्रगति करना चाहते हैं, तो आपको इससे भी ज़्यादा तेज़ गति से सीखना होगा। आप जो भी कर रहे हैं, आपको दो साल में उसे उससे बेहतर करने में सक्षम होना चाहिए, वरना ऐसा करने वाला कोई दूसरा व्यक्ति आपसे आगे निकल जाएगा।

मानसिक मिश्रित प्रशिक्षण से अधिकतम लाभ पाने के लिए आपको सबसे पहले तो वे विषय तय करने की ज़रूरत है, जिनमें उत्कृष्ट बनकर आप अपने क्षेत्र के शीर्षस्थ दस से बीस प्रतिशत लोगों के समूह में शामिल हो सकते हैं। आपको अपने क्षेत्र में शिखर तक पूरे रास्ते जाने का निर्णय लेना चाहिए और फिर वहाँ पहुँचने के लिए आवश्यक योग्यताओं व विशेषज्ञता

को विकसित करना चाहिए। सौभाग्य की बात यह है कि दूसरे लोग आपसे पहले यह कर चुके हैं, इसलिए आप भी इसे कर सकते हैं। आपको तो बस उनके पदचिह्नों पर चलने की ज़रूरत है।

हर क्षेत्र में बुनियादी सक्षमताएँ, मुख्य परिणाम क्षेत्र और अति महत्त्वपूर्ण सफलता घटक होते हैं। आप इनमें से प्रत्येक क्षेत्र में कैसा प्रदर्शन करते हैं और कैसे परिणाम पाते हैं, इसी से आपकी आमदनी, आपकी सफलता का स्तर और हर वह चीज़ तय होती है, जो आप अपने करियर में हासिल करते हैं। यही आपको लक्ष्य हासिल करने में सक्षम बनाते हैं।

किसी व्यक्ति या व्यवसाय के लिए बुनियादी सक्षमताएँ वे धुरी हैं, जिनके चारों तरफ़ हर चीज़ घूमती है। वे बुनियादी योग्यताएँ हैं, जिनसे किसी करियर या व्यवसाय संभव होता है। आपमें जितनी ज़्यादा बुनियादी सक्षमताएँ होती हैं, आप उतने ही ज़्यादा सफल होंगे, चाहे आपके आस-पास के संसार में कुछ भी हो रहा हो।

व्यक्तिगत बुनियादी सक्षमता बेचने या सौदेबाज़ी करने की योग्यता हो सकती है। यह सक्षमता काम करने और परिणाम पाने की आपकी योग्यता के लिए केंद्रीय है।

मुख्य परिणाम क्षेत्र वह योग्यता है, जिसकी ज़रूरत आपको अपने काम के सकल परिणाम हासिल करने के लिए होती है। मिसाल के तौर पर, बेचने के लिए प्रॉस्पेक्टिंग मुख्य परिणाम क्षेत्र है। इसे "मुख्य" इसलिए कहा जाता है, क्योंकि इस क्षेत्र में कमज़ोरी बेचने की आपकी योग्यता को तबाह कर सकती है। मुख्य परिणाम वे परिणाम हैं, जिन्हें आपको पूरी तरह से पाना होगा, तभी आप अपने काम में सफल हो सकते हैं।

यहाँ एक महत्त्वपूर्ण बात पर ग़ौर करें। आपका सबसे कमज़ोर मुख्य परिणाम क्षेत्र ही आम तौर पर आपकी आमदनी की ऊँचाई को तय करता है। आपकी शक्तियाँ आपको आगे बढ़ाती हैं, जबकि आपकी कमज़ोरियाँ आपको पीछे रोकती हैं। हो सकता है कि आप एक को छोड़कर हर मुख्य परिणाम क्षेत्र में उत्कृष्ट बन जाएँ, लेकिन वह एक कमज़ोरी ही आपके कम प्रदर्शन और कुंठा का कारण बन सकती है।

किसी भी नौकरी या व्यवसाय में अमूमन पाँच से सात योग्यता क्षेत्र ही होते हैं। ऐसी कई चीज़ें हो सकती हैं, जो आपको अपनी नौकरी करने

या अपना व्यवसाय चलाने के लिए करनी होती हैं, लेकिन आम तौर पर सफलता या असफलता तय करने वाले सचमुच महत्त्वपूर्ण काम सिर्फ़ पाँच से सात ही होते हैं। बहुत ज़्यादा सफल होने के लिए आपको अपने व्यक्तिगत मुख्य परिणाम क्षेत्रों को पहचानना चाहिए और फिर उनमें से प्रत्येक में बहुत अच्छा बनने की योजना बनानी चाहिए।

मिसाल के तौर पर, यदि आप बिक्री के क्षेत्र में हैं, तो आपके सात मुख्य परिणाम क्षेत्र ये हैं : प्रॉस्पेक्टिंग, तालमेल बनाना, ग्राहक की समस्या को पहचानना जिसे आपका प्रॉडक्ट या सेवा सुलझा देगी, अपने प्रॉडक्ट या सेवा को समाधान के रूप में पेश करना, आपत्तियों का जवाब देना, बिक्री पूरी करना और रेफ़रल्स व दोबारा बिक्री माँगना तथा पाना। अपने प्रॉडक्ट या सेवा को बेचने में भारी सफल होने के लिए आपको इनमें से प्रत्येक क्षेत्र में उत्कृष्ट बनना होगा।

आप चाहे जिस क्षेत्र में हों, आपका पहला काम अपने मुख्य परिणाम क्षेत्रों को पहचानना है। फिर प्रत्येक क्षेत्र में आप ख़ुद को एक से दस तक के पैमाने पर स्कोर दें, जिसमें एक न्यूनतम है और दस अधिकतम। अच्छा प्रदर्शन करने के लिए प्रत्येक क्षेत्र में आपका स्कोर सात या इससे ज़्यादा होना चाहिए। आप पाएँगे कि न्यूनतम स्कोर वाले क्षेत्रों में आपको सबसे ज़्यादा मुश्किल आ रही है।

स्व-आकलन में इस अभ्यास में आपको अपने साथ पूरी तरह ईमानदार होना चाहिए। आप बेहतर नहीं बन सकते, यदि आप यह नाटक करें कि आप उस एक क्षेत्र में अच्छे हैं, जिसने आपको पीछे रोक रखा है।

एक बार जब आप अपने मुख्य परिणाम क्षेत्रों में अपना स्कोर जोड़ लें, तो अपने बॉस से कहें कि वह आपको हर क्षेत्र में स्कोर दे। अपने सहकर्मियों और ग्राहकों से भी यही करने को कहें। अपनी योग्यताओं पर फ़ीडबैक के प्रति खुले रहें। अपनी कमज़ोरियों को पहचानने पर ध्यान केंद्रित करें, ताकि आपको यह पता चल जाए कि आपको ख़ुद पर कहाँ काम करने की ज़रूरत है।

यदि आप प्रबंधन में हैं, तो सात मुख्य परिणाम क्षेत्र आपकी प्रभावकारिता को तय करते हैं। ये हैं : योजना बनाना, व्यवस्था बनाना, स्टाफ़ नियुक्त करना, काम सौंपना, निगरानी करना, मापना और प्रतिवेदन देना।

यदि आप इन सात क्षेत्रों में से किसी एक में कमज़ोर हैं, तो इससे परिणाम पाने की आपकी योग्यता कम हो जाएगी और आप अपने बाक़ी गुणों का पूरी तरह इस्तेमाल नहीं कर पाएँगे।

मिसाल के तौर पर, मान लेते हैं कि आप योजना बनाने, व्यवस्था बनाने, स्टाफ़ नियुक्त करने, निगरानी करने, मापने और अपने परिणाम अपने वरिष्ठ अधिकारियों को बताने में उत्कृष्ट हैं। आपको सिर्फ़ एक समस्या है। आप काम सौंपने में कमज़ोर हैं। किसी कारण से आप सही काम सही तरीक़े से सही लोगों को नहीं सौंप पाते हैं। इस वजह से आप और आपका स्टाफ़ दोनों ही कुंठित हैं और क्षमता से कम प्रदर्शन कर रहे हैं।

यदि आप काम सौंपने में कमज़ोर हैं और बाक़ी हर चीज़ में अच्छे हैं, तब भी आप मैनेजर के रूप में अपनी पूरी संभावना तक नहीं पहुँच पाएँगे। या तो आप हमेशा कमज़ोरी से काम सौंपते हैं या बिलकुल भी नहीं सौंपते हैं। शायद आप ग़लत लोगों को काम सौंपते हैं या आप ग़लत समय पर ग़लत तरीक़े से काम सौंपते हैं। शायद आप इस तरह से काम सौंपते हैं कि किसी को भी यह पक्का पता नहीं होता कि आप उनसे क्या अपेक्षा करते हैं, और कितनी संख्या व गुणवत्ता में करते हैं। काम सौंपने की अयोग्यता प्रबंधन में असफलता का मुख्य कारण है।

लेकिन सबसे अच्छी ख़बर यह है : सारी कारोबारी योग्यताएँ सीखी जा सकती हैं। ऐसी कोई योग्यता नहीं है, जिसे आपको अपने भंडार में भरने की ज़रूरत हो और आप उसे अध्ययन व अभ्यास के ज़रिये न सीख सकते हों। यदि किसी ने किसी ख़ास योग्यता में महारत हासिल की है, तो यह इस बात का सबूत है कि आप भी ऐसा ही कर सकते हैं। उत्कृष्टता आपकी पकड़ के भीतर है। आपको तो बस आवश्यक योग्यता को पहचानना है, इसका लक्ष्य बनाना है, योजना बनाना है और हर दिन उस क्षेत्र में बेहतर बनने पर काम करना है। कोई सीमा नहीं है।

हर मुख्य परिणाम क्षेत्र के साथ प्रदर्शन का पैमाना शामिल होना चाहिए। यह इस बात को नापने का तरीक़ा है कि आप उस क्षेत्र में कितना अच्छा प्रदर्शन कर रहे हैं और कितने बेहतर बन रहे हैं। जिस तरह हर खेल में प्रदर्शन का एक पैमाना होता है, चाहे यह ऊँचाई हो, गति हो या दूरी हो, उसी तरह आप हर मुख्य परिणाम क्षेत्र में स्कोर रखने का

एक तरीक़ा तय कर सकते हैं।

जब आप अपनी बुनियादी सक्षमताओं, अपने मुख्य परिणाम क्षेत्रों और प्रदर्शन के पैमानों को स्पष्ट कर लेते हैं, तो इसके बाद आप "इसे-ख़ुद-करें" प्रोजेक्ट बन जाते हैं। आप गतिविधि या प्रदर्शन के उस क्षेत्र को पहचानते हैं, जहाँ बेहतर होने से आपको सबसे ज़्यादा मदद मिल सकती है। फिर आप उस क्षेत्र में काम में जुट जाते हैं। बहुत ही कम समय में आपको परिणाम दिखने लगेंगे। आपका आत्म-गौरव और आत्मविश्वास बढ़ जाएगा। आप आगे की गति का अहसास विकसित कर लेंगे। आप ज़्यादा सकारात्मक और आशावादी बन जाएँगे। आप अपने क्षेत्र के शिखर की ओर बढ़ने लगेंगे।

प्रदर्शन के तीसरे क्षेत्र को "अति महत्त्वपूर्ण सफलता घटक" कहा जाता है। ये वे पैमाने या अति महत्त्वपूर्ण कार्य हैं, जैसे ब्लड प्रेशर और तापमान, जो संगठन या व्यक्ति के स्वास्थ्य को सूचित करते हैं। ये पैमाने सफलता या असफलता को पकड़ते और तय करते हैं। इसीलिए उन्हें अति महत्त्वपूर्ण कहा जाता है।

मिसाल के तौर पर, कैशफ़्लो किसी व्यवसाय में अति महत्त्वपूर्ण सफलता घटक है। यदि मस्तिष्क में रक्त के प्रवाह की तरह किसी समय यह बंद हो जाता है, तो कंपनी मर सकती है। दैनिक, साप्ताहिक और मासिक बिक्री अति महत्त्वपूर्ण सफलता घटक हैं। जब तक वे शक्तिशाली और सकारात्मक हैं, तब तक उद्यम सफल हो सकता है। यदि वे घटते या बंद हो जाते हैं, तो कारोबार का अस्तित्व जोखिम में आ सकता है।

किसी भी व्यवसाय या करियर में आम तौर पर सिर्फ़ पाँच से सात अति महत्त्वपूर्ण सफलता घटक होते हैं। कई बार सिर्फ़ एक या दो होते हैं। आपका पहला काम उन मुख्य पैमानों को पहचानना है, जो कारोबार के स्वास्थ्य को सबसे ज़्यादा बताते हैं। फिर उन पैमानों को बेहतर बनाने के लिए हर संभव प्रयास करें। अति महत्त्वपूर्ण सफलता घटकों पर ध्यान देने से आप उनमें आम तौर पर बेहतर बनने लगते हैं।

मिसाल के तौर पर, यदि आप कंपनी के हर व्यक्ति का ध्यान हर दिन या हर घंटे की बिक्री पर केंद्रित कराते हैं, तो इससे आपकी बिक्री बढ़ जाएगी। यदि हर व्यक्ति का ध्यान लागत कम करने पर केंद्रित है, तो आपकी लागत कम हो जाएगी।

आपके काम के अति महत्त्वपूर्ण सफलता घटक कौन से हैं? यह बहुत महत्त्वपूर्ण प्रश्न है, जिसे आपको लगातार पूछते रहना चाहिए और इसका जवाब देते रहना चाहिए।

यह बताना आसान है कि मानसिक मिश्रित प्रशिक्षण में आपको ख़ुद पर कहाँ काम करने की ज़रूरत है। जिन क्षेत्रों में आप कमज़ोर हैं, वही आपकी सबसे बड़ी समस्याओं के कारण हैं। यही क्षेत्र आपको सबसे ज़्यादा कुंठित और चिंतित करते हैं। इन्हीं क्षेत्रों में सुधार करने से आपको सबसे अच्छे और सबसे तीव्र परिणाम मिलेंगे।

कई कंपनियों में एक लोकप्रिय प्रबंधन तकनीक का इस्तेमाल किया जा रहा है। इसे “360 डिग्री का विश्लेषण” कहा जाता है। इसमें प्रबंधकों का मूल्यांकन उनके आस-पास काम करने वाले सभी लोग करते हैं। किसी विभाग या कार्य समूह के भीतर के हर व्यक्ति को प्रश्नावली भेजी जाती है। हर व्यक्ति से कहा जाता है कि वह चरित्र, क्षमता और व्यवहार के संदर्भ में अपने वरिष्ठ अधिकारियों का मूल्यांकन करें। फिर प्रश्नावलियों को इकट्ठा किया जाता है और एक अलग मीटिंग में उसका सार बताया जाता है। हर व्यक्ति को सर्वे के परिणाम बताए जाते हैं और फिर एक दायरे के बीच में बैठाया जाता है, जहाँ दूसरे प्रबंधन उसकी समीक्षा और मूल्यांकन करते हैं।

सही तरीक़े से करने पर यह अभ्यास बहुत मददगार हो सकता है। प्रबंधक अच्छी तरह जान जाते हैं कि उनके अधीनस्थ और समकक्ष उन्हें किस तरह देखते हैं। प्रबंधकों को अक्सर यह जानकर हैरानी होती है कि जिन क्षेत्रों में वे ख़ुद को काफ़ी अच्छा मानते हैं, उनके सहकर्मी और अधीनस्थ उन क्षेत्रों में उन्हें काफ़ी कमज़ोर मानते हैं।

मनोविज्ञान में एक शब्द है, जिसे “स्कोटोमा” कहा जाता है। इसका अर्थ है ब्लाइंड स्पॉट या अंधबिंदु। मनोवैज्ञानिकों ने पाया है कि हमारे चरित्र और व्यक्तित्व, हमारे जीवन के निश्चित क्षेत्रों में हममें से ज़्यादातर लोगों में अंधबिंदु होते हैं। हममें विशिष्ट गुणों और लक्षणों के संदर्भ में अंधबिंदु होते हैं। अक्सर लोग उन क्षेत्रों में अंधे होते हैं, जहाँ वे सबसे कमज़ोर होते हैं।

आपके स्कोटोमा क्या हैं? वे क्षेत्र कौन से हैं, जिनमें आप ख़ास तौर पर सक्षम नहीं हैं? वे योग्यताएँ कौन सी हैं, जिन्हें आपको प्रदर्शन के ज़्यादा

ऊँचे स्तर तक लाने के लिए मेहनत करनी चाहिए? यदि आपको पक्का नहीं है, तो दूसरे लोगों के पास जाकर फ़ीडबैक माँगें।

याद रखें, फ़ीडबैक चैंपियनों का नाश्ता हैं। आप तब तक बेहतर नहीं बन सकते, जब तक कि कोई दूसरा ईमानदारी से समीक्षा करके आपको उसका प्रतिबिंब न दिखा दे, जैसे आप सचमुच हैं। बिना फ़ीडबैक के आप बेहतर नहीं बन सकते।

यदि आप बिक्री के क्षेत्र में हैं, तो यह अनिवार्य है कि आप अपने सेल्स मैनेजर या किसी और को महीने में एक बार अपने साथ सेल्स कॉल पर ले जाएँ और उससे अपने प्रदर्शन का मूल्यांकन कराएँ। जब यह व्यक्ति किसी सेल्स कॉल पर आपके साथ जाए, तो आपके ग्राहक से बातचीत करते वक़्त उसे शांति से बैठना चाहिए और कुछ नहीं करना चाहिए। इसके बाद, उसे आपको सटीकता से बताना चाहिए कि उसने क्या देखा, अच्छा भी और बुरा भी। इस तरह के ईमानदार फ़ीडबैक के बिना आपके लिए बेहतर बनना असंभव है। जब आपको यह फ़ीडबैक मिल जाए, तो उस क्षेत्र में बेहतर बनने का निर्णय लें, ताकि यह आपके प्रदर्शन को सीमित न कर सके।

आपके पास आज जो भी ज्ञान और योग्यता है, वह भविष्य के लिए पर्याप्त नहीं है। एक शैक्षणिक जरनल में लिखा गया था कि आप आज अपने काम के बारे में जो जानते हैं, उसका 99 प्रतिशत हिस्सा दस साल में या शायद इससे भी जल्दी अप्रासंगिक बन जाएगा। अगर आप बेहतर नहीं बन रहे हैं, तो आप बदतर बन रहे हैं।

वेन ग्रेट्ज़्की ने यह मशहूर बात कही थी कि वे इतनी अच्छी हॉकी इसलिए खेलते थे, क्योंकि जब ज़्यादातर लोग वहाँ जाते थे, जहाँ गेंद थी, तब वे उस जगह की ओर जाते थे, जहाँ गेंद पहुँचने वाली थी। यह आपके और आपके करियर के लिए एक बेहतरीन उपमा है।

पाँच साल में आपकी गेंद कहाँ पहुँचने वाली है? यदि आप उत्कृष्ट आजीविका कमाना चाहते हैं, तो आज से तीन से पाँच साल के भीतर आपको किस अतिरिक्त ज्ञान और योग्यताओं की ज़रूरत होगी? वह कौन सी एक योग्यता है, जिसे यदि आप विकसित करें और उत्कृष्ट अंदाज़ में करें, तो आपको सबसे ज़्यादा मदद मिलेगी?

मानसिक मिश्रित प्रशिक्षण के संदर्भ में आपको तीन नियम जानने की ज़रूरत है :

नियम एक : यह मायने नहीं रखता कि आप कहाँ से आ रहे हैं; मायने तो यह रखता है कि आप कहाँ जा रहे हैं। भविष्य अतीत से ज़्यादा महत्त्वपूर्ण है। आप अतीत को नहीं बदल सकते, लेकिन अपने वर्तमान कामों को बदलकर आप अपने भविष्य को बदल सकते हैं।

नियम दो : अपने जीवन को बेहतर बनाने के लिए पहले आपको बेहतर बनना होगा। यदि आप ज़्यादा कमाना चाहते हैं, तो आपको ज़्यादा सीखना चाहिए। आज ज्ञान मूल्य का मुख्य स्रोत है। यदि आप अपने जीवन की गुणवत्ता को बेहतर बनाना चाहते हैं, तो आपको अपने ज्ञान और योग्यताओं की गुणवत्ता को बेहतर बनाना चाहिए।

नियम तीन : आप ख़ुद के लिए जो भी लक्ष्य तय करें, उसे हासिल करने के लिए आपको जो भी सीखना है, उसे आप सीख सकते हैं। कोई सीमाएँ नहीं हैं, सिवाय आपके दिमाग़ में मौजूद सीमाओं के।

मानसिक मिश्रित प्रशिक्षण एक अनुशासन है, जिसका इस्तेमाल आप जीवन भर कर सकते हैं। इसी समय यह निर्णय लें कि आप अपने काम के मुख्य परिणाम क्षेत्रों में अपनी योग्यता के स्तर को बढ़ाएँगे। अपने क्षेत्र के सर्वश्रेष्ठ लोगों में से एक बनने का संकल्प लें। आजीवन सीखने के प्रति समर्पित हो जाएँ।

आपका मस्तिष्क एक मांसपेशी की तरह होता है। यदि आप इसका इस्तेमाल नहीं करते हैं, तो यह कमज़ोर हो जाता है। लेकिन अगर आप पढ़ना जारी रखते हैं, ऑडियो प्रोग्राम सुनना जारी रखते हैं, अतिरिक्त कोर्स करते रहते हैं और अपने ज्ञान व योग्यताओं के विकास पर काम करते रहते हैं, तो आपका भविष्य असीमित होगा।

नियमित मानसिक मिश्रित प्रशिक्षण की आदत डालकर आप अपने क्षेत्र के सबसे सक्षम, आत्मविश्वासी और समर्थ लोगों में से एक बन सकते हैं। आप अपने सारे सपने पूरे कर सकते हैं और अपनी सारी महत्त्वाकांक्षाएँ हासिल कर सकते हैं। आप सबसे आगे पहुँच सकते हैं और लोगों का नेतृत्व कर सकते हैं। मानसिक मिश्रित प्रशिक्षण सूचना युग का उस्ताद बनने की

कुंजी है और इसकी मदद से आप अपनी भावी तक़दीर की बागडोर थाम लेंगे।

जीवन में कुछ चीज़ें वैकल्पिक होती हैं और कुछ अनिवार्य होती हैं। यह वैकल्पिक है कि आप कैरिबियन में अगली छुट्टियाँ मनाते हैं या नहीं। लेकिन आप एक व्यक्तिगत पुस्तकालय बनाते हैं और उत्कृष्ट पाठक बनते हैं, यह अनिवार्य है। यदि आप सफलता के बारे में गंभीर हैं, तो इसे करने या न करने का विकल्प ही मौजूद नहीं होता। आपके सारे लक्ष्यों को हासिल करने के लिए यह बेहद अनिवार्य है।

बहुत सारे लोग हैं, जो बहुत ज़्यादा नहीं पढ़ते हैं। एक अध्ययन के अनुसार 80 प्रतिशत अमेरिकी परिवार ऐसे थे, जिन्होंने पिछले साल एक भी पुस्तक न तो ख़रीदी, न ही पढ़ी। 58 प्रतिशत वयस्क अमेरिकियों ने कॉलेज की पढ़ाई पूरी करने के बाद किसी नॉन-फ़िक्शन पुस्तक को पहले पन्ने से आख़िरी पन्ने तक कभी नहीं पढ़ा। औसत अमेरिकी हर साल एक पुस्तक से भी कम पढ़ता है। वास्तव में, अमेरिका के सबसे सफल स्त्री-पुरुषों के गैलप अध्ययन के अनुसार हर महीने एक नॉन-फ़िक्शन पुस्तक पढ़ने से आप शीर्षस्थ 1 प्रतिशत अमेरिकियों के समूह में शामिल हो जाएँगे।

कई कारणों से लोग उतना नहीं पढ़ते हैं, जितना उन्हें पढ़ना चाहिए। शायद हाई स्कूल पास करने के बाद भी पाँच करोड़ अमेरिकियों की पढ़ने की योग्यताएँ कमज़ोर हैं।

लोग इसलिए नहीं पढ़ते हैं, क्योंकि उन्हें कभी यह बताया ही नहीं गया है कि पढ़ना हर उस चीज़ के लिए कितना महत्त्वपूर्ण है, जो वे जीवन में हासिल करना चाहते हैं। आज आजीवन सीखना किसी भी क्षेत्र में सफलता पाने की न्यूनतम आवश्यकता है। अगर आप विस्तृत लिखित निर्देश व नियम पुस्तिकाएँ पढ़ और समझ नहीं सकते, तो आप आज फ़ैक्ट्री में काम करने वाले कर्मचारी भी नहीं बन सकते। यदि आप बिक्री, प्रबंधन, सेवा, प्रशासन या किसी अन्य क्षेत्र में हैं, जिसमें जानकारी और आँकड़ों की ज़रूरत है, तो अच्छी तरह पढ़ने की आपकी योग्यता आपकी सफलता के लिए आधारभूत है।

आपकी आमदनी काफ़ी हद तक भाषा के ज्ञान से तय होगी। आपका शब्द भंडार जितना व्यापक होता है, आप उतने ही ज़्यादा पैसे कमाएँगे।

अँग्रेज़ी भाषा में 6 लाख से ज़्यादा शब्द होते हैं, जिनमें तकनीकी शब्दावली शामिल है। सबसे ज़्यादा भुगतान और सम्मान पाने वाले लोग वे हैं, जो इन शब्दों को आम आदमी से ज़्यादा जानते हैं और उनका इस्तेमाल करते हैं।

शेक्सपियर संभवतः पूरे अँग्रेज़ी साहित्य के सबसे मुखर लेखक थे और उनके ग्रंथों के विश्लेषण से यह पता चला कि उन्होंने अपने सभी ग्रंथों में 20,000 से ज़्यादा शब्दों का इस्तेमाल नहीं किया। इससे पूरे 5,80,000 शब्द बच गए, जिन्हें उन्होंने नहीं छुआ, हालाँकि उनका लेखन इस भाषा का सबसे ज्ञानी और जटिल सृजनात्मक लेखन माना जाता है।

हर दिन नए शब्द सीखकर अपनी शब्दावली को बढ़ाने का काम ही आपकी आमदनी की योग्यता को बढ़ा सकता है, आपकी जीवनशैली को बेहतर बना सकता है, आपके संदर्भ समूह को बदल सकता है, आपके लक्ष्य पाने की गति को बढ़ा सकता है और ऐसे अवसरों व संभावनाओं के द्वार खोल सकता है, जिनकी आप आज कल्पना भी नहीं कर सकते।

कुछ लोग आलस की वजह से नहीं पढ़ते हैं। उनके आस-पास ध्यान भटकाने वाली इतनी सारी चीज़ें होती हैं, ख़ास तौर पर टेलीविज़न, रेडियो, सामाजिक मेलमिलाप और अन्य गतिविधियाँ कि वे कभी पढ़ने जैसी गंभीर चीज़ तक पहुँच ही नहीं पाते हैं। वे रोज़मर्रा की गतिविधियों और आनंदों में इतने व्यस्त और अटके होते हैं कि पढ़ने को अनंत काल तक टाल देते हैं। वे कभी पढ़ने की स्थिति में नहीं आ पाते हैं। इस आदत का उनके जीवन पर दुखद प्रभाव पड़ सकता है।

लोगों के नहीं पढ़ने का एक और कारण यह है कि शायद वे सही क्षेत्र में काम नहीं कर रहे हैं। आप किसी काम के लिए बने हैं या नहीं, यह तय करने का एक बहुत अच्छा इम्तिहान यह है कि क्या आपमें इसके बारे में सीखने की इच्छा है। यदि आप वह काम कर रहे हैं, जो आपके लिए सही है, तो आप स्वाभाविक रूप से उस क्षेत्र के बारे में हर चीज़ पढ़ने को उत्सुक होंगे। आप बेहतर और बेहतर बनना चाहेंगे। आप नए ज्ञान के लिए भूखे होंगे। आप हर पुस्तक और लेख पढ़ेंगे, हर ऑडियो प्रोग्राम सुनेंगे और हर उस कोर्स में जाएँगे, जिसमें आप जा सकते हैं। आप उत्कृष्ट बनने के लिए कृतसंकल्प होंगे। हर नई जानकारी आपको प्रोत्साहित करेगी और ज़्यादा सीखने के लिए प्रेरित करेगी।

बहरहाल, यदि आप ग़लत क्षेत्र में हैं, तो आप अपने काम के बारे में सीखने को अरुचिकर कार्य मानेंगे। यदि यह आपकी नौकरी या पेशे की शर्त हो, तो आप पढ़ लेंगे, लेकिन उतना ही जितने में काम चल जाए। आप चाहेंगे कि यह ख़त्म हो जाए, जैसे दंत चिकित्सक का अपॉइंटमेंट। अगर आप किसी कारण से अपने कार्यक्षेत्र में ज़्यादा सीखने के लिए उत्सुक नहीं हैं, तो हो सकता है कि आप ग़लत क्षेत्र में अपना समय और जीवन बरबाद कर रहे हैं।

जो स्व-निर्मित करोड़पति शून्य से अमीरी तक पहुँचे, उनका एक आम गुण यह था कि वे अपने काम से लगभग सम्मोहित थे। वे बहुत सारा पैसा कमाने के बारे में बहुत ज़्यादा नहीं सोचते थे। वे अपने काम में बेहतर और बेहतर बनने के बारे में ज़्यादा सोचते रहते थे। वे अपने काम में पूरी तरह तल्लीन हो जाते थे।

पढ़ने और स्व-विकास के प्रति समर्पण की वजह से वे अपने काम में बेहतर बनते चले गए और अंततः उन्हें ज़्यादा भुगतान मिलता चला गया। जब वे ऊँचे स्तर की आमदनी कमाने लगे, तब भी काम के प्रति उनका सम्मोहन जारी रहा। अतिरिक्त धन को कारोबार से बाहर निकालने और फ़िज़ूलख़र्ची करने के बजाय उन्होंने इसका दोबारा निवेश ख़ुद में और अपने करियर में किया। फलस्वरूप वे और भी ज़्यादा कुशल बन गए तथा उन्हें और ऊँचा भुगतान मिलने लगा। फिर एक दिन उन्होंने अपनी आँखें खोलीं, तो उन्होंने देखा कि उनकी नेट वर्थ दस लाख डॉलर से ज़्यादा हो चुकी है। निरंतर सीखना और लगातार पढ़ना कुंजी थी।

नियम यह है, “ज़्यादा कमाने के लिए आपको ज़्यादा सीखना चाहिए।” भविष्य सक्षम व्यक्ति का है। उत्पादन का सबसे महत्त्वपूर्ण घटक भूमि, श्रम, पूँजी या जायदाद नहीं है। यह ज्ञान है।

मोटोरोला कॉरपोरेशन अपनी सालाना आमदनी का 4.8 प्रतिशत अपने कर्मचारियों को प्रशिक्षित और विकसित करने पर ख़र्च करता है। मोटोरोला के प्रशिक्षण प्रमुख का अनुमान है कि प्रशिक्षण पर जो 1 डॉलर ख़र्च होता है, उसके बदले में कंपनी को 30 डॉलर की अतिरिक्त बिक्री और लाभ मिलता है। कल्पना करें! उन्नत शिक्षा में निवेश पर 30 गुना फ़ायदा।

ज़्यादातर लोगों के मामले में नियमित पढ़ने और निरंतर सीखने के क्षेत्र में सबसे बड़ी बाधा यह है कि उन्हें पुराने पैरेडाइम के हिसाब से पाला गया है। चीज़ों को देखने के पुराने दृष्टिकोण के अनुसार शिक्षा एक ऐसी चीज़ थी, जो दूसरे लोग आपको देते थे। आपके जीवन के शुरुआती 18 वर्षों में आप स्कूल गए और आपको इस तरह शिक्षा दी गई, मानो आप निष्क्रिय वस्तु हों। जब आप कॉलेज गए, तब भी आपने वही कोर्स लिए जिनकी सलाह दी गई थी, आपने उन विषयों का अध्ययन किया, जो आवश्यक थे और आपने परीक्षा में वही जवाब लिखे, जो पूछे गए थे। जब आप कॉलेज से बाहर निकले, तो आप शिक्षा का परिणाम थे। यह तो वैसा ही था कि शिक्षा आपके साथ "बस हो गई हो," जिसमें आपने निष्क्रिय भूमिका भर निभाई और सही समय पर हर ज़रूरी काम किया।

लेकिन पढ़ाई पूरी होने के बाद समीकरण 180 डिग्री घूम जाता है। उस पल के बाद आप अपनी शिक्षा के लिए पूरी तरह ज़िम्मेदार बन जाते हैं। आप पुस्तकें ख़रीदने, अध्ययन के कोर्स की योजना बनाने, नए विषय सीखने और लगातार अपनी योग्यताओं का नवीनीकरण करने के लिए ज़िम्मेदार बन जाते हैं। यह किसी दूसरे की ज़िम्मेदारी नहीं है। आप प्रभारी हैं। यह सब आप पर निर्भर करता है।

कई लोग यह सोचते हैं कि अगर उन्हें अतिरिक्त प्रशिक्षण की ज़रूरत है, तो यह देने की ज़िम्मेदारी उनकी कंपनी की है। तथ्य यह है कि अगर आपकी कंपनी आपको प्रशिक्षण देती है, तो आपको ऐसे हर अवसर का लाभ लेना चाहिए। लेकिन अगर यह ऐसा नहीं करती है, और कई कंपनियाँ प्रशिक्षण और विकास पर पैसे ख़र्च नहीं करती हैं, तब भी आप ही निरंतर पढ़कर अपना मूल्य क़ायम रखने और बढ़ाने के लिए पूरी तरह ज़िम्मेदार हैं। कोई दूसरा तरीक़ा नहीं है।

यहाँ कुछ विचार दिए जा रहे हैं, जिनका अभ्यास ज़्यादातर सफल स्त्री-पुरुष करते हैं। आपके जीवन की गुणवत्ता पर उनका सकल प्रभाव आश्चर्यजनक हो सकता है।

सबसे पहले, यदि आप अच्छे पाठक नहीं हैं, तो इसी समय निर्णय लें कि उत्कृष्ट लीडर बनने के लिए आपको जितनी भी दूर तक जाना होगा, आप जाएँगे। इसके लिए आप कोई भी क़ीमत चुकाएँगे, हर बाधा से उबरेंगे

और जितनी भी राशि ख़र्च करनी पड़े, ख़र्च करेंगे। यदि आप यह नहीं जानते कि अच्छी तरह कैसे पढ़ना है, तो अपने काम के बाहर की हर चीज़ को छोड़ दें और ख़ुद को पढ़ने के प्रति समर्पित कर दें। फ़ुरसत के हर मिनट को पढ़ने में लगाएँ, मानो आपका भविष्य इस पर निर्भर करता हो, क्योंकि यह करता है।

इसमें एक सप्ताह, एक महीने या एक साल लग सकता है। इसमें और भी लंबा समय लग सकता है। लेकिन यह मायने नहीं रखता। उत्कृष्ट पाठक बनने पर आपके लिए ऐसे अवसरों के द्वार खुल जाएँगे, जिनकी आप इस समय कल्पना भी नहीं कर सकते।

दूसरे, स्पीड-रीडिंग का कोर्स करें। द ईवलिन वुड रीडिंग डाइनैमिक्स प्रोग्राम शायद इस काम के लिए तैयार किया गया सर्वश्रेष्ठ कोर्स है। कई समुदायों में कई स्पीड-रीडिंग कक्षाएँ भी आयोजित की जाती हैं। स्पीड-रीडिंग टच-टाइपिंग जैसी होती है। आप एक-दो अँगुलियों से ज़िंदगी भर टाइपिंग कर सकते हैं, या फिर आप इसे सही तरीक़े से करना सीखने का समय निकाल सकते हैं और अपनी गति को 50-60 शब्द प्रति मिनट तक बढ़ा सकते हैं। पढ़ते समय आप अपनी पढ़ने की गति को 50-60 शब्द प्रति मिनट से 300, 400, 500 या 1,000 शब्द प्रति मिनट तक भी ले जा सकते हैं और लिखी गई सारी बातें समझ सकते हैं। स्पीड-रीडिंग के कोर्स बहुत अद्‌भुत होते हैं और आज के महत्त्वाकांक्षी लोगों की सफलता के लिए अनिवार्य हैं।

तीसरे, एक व्यक्तिगत लाइब्रेरी बनाएँ। हालाँकि सार्वजनिक पुस्तकालय शोध के लिए बहुत सहायक होते हैं, लेकिन आपको अपनी ख़ुद की पुस्तकें भी ख़रीदनी चाहिए, ताकि आप उन पर निशान लगा सकें और उन्हें अपने पास रख सकें।

लोग अक्सर पूछते हैं कि उन्हें कौन सी पुस्तकें ख़रीदनी चाहिए। यह तय करने के लिए आप तुलनात्मक महत्त्व के नियम का इस्तेमाल कर सकते हैं। ऐसी पुस्तकें ख़रीदें, जो इस पल आपके जीवन के लिए सबसे महत्त्वपूर्ण और प्रासंगिक हैं। यहाँ पर अहम शब्द है "प्रासंगिक।" वयस्क लोग सबसे अच्छी तरह तब सीखते हैं, जब उनके द्वारा पढ़ी जाने वाली चीज़ उनकी वर्तमान आवश्यकताओं, उनके कामकाज, उनके जीवन और

उनकी वर्तमान स्थिति के लिए त्वरित रूप से प्रासंगिक होती है। यदि आप ऐसी सामग्री पढ़ते हैं, जो आपके वर्तमान काम में सहायक नहीं है, तो आप इसकी ओर आकर्षित नहीं होंगे और जल्दी ही इसके ज़्यादातर हिस्से को भूल जाएँगे।

लेकिन जब आप ऐसी सामग्री पढ़ते हैं, जो आपके कामकाज के लिए प्रासंगिक भी होती है और अमल में भी लाई जा सकती है, तो आपका मस्तिष्क हर तरह के विचारों से जगमगाने लगता है कि आप ज़्यादा प्रभावी बनने के लिए इस नई जानकारी का इस्तेमाल कैसे कर सकते हैं। यह रोमांचक भी है और बेहद प्रेरक भी कि आप नई पद्धतियाँ और तकनीकें सीखते रहें, जो आपके जीवन को बेहतर बना देंगी।

अपनी ख़ुद की लाइब्रेरी बनाते समय अपने क्षेत्र के सबसे सफल लोगों से पूछें कि वे कौन सी पुस्तकें पढ़ने की सलाह देंगे। फिर सीधे बुकस्टोर जाकर उन्हें ख़रीद लें। पेशेवर लोगों का एक लक्षण यह है कि सभी पेशेवर लोगों की घरेलू लाइब्रेरी होती है, जो उनके क्षेत्र की पुस्तकों से भरी होती है। यदि आप बिक्री के क्षेत्र में हैं, तो आपके पास सेल्स बुक्स की लाइब्रेरी होनी चाहिए। आपको बिक्री के क्षेत्र में हर दिन कम से कम एक घंटे, हर सप्ताह एक पुस्तक, हर साल पचास पुस्तकें पढ़नी चाहिए। आपको अपने हुनर का सतत, लगनशील विद्यार्थी बनना चाहिए।

बिक्री के क्षेत्र के बारे में आपका ज्ञान इतना होना चाहिए, जितना 500 मील के भीतर कोई दूसरा न जानता हो। आपको अपने क्षेत्र के बारे में इतना ज्ञानी बनने का लक्ष्य बना लेना चाहिए कि कुछ वर्षों में आप इस पर क्लास ले सकें। जब आप सीखी गई चीज़ को सिखाने के बारे में सोचते हैं, तो आप दरअसल उससे ज़्यादा याद रखते हैं, जितना आप अपने लिए पढ़ते समय नहीं रख पाते।

आपको हार्ड कवर पुस्तकें ख़रीदनी चाहिए या सॉफ़्ट कवर पुस्तकें? मेरी सलाह है कि आप किसी भी तरह की कोई भी ऐसी पुस्तक ख़रीद लें, जो आपकी मदद कर सके। कुछ पुस्तकों का मूल्य 20-30 डॉलर होता है। आम आदमी शिकायत करता है कि वह इतनी महँगी पुस्तक ख़रीदने का ख़र्च नहीं उठा सकता। श्रेष्ठ व्यक्ति पहचानता है कि उस पुस्तक में दी गई जानकारी से कड़ी मेहनत के एक-दो साल बच सकते हैं।

अपना विषय सीखने में किसी लेखक को दस या बीस साल लग सकते हैं। फिर पुस्तक लिखने में उसे दो-तीन साल लग जाते हैं। फिर पुस्तक प्रकाशित कराने में एक-दो साल लग जाते हैं। आप चंद डॉलर में वह पुस्तक ख़रीदकर अपने क्षेत्र के सबसे चतुर लोगों में से एक के बीस-पच्चीस साल की मेहनत के परिणाम पा सकते हैं।

ख़ुद को अच्छी पुस्तकों से भरे शेल्फ़ दें और अपनी पुस्तकों को विषय के हिसाब से श्रेणीबद्ध करें। एक खंड बिक्री का हो, तो दूसरा प्रबंधन का। परिवार और परवरिश पर एक खंड रखें। व्यक्तिगत प्रेरणा और सफलता पर एक खंड रखें। यदि आपको उपन्यास पसंद हैं, तो उपन्यासों का एक खंड रखें या फिर इतिहास का।

अपने खंडों को वर्णमाला के क्रम में जमा लें, या तो पुस्तक के शीर्षक से या फिर लेखक के नाम से। इसे बहुत ज़्यादा औपचारिक या तंत्रात्मक बनाने की ज़रूरत नहीं है। आपका काम अपनी लाइब्रेरी इस तरह से बनाना है, ताकि आपको पता हो कि हर पुस्तक कहाँ रखी है। आपको यह जानने की ज़रूरत है कि आपके पास कोई पुस्तक है या नहीं है और आपको यह जानने की ज़रूरत है कि ज़रूरत पड़ने पर जानकारी कहाँ मिलेगी।

एक बार जब आप पुस्तक ख़रीद लें, तो पढ़ते समय हर मुख्य बिंदु को रेखांकित कर लें। अगर आप कोई पुस्तक दोबारा पढ़ते हैं, तो अलग रंग के पेन से उन बिंदुओं को रेखांकित करें, जिन्हें आप पहली बार में चूक गए थे। अपनी ख़ुद की लाइब्रेरी बनाकर आप आजीवन विद्यार्थी बन सकते हैं। आप अपने हर दिन का एक हिस्सा पढ़ने, अध्ययन करने और सीखने के प्रति समर्पित कर सकते हैं। आप टेलीविज़न देखना छोड़कर अपने समय का निवेश अपने मस्तिष्क और अपने भविष्य में कर सकते हैं।

आपको अपने क्षेत्र की जानकारी अद्यतन करने के लिए ही हर दिन एक-दो घंटे पढ़ने की ज़रूरत होती है। आपको अख़बार, पत्रिकाएँ, न्यूज़लेटर, पत्राचार और अन्य सामग्री पढ़ने की ज़रूरत है। लेकिन इस प्रकार के पढ़ने से आप सिर्फ़ अद्यतन रहते हैं। यदि आप आगे निकलना चाहते हैं, तो आपको इससे ज़्यादा पढ़ना चाहिए। आपको वर्तमान के साथ अद्यतन रहते समय भविष्य में निवेश करना चाहिए। आपको ऐसी पुस्तकें और लेख पढ़ने चाहिए, जो आपको नए विचार और जानकारी दें, जो

आपके पास पहले नहीं थे। आपको वह सामग्री नहीं पढ़नी चाहिए, जिसे आप पहले से जानते हैं।

आजीवन पाठक बनना आपके भविष्य की कुंजी है। आप पढ़ने में धाराप्रवाह और कुशल बन सकते हैं, जिस तरह अभ्यास और लगन से आप अपने शब्दभंडार का विस्तार कर सकते हैं। भविष्य सिर्फ़ सक्षम लोगों का है। जो लोग ज़्यादा जानते हैं, वे हमेशा कम जानने वालों से जीत जाएँगे। श्रेष्ठ व्यक्ति की सच्ची निशानी यह है कि वह आम आदमी से बेहतर शिक्षित और ज़्यादा ज्ञानी होता है। आप जितना ज़्यादा पढ़ते हैं, आप उतने ही ज़्यादा बेहतर बनते जाते हैं। आप जितना ज़्यादा सीखते हैं, सीखना आपके लिए उतना ही ज़्यादा आसान होता जाता है।

आप अपने मस्तिष्क को जितनी ज़्यादा चुनौती देते हैं और अपनी बुद्धिमत्ता का लाभ लेते हैं, आप उतने ही ज़्यादा चतुर बनते हैं। सभी पाठक लीडर नहीं होते हैं, लेकिन सभी लीडर पाठक होते हैं। पढ़ना मस्तिष्क के लिए वैसा ही है, जैसा व्यायाम शरीर के लिए। अगर आप अपने क्षेत्र के शिखर पर पहुँचना चाहते हैं, तो आज ही अपनी व्यक्तिगत लाइब्रेरी बनाना शुरू कर दें। ख़ुद को जीवन भर पढ़ने के प्रति समर्पित करें। ज्ञान के साथ और उस ज्ञान पर अमल करने पर मिलने वाली योग्यताओं के साथ, इस बात की कोई सीमा नहीं है कि आप कितनी दूर तक आगे जा सकते हैं।

अध्याय 12

कभी हार न मानें

आप जीवन में संभवतः जिस सबसे बड़ी चुनौती का सामना करते हैं, वह है डर पर विजय पाना और साहस का विकास करना। विन्स्टन चर्चिल ने एक बार लिखा था, "साहस को सभी गुणों में प्रमुख कहा गया है और यह सही है, क्योंकि बाक़ी सभी गुण इस पर निर्भर होते हैं।" डर मानव जाति का सबसे बड़ा शत्रु है और हमेशा से रहा है।

फ्रैंकलिन डी. रूज़वेल्ट ने कहा था, "एकमात्र चीज़ जिससे हमें डरना चाहिए, वह है डर।" वे दरअसल यह कह रहे थे कि हम जिससे डरते हैं, उस चीज़ के बजाय हमारे डर की भावना ही चिंता, तनाव और दुख का कारण है। जब आप साहस और अटल आत्मविश्वास की आदत डाल लेते हैं, तो आपके सामने संभावनाओं का एक बिलकुल नया संसार खुल जाता है। ज़रा कल्पना करें - यदि आपको पूरे संसार में किसी चीज़ से डर नहीं लगता, तो आप क्या सपना देखने या बनने या करने की हिम्मत करते?

सौभाग्य से, साहस की आदत भी दोहराव के ज़रिये ठीक उसी तरह सीखी जा सकती है, जिस तरह कोई दूसरी आदत। हमें लगातार अपने डरों का सामना करने और उनसे उबरने की ज़रूरत है, ताकि हम उस तरह का साहस उत्पन्न कर सकें, जो हमें बिना डरे जीवन के अवश्यंभावी उतार-चढ़ावों से निबटने में सक्षम बनाए।

सिंडिकेटेड स्तंभ-लेखिका एन लैंडर्स ने लिखा था, "यदि मुझे मानवता को एक ऐसी सलाह देने को कहा जाए, जिसे मैं सबसे उपयोगी सलाह मानती हूँ, तो वह यह होगी : उम्मीद करें कि मुश्किल जीवन का अवश्यंभावी हिस्सा

है और इसके आने पर अपना सिर ऊपर रखें। इससे सीधे निगाह मिलाएँ और कहें, 'मैं तुमसे ज़्यादा बड़ा बनूँगा। तुम मुझे नहीं हरा सकतीं।' इस तरह का नज़रिया ही विजय की ओर ले जाता है।"

डर से उबरने और साहस को विकसित करने का शुरुआती बिंदु सबसे पहले डर उत्पन्न करने वाले सभी घटकों का अवलोकन करना है।

ज़्यादातर डरों का मूल स्रोत बचपन की परवरिश है, जिसकी जड़ में आम तौर पर विनाशकारी आलोचना पाई जाती है। इससे हममें दो तरह के डर आ जाते हैं। पहला है असफलता का डर, जिसकी वजह से हम सोचते हैं, "मैं नहीं कर सकता, मैं नहीं कर सकता, मैं नहीं कर सकता," और दूसरा अस्वीकृति का डर, जिसकी वजह से हम सोचते हैं, "मुझे करना पड़ेगा, मुझे करना पड़ेगा, मुझे करना पड़ेगा।"

जब हममें ये डर होते हैं, तो हम अपना पैसा या अपना समय या किसी संबंध में अपने भावनात्मक निवेश को गँवाने की आशंका से चिंतित हो जाते हैं। हम दूसरों की राय और संभावित आलोचना के प्रति अति संवेदनशील बन जाते हैं, कई बार तो इस बिंदु तक, कि हम किसी ऐसी चीज़ को करने से घबराते हैं, जिसे कोई दूसरा नापसंद करता हो।

हमारे डर हमें पंगु बना सकते हैं। वे हमें अपने सपनों और लक्ष्यों की दिशा में सृजनात्मक कार्य करने से पीछे रोक सकते हैं। जब हम डर के शिकंजे में होते हैं, तो हम झिझकते और विलंब करते हैं। हम अनिर्णायक बन जाते हैं। हम टालमटोल करते हैं। हम बहाने बनाते हैं और पीछे रुके रहने के कारण खोजते हैं। हम कुंठित महसूस करते हैं। हम दोतरफ़ा बंधन में अटक जाते हैं, "मुझे करना पड़ेगा, लेकिन मैं नहीं कर सकता," या "मैं नहीं कर सकता, लेकिन मुझे करना पड़ेगा।"

डर का कारण अज्ञान भी होता है। जब हमारी पास सीमित जानकारी होती है, तो हमारी शंकाएँ हम पर हावी हो जाती हैं। हम अपने कार्यों के परिणाम को लेकर तनावपूर्ण और असुरक्षित बन जाते हैं। अज्ञान की वजह से हम परिवर्तन से डरते हैं, अज्ञात से डरते हैं और किसी नई या अलग चीज़ को आज़माने से बचते हैं।

लेकिन इसका उलट भी सच है। किसी ख़ास विषय के बारे में ज़्यादा और बेहतर जानकारी इकट्ठी करने का काम ही उस क्षेत्र में हमारे साहस

और आत्मविश्वास को बढ़ा देता है। आप इसे अपने जीवन के उन हिस्सों में देख सकते हैं, जहाँ आपके मन में ज़रा भी डर नहीं था, क्योंकि आप जानते थे कि आप क्या कर रहे थे। जो भी होता है, उससे पेश आने में आप सक्षम और पूरी तरह समर्थ महसूस करते थे।

डर में योगदान देने वाले दो अन्य घटक हैं : बीमारी और थकान। जब आप थके-माँदे या बीमार होते हैं या जब आपकी शारीरिक स्थिति ठीक नहीं होती, तो आप डर और शंका के प्रति ज़्यादा प्रवृत्त होते हैं, जो स्वस्थ और ऊर्जा से भरपूर महसूस करने पर नहीं होता।

एक बार जब आप उन मुख्य घटकों को पहचान लेते हैं, जिनकी वजह से आपको डर लगता है, तो अगला क़दम यह है कि आप अपने डरों को परिभाषित करें और उनका विश्लेषण करें।

कोरे काग़ज़ के सबसे ऊपर यह प्रश्न लिखें, "मुझे किस चीज़ से डर लगता है?"

याद रखें, सभी बुद्धिमान लोग किसी न किसी चीज़ से डरते हैं। अपने तथा अपने परिजनों के शारीरिक, भावनात्मक और वित्तीय बचाव की चिंता होना सामान्य और स्वाभाविक है। साहसी व्यक्ति वह नहीं है, जिसे कभी डर नहीं लगता। जैसा मार्क ट्वेन ने कहा था, "साहस डर का प्रतिरोध है, डर पर महारत है - डर की अनुपस्थिति नहीं है।"

प्रश्न यह नहीं है कि आपको डर लगता है या नहीं लगता। हम सभी को डर लगता है। एकमात्र प्रश्न है, "आप डर से कैसे निबटते हैं?" साहसी व्यक्ति वह होता है, जो डर के बावजूद आगे बढ़ता है। यहाँ एक महत्त्वपूर्ण बिंदु है : जब आप अपने डर का सामना करते हैं और अपने डर के स्रोत या कारण की ओर बढ़ते हैं, तो आपके डर घट जाते हैं और आपका आत्म-गौरव तथा आत्मविश्वास बढ़ जाता है। जैसा इमर्सन ने लिखा था, "वह चीज़ कर दें जिससे आपको डर लगता है और डर की मृत्यु तय है।"

इसका विपरीत भी सच है। आप जिस चीज़ से डरते हैं, जब आप उससे कतराते हैं, तो आपके डर बढ़ने लगते हैं और किसी बिंदु पर वे आपके जीवन को नियंत्रित करने लगते हैं। जब आपके डर बढ़ते हैं, तो

आपका आत्म-गौरव, आत्मविश्वास और आत्म-सम्मान उसी अनुसार घट जाता है।

छोटी-बड़ी हर चीज़ लिखकर अपने डरों की सूची बनाएँ, जिनकी वजह से आपको डर, तनाव या चिंता होती है। अपने कामकाजी या निजी जीवन के उन हिस्सों के बारे में सोचें, जहाँ आपके डरों ने आपको पीछे रोक रखा है या आपको किसी नौकरी या संबंध में रुकने के लिए मजबूर किया हो सकता है, जहाँ आप खुश नहीं हैं। ज़ाहिर है, सबसे आम डर हैं असफलता का डर और अस्वीकृति का डर।

कुछ लोग असफलता के डर से संचालित होते हैं। ये अपनी ग़लतियों को तर्कसंगत साबित करने या छुपाने में अपनी बहुत सारी ऊर्जा ख़र्च कर देते हैं। बाक़ी लोग अस्वीकृति के डर से घबराते हैं। वे दूसरों को कैसे नज़र आते हैं, इस बारे में वे इतने ज़्यादा चिंतित हो जाते हैं कि उनमें स्वतंत्र कार्य करने की ज़रा भी योग्यता नहीं होती। जब तक उन्हें पूरा यक़ीन न हो कि कोई दूसरा अनुमोदन करेगा, तब तक वे कोई निर्णय नहीं ले सकते।

एक बार जब आप अपने डरों की सूची बना लें, जो आपके सोचने और व्यवहार के तरीक़े को प्रभावित कर रहे हैं, तो इसके बाद महत्त्व के क्रम में उन्हें जमा लें। आपके हिसाब से आपके व्यवहार पर किस डर का सबसे ज़्यादा प्रभाव पड़ता है। किस डर ने आपको सबसे ज़्यादा पीछे रोककर रखा है? कौन सा डर दूसरे स्थान पर आएगा? आपका तीसरा सबसे बड़ा डर कौन सा होगा?

अपने सबसे बड़े डर के संदर्भ में इन तीन सवालों के जवाब लिखें :

1. यह डर जीवन में मुझे कैसे पीछे रखे हुए है?
2. यह डर कैसे मेरी मदद करता है या इसने अतीत में मेरी कैसे मदद की है?
3. इस डर को मिटाने से मुझे क्या लाभ होगा?

आप साहस और आत्मविश्वास की जिन आदतों को विकसित करना चाहते हैं, उनके अनुरूप कार्य करके आप साहस बढ़ाने और डर मिटाने की प्रक्रिया शुरू कर सकते हैं। आप जिस भी चीज़ का बार-बार अभ्यास करते हैं, वह अंततः एक नई आदत बन जाती है। सांसारिक सफलता के

लिए पहला और शायद सबसे महत्त्वपूर्ण प्रकार का साहस होता है शुरू करने, नाव खेने, विश्वास के साथ अपने लक्ष्य की दिशा में क़दम रखने का साहस। यह किसी नई या अलग चीज़ को आज़माने और अपने आरामदेह दायरे से बाहर निकलने का साहस है, जब सफलता की कोई गारंटी न हो।

प्रोफ़ेसर रॉबर्ट रॉनस्टैड ने बारह साल तक बैब्सन कॉलेज में उद्यमिता विषय पढ़ाया था। उन्होंने अपने विद्यार्थियों का एक अध्ययन करके पता लगाया कि पढ़ाई ख़त्म करने के बाद उन्होंने जीवन में कैसा प्रदर्शन किया था। उन्हें हैरानी हुई कि उनके 10 प्रतिशत से कम स्नातकों ने व्यवसाय शुरू किए थे और सफल हुए थे। बाक़ी विद्यार्थी दूसरी कंपनियों में नौकरी कर रहे थे और किसी दिन उद्यमी बनने के सपने देख रहे थे। कौन सी चीज़ इन दोनों समूहों में फ़र्क़ का कारण थी?

उन्हें केवल एक ही गुण मिला, जो सभी सफल उद्यमियों में समान था : इंतज़ार करने के बजाय अपना व्यवसाय सचमुच शुरू करने की प्रबल इच्छा। रॉनस्टैड ने इसे "गलियारा सिद्धांत" कहा। उन्होंने पाया कि जब ये व्यक्ति अपने नए व्यवसाय में आगे बढ़े, जैसे गलियारे में आगे बढ़ते हैं, तो अवसर के द्वार उनके लिए खोल दिए गए, जो आगे बढ़े बिना नज़र नहीं आ सकते थे।

पता चला कि उनके उद्यमिता पाठ्यक्रम के जिन स्नातकों ने अपनी सीखी हुई चीज़ों के साथ कुछ नहीं किया था, वे शुरू करने से पहले परिस्थितियों के बिलकुल सही होने का इंतज़ार कर रहे थे। वे अनिश्चितता के गलियारे में नहीं चलना चाहते थे, जब तक कि उन्हें सफल होने की पक्की गारंटी न दे दी जाए - जो आज तक कभी नहीं हुआ है।

भविष्य सुरक्षा खोजने वालों का नहीं है, यह तो जोखिम लेने वालों का है। जीवन इस मायने में उलटा चलता है कि आप जितनी ज़्यादा सुरक्षा चाहते हैं, आपको यह उतनी ही कम मिलती है। लेकिन आप अवसरों को जितना ज़्यादा चाहते हैं, यह उतना ही संभव है कि आप वह सुरक्षा हासिल कर लें, जिसे आप चाहते हैं।

जब भी आप डर या चिंता महसूस करें और आपको अपना साहस बढ़ाने की ज़रूरत हो, तो अपना ध्यान अपने लक्ष्यों की ओर मोड़ लें।

कल्पना करें कि आपके लक्ष्य वास्तविकताएँ हैं। कल्पना करें कि आप पहले ही वैसे व्यक्ति बन चुके हैं, जैसे आप बनना चाहते हैं और उस जीवन का आनंद ले रहे हैं, जिसे आप जीना चाहते हैं।

आपका चेतन मन एक समय में सिर्फ़ एक ही विचार क़ायम रख सकता है - इच्छा का विचार या डर का विचार। जब आप अपने लक्ष्यों के बारे में सोचने और लगातार बात करने के लिए ख़ुद को अनुशासित करते हैं, तो आपके डर ख़त्म हो जाते हैं। जब आप इस बात पर ध्यान केंद्रित करते हैं कि आप अपने लक्ष्यों को कैसे हासिल कर सकते हैं, तो आपका आत्मविश्वास और साहस बढ़ जाता है। आप अपनी भावनाओं और अपने भविष्य पर पूरा नियंत्रण ले लेते हैं।

एकाग्रता का नियम कहता है कि आप जिस पर भी ध्यान केंद्रित करते हैं, वह आपके जीवन में बढ़ता है। आप अपने लक्ष्यों पर जितना ज़्यादा ध्यान केंद्रित करते हैं, आप उतने ही ज़्यादा लक्ष्य हासिल करेंगे।

डर पर विजय और साहस का विकास सुखद, सफल जीवन की अनिवार्य शर्तें हैं। जब आप साहस की आदत विकसित करने के लिए ख़ुद को समर्पित करते हैं, तो अंततः आप उस बिंदु तक पहुँच जाएँगे, जहाँ आपके डरों का आप पर कोई नियंत्रण नहीं रह जाता है। वे अब आपके निर्णय लेने में मुख्य भूमिका नहीं निभाते हैं। आप बड़े, चुनौतीपूर्ण, रोमांचक लक्ष्य तय करेंगे और आपको यह विश्वास होगा कि आप उन्हें हासिल कर सकते हैं। आप शांति और आत्मविश्वास के साथ हर स्थिति का सामना करने में समर्थ होंगे। आप ऐसे बन जाएँगे, जिसे कोई बाधा नहीं रोक सकती।

अगर आप हमारे समाज में सबसे सफल स्त्री-पुरुषों में से किसी एक के साथ बैठ सकें और उससे सफलता के वे सारे सबक़ सीख सकें, जिसे सीखने में उसे पूरा जीवन लगा था, तो क्या होगा? क्या आपको लगता है कि इससे आपको ज़्यादा सफल बनने में मदद मिलेगी?

यहाँ एक और सवाल है। क्या होगा, अगर आप अब तक संसार में हुए सौ सबसे सफल स्त्री-पुरुषों के साथ बैठ सकें, और उनसे उनके नियम, उनके सबक़ और उनकी सफलता के रहस्य सीख सकें? क्या इससे आपको अपने जीवन में ज़्यादा सफल बनने में मदद मिलेगी?

क्या हो, अगर आप समय के साथ एक हज़ार से ज़्यादा बेहद सफल स्त्री-पुरुषों के साथ बैठ सकें? दो हज़ार या तीन हज़ार बेहद सफल स्त्री-पुरुषों के साथ?

आप शायद जवाब देंगे कि इन बेहद स्त्री-पुरुषों के साथ समय बिताने का अवसर पाना बड़े सौभाग्य की बात होगी। उन्होंने अपने लक्ष्य हासिल करने के लिए जो सीखा है, उसे सीखने से आपको बहुत मदद मिलेगी।

बहरहाल, सच तो यह है कि यह सारी सलाह और जानकारी आपका ज़रा भी भला नहीं कर पाएगी, जब तक आप अपनी सीखी हुई बातों पर निश्चित कर्म नहीं करते हैं। यदि सफलता के बारे में सीखने से ही आपके जीवन में महान चीज़ें आ सकतीं, तो आपकी सफलता की गारंटी थी। बुकस्टोर में स्व-सहायता पुस्तकें भरी हुई हैं, जिनमें से प्रत्येक में ऐसे विचार भरे पड़े हैं, जिनका इस्तेमाल करके आप ज़्यादा सफल हो सकते हैं। बहरहाल, तथ्य यह है कि संसार की सारी सबसे अच्छी सलाहें भी आपकी मदद तभी कर सकती हैं, जब आप अपने लक्ष्यों की दिशा में लगनशील, सतत कर्म करने के लिए प्रेरित रहें और तब तक रहें, जब तक कि आप सफल नहीं हो जाते।

यह पुस्तक पूरी होने पर इस बात की बहुत संभावना है कि आप यह निर्णय ले चुके होंगे कि अपने लक्ष्य हासिल करने के लिए आप तुरंत ही कौन से निश्चित कार्य करने जा रहे हैं। आप अपने जीवन के विभिन्न क्षेत्रों में लक्ष्य तय कर चुके होंगे और आपने उनकी योजनाएँ बना ली होंगी और आपने वहाँ तक पहुँचने का संकल्प ले लिया होगा। आपके भविष्य के लिए अब सबसे महत्त्वपूर्ण प्रश्न सिर्फ़ यह है : "क्या आप वह करेंगे, जिसे करने का आपने संकल्प लिया है?"

आत्म-अनुशासन ही कुंजी है

आत्म-अनुशासन सफलता का सबसे महत्त्वपूर्ण गुण है। आत्म-अनुशासन का मतलब यह है कि आपकी चारित्रिक शक्ति और इच्छाशक्ति के आधार पर आपके भीतर यह योग्यता है, "वह करने की, जो आपको करना चाहिए, जब आपको उसे करना चाहिए, चाहे आपका मन हो या न हो।"

चरित्र किसी संकल्प पर तब अमल करने की योग्यता है, जब वह उत्साह जा चुका हो, जिससे संकल्प लिया गया था। आत्म-अनुशासन का संबंध सीखी बातों से नहीं होता। इसका संबंध तो इस बात से होता है कि आप बार-बार क़ीमत चुकाने के लिए ख़ुद को समर्पित और अनुशासित कर सकते हैं या नहीं, जब तक कि आप अपने लक्ष्य तक नहीं पहुँच जाते। आत्म-अनुशासन आपकी यात्रा की हर अवस्था के लिए आवश्यक है।

सबसे पहले तो आपको अपने लक्ष्य तय करने के आत्म-अनुशासन की ज़रूरत है। फिर आपको उन तक पहुँचने की योजनाएँ बनाने के आत्म-अनुशासन की ज़रूरत है। आपको नई जानकारी के साथ अपनी योजनाओं को लगातार बदलने और उन्नत करने के आत्म-अनुशासन की ज़रूरत है। आपको हर दिन योजना बनाने, अपने समय के उपयोग की प्राथमिकताएँ तय करने और किसी भी समय की जा सकने वाली सबसे महत्त्वपूर्ण चीज़ पर ध्यान केंद्रित करने के आत्म-अनुशासन की ज़रूरत है।

आपको हर दिन ख़ुद में निवेश करने, निजी और पेशेवर रूप से विकास करने, आवश्यक चीज़ें सीखने के आत्म-अनुशासन की ज़रूरत है, ताकि आप वे लक्ष्य हासिल कर लें, जो आपके लिए संभव हैं। आपको संतुष्टि में विलंब करने, पैसे बचाने और निवेश करने के आत्म-अनुशासन की ज़रूरत है, ताकि आप अपने कामकाजी जीवन में वित्तीय स्वतंत्रता हासिल कर सकें।

आपको अपने लक्ष्यों और सपनों पर अपने विचार केंद्रित रखने के आत्म-अनुशासन की ज़रूरत है और उन्हें अपनी शंकाओं व डरों से दूर रखने के आत्म-अनुशासन की भी ज़रूरत है। विपत्तियों व समस्याओं के सामने आने पर आपको क्रोधित या कुंठित होने के बजाय सकारात्मक व सृजनात्मक तरीक़े से प्रतिक्रिया करने के आत्म-अनुशासन की ज़रूरत है।

लगन सक्रिय आत्म-अनुशासन है

शायद आत्म-अनुशासन का सबसे महान प्रदर्शन तब होता है, जब आप मुश्किल परिस्थितियों में भी लगन से जुटे रहते हैं। लगन सक्रिय आत्म-अनुशासन है। लगन मानव चरित्र की महान कसौटी है। आपकी लगन वास्तव में ख़ुद में और सफल होने की योग्यता में आपके विश्वास का सच्चा पैमाना है।

जब भी आप विपत्ति और निराशा के बावजूद लगन से काम करते रहते हैं, तो आप लगन की आदत डाल लेते हैं। आप अपने चरित्र और व्यक्तित्व में गर्व, शक्ति और आत्म-गौरव का निर्माण कर लेते हैं। आप ज़्यादा शक्तिशाली और ज़्यादा संकल्पवान बन जाते हैं। लगन के ज़रिये आप अपने आत्म-अनुशासन को बढ़ा लेते हैं। आप अपने भीतर सफलता के लौह गुण को विकसित कर लेते हैं, जो आपको आगे की ओर और जीवन की हर बाधा के पार ले जाएगा।

पूरे इतिहास में स्त्री-पुरुषों की महान उपलब्धियों का इतिहास लगन की विजय का इतिहास है। हर महान स्त्री-पुरुष को सफलता और उपलब्धि के शिखर तक पहुँचने से पहले ज़बर्दस्त मुश्किलों और विपत्तियों का सामना करना पड़ा था। उनके अटल संकल्प में प्रकट होने वाली चारित्रिक शक्ति ने ही उन्हें महान बनाया।

विन्स्टन चर्चिल को बहुत से लोग बीसवीं सदी का सबसे महान कूटनीतिज्ञ या राजनयिक मानते हैं। वे जीवन भर अपने साहस और लगन के लिए मशहूर और सम्मानित थे। द्वितीय विश्वयुद्ध के सबसे स्याह घंटों में जब जर्मनी की वायु सेना ब्रिटेन पर बमबारी कर रही थी, तब इंग्लैंड नाजी आक्रमण के ख़िलाफ़ अकेला खड़ा था। चर्चिल के संकल्प और उद्देश्य की लगनशीलता ने पूरे देश को प्रेरित कर दिया कि वह जूझता रहे, हालाँकि बहुत से लोगों को लग रहा था कि इंग्लैंड की हार तय थी। जॉन एफ़. कैनेडी ने कहा, “चर्चिल ने अँग्रेज़ी भाषा को तैयार किया और इसे युद्ध में आगे भेज दिया।”

लगन के इतिहास में सबसे बड़े भाषणों में से एक 4 जून 1940 को दिया गया। यह चर्चिल का राष्ट्र के नाम संदेश था, जिसका अंत इन शब्दों के साथ हुआ, “हम न तो निरुत्साहित होंगे, न ही असफल होंगे... हम फ़्रांस में लड़ेंगे, हम समुद्रों और महासागरों में लड़ेंगे, हम हवा में बढ़ते विश्वास और बढ़ती शक्ति के साथ जूझेंगे, हम अपने टापुओं की रक्षा करेंगे, चाहे क़ीमत जो भी हो। हम समुद्र तटों पर लड़ेंगे, हम खेतों में लड़ेंगे, हम मैदानों और सड़कों पर लड़ेंगे, हम पहाड़ियों में लड़ेंगे; हम कभी समर्पण नहीं करेंगे।”

अपने जीवन के बाद के वर्षों में चर्चिल ने अपने पुराने प्रारंभिक स्कूल की एक क्लास को संबोधित किया। लोगों ने उनसे कहा कि वे वहाँ के युवा

छात्रों को उनके जीवन की महान सफलता का रहस्य बताएँ। वे सभा के सामने खड़े हुए, अपनी कुर्सी पर झुके, थोड़ा काँपे और फिर बुलंद आवाज़ में बोले, "मैं अपने जीवन के सबक़ों का सार नौ शब्दों में बता सकता हूँ : कभी हार मत मानो। कभी, कभी हार मत मानो।"

जैसा चर्चिल ने पाया और जैसा आप भी पाएँगे, जब आप अपनी महान सफलता की ओर ऊपर और आगे की तरफ़ बढ़ेंगे कि लगन का गुण इस बात की गारंटी दे देता है कि आप अंततः जीत जाएँगे।

राष्ट्रपति कैल्विन कूलिज जनता के सामने बोलने के इतने अनिच्छुक थे कि उन्हें "ख़ामोश कैल" का उपनाम दे दिया गया था। लेकिन इस विषय पर उनके सरल लेकिन यादगार शब्दों के लिए वे इतिहास में याद किए जाएँगे। उन्होंने लिखा था : "संसार में कोई भी चीज़ लगन की जगह नहीं ले सकती। योग्यता नहीं; योग्य असफल लोगों से ज़्यादा आम कुछ नहीं है। प्रतिभा भी नहीं; अपुरस्कृत प्रतिभा लगभग एक किंवदंती है। शिक्षा नहीं; संसार शिक्षित आवाराओं से भरा पड़ा है। केवल लगन और संकल्प ही सर्वशक्तिमान हैं।"

लगन सफलता की कसौटी है

ऐसा लगता है कि सफल व्यवसायियों और उद्यमियों में अदम्य इच्छाशक्ति और अटल लगन होती है। जो भी व्यक्ति किसी भी क्षेत्र में भारी सफल होता है, उसे ज़बर्दस्त विपत्ति से उबरना होता है, अक्सर कई वर्षों तक, इसके बाद ही वह अंततः जीत पाता है।

1895 में अमेरिका बहुत बुरी मंदी के शिकंजे में था। पूरे देश में कंपनियाँ डूब रही थीं और हज़ारों लोगों की छँटनी की जा रही थी। मिडवेस्ट में रहने वाले एक व्यवसायी ने इस मंदी में अपना होटल गँवा दिया। अब उनके पास बहुत कम पैसे और ढेर सारा समय था। उन्होंने देश की मौजूदा मुश्किलों के बावजूद दूसरों को लगन और डटे रहने की प्रेरणा देने के लिए एक पुस्तक लिखने का निर्णय लिया।

उनका नाम था ऑरिसन स्वेट मार्डन। उन्होंने एक अस्तबल के ऊपर एक कमरा लिया और पूरे एक साल तक दिन-रात मेहनत करके एक पुस्तक लिखी, जिसका शीर्षक था *"पुशिंग टु द फ़्रंट।"* इस पुस्तक में बहुतेरे

स्त्री-पुरुषों की कहानियाँ बताई गई थीं, जिन्होंने बार-बार लगन का इम्तिहान दिया, तब कहीं जाकर वे अंततः सफल हो पाए।

आख़िरकार काम पूरा हो गया। शाम को उन्होंने आख़िरी पेज ख़त्म किया और थकान व भूख की वजह से डिनर लेने के लिए सड़क पार एक छोटे कैफ़े में गए। जब वे वहाँ बैठकर खाना खा रहे थे, तो अस्तबल में आग लग गई। जब तक वे लौटे, तब तक उनकी 800 पेज से ज़्यादा की पांडुलिपि जलकर राख हो चुकी थी।

पहले तो वे निराशा और हताशा की भावनाओं से अभिभूत हो गए। लेकिन फिर उन्हें अहसास हुआ कि उनकी पूरी पुस्तक का सार यह था कि विपत्ति आने पर लगन का परिचय देना चाहिए। अपनी आंतरिक शक्तियों का दोहन करते हुए वे दोबारा काम में जुट गए और पूरी पुस्तक दोबारा लिखने में एक और साल लगाया। उन्होंने हार नहीं मानी।

जब पुस्तक पूरी हो गई, तो वे इसे लेकर कई प्रकाशकों के पास गए, लेकिन मंदी अब भी अपने तीसरे साल में थी, इसलिए प्रेरक पुस्तक छापने में किसी भी प्रकाशक ने रुचि नहीं ली। उन्होंने अस्वीकृति को शांति से स्वीकार किया और बेहतर समय का इंतज़ार करने का निर्णय लिया। वे शिकागो जाकर रहने लगे और उन्होंने दूसरी नौकरी कर ली।

एक दिन उन्होंने अपने एक मित्र के सामने अपनी पुस्तक का ज़िक्र किया, जिसकी एक प्रकाशक से पहचान थी। पांडुलिपि पढ़कर प्रकाशक बहुत रोमांचित हो गया। उसे महसूस हुआ कि यह पुस्तक ठीक वैसी ही है, जैसी लोगों को किसी मंदी के बीच में या किसी दूसरे समय पढ़नी चाहिए।

बाद में *पुशिंग टु द फ़्रंट* प्रकाशित हुई और देश भर में शानदार बेस्टसेलर बनी। यह हज़ारों लोगों के लिए प्रेरणा और प्रोत्साहन का स्रोत बन गई। कई शीर्ष व्यवसायियों और नेताओं ने कहा कि *पुशिंग टु द फ़्रंट* ही वह पुस्तक थी, जिसने अमेरिका को बीसवीं सदी में पहुँचाया। इसका पूरे देश में निर्णय लेने वालों के मस्तिष्क पर ज़बर्दस्त प्रभाव पड़ा और यह स्व-विकास पुस्तकों के इतिहास की सबसे महान पुस्तक बन गई। हेनरी फ़ोर्ड, थॉमस एडिसन, हार्वे फ़ायरस्टोन और जे.पी. मॉर्गन जैसे दिग्गजों ने इस पुस्तक को पढ़ा और इस पर बातचीत की।

ऑरिसन स्वेट मार्डन अपनी पुस्तक में कहते हैं, "सफलता के लिए दो अनिवार्य आवश्यकताएँ हैं। पहली है, किसी काम से चिपकना। और दूसरी है, उससे चिपके रहना।"

लगन के गुण का ज़िक्र करते हुए उन्होंने लिखा था, "नहीं, उस इंसान के लिए कोई असफलता नहीं है, जो अपनी शक्ति जानता है, जिसे कभी यह पता नहीं होता कि वह हार चुका है; संकल्पवान प्रयास के लिए कोई असफलता नहीं है; अजेय इच्छाशक्ति। उस इंसान के लिए कोई असफलता नहीं है, जो गिरने के बाद हर बार ऊपर उठ जाता है, जो रबड़ की गेंद की तरह दोबारा उछल जाता है, जो बाक़ी सभी के हार मानने के बावजूद लगन से जुटा रहता है, जो बाक़ी सबके पीछे मुड़ने के बावजूद आगे बढ़ता रहता है।"

कनफ़्यूशियस का यही आशय था, जब उन्होंने 4,000 साल पहले कहा था, "हमारी सबसे महान कीर्ति कभी न गिरने में नहीं है, बल्कि गिरने के बाद हर बार उठने में है।"

विश्व के शुरुआती हैवीवेट बॉक्सिंग चैंपियनों में से एक जेम्स जे. कॉरबेट ने कहा था, "आप एक और राउंड लड़कर चैंपियन बनते हैं। जब परिस्थितियाँ मुश्किल होती हैं, तो आप एक और राउंड लड़ते हैं।" योगी बेरा ने कहा था, "यह तब तक ख़त्म नहीं होता, जब तक कि यह ख़त्म नहीं होता।" सच्चाई यह है कि जब तक आप जुटे रहते हैं, तब तक यह कभी ख़त्म नहीं होता।

अल्बर्ट हबार्ड ने लिखा था, "कोई असफलता नहीं है सिवाय इसके कि कोशिश करना छोड़ दी जाए। मन के अलावा कहीं कोई हार नहीं है। उद्देश्य की हमारी ख़ुद की निहित कमज़ोरी के अलावा कोई भी अवरोध ऐसा नहीं है, जिसे सचमुच न लाँघा जा सके।"

विन्स लॉम्बार्डी ने कहा था, "अहम बात यह नहीं है कि क्या आपको गिराया जाता है। अहम बात तो यह है कि क्या आप दोबारा ऊपर उठते हैं।"

इन सफल स्त्री-पुरुषों ने अपने अनुभव से सीखा कि कोई भी सार्थक चीज़ हासिल करने में लगन बहुत महत्त्वपूर्ण होती है। सफल स्त्री-पुरुषों की पहचान उनके संकल्प, उनके अटल इरादे, मैदान छोड़ने की उनकी अनिच्छा

से होती है, चाहे परिस्थितियाँ कितनी भी मुश्किल हो जाएँ। एक गुण व्यवसाय में, वित्तीय संग्रह में और जीवन में सफलता की पूरी गारंटी देता है। वह गुण है अदम्य इच्छाशक्ति और जुटे रहने की इच्छा, चाहे जो हो जाए, जब तक कि आप सफल न हो जाएँ।

लगन आपकी सबसे बड़ी संपत्ति है

शायद आपकी सबसे बड़ी संपत्ति किसी दूसरे से ज़्यादा लंबे समय तक टिके रहने की क़ाबिलियत है। *फ़ोर्ब्स* मैग्ज़ीन के संस्थापक बी.सी. फ़ोर्ब्स ने मंदी के सबसे स्याह दिनों में एक बड़ा प्रकाशन खड़ा किया था। उन्होंने लिखा है, "इतिहास ने दर्शाया है कि सबसे उल्लेखनीय विजेताओं को आम तौर पर विजय पाने से पहले दिल तोड़ने वाली बाधाओं से मुक़ाबला करना पड़ा। वे इसलिए जीते, क्योंकि वे अपनी पराजय से हताश नहीं हुए।"

जॉन डी. रॉकफ़ेलर एक ज़माने में संसार के सबसे अमीर स्व-निर्मित इंसान थे। उन्होंने लिखा था, "मैं नहीं सोचता कि कोई दूसरा गुण किसी भी तरह की सफलता के लिए इतना अनिवार्य है, जितना कि लगन का गुण। यह लगभग हर चीज़ को हरा देती है, प्रकृति को भी।"

कॉनरैड हिल्टन ने एक सपने और लुबॉक, टैक्सस के एक छोटे होटल से शुरुआत की थी और आगे चलकर उन्होंने विश्व में सबसे सफल होटल कॉरपोरेशनों में से एक बनाया। उन्होंने कहा था, "सफलता कर्म से जुड़ी नज़र आती है। सफल लोग आगे बढ़ते रहते हैं। वे ग़लतियाँ तो करते हैं, लेकिन वे कभी कोशिश या हौसला नहीं छोड़ते।"

आविष्कार के इतिहास में सबसे सफल व्यक्ति थॉमस एडिसन बीसवीं सदी के किसी भी अन्य आविष्कारक से ज़्यादा प्रयोगों में असफल हुए। उन्होंने अपने युग के किसी भी अन्य आविष्कारक से ज़्यादा वाणिज्यिक उपकरण बनाए और पेटेंट हासिल किए।

उन्होंने अपने दर्शन का वर्णन इस तरह किया था, "जब मैं पूरी तरह निर्णय ले लेता हूँ कि कोई परिणाम पाने लायक़ है, तो मैं उसमें आगे बढ़ जाता हूँ और कोशिश के बाद कोशिश करता जाता हूँ, जब तक कि यह हो नहीं जाता। जिस व्यक्ति के मन में विचार आता है, वह उस बिंदु तक इस

पर काम करता है, जहाँ यह असंभव नज़र आने लगता है और फिर वह हताश हो जाता है। यह हताश होने की जगह नहीं है।"

अलैक्ज़ेंडर ग्राहम बेल ने इन शब्दों में लगन का वर्णन किया था, "यह शक्ति क्या है, यह मैं नहीं बता सकता; मैं तो सिर्फ़ इतना जानता हूँ कि यह मौजूद है और यह तभी उपलब्ध होती है, जब मनुष्य उस मानसिक अवस्था में होता है, जिसमें वह सटीकता से जानता है कि वह क्या चाहता है और तब तक हौसला न छोड़ने के लिए पूरी तरह संकल्पवान होता है, जब तक कि यह उसे मिल नहीं जाती।"

डेना कॉरपोरेशन को सबसे महान सफलता की कहानियों में से एक बनाने वाले रेनी मैक्फ़रसन ने अपने दर्शन का सार इन शब्दों में बताया था, "आप बस लगे रहते हैं। आप बस लगे रहते हैं। मैंने हर वह ग़लती की, जो की जा सकती थी, लेकिन मैं बस लगा रहा।"

निराशा अवश्यंभावी है

बुद्धिमान लोग अपने सर्वश्रेष्ठ हितों में काम करते हैं। वे उन समस्याओं और मुश्किलों की संख्या को कम करने के लिए हरसंभव चीज़ करते हैं, जो उनकी रोज़मर्रा की गतिविधियों में सामने आ सकती हैं। लेकिन हमारी सर्वश्रेष्ठ कोशिशों के बावजूद हताशाएँ और विपत्तियाँ जीवन के ऐसे सामान्य और स्वाभाविक हिस्से हैं, जिनसे बचना संभव नहीं है। कहा गया है कि केवल दो ही चीज़ें अवश्यंभावी हैं : मौत और टैक्स। लेकिन अनुभव साबित करता है कि निराशा भी अवश्यंभावी है।

चाहे आप ख़ुद को और अपनी गतिविधियों को कितनी भी अच्छी तरह व्यवस्थित कर लें, आपको जीवन में असंख्य निराशाओं, विपत्तियों और कष्टों का अनुभव होगा। आप अपने लिए जितने ऊँचे और चुनौतीपूर्ण लक्ष्य तय करते हैं, आपको उतनी ही ज़्यादा निराशाओं और मुश्किलों का अनुभव होगा।

यही विरोधाभास है। विपत्ति का सामना करने, उससे प्रभावी ढंग से निबटने और उससे सीखे बिना विकास करना और पूरी क्षमता तक विकास करना आपके लिए संभव नहीं है। जीवन के ज़्यादातर महान सबक़ आपको

उन विपत्तियों और अल्पकालीन पराजयों की बदौलत मिलते हैं, जिनसे बचने की आपने पूरी कोशिश की है। विपत्ति आपके सर्वश्रेष्ठ प्रयासों के बावजूद, बिना बुलाए, अनपेक्षित और अनचाही आती है। लेकिन विपत्ति के बिना, आप उस तरह के इंसान नहीं बन सकते, जो उन महान लक्ष्यों को हासिल करने में सक्षम है, जो आपके लिए संभव हैं।

विपत्ति हमारा इम्तिहान लेती है

पूरे इतिहास में महान चिंतकों ने इस विरोधाभास पर विचार किया है और वे इस नतीजे पर पहुँचे हैं कि विपत्ति वह इम्तिहान है, जिसमें उत्तीर्ण होने पर ही आपको कोई सार्थक चीज़ हासिल हो सकती है। यूनानी दार्शनिक हेरोडोटस ने कहा था, "विपत्ति किसी इंसान की शक्ति और गुणों को निकालकर सामने लाती है, जो इसकी अनुपस्थिति में सोए पड़े रहते।" जब आप अपनी सबसे बड़ी चुनौतियों का सामना करते हैं और जब आप उन पर सकारात्मक व सृजनात्मक तरीक़े से प्रतिक्रिया करते हैं, तो शक्ति, साहस, चरित्र और लगन के बेहतरीन गुण आपके अंदर से निकलकर सामने आते हैं।

हर व्यक्ति राह के हर क़दम पर मुश्किलों का सामना करता है। बहुत सफल व्यक्ति और कम सफल व्यक्ति के बीच का फ़र्क़ बस यह है कि बहुत सफल व्यक्ति विपत्ति का उपयोग ज़्यादा शक्तिशाली बनने के लिए करता है, जबकि कम सफल व्यक्ति मुश्किलों और विपत्तियों को ख़ुद पर हावी होने तथा हताश व निराश करने की अनुमति दे देता है।

हारवर्ड में अब्राहम जैलेज़्निक के शोध का निष्कर्ष था कि निराशा पर आप किस तरह से प्रतिक्रिया करते हैं, यह इस बात का काफ़ी सटीक सूचक है कि जीवन में आपके सफल होने की कितनी संभावना है। जैलेज़्निक का मानना था कि यदि आप निराशा से ज़्यादा से ज़्यादा सीखकर प्रतिक्रिया करते हैं और फिर इसे अपने पीछे छोड़कर आगे बढ़ते रहते हैं, तो आपके द्वारा महान लक्ष्य हासिल करने की बहुत ज़्यादा संभावना है; यह तब नहीं हो सकता, जब आप निराशा को ख़ुद पर हावी होने की अनुमति दे देते हैं।

सफलता हमेशा असफलता से एक क़दम आगे मिलती है

आपकी सबसे महान सफलताएँ लगभग हमेशा आपकी सबसे बड़ी असफलताओं के एक क़दम आगे मिलती हैं, जब आपके भीतर की हर चीज़ आपको कोशिश छोड़ने के लिए कहती है। पूरे इतिहास में स्त्री-पुरुष यह पाकर चकित हुए हैं कि उनकी महान सफलताएँ सारी निराशा और सारे विपरीत प्रमाणों के बावजूद जुटे रहने के फलस्वरूप मिलीं। लगन का यह अंतिम कार्य, जिसे अक्सर "लगन का इम्तिहान" कहा जाता है, सभी महान उपलब्धियों से पहले आता है।

एच. रॉस पेरट, जिन्होंने 1,000 डॉलर से ई.डी.एस. इंडस्ट्रीज़ शुरू की और इसे लगभग 3 अरब डॉलर की संपत्ति में बदला, इतिहास के सबसे सफल स्व-निर्मित उद्यमियों में से एक हैं। उन्होंने कहा था, "ज़्यादातर लोग उसी समय छोड़ देते हैं, जब सफलता मिलने को होती है। वे एक गज़ की रेखा पर कोशिश छोड़ देते हैं। वे मैच के आख़िरी मिनट में, जीतने के गोल पोस्ट से एक फ़ुट दूर कोशिश छोड़ देते हैं।"

हेरोडोटस ने भी लिखा था, "कुछ लोग लक्ष्य के बेहद क़रीब पहुँचने पर हौसला छोड़ देते हैं; जबकि इसके विपरीत बाक़ी लोग आख़िरी पल में पहले से ज़्यादा जोशीली कोशिश करके जीत हासिल करते हैं।"

लगे रहने और जुटे रहने का यह सिद्धांत कई महान स्त्री-पुरुषों के जीवन और कामकाज में देखा जा सकता है। फ़्लोरेंस स्कोवेल शिन ने लिखा था, "हर महान काम, हर बड़ी उपलब्धि तभी सामने आई है, जब सपने को क़ायम रखा गया और अक्सर बड़ी उपलब्धि के प्रकट होने से पहले असफलता और हताशा नज़र आई है।"

नेपोलियन हिल ने अपनी विख्यात पुस्तक *थिंक ऐंड ग्रो रिच* में लिखा था, "जब सफलता किसी मनुष्य के जीवन में आती है, तो उससे पहले काफ़ी अस्थायी पराजय और शायद थोड़ी असफलता मिलना तय है। जब पराजय किसी व्यक्ति को हरा देती है, तो सबसे आसान और सबसे तार्किक काम होता है छोड़ देना। बहुसंख्यक लोग यही करते हैं।"

हैरियट बीचर स्टोव, जिन्होंने *बैटल हिम ऑफ़ द रिपब्लिक* लिखी थी, ने ये शब्द लिखे हैं, "तो कभी हार न मानें, क्योंकि यही वह जगह और समय है, जहाँ रुख़ बदलने वाला है।"

आप जो नहीं देख पाते हैं - ज़्यादातर लोगों को जिसके होने का अंदाज़ा भी नहीं होता है - वह ख़ामोश लेकिन अदम्य शक्ति है, जो आपके निराशा से जूझते समय आपको बचाने के लिए आती है।

क्लॉड एम. ब्रिस्टल ने लिखा था, "सतत और संकल्पवान प्रयास सारे प्रतिरोध को तोड़ देता है, सारी बाधाओं को हटा देता है।"

जेम्स व्हिटकॉम्ब राइली ने इसे इस तरह लिखा था, "सबसे अनिवार्य घटक है लगन। यह संकल्प कि कभी भी अपनी ऊर्जा या उत्साह को उस हताशा से कमज़ोर नहीं होने देना है, जिसका मिलना तय है।"

हर चीज़ के बावजूद जुटे रहने, सहन करने की शक्ति - यही विजेता का गुण है। लगन हार माने बिना बार-बार पराजय का सामना करने की योग्यता है - भारी मुश्किलों के सामने लगे रहने की योग्यता है। एक अज्ञात लेखक की कविता है, जो मेरे ख़याल से हर व्यक्ति को पढ़नी चाहिए और याद करनी चाहिए और ख़ुद के सामने दोहरानी चाहिए, जब भी हौसला छोड़ने या कोशिश छोड़ने का प्रलोभन हो। इस कविता का शीर्षक है "कभी हार मत मानो।"

कभी हार मत मानो

जब स्थितियाँ विपरीत हों, जैसी कि वे कई बार होंगी।
जिस राह पर आप चल रहे हैं, जब वह चढ़ाई जैसी दिखे।
जब पैसे कम हों और क़र्ज़ ज़्यादा हों।
जब आप मुस्कराना चाहते हों, लेकिन आप परेशान हों।
जब चिंता आपको थोड़ा सता रही हो।
अगर ज़रूरी हो, तो आराम करो, लेकिन कभी हर मत मानो।
जीवन विचित्र है, इसमें घुमाव और मोड़ हैं।
जैसा हममें से हर एक यह बात सीखता है।
और कई असफल इंसान बाद में समझते हैं

कि वे जीत सकते थे, बशर्ते वे जुटे रहते :
हार न मानें, भले ही गति धीमी हो -
आप एक और कोशिश से सफल हो सकते हैं।
सफलता तो असफलता का ही दूसरा रूप है -
शंका के बादलों की सुनहरी लकीर है।
और आप कभी नहीं जान सकते कि आप कितने क़रीब हैं।
जब मंज़िल बहुत दूर दिखती है, तो यह पास हो सकती है :
इसलिए संघर्ष में डटे रहें, जब मुसीबत सबसे अधिक हो -
जब परिस्थितियाँ सबसे बुरी नज़र आ रही हों, तब आप हार नहीं मानें।

अनुवादक के बारे में

डॉ. सुधीर दीक्षित *टाइम मैनेजमेंट, सफलता के सूत्र, 101 मशहूर ब्रांड्स* और *अमीरों के पाँच नियम* सहित सात लोकप्रिय पुस्तकों के लेखक हैं, जिनमें से कुछ के मराठी व गुजराती भाषाओं में अनुवाद हो चुके हैं। इसके अलावा उन्होंने हैरी पॉटर सीरीज़, चिकन सूप सीरीज़ तथा मिल्स ऐंड बून सीरीज़ सहित 150 से भी अधिक अंतर्राष्ट्रीय बेस्टसेलर्स का हिंदी अनुवाद किया है, जिनमें रॉन्डा बर्न, डेल कारनेगी, नॉर्मन विन्सेन्ट पील, स्टीफ़न कवी, रॉबर्ट कियोसाकी, जोसेफ़ मर्फ़ी, एडवर्ड डी बोनो, ब्रायन ट्रेसी आदि बेस्टसेलिंग लेखक शामिल हैं। उन्होंने मशहूर भारतीय क्रिकेट खिलाड़ी सचिन तेंदुलकर की आत्मकथा *प्लेइंग इट माय वे* का हिंदी अनुवाद भी किया है।

हिंदी साहित्य और अँग्रेज़ी साहित्य में स्नातक की उपाधि लेने के अतिरिक्त डॉ. दीक्षित अँग्रेज़ी साहित्य में एम.ए. तथा पीएच.डी. भी हैं। उनकी साहित्यिक अभिरुचि की शुरुआत हिंदी जासूसी उपन्यासों से हुई, जिसके बाद उन्होंने अँग्रेज़ी के सभी उपलब्ध जासूसी उपन्यास पढ़े। वे अगाथा क्रिस्टी और आर्थर कॉनन डॉयल के लगभग सभी उपन्यास व कहानियाँ पढ़ चुके हैं।

कॉलेज के दिनों में डेल कारनेगी की पुस्तकों का उन पर गहरा प्रभाव पड़ा। कॉलेज की शिक्षा पूरी करने के बाद डॉ. दीक्षित ने *दैनिक भास्कर, नई दुनिया, फ़्री प्रेस जर्नल, क्रॉनिकल, नैशनल मेल* आदि समाचार पत्रों में कला, नाटक एवं फ़िल्म समीक्षक के रूप में शौक़िया पत्रकारिता की। उन्हें म.प्र. फ़िल्म विकास निगम द्वारा फ़िल्म समीक्षा के लिए पुरस्कृत भी किया गया। चेतन भगत और डैन ब्राउन उनके प्रिय लेखक हैं। डॉ. दीक्षित को पाठक sdixit123@gmail.com पर फ़ीडबैक प्रदान कर सकते हैं।